Corinna Kohfink
Orangenblüte auf Mallorca
(Doro spielt Amor – Band 3)

Sinnfee

Orangenblüte auf Mallorca

Die scheue Silke hütet ein schreckliches Geheimnis. In ihrer neuen Wahlheimat Mallorca versucht sie, Abstand zu ihrem Leben in Deutschland zu gewinnen. Von lieben Menschen umgeben erobert sie sich allmählich zurück, was sie schon längst für verloren hielt: das Vertrauen in andere und die Zuversicht auf den guten Ausgang einer dunklen Zeit.

Die wieder einmal Amor spielende 87-jährige Doro, bei der Silke im Haushalt hilft, setzt ihren berühmt-berüchtigten Liebesoffensiven die Krone auf, als sie die junge Frau ausgerechnet in die Arme ihres Stiefsohns Philipp treibt. Allen Protesten zum Trotz zeichnet sich die Seniorin auch dieses Mal durch ein untrügliches Gespür aus. Schneller als Silke ihren Gefühlen folgen kann, verliebt sie sich in den ausgeglichenen, sanftmütigen Mann. Durch seine Unterstützung findet sie den Mut, sich den Dämonen ihres Lebens zu stellen und um ihre Freiheit zu kämpfen. Doch die Schatten der Vergangenheit rücken unaufhaltsam näher. Ein gefährliches Spiel mit dem Feuer beginnt ...

Corinna Kohfink war schon immer ein Bücherwurm. Inzwischen erfüllt sie sich ihren großen Lebenstraum und verbringt die Hälfte ihrer Arbeitszeit mit dem Schreiben. »Orangenblüte auf Mallorca« ist der dritte Band der »Doro spielt Amor«-Reihe und Corinna Kohfinks 11. Roman.

Wenn sie nicht schreibt, coacht, trainiert und berät sie Unternehmen und Privatpersonen in Sachen Kommunikation, Führung, Persönlichkeitsförderung und Organisationsentwicklung. Menschen zu bewegen, ist ihre Mission, der sie mit beiden Standbeinen folgt.

Privat lebt sie mit ihrem ebenfalls schriftstellernden Mann in Pliezhausen im Großraum Stuttgart. Sie hat zwei erwachsene Söhne und zwei Bonussöhne. Lange Spaziergänge in der Natur, Tanzen und Musik hören, vor allem von deutschen Singer-Songwritern, sind neben dem Lesen ihre liebsten Freizeitaktivitäten.

ORANGENBLÜTE auf Mallorca

CORINNA KOHFINK

ISBN: 9798883985637
Imprint: Independently published

Erste Auflage

Verfasserin: Corinna Kohfink
Uhlandstraße 7, 72124 Pliezhausen
Kontakt: corinna.kohfink@sinnfee.de, www.sinnfee.de
Cover-/Umschlaggestaltung:
Buchgewand Coverdesign | www.buch-gewand.de
Unter Verwendung von Motiven von:
stock.adobe.com: Inga Av, Aleh Varanishcha
depositphotos.com: goinyk
shutterstock.com: Iryna Denysova, ANCH

Für Heiko

Silke denkt im Verlauf der Geschichte:
»Ich wurde eins mit mir und ich wurde eins.«
Eine Ahnung davon,
was es bedeutet, eins zu sein,
bekam ich erst,
als Du mir Deine bedingungslose Liebe schenktest.
Danke!

Dunkle Bedrohung

Die Nacht warf lange Schatten, die mich von allen Seiten zu umzingeln schienen. Seit gefühlten Stunden eilte ich bereits durch die Stadt. Immer wieder ließ ich die Augen zum Himmel schweifen, an dem nichts als Düsternis herrschte. Doch ich gab die Hoffnung nicht auf, irgendwann einen Blick auf einen hell funkelnden Stern zu erhaschen. Rechts und links von mir ragten hohe Häuserfluchten auf. Die Straße, auf der ich mich rasch vorwärts bewegte, führte schnurstracks geradeaus. Irrte ich mich oder verengte sie sich? Es kam mir vor, als würden die Gebäudefronten stetig näher an mich heranrücken – als wollten sie mich einkesseln.

Ich wandte mich um und lauschte in die Nacht. Waren da eben Schritte zu hören gewesen? Nein, in der Umgebung existierte nichts, was die beängstigende Stille durchschnitt. Noch nicht einmal ein Rascheln der Blätter erklang von den hoch aufragenden Bäumen. Wie denn auch? Im um mich herum herrschenden Winter hatte es sich längst ausgeraschelt. Kein Auto stand an der Straße, weit und breit war keine Menschenseele zu entdecken. Die völlige Leere trieb mir den Angstschweiß auf die Stirn.

Als wäre ich in einer postapokalyptischen Welt in der fernen Zukunft gelandet, schoss es mir durch den Kopf. Eiskalte Schauer rieselten mir über den Rücken, und ich merkte, wie mein Herz zu jagen begann. Ja, genau so fühlte ich mich: gejagt! Ich schüttelte mich, als könne mir das frische Kraft verleihen, und setzte die nächtliche Wanderung fort – nur noch schneller als eben schon. Wo wollte ich eigentlich hin? Worin bestand das Ziel meines Weges? War ich früher bereits hier gewesen? Warum erschien mir dieses Szenario bloß so surreal?

Moment, nun hatte ich aber eindeutig Schritte hinter mir gehört – ohne jeden Zweifel. In einer abrupten, von außen nicht vorhersehbaren Bewegung drehte ich mich um. Und da sah ich ihn: einen langen Schatten, der sich in hohem Tempo auf mich zubewegte. Einen großen Schatten. Unverkennbar ein Mann, der mich deutlich überragen würde, wenn er mich erst erreicht hatte. Obwohl die Dunkelheit nur seine Umrisse erahnen ließ, war ich mir sicher, dass er schwarze Kleidung trug. Es musste ein Kapuzenshirt sein, das seinen Oberkörper bedeckte, denn sein Kopf wurde von einer ovalen Silhouette umhüllt.

Blanke Panik erfasste mich. Ich wollte schreien, doch sofort wurde mir die Sinnlosigkeit einer solchen Aktion bewusst. Wer sollte mich hören? Die Wände der Häuser ragten immer höher auf und sie waren allesamt fensterlos. Nirgendwo erglomm ein Lichtschimmer oder irgendetwas anderes, was auf die Existenz weiterer Menschen hingedeutet hätte. Ich war allein. Allein mit meinem Verfolger.

Angestrengt pumpte ich Luft in die Lungen, spannte mich wie ein Tier, das sich auf einen Kampf einstellte, und rannte los – wie ich noch nie im Leben gerannt war.

Mein Körper schaltete um in einen unbekannten Automatikmodus. Nach ein paar Metern hatte ich einen Rhythmus gefunden, der mich in einen merkwürdigen Flow-Zustand versetzte. Für einen Moment pulsierte ein Gefühl der Unbesiegbarkeit durch meine Adern, das sofort wieder verklang, als ich einen Blick über die Schulter warf. Das konnte doch nicht wahr sein! Der Mann hinter mir hatte Boden gutgemacht. Erheblich Boden gutgemacht. Ich aktivierte sämtliche Kraftreserven und gab, was ich zu geben imstande war.

In der Ferne tauchte ein Lichtschein auf. Endlich! Was auch immer das sein mochte, es verhieß das Ende der Dunkelheit. Mit äußerster Anstrengung rannte ich darauf zu. Näher und näher kam die ersehnte Helligkeit. Als ich sie beinahe erreicht hatte, erkannte ich das Ziel meiner Hoffnungen. Eine verlorene Straßenlaterne erleuchtete die Umgebung, die aus nichts weiter bestand als einer Mauer. Ich war in einer Sackgasse gelandet. Schlimmer noch: Ich saß in der Falle!

Mit schreckgeweiteten Augen drehte ich mich um und stand nun dem Mann direkt gegenüber. Wie vermutet trug er eine Kapuze, die seine Züge verbarg. In provozierender Langsamkeit griff seine rechte Hand danach und schob sie in den Nacken. Und dann sah ich es: sein diabolisch grinsendes Gesicht. *Sein* Gesicht. Das Gesicht des Menschen, der mir mehr Angst einzujagen vermochte als jeder andere. Paralysiert verharrte ich und tat nur noch eines, von dem ich wusste, dass es das Letzte war, was ich je tun würde: Ich schrie!

Gefangen in einer falschen Wirklichkeit

Ich schrie und schrie. Hörte das denn gar nicht mehr auf? Ich müsste doch schon längst tot sein. Warum konnte ich seine würgenden Hände am Hals nicht fühlen? Warum konnte ich überhaupt nichts von ihm an mir spüren? Verwirrt griff ich mir selbst an die Kehle. Nichts. Dann fuhr ich desorientiert über andere Stellen meines Körpers auf der Suche nach seinen Berührungen, während ich weiter schrie. Nichts.

Völlig durcheinander öffnete ich die Augen, sah mich panisch um und tastete die dunkle Umgebung ab. Ich lag auf etwas Weichem, fühlte mich wohlig umhüllt. Moment! Befand ich mich womöglich in einem Bett? In meinem Bett? War das alles etwa bloß ein Traum gewesen? Erst jetzt hörte ich auf zu schreien und versuchte, meinen wild pochenden Puls zu beruhigen. Immer noch in der Übergangswelt zwischen Traum und Wirklichkeit gefangen erfühlte ich den Lichtschalter neben dem Kopfende, drückte darauf, und die Nachttischlampe flammte auf.

Nur langsam klärten sich meine Sinne. Gott, würde das ewig so weiter gehen? Sollte ich bis ans Ende meiner Tage in dieser Albtraum-Hölle eingesperrt sein, die meine Realität durchdrang und Grenzen verschwimmen ließ zwischen dem, was war, und dem, was sein könnte.

Würde ich je wieder ein normales Leben führen? So, wie all die Menschen um mich herum ...

Erneut schüttelte ich mich – dieses Mal wirklich und nicht mehr in einen abstrusen Traum verwickelt, von dem ich hoffte, dass er nie real werden würde. Aber wissen konnte ich es nicht.

Ich setzte mich auf und sah auf die Ziffern des altmodischen Weckers auf dem Nachttisch. Drei Uhr dreißig – war ja klar. Wolfsstunde! Und ob ich noch einmal in den Schlaf zurückfinden würde, blieb ungewiss. Für den Moment jedenfalls nicht. Ich richtete mich auf und lehnte mich – weiterhin schwer atmend – gegen die mächtige Holzlehne des Bettes. Hier, auf dieser Finca, bestanden fast alle Möbel aus einem dunklen, massiven Holz, das einerseits über einen zeitlosen Charme verfügte und andererseits eine gewisse Düsternis ausstrahlte. Das half nicht unbedingt, die zum Zerreißen gespannten Nerven zu beruhigen. Doch dafür befand ich mich hier in der perfekten zwischenmenschlichen Umgebung. Meine Vermieterin Camila war ein Schatz. Dank ihrer liebevollen Ausstrahlung hatte ich sie ruckzuck als Ersatzoma adoptiert und sie behandelte mich, als wäre ich ihre leibliche Enkelin. Also genau das Richtige für meine leidgeplagte Seele!

Auch sonst hielt das Umfeld zauberhafte Menschen für mich bereit, seit mich meine persönliche Odyssee vor einem knappen halben Jahr nach Mallorca geführt hatte. Meine ersten Arbeitgeber auf der Insel, Doro und Hajo, waren mir ebenso ans Herz gewachsen wie Camila.

Bei dem betagten, doch dafür umso rüstigeren Pärchen half ich im Haushalt und ging beim Einkaufen zur Hand.

Der Gedanke an Doro ließ mich unwillkürlich lächeln. Die 87-jährige Seniorin war eine eigenwillige, herzensgute Person, die es als ihre Mission betrachtete, alleinstehende Frauen ihre große Liebe finden zu lassen. Und da sie offenkundig die Meinung vertrat, die Betreffenden könnten das nicht aus eigener Kraft hinbekommen, mischte sie sich ein, wo auch immer sich ihr eine Chance bot. Aus unerfindlichen Gründen blieb ich bislang vor ihren amourösen Offensiven verschont, doch meine neue Freundin Jule, die für eine Auszeit nach Mallorca gekommen war und eine Zeitlang bei dem Seniorenpaar wohnte, hatten ihre Pfeile voll erwischt. Inzwischen lebte sie mit dem von Doro als »Perfect Match« befundenen Paul zusammen. Auch bei Teresa, die Jules Nachfolge als Untermieterin angetreten hatte, betätigte sie sich ausgiebig als Kupplerin. Zwischen ihr und Benjamin funkte es gewaltig, selbst wenn die beiden sich bis jetzt schwer damit taten, sich aufeinander einzulassen.

Neben all diesen liebenswerten Personen gab es noch Benjamins Vater, den Restaurantbesitzer Ricardo, dessen Küche und Gasträume ich neuerdings putzte. Er behandelte mich, als wäre ich seine eigene Tochter und nicht bloß eine Angestellte.

Genau diesem Kreis war es zu verdanken, dass ich mir allmählich das zurückeroberte, was ich verloren hatte: Hoffnung.

Hoffnung, dass gute Menschen existierten, die für andere einstanden.

Hoffnung, dass sie mich schützen konnten vor der Bedrohung, die ich, egal wo ich mich aufhielt, immer bei mir trug.

Hoffnung, dass ich mir vielleicht ein kleines Stückchen vom Glück zurückerobern könnte.

Irgendwie, irgendwo, irgendwann.

Ich lachte kurz auf, als mir bewusst wurde, dass ich in meinem Kopf gerade unwillentlich einen Song von Nena zitiert hatte.

Also rundherum ein wunderbares Umfeld, dessen Vorhandensein ich nach dem, was mir zugestoßen war, noch viel mehr schätzte, als ich es in einem früheren Leben getan hätte. In einem Leben vor den Ereignissen, die mich unvermittelt überrollt hatten. Und das, obwohl alles so gut begonnen hatte.

Normalerweise verbot ich mir sämtliche Gedanken an die Vergangenheit, doch jetzt – in diesem aufgewühlten Zustand – überschwemmten sie mich.

Ein Traum taucht auf

– im Mai vor zwei Jahren –

Wie hätte ich wohl agiert, wenn ich an diesem sonnigen Maientag bereits geahnt hätte, welche umwälzenden Veränderungen auf mich warten? Wäre ich schreiend davongerannt? Hätte ich mich unter der Bettdecke vergraben und wäre gar nicht erst aufgestanden? Oder hätte ich das Wissen, das ich heute besaß, geleugnet und für vollkommen ausgeschlossen erklärt?

Wie oft hatte ich mir derlei Fragen schon gestellt! Doch eine Antwort konnte ich mir nicht liefern und würde sie mir auch niemals liefern können. Das Einzige, was ich tun konnte, bestand darin, zu hoffen, dass es selbst für mich eines Tages ein Happy End geben würde. Wobei die diesbezüglichen Ansprüche außerordentlich bescheiden waren. Ein Happy End bedeutete für mich nicht mehr und nicht weniger, als angstfrei und unbeschwert leben zu dürfen. Spontan kam mir das berühmte Zitat von Oscar Wilde in den Sinn: »Am Ende wird alles gut! Und wenn es noch nicht gut ist, ist es noch nicht das Ende.« Wie tröstlich diese Worte nach allem, was geschehen war, in meinen Ohren klangen! Tröstlich und hoffnungslos unrealistisch.

Aber egal, an diesem Morgen hatte ich jedenfalls keine Ahnung, dass sich mein Dasein um hundertachtzig Grad wenden würde …

Wie immer stand ich völlig verschlafen auf. *Aus mir wird definitiv nie ein früher Vogel werden*, dachte ich mit einem Gähnen. Und: *Die Würmer können mich mal.* Wobei ich diesen wenig charmanten Überlegungen schnell Einhalt gebot. Denn schließlich besaß das Wort »Würmer« für mich eine durchaus zauberhafte Bedeutung. Sofort schwang sich ein Lächeln auf die Lippen. Ein müdes Lächeln, aber zweifellos ein Lächeln.

Leon tauchte in meinen Gedanken auf. Sein blonder strubbeliger Schopf mit den darunter liegenden strahlend blauen Augen stahl mein Herz jeden Tag ein bisschen mehr. Um die Dinge an ihren rechten Platz zu rücken: Der junge Mann hatte gerade das stolze Alter von vier Jahren erreicht. Und gleich nach ihm dachte ich an Tabea, seine kleine Freundin, die mit ihren dunklen Locken, dem brünetten Teint und den fast schwarzen Augäpfeln äußerlich das genaue Gegenteil zu ihm darstellte. Doch irgendwie schienen sie seelenverwandt zu sein, denn sie waren in meiner Kindergartengruppe der »Regenwürmer« unzertrennlich und – ja, ich weiß, eigentlich darf man so etwas als Erzieherin gar nicht laut sagen und genaugenommen nicht einmal denken – meine speziellen Lieblinge.

Seufzend gestand ich mir bei diesen wundervollen inneren Bildern zum x-ten Mal ein, dass meine biologische Uhr mit jedem weiteren Morgen vernehmlicher tickte. Klar, mit dreiunddreißig Jahren hatte ich noch Zeit, aber dafür, dass ich als Achtjährige verkündet hatte, irgendwann mindestens sechs Kinder haben zu wollen, war ich spät dran. Na ja, in gewisser Weise hatte ich sogar fünfzehn Kinder, nur waren das leider nicht meine eigenen – selbst wenn es sich manchmal anfühlte, als wären sie es.

In besonders schwachen Momenten tauchte der verwegene Gedanke in mir auf, mich einfach von irgendeinem Kerl mit guten Genen schwängern zu lassen. Ich meine, brauchte ich wirklich einen Vater, um ein Kind zu bekommen? Schließlich schafften es genug Frauen, ihren Nachwuchs allein großzuziehen. Doch so schnell, wie diese verrückten Ideen auftauchten, verschwanden sie auch wieder. Um sich dauerhaft festzusetzen, entsprachen sie zu wenig meinen geheimen Wünschen.

Wenn ich die Augen schloss und mich in die Zukunft träumte, sah ich ein gemütliches Häuschen im Sechzigerjahre-Stil mit zwei Etagen und einem Walmdach. Die schnuckeligen Fensterchen, die dem Inneren einen behaglichen Charme verliehen, wurden umrahmt von bordeauxroten Fensterläden, die sich attraktiv vom weißen Putz abhoben. Um das Haus herum lag eine grüne Idylle – ein verwunschener Garten voller alter Bäume mit herabhängenden Ästen, umgeben von Wiesenblumen, die von ein paar gepflasterten Arealen durchbrochen wurden. Dort befanden sich unterschiedliche Inseln des Wohlbefindens: eine kleine Sitzecke, ein Hängestuhl zum Lesen und eine Hollywood-Schaukel für zweisame Momente. Und selbstverständlich wuchsen in diesem Paradies die Brombeeren und Himbeeren, die ich so liebte. Außerdem gab es Gemüsebeete, in denen ich Tomaten, Gurken, Paprika und mehr kultivierte. Doch vor allem lebte ich hier nicht allein. Ich sah den blonden Mann mit den tiefgründigen blauen Augen deutlich vor mir, genauso wie sein Grübchen im Kinn, an dem ich mich kaum sattsehen konnte. Er lachte mir glücklich zu, während er unsere beiden Kinder auf den Armen trug und sich wild mit ihnen im Kreis drehte, wobei sie vergnügt juchzten. Dann drückte er jedem einen Kuss auf die Wangen, stellte sie ab und lief mir entgegen, um mich an sich zu ziehen. Beinahe hatte ich schon seinen Duft in der Nase. Aber nur beinahe, denn schließlich war das nichts weiter als ein betörender Traum. Im echten Leben fehlte von ihm nämlich jede noch so kleine Spur.

Gut, da gab es meinen Lieblingsfreund Samuel, bei dem ich nicht zu hundert Prozent wusste, ob er sich mehr erhoffte, und der mich in besonders einsamen Stunden gedanklich in Versuchung führte. Doch eigentlich war ich mir sicher, dass er einfach den besten Kumpel der Welt darstellte. Und ich hütete mich davor, das zu zerstören. Wir arbeiteten zusammen in der Kita. Er kümmerte sich um die »Rennschnecken«, die den Raum neben den »Regenwürmern« bevölkerten. Außer uns gab es bloß noch Lucy, die sich den »Grashüpfern« widmete. Sie stand allerdings schon kurz vor der Pensionierung und zog größtenteils ihr eigenes Ding durch.

Samuel und ich sahen uns demzufolge täglich und mochten uns nicht nur als Freunde, sondern auch als Kollegen. Wenn irgendetwas in unserem Verhältnis auf die schiefe Bahn geriete, dann würde das neben der

Freundschaft genauso das berufliche Miteinander belasten. Dieser Umstand sorgte schließlich dafür, dass mein wachsamer Verstand – zumindest in Bezug auf ihn – das Ticken der biologischen Uhr überhörte.

Ich zwang mich zurück in die Realität und lief entschlossen ins Badezimmer. Genug Zeit verplempert mit diesen zu nichts führenden Gedankengängen!

*

»Ciao, Samuel«, rief ich meinem Freund und Kollegen am Ende des Arbeitstages fröhlich zu.

»Warte, Silke!«, hielt er mich auf. Er eilte zu mir und seine tiefblauen Augen versenkten sich in meine. Kurz wurde mir ein wenig schwummrig. Hatte ich nicht erst heute Morgen die Bilder eines blonden Mannes mit tiefgründigen blauen Iriden in mir hervorgerufen? Ich konnte nicht leugnen, dass er diese Kriterien erfüllte, aber dennoch spürte ich eine tiefe Gewissheit, dass es nicht sein Gesicht war, das meine innere Welt zum Beben bringen konnte. Zumindest nicht im leidenschaftlichen Sinne. Als guter Freund war und blieb er wichtig für mich.

»Wollen wir nicht mal wieder zusammen ausgehen?«, schob er hinterher, während ein drängender Blick auf seiner Miene erschien. Das wirkte, als wolle er keinen Widerstand dulden. Sofort fühlte ich mich unbehaglich.

»Tut mir leid, Samuel, heute nicht. Ich bin mit Senta verabredet – Mädelsabend – und freue mich schon die ganze Woche darauf.«

Er zuckte mit den Schultern. »Schade. Zu einer anderen Zeit am Wochenende?«

»Lass uns das spontan entscheiden«, wich ich aus. Momentan traute ich mir selbst nicht über den Weg, da hielt ich lieber ein wenig mehr Abstand als sonst, bevor ich mich zu einer Dummheit hinreißen ließe, die ich hinterher bereute.

Ich drückte ihm einen flüchtigen Kuss auf die Wange, winkte entschuldigend und stieg in mein Auto.

Senta und ich saßen in unserer Lieblingsbar, die uns immer wieder wie ein Magnet anzog, wenn wir die Zeit für ein Treffen fanden. Hier herrschte eine entspannte Atmosphäre, die den klassischen Bar-Charakter mit einem modernen Farbkonzept und einem bequemen Lounge-Interieur verband. Anstelle großflächiger Monitore, deren Permanent-Beschallung jedes Gespräch verhinderte, gab es hier nur leise Hintergrundmusik. Auch das Fehlen der sonst obligatorischen Spielautomaten zog vermehrt die Gäste an, denen eine gute Unterhaltung wichtiger erschien als fremdgesteuerte Ablenkung. Gelegentlich wurde auf einer kleinen Bühne Live-Musik dargeboten, doch heute blieb es ruhig.

Wir hatten uns an einen der Hochtische gesetzt und saßen auf komfortablen Barhockern. Genüsslich nippten wir an Cocktails und ließen zufrieden die Blicke schweifen. Nachdenklich betrachtete ich Senta. Wir kannten uns seit der Grundschule und unser Kontakt war nie in Gefahr geraten, abzureißen. Ich konnte mich erinnern, als wäre es gestern gewesen, wie sie mir am ersten Schultag mit ihrem rosa Schulrucksack ins Auge gesprungen war. *Wie kann man bloß so einen scheußlichen Rucksack haben?*, hatte ich gedacht, während ich stolz meinen eigenen trug, der in einem leuchtenden Orange erstrahlte.

Irgendwie waren wir im Laufe der Feierlichkeiten direkt nebeneinander gelandet und nach einem schüchternen Lächeln von ihr war ich verloren. *Nur sie will ich als beste Freundin haben!*, schoss es mir damals durch den Kopf. Anscheinend beruhte dieser Gedanke auf Gegenseitigkeit, denn wir wurden unzertrennlich.

Dem Leben geschuldet verfügten wir heutzutage über deutlich weniger Zeit füreinander als je zuvor, doch unsere tiefe Verbundenheit konnte das nicht erschüttern. Im Gegensatz zu mir war Senta verheiratet und hatte zwei entzückende kleine Kinder – den dreijährigen Finn und die achtzehn Monate alte Mona. Sentas Prachtexemplar von einem Mann, Lukas, unterstützte sie bei allem, was sie tat, auf jede erdenkliche Weise und gab ihr den Raum, den sie brauchte. Dennoch war sie abends oft erschöpft und hatte nicht mehr so viel Lust aufs Ausgehen wie früher. Auch an diesem Tag wirkte sie müde. Trotzdem glühten ihre Augen, als sie mit ihren Blicken zu mir zurückkehrte.

»Erzähl! Was gibt es Neues an der Liebesfront?«

Ich lachte bitter auf. »Was soll es schon Neues geben? Meine aktuelle Liebe ist vier Jahre alt, heißt Leon und klaut mir mit seinen blauen Kulleraugen das Herz.

Und untersteh dich, zu fragen, ob meine Liebe erwidert wird! Leon ist mit Tabea verbandelt und will sie heiraten, wenn er groß ist. Noch mehr Infobedarf?« Herausfordernd sah ich sie an.

»Hey, warum so aggressiv?«

»Du hast ja recht. Tut mir leid.« Unzufrieden kniff ich die Lippen aufeinander. »Mir geht das so auf den Geist! Ich bin dreiunddreißig und jeden Morgen macht es ticktack. Ich will einen Mann und Kinder – einfach das, was die meisten haben. Nur, wo soll ich jemanden kennenlernen? Alle Männer, die mir begegnen, sind ungefähr so alt wie Leon. Am Ende eines Tages haben mich die Zwerge restlos geschafft, sodass ich viel zu kaputt bin, um auszugehen. Wie soll ich da jemals die Liebe finden? Und die attraktiven alleinerziehenden Väter kreuzen auch bloß alle Schaltjahre meinen Weg.«

»Äh, Süße. Ich weiß nicht, ob dir das bereits aufgefallen ist, aber wir leben im einundzwanzigsten Jahrhundert. Schon mal was von der sensationellen Erfindung des Internets gehört?« Sie betrachtete mich mit hochgezogenen Augenbrauen – genauso wie sie ihre kleinen Mäuse ansah, wenn die etwas ausgefressen hatten. »Oder wie wäre es mit einer App? Mit Tinder und Co.?«

Angewidert zuckte ich die Achseln. »Ich bin doch keine Katalogware, die sich ins beste Licht rückt, nur um möglichst viele potentielle Käufer anzulocken. Nein, das schmeckt mir nicht.«

Senta rollte genervt mit den Augäpfeln. Das war eine typische Geste für sie, die mir immer wieder ein

Schmunzeln entlockte. »Wie alt bist du? Neunzig? Heute ist es völlig normal, einen Mann online zu finden. Das ist längst gesellschaftsfähig geworden.«

»Sagt die Frau, die sich dieser ach so modernen Welt selbst verweigert und ihren Mann bei der Arbeit kennengelernt hat …«

Hörbar stieß sie die Luft durch die Nase aus. »Ich habe eben Glück gehabt.« Auf der Suche nach weiteren Argumenten ließ sie erneut die Augen durch den Raum wandern und blieb dabei plötzlich an einem bestimmten Punkt hängen. Ohne ihr Augenpaar zu mir zurückzuschwenken, raunte sie mir zu: »Übrigens sitzt da hinten ein ausgesprochen attraktiver Mann, der dich mit seinen Blicken geradezu verschlingt.«

»Logisch«, lästerte ich und schüttelte lustlos den Kopf. Für diese Art Verkupplungsversuche fehlte mir der Sinn. Schließlich kannte ich Senta schon eine Weile – genauso wie ihr Talent, mir Dinge vorzumachen, die sich hinterher als ganz anders herausstellten.

»Jetzt guck doch wenigstens!«, stöhnte sie. »Rechts von dir an der Wand unter dem großen Spiegel. Er fixiert dich, als wolle er dich zwingen, endlich in seine Richtung zu schauen.«

»Meinetwegen«, stieß ich genervt hervor und folgte der vorgegebenen Blickrichtung.

Tatsächlich. Dort saß ein attraktiver Mann. Sehr attraktiv. Auch wenn er nicht blond und blauäugig war, sondern eher ein dunkler, geheimnisvoller Typ, fühlte ich mich magisch von ihm angezogen. Senta hatte recht.

Seine Augen klebten an mir. Als ich ihn bewusst wahrgenommen hatte, hob er sein Glas, lächelte charmant und prostete mir zu. Wie erstarrt blieben meine Blicke an ihm hängen. Was war das hier? Wieso übte der Fremde so eine ungeheure Anziehungskraft auf mich aus?

Langsam erhob er sich, griff nach seinem Bier und schlenderte auf uns zu.

Selbstbewusst. Siegessicher. Unbezwingbar.

Mir stockte der Atem. Und jetzt?

An unserem Tisch angekommen, fragte er mit einer tiefen warmen Reibeisenstimme: »Hi, ich bin Konstantin, darf ich mich zu euch setzen?«

Ganz normaler Wahnsinn

Ich hasste es, einkaufen zu gehen. Grundsätzlich. Und nach dieser Horrornacht hasste ich es noch ein bisschen mehr. Die übliche Nervosität, die ich verspürte, wenn ich mich unter Menschen mischen musste, schien heute ins Unermessliche zu klettern. Meine Hände klebten schon auf der Fahrt zum Supermarkt schweißnass am Lenkrad und mein Kreislauf kämpfte mit einem Mix aus Hitze- und Kälteattacken. Immer wieder wurde mir speiübel und ich lief permanent Gefahr, mich gleich zu übergeben. Trotzdem schaffte ich es irgendwie, bis zum Parkplatz des Zielortes zu kommen.

Wie jedes Mal stellte ich mein kleines Auto in einer kaum einsehbaren, an einer hohen Mauer gelegenen Nische in der Nähe der Ausfahrt ab. Eigentlich gehörte das Fahrzeug Camila, doch sie zog es altersbedingt vor, nicht mehr selbst zu fahren. Zu meinem Glück hatte sie es bis jetzt nicht abgemeldet. Die Registrierung lief weiterhin auf ihren Namen – wofür ich ihr überaus dankbar war, weil es mich davon befreite, bei den Behörden in Erscheinung treten zu müssen. Wenigstens hatte ich sie dazu überreden können, ihr den Marktwert des in die Jahre gekommenen Kleinwagens auszuzahlen. Mobil zu sein, bedeutete mir viel. Es verschaffte mir nicht nur die Möglichkeit, jeden beliebigen Ort aufsuchen zu können, sondern auch genauso schnell wieder von dort zu verschwinden.

Ich startete das gewohnte Ritual. Erst prüfte ich aufmerksam die Umgebung. Dabei ließ ich die Blicke rundherum schweifen und nahm selbst den Rückspiegel und die beiden Außenspiegel ins Visier. Danach griff ich nach der Baseballkappe, die stets auf dem Armaturenbrett lag, band die langen blonden Haare zusammen und versteckte sie unter der Kopfbedeckung. Mir war durchaus bewusst, was für ein unglaubliches Risiko ich allein dadurch einging, dass ich sie nicht färbte. Doch dieses letzte bisschen eigener Identität wollte ich mir noch bewahren, nachdem ich bereits so viel davon verloren hatte. Ich setzte die dunkle verspiegelte Sonnenbrille auf und betrachtete mich im Spiegel. Eine beinahe Fremde sah mir entgegen. Und wenn *mir* das schon so vorkam ...

Zögerlich stieg ich aus und ließ erneut meine Augen über das komplette Parkplatzareal wandern. Niemand Verdächtiges zu sehen. Ich eilte zu den Einkaufswägen, schnappte mir mit zügigen Bewegungen einen und begab mich ins Innere des Ladens. Auch hier scannte ich permanent die Umgebung und musterte – gut versteckt hinter den Spiegelgläsern – die Menschen um mich herum. Außerdem warf ich regelmäßig Blicke über die Schultern. Nach dem Albtraum der vergangenen Nacht erst recht. Doch es blieb dabei: Weiterhin nichts Auffälliges!

Mit einer eigens dafür antrainierten Effizienz lief ich zwischen den Regalreihen entlang, wobei ich jeden unnötigen Umweg vermied, und belud den Wagen mit allem, was ich in den kommenden beiden Wochen brauchen würde. Durch eine wundersame Fügung wurde das immer weniger. Mein Herz begann schneller zu klopfen. Was hatte ich für ein Glück gehabt, den Job bei Ricardo zu ergattern! Nicht nur, dass es mir einen ordentlichen Verdienst sicherte, beinahe täglich in seinem Restaurant zu putzen, er ließ es sich auch nicht nehmen, mir am Ende jeder Schicht ein – wie er es nannte – »kleines Mittagessen« zu kredenzen. In Wahrheit war es stets eine komplette, ausgewogene Mahlzeit, die ich mir allein nie in dieser Qualität zubereitet hätte. Doch selbst das war längst nicht alles. Mit seiner väterlichen Art füllte er eine Lücke, die bereits viel zu lange bestand. Meine Eltern waren früh verstorben und ich vermisste sie nach all den Jahren immer noch jeden Tag. Ricardo erinnerte mich wieder daran, wie schön es sich anfühlen konnte, an einem Ort geborgen und behütet zu sein. Und in seiner Nähe kam das kleine Mädchen in mir zur Ruhe und gewann den Glauben zurück, ihm könne nichts Schlimmes mehr geschehen.

Leider legte er seit neuestem montags einen Ruhetag ein, sodass die liebgewordene tägliche Routine durchbrochen wurde. Andererseits versetzte mich das in die Lage, mich an diesem Vormittag um meine eigenen Belange zu kümmern – wie jetzt bei der unerlässlichen Einkaufstour.

Ich schüttelte die ablenkenden Gedanken ab und kehrte mit der Aufmerksamkeit in die Gegenwart zurück. Mit einem schnellen Rundum-Blick sicherte ich die Umgebung. Alles gut. Ich schob den Wagen zu den

Kassen und stellte mich an der mit der kürzesten Schlange an. Auch hier ließ ich die Augen unauffällig über die zahlreichen Menschen wandern. Und dann erstarrte ich. Zwei Gänge weiter: Dieser Mann! Die Haarfarbe, die Statur, die aufrechte Haltung, die lässige Kleidung, sämtliche Bewegungsmuster ... War er das? Er sah aus wie er. Von hinten. Eine Stimme in mir flüsterte: »Dreh dich um, los, dreh dich um, damit ich dich richtig sehen kann!« Und eine andere schrie: »Nein, nein, dreh dich bloß nicht um!«

Inzwischen hatte er das Kassenband erreicht und positionierte sich so, dass ich ihn von der Seite betrachten konnte. Schlagartig traten mir Tränen in die Augen und ich begann, am ganzen Leib zu zittern. Schon wieder wallte Übelkeit in mir auf. Ich realisierte, dass ich vor lauter Erregung aufgehört hatte, zu atmen. Nur langsam klang dieser Zustand ab und ich fand zu meinen normalen Körperfunktionen zurück. Nein, er war es nicht. Lieber Gott, vielen Dank dafür!

Wie ich den Kassiervorgang überstand, wusste ich hinterher nicht mehr. Ich funktionierte mechanisch, schaffte es irgendwie, das Band zu befüllen, mit zittrigen Fingern Bargeld aus der Geldbörse zu kramen und die Einkäufe im Wagen zu verstauen. Danach plumpste ich kraftlos auf den Fahrersitz und ließ den aufgestauten Tränen freien Lauf.

Im Schutz des kaum frequentierten Parkplatzareals überfiel mich die zweite Erinnerungswelle des heutigen Tages.

Ein Traum setzt sich fest

– im Juni vor zwei Jahren –

Seit vier Wochen trafen Konstantin und ich uns regelmäßig. Wann immer wir die Gelegenheit fanden, unternahmen wir etwas zusammen. Wir gingen spazieren, sahen uns Kinofilme an – von Action bis hin zu romantischen Komödien –, unterhielten uns in Bars, verabredeten uns zum Essen und lernten uns dabei stetig besser kennen. Mit ihm fühlte es sich so unbeschwert und gleichzeitig prickelnd an wie mit keinem zuvor.

Liebe lag in der Luft, und an jenem Junitag pulsierte das übermütige Gefühl in mir, dass die Zeit gekommen sei, ihren Duft einzuatmen und mich restlos von ihr vereinnahmen zu lassen. Konstantin wollte mich von der Kita abholen, was dazu führte, dass ich schon den ganzen Tag aufgeregt, planlos und unkonzentriert der Arbeit nachging. Samuel, der meine Pläne kannte, hatte mich wiederholt mit einem mürrischen Kopfschütteln bedacht, wenn wir uns auf den Gängen und im Garten über den Weg liefen.

»Der Typ bringt dich ja ordentlich durcheinander«, raunte er mir zu, als wir die letzten Kinder für die Abholung durch ihre Eltern vorbereiteten. »Und du bist dir sicher, dass er einen Beziehungsversuch wert ist?«

»Ja, bin ich«, entgegnete ich mit einem Seufzen. Meine Güte, wie oft hatten wir jetzt diese Debatte geführt? Samuel benahm sich mehr als merkwürdig, seit ich Konstantin datete. Dass ihm das Ganze nicht schmeckte, blieb unübersehbar. Und mir war längst klar geworden, dass ich mir sein Interesse für mich nicht einbildete. Die Qualität unserer Freundschaft hatte in den vergangenen Wochen massiv gelitten. Trotzdem erschien es mir wichtig, dass er Konstantin kennenlernte. Vielleicht gelang es ihm ja doch noch, sich mit der neuen Situation zu arrangieren, sodass ich mit Konstantin verbandelt und mit Samuel platonisch befreundet bleiben konnte. Immerhin hatte er mir versprochen »sich den Knaben anzuschauen«, wie er es formulierte.

Die verbliebenen Kinder wurden von ihren Eltern in Empfang genommen und der Parkplatz leerte sich. Dass Konstantins Porsche bereits etwas abseits stand, hatte ich schon wahrgenommen. Nachdem sich der Trubel gelegt hatte, schwang die Tür auf und Konstantin trat mit einem strahlenden Lächeln heraus.

»Auch noch ein Porschefahrer«, stöhnte Samuel, der direkt neben mir wartete, genervt auf. »Da hättest du mich zumindest vorwarnen können.«

»Hey, du Öko-Snob«, lachte ich und stieß ihm freundschaftlich den Ellenbogen in die Seite. »Du wirst ihn ja wohl nicht verdammen, nur weil er Sportwagen mag.«

»Luftverpester«, grummelte er. »Und auf so einen willst du dich einlassen!«

»Jetzt warte doch mit deinem Urteil, bis du ihn kennst«, raunte ich ihm zu, inzwischen ebenfalls genervt. »Du könntest ihm wenigstens eine Chance geben.«

Konstantin näherte sich mit einem Lächeln, das ein wenig angestrengt wirkte. »Hi«, begrüßte er mich und hauchte mir auf jede Wange ein Küsschen, das meinen Puls beschleunigte und ein leises Prickeln über die jeweilige Körperseite schickte.

»Hallo, Konstantin«, gab ich heiser zurück. »Ich würde dir gern meinen allerbesten Freund Samuel vorstellen. Wir arbeiten bereits seit Jahren zusammen und sind ein eingespieltes Team.«

»Hi, Samuel«, entgegnete er lässig, »freut mich, dich kennenzulernen.« Er betrachtete sein Gegenüber von oben bis unten und schüttelte ihm dann die Hand.

»Hallo, Konstantin.« Samuel erwiderte Blickduell und Handschlag. Entspannt ging anders … »Bist du beruflich Porschefahrer oder machst du auch noch was Sinnvolles?«

Ich rollte frustriert mit den Augen. War es das, was er unter »eine Chance geben« verstand? Entschuldigend sah ich Konstantin an und zuckte leicht mit den Achseln, doch das nahm er gar nicht wahr, weil er damit beschäftigt war, Samuel mit Blicken zu töten.

»Und du bist also Kindergartentante?«, ließ er sich auf den verbalen Schlagabtausch ein.

»Falls du mich gerade fragen wolltest, ob ich Erzieher in der Kita bin, ist das korrekt.«

»Aha. Was bringt einen Mann dazu, einen Frauenberuf auszuüben?«

»Die Moderne, würde ich sagen. Ich für meinen Teil lebe im einundzwanzigsten Jahrhundert. Und du so?«

»Jungs!«, fuhr ich dazwischen. »Was soll der Mist? Ich dachte, die Kindergartenzeit sei für heute vorbei und jetzt eröffnet ihr sie wieder auf einem frühkindlicheren Level, als die Kiddies das tun. Kommt gefälligst runter!«

»Sorry, du hast recht.«

Reumütig sah mir Konstantin in die Augen und griff nach meinem Arm. »Ich denke, wir sollten los. Schließlich haben wir noch was Schönes vor.«

Er wandte sich an Samuel. »Nichts für ungut. Man sieht sich.«

»Klar, man sieht sich«, entgegnete der Angesprochene und schnaubte frustriert.

Ich warf ihm einen eindringlichen Blick zu und folgte meinem Begleiter zu seinem Auto. Galant öffnete er mir die Tür und ließ mich einsteigen.

»Das war also dein bester Freund?«, fragte er mich, nachdem er den Motor gestartet hatte. »Vielleicht ein bisschen unentspannt.«

»Unentspannt wart ihr beide, würde ich sagen. Ich finde nicht, dass ihr euch viel geschenkt habt.«

»Hey, er hat angefangen. Ich bin nur auf seinen Ton eingestiegen.«

»Okay, ja, er hat angefangen. Aber du hättest es ja auch mit Humor nehmen können. Dann wäre dieses Kennenlernen anders verlaufen.«

»Ach, komm, wollen wir uns jetzt wirklich wegen Samuel streiten? Wir haben einen tollen Freitagabend vor uns. Lass es uns doch einfach zusammen genießen!«

»Du hast recht«, lenkte ich ein. Dennoch blieb das komische Gefühl in der Magengegend, dass ausgerechnet die zwei Männer, die mir am meisten bedeuteten, wie Streithähne aufeinander losgingen.

Zwanzig Minuten später parkte Konstantin vor dem Einfamilienhaus, das er, ebenso wie den Porsche, seinem Erbonkel verdankte. Der private Stellplatz erwies sich an diesem Tag als Segen, denn in seiner Heimatgemeinde herrschte ein Tohuwabohu. Überall kreisten Autos. Die Parkmöglichkeiten im Ortskern waren bereits erschöpft. Es konnte nicht mehr lange dauern, bis auch die Seitenstraßen von parkenden Fahrzeugen gekapert wurden.

Das Chaos war einem kleinen Musikfestival geschuldet, das alljährlich stattfand und das einen Magneten für die Einheimischen und die Menschen der Nachbargemeinden darstellte. Präsentiert wurden unterschiedliche Bands, die eine Mischung aus Pop, Soul und Latin Music darboten. Konstantin hatte mir ein einzigartiges Event in Aussicht gestellt, das wir uns unbedingt gemeinsam anschauen müssten. Rund um das Veranstaltungsgelände würde es Stände mit Essen, Getränken und allerlei schönen Dingen geben, hatte er angekündigt.

Und anscheinend hatte er nicht zu viel versprochen, denn ich sah bereits, während wir auf die Location zuliefen, die zahlreichen Buden, um die sich gutgelaunte Menschen gruppierten.

»Na, was sagst du?«, fragte er, als ich staunend stehenblieb und mir das Gewimmel besah.

»Wow, das sieht toll aus! Unglaublich, dass ich noch nie etwas davon gehört habe, obwohl ich bloß fünfzehn Kilometer entfernt wohne.«

»Tja, das ist eben nur was für die Eingeweihten«, erwiderte er mit einem frechen Grinsen.

Mit einer fließenden Bewegung griff er nach meiner Hand und warf mir einen lodernden Blick zu. »Damit du mir im Gewühl nicht verlorengehst …«

Mein Herz wechselte in einen wilden Rhythmus, und ich merkte, wie mir das Blut in die Wangen schoss. Himmel, fühlte sich das gut an! Meine Hand versank in seiner warmen Handfläche, die den ganzen Körper zu elektrisieren schien.

»Wir halten Händchen!«, jubelte es in mir und sämtliche Synapsen tanzten bereits, obwohl bislang gar keine Musik erklang.

Wie auf Wolken lief ich neben ihm her und die Umgebung verschwamm in einem rosigen Dunst.

Vor einem Stand mit Lebkuchenherzen stoppte er. »Magst du so etwas?«, fragte er und wies auf die vielfältigen Kreationen.

»Keine Ahnung, habe ich noch nie probiert«, erwiderte ich lachend.

»Was? Du hast noch nie ein Lebkuchenherz probiert? Was für eine Schande! Das müssen wir ändern.«

Er wandte sich der Theke zu, betrachtete die Auslagen und deutete dann auf ein Herz, dessen Aufdruck ich nicht sehen konnte, weil seine große Gestalt den Blick auf das Angebot verhinderte. Die Verkäuferin reichte ihm die Ware mit einem verschmitzten Lächeln und nahm sein Geld entgegen.

Mit einem verheißungsvollen Ausdruck im Gesicht trat er nah an mich heran, sah mir tief in die Augen und hängte das Lebkuchenherz um meinen Hals. »Das, was darauf steht, entspricht der Wahrheit«, raunte er mir dicht an meinem Ohr zu und ließ dabei ein Funkenfeuerwerk explodieren.

»Was steht denn darauf?«, murmelte ich und traute mich kaum, mich zu bewegen.

»Schau nach!«, forderte er mich auf und entfernte sich einen Schritt von mir.

Mit zitternden Fingern griff ich nach dem Herz, das ich damit genauso zum Flattern brachte wie mein eigenes, und gab alles, um trotz meines völlig vernebelten Gehirns die Aufschrift zu entziffern. »Ich hab dich lieb«, las ich, während mein Puls durch die Decke ging. Fragend sah ich zu Konstantin auf, der mich liebevoll anlächelte und bestätigend nickte. Er legte seine Hände sanft auf meine Schultern und dann – in Millimeter-Schrittchen – näherten sich seine Lippen den meinen, wir küssten uns und die ganze Welt bestand nur noch aus zuckersüßen Lebkuchenherzen.

Amors Pfeile unerwünscht!

Ich schüttelte mich, um aus den Erinnerungen zurück in die Gegenwart zu finden. Verdammt, ich musste mir das endlich abgewöhnen, ständig aus der Zeit zu fallen! Wie schon am Morgen fragte ich mich, ob der Horror jemals wieder enden würde oder ob der Rest des Lebens aus einem Sprung zwischen meinen persönlichen Epochen bestehen würde. Aber wie sollte das je aufhören, solange ich keine Ahnung hatte, wie nah mir mein Verfolger bereits gekommen war, sofern er mich überhaupt noch jagte ... Seufzend startete ich den Motor, legte den Rückwärtsgang ein – nicht ohne erneut die Umgebung gemustert zu haben – und verließ das Areal.

Ich atmete tief durch, als ich in die Einfahrt von Camilas Finca rollte. Jetzt schnell die Einkäufe verstauen und dann nichts wie los zu Doro und Hajo! Die ganzen Flashbacks hatten den Zeitplan ordentlich durcheinandergewirbelt und ich wollte die alten Herrschaften nicht warten lassen. In Windeseile warf ich alles in die Küche und kümmerte mich lediglich um die verderblichen Lebensmittel, die ihren Platz im Kühlschrank fanden.

Schon machte ich auf dem Absatz kehrt und lief zurück zum Parkplatz. Der Weg zu dem Seniorenpärchen war zwar nicht weit, aber er führte durchgängig an einer selten befahrenen Straße entlang. Anfangs war ich gelaufen, doch dann hatte mir jeder aufbrummende Motor in der Umgebung einen Schrecken eingejagt und für Schweißperlen auf der Stirn gesorgt. Deswegen zog ich es vor, die kurze Strecke im Auto zurückzulegen.

Auf der Schotterfläche vor der Finca meiner Arbeitgeber parkte ich, atmete noch ein paar Mal tief ein und aus und machte mich auf den Weg zu meinem Nachmittagsjob. Voller Vorfreude klingelte ich. Hierherzukommen fühlte sich überhaupt nicht wie Arbeit an, sondern eher wie der Besuch bei Großeltern, denen ich ein wenig zur Hand ging. Die Herzlichkeit, die mir die beiden zuteilwerden ließen, füllte meine Seele mit Wohlgefühl und stellte damit den perfekten Ausgleich dar zu den Filmen, die sonst permanent in mir abliefen.

»Silke, meine Liebe, wie schön, dass du da bist!«, begrüßte mich Doro, die wie immer von innen heraus zu leuchten schien.

»Hallo, Doro, ich freue mich ebenfalls, hier zu sein. Bitte entschuldige die kleine Verspätung. Ich habe mich heute ein bisschen verzettelt.«

»Papperlapapp. Du entschuldigst dich jetzt nicht ernsthaft wegen ein paar Minuten. Komm rein! Wir sind auch noch nicht fertig. Wir essen gerade. Hajo hat eine köstliche Paella gekocht. Hast du Hunger?«

»Genau. So weit kommt es noch, dass ich euch eure Mahlzeit wegschnappe.«

»Papperlapapp«, benutzte die betagte Seniorin erneut ihr Lieblingswort. »Er hat viel mehr gemacht, als wir alten Leutchen bewältigen können. Widerspruch ist zwecklos! Setz dich zu Hajo, ich hole dir einen Teller.«

»Doro, gegen dich hat man echt keine Chance«, stöhnte ich.

»So soll es sein«, lachte sie. »Irgendjemand muss sich ja um dich kümmern.«

Ich schluckte schwer, als diese Worte in mein Bewusstsein drangen. Ja, irgendwer musste sich ja um mich kümmern. Die Frage war nur, ob mich irgendwer schützen konnte, wenn es hart auf hart kam. *Schluss damit!*, verdrängte ich die unerwünschten Gedanken.

Mit einem Seufzen rieb ich mir den Magen. »Hajo, das war köstlich! Auf jeden Fall bin ich jetzt pappsatt. Wahrscheinlich schiebt der Staubsauger gleich mich durch die Gegend und nicht umgekehrt.«

»Wird schon nicht so schlimm werden«, lachte der alte Mann. »Außerdem hat Doro, glaube ich, zuvor noch einen Anschlag auf dich vor.«

»Einen Anschlag? Klingt gefährlich!«

Nein, tut es nicht wirklich, korrigierte ich mich innerlich. *Diese beiden reizenden Leutchen sind alles, aber sicher nicht gefährlich. Ach, würde das doch nur für alle Menschen gelten!*

»Oh ja«, bestätigte seine Partnerin. »Allerdings. Wir haben wundervolle Nachrichten. Philipp, Hajos Sohn, kommt uns morgen ganz überraschend besuchen und bleibt für ein paar Tage. Deswegen möchten wir am Mittwochabend mit wenigen engen Freunden gemütlich zu Abend essen. Selbstverständlich bist du herzlich eingeladen.« Fragend sah sie mich an.

Wieder schluckte ich. Wie schön wäre es, einfach spontan zuzusagen! Doch leider ploppte in einer solchen Situation jedes Mal die Frage in mir auf, wer wohl noch dabei sein und meine Sicherheit unwissentlich gefährden könnte – allein schon dadurch, dass er mich zu Gesicht bekommen hatte.

»Hm, ich weiß nicht, Doro. Vielen, vielen Dank für die Einladung. Aber im Kreis eurer engen Freunde fühle ich mich ein bisschen fehl am Platz.«

»Papperlapapp«, kam es erneut zurück (hätte ich mir ja denken können). »Wir sind bloß eine Handvoll Leute. Du könntest Camila mitnehmen. Außerdem sind Jule und Paul mit von der Partie, Teresa und Benjamin sowie Emilio und Javier. Folglich sind wir nur eine kleine Gesellschaft, in der du alle kennst.«

Stimmt, so gesehen hatte sie recht. Dass mich jemand Neues aufs Radar bekommen würde, hatte ich in dieser Runde tatsächlich nicht zu befürchten – wenn man von Hajos Sohn Philipp absah, von dem ich noch nicht viel wusste, außer dass Doro ihn abgöttisch liebte. Eine unbekannte Person also. Wollte ich das Risiko eingehen?

Während ich wilden Grübeleien nachhing, tätschelte Doro meine Hand. »Liebes, du bist wirklich zu ernst für dein Alter. Gönn dir einen schönen Abend und sag ja! Du wirst sehen, das wird wundervoll. Außerdem freuen sich Jule und Teresa garantiert, wenn sie mal wieder ausgiebig mit dir quatschen können. Du kannst dich ja an die beiden halten.«

Ich nickte, als könne ich mir damit selbst Mut zusprechen. »Einverstanden, ich bin dabei!«

*

Als ich am Mittwochabend zusammen mit Camila Doros und Hajos Wohnzimmer betrat, waren schon einige Gäste versammelt. Jule und Paul unterhielten sich mit Pauls früherem Geschäftspartner Emilio. Der rüstige Senior hatte sich vor wenigen Jahren zur Ruhe gesetzt, wie ich von Jule wusste. Auch Hajo befand sich bereits in einem intensiven Gespräch mit einem deutlich Jüngeren. Seinem Sohn? Den großen Mann mit den raspelkurzen blonden Haaren sah ich nur im Profil. Sofort fielen mir seine markant geschnittenen Gesichtszüge auf. Ohne Vorwarnung wechselte mein Puls in einen schnelleren Rhythmus.

In einem vergangenen Leben ..., dachte ich innerlich seufzend, *ja, da wäre er eindeutig mein Typ gewesen.*

Ich schüttelte die unerwünschten Gedanken ab und besann mich darauf, dass ich nie, also wirklich nie, nie mehr einem Mann Zutritt in mein Herz gewähren würde.

Doro, die uns die Tür geöffnet hatte, führte uns zu den beiden und klinkte sich in das laufende Gespräch ein. »Philipp, darf ich dich mit Camila und Silke bekannt machen? Camila wohnt ein Stück weiter oben am Berg und ist eine langjährige Freundin. Silke lebt seit November auf der Insel und ist seitdem zu unserem unverzichtbaren Goldstück geworden, weil sie uns fantastisch im Haushalt unterstützt. Camila und Silke, dieser Prachtkerl hier ist Philipp, Hajos Sohn.« Mit mütterlichem Stolz ruhten ihre Augen auf ihm. *Wie nett*, schoss es mir durch den Kopf, *und das, obwohl er erstens nicht ihr eigener Sohn ist und sie ihn zweitens erst seit wenigen Jahren kennt*.

Aus diesen Gedanken zurückkehrend widmete ich mich dem Adressaten ihres Stolzes und richtete einen zaghaften Blick auf den Mann vor mir. Oh nein, nein, nein, bitte nicht! Eisblaue Augen, die trotz der kühlen Farbe über einen wohlig-warmen Schimmer verfügten, nahmen mich interessiert ins Visier. Er lächelte und entblößte dabei zwei Reihen gepflegter Zähne. Ein Eckzahn stand leicht schief und verlieh seinen symmetrischen Zügen etwas Verwegenes – wie ein Detail, das den makellosen Reiz zerstören wollte und ihn stattdessen weiter unterstrich. Unwillkürlich dachte ich an die verschütteten Tagträume, an das Haus mit den roten Fensterläden und den Mann mit den zwei Kindern im Arm, an sein Lachen in meine Richtung und an die folgende Umarmung. Ja, so wie er hätte er sein können. Der Mann, den ich gesucht hatte. In einem früheren Leben.

Er begrüßte Camila. Danach streckte sich mir eine Hand entgegen und riss mich aus den verschollen geglaubten Gedankenwelten.

»Hi, Silke, freut mich, dich kennenzulernen. Auch wenn Doro gerade so tut, als hätte ich noch nie von dir gehört, entspricht das nicht der Wahrheit. Sie redet ständig von dir. Genauso wie von Jule und Teresa.« Er lächelte mich freundlich an, und ich brauchte meine ganze Konzentration, um mich an den Niemals-mehr-ein-Mann-Schwur zu erinnern. »Umso schöner, endlich ein Bild von euch zu bekommen.« Sein Lächeln vertiefte sich und das Wärmefeld, das er um sich herum erschuf, erhitzte sich spürbar.

Was tun? Alles andere, als seine Hand zu ergreifen, würde eine unverzeihliche Missachtung der grundlegendsten Höflichkeitsregeln bedeuten und mich vor meinen Arbeitgebern in ein schlechtes Licht rücken. Außerdem mochte ich Doro, liebte sie womöglich sogar und wollte sie nicht vor den Kopf stoßen. Deshalb ergriff ich die dargebotene Hand, um sie zu schütteln. So kurz wie möglich. So emotionslos wie möglich.

Doch kaum hatte diese große warme Hand, die sich weich und zugleich fest anfühlte, meine deutlich kleinere umschlossen, wurde ich in eine andere Ära gebeamt. In eine Ära, in der es keine Schrecken, keine Bedrohungen, keine Panik gegeben hatte. In eine Ära, in der die Träume von einer wunderbaren Zukunft mein Leben dominiert hatten. In eine Ära, in der ich an die Liebe glaubte und mich nach ihr sehnte.

Innerlich erstarrte ich. Ich konnte nichts weiter wahrnehmen als diese Hand und die Botschaften, die sie mir übermittelte. Botschaften von Wärme, Geborgenheit, Verlässlichkeit und grenzenloser Sicherheit.

»Nein!«, schrie mein Verstand. Laut und unbestechlich. Ein Zucken lief durch meinen Körper, das Kribbeln in den Fingerspitzen ließ nach und ich entriss Philipp die Hand mit einer unkontrollierten Bewegung. Aus den Augenwinkeln konnte ich seinen überraschten Blick erkennen, doch da zog ich bereits Camila hinter mir her, um mich in einem entfernten Winkel des Wohnzimmers weiter mit ihr zu unterhalten. Oder so zu tun, als würde ich mich unterhalten, denn außer diesem vehementen Hilfeschrei brachte mein Gehirn nichts Vernünftiges zuwege. Zum Glück tauchte in dem Moment Javier auf, ein Hotelier der Umgebung, und vereinnahmte Camilas Aufmerksamkeit. Ich schloss kurz die Augen, konzentrierte mich auf die Atmung und versuchte, das Chaos in mir in den Griff zu bekommen.

Silke, ganz ruhig, sprach ich mir zu. *Er ist bloß zu Besuch hier. Er wird bald wieder verschwinden. Und du musst ihn nicht so schnell wiedersehen.* Trotzdem hätte ich am liebsten sofort die Flucht ergriffen.

Wie in Schockstarre stand ich da und realisierte nur am Rande, dass Doro, die auf ein Türklingeln reagiert hatte, nun mit Teresa und Benjamin im Schlepptau im Raum erschien und die beiden ebenfalls in Hajos und Philipps Richtung manövrierte. Selbst in meinem lädierten Zustand bekam ich mit, dass aus den zweien tatsächlich ein Paar geworden zu sein schien. Also hatte es Doro erneut geschafft – und das, obwohl in diesem Fall die Vorzeichen alles andere als günstig gewesen waren ...

Doro, bitte, bitte, lass mich in Ruhe!, flehte ich innerlich und hoffte, dass sie sich nicht ausgerechnet mich für ihren nächsten Verkupplungsversuch ausguckte.

Unauffällig beobachtete ich das Geschehen, während ich von der Unterhaltung in der unmittelbaren Nähe nichts mehr mitbekam. Am entgegengesetzten Ende des Zimmers lief ein herzliches Kennenlernprozedere ab. Vor allem Teresa und Philipp schienen miteinander zu scherzen.

»Bloß nicht, das ist das Letzte, was ich gerade gebrauchen kann!«, schallte plötzlich Philipps Stimme durch den Raum. Ihr tiefer warmer Klang ging mir durch und durch – selbst über die Entfernung hinweg. Ich nahm wahr, dass er Doro streng ansah und sie dadurch zum Erröten brachte. Wovon sie wohl sprachen?

Doro antwortete so leise, dass ich ihre Antwort nicht hören konnte. Deutlich lauter rief sie: »Wir sind komplett. Also können wir uns genauso gut setzen. Ich habe Tischkärtchen aufgestellt.« Sie klatschte in die Hände und begann, die Anwesenden zu den für sie vorgesehenen Plätzen zu dirigieren.

Die Stoßgebete, die ich zum Himmel sandte, wurden mit jeder Sekunde, die verstrich, heftiger. *Bitte, bitte, lass mich irgendwo weit entfernt von Philipp sitzen. Und am besten so, dass ich ihn nicht einmal sehen kann.*

Aber mal ehrlich, wann wurden Stoßgebete schon erhört? Hätte ich damit jemals Erfolg gehabt, wäre ich nie in die schrecklichsten Situationen meines Lebens geraten.

Nach und nach füllte sich der große runde Tisch, der aktuell zum Oval ausgezogen war. Bislang hatten weder Philipp noch ich unseren Platz gefunden. Einerseits gut, denn dadurch bestand die Hoffnung, dass wir mit einem beträchtlichen Abstand an derselben Längsseite der Tafel landeten, andererseits schlecht, weil wir im schlimmsten Fall direkt nebeneinander sitzen würden. Die Chancen standen fünfzig/fünfzig.

Wie war das mit den Stoßgebeten? Selbstverständlich wurden sie auch dieses Mal nicht erhört, denn Doro beorderte mich ausgerechnet zwischen Paul und ... Philipp. Mit gesenktem Kopf rutschte ich auf den Stuhl zwischen den beiden Männern. *Ach, wäre doch dieser unsägliche Abend schon vorbei!*

Nur kurz sah ich auf, um einen Blick auf Doro zu werfen. Dabei entdeckte ich ein Glitzern in ihrer Mimik, das meine übelsten Befürchtungen wahrwerden ließ. Hatte ich nicht erst vor zwei Tagen festgestellt, dass ich Doros amourösen Offensiven bislang entgangen war? Und jetzt saß ich mitten in ihrem Pfeilhagel und wusste kaum, wie ich ihm wieder entkommen sollte.

Während der Mahlzeit starrte ich stumm vor mich hin und suchte nach einer Ausrede, um dem ganzen Irrsinn so schnell wie möglich zu entfliehen. Die Atmosphäre am Tisch mochte noch so schön sein – und unter anderen Umständen hätte sie meine Seele garantiert ein weiteres Stückchen geheilt –, aber aktuell wäre ich zu gern vor ihr davongerannt.

Paul schien zu spüren, dass es mir nicht gut ging, denn er versuchte regelmäßig, mich mit kleinen Bemerkungen aufzuheitern, und ließ mich ansonsten in Ruhe.

Von Teresa, die mich von der kurzen Seite des Ovals aus beobachten konnte, erntete ich ebenfalls in steter Folge teils amüsierte, teils mitfühlende Blicke. Na prima, ihr war Doros Aktion also genauso aufgefallen wie mir!

Philipp unternahm zahlreiche Anläufe, mich in ein Gespräch zu ziehen, doch ich wich ihnen aus, indem ich einsilbig antwortete oder sogar nur undefinierbare Laute von mir gab. Verdammt, zu allem Überfluss hatte ich auch noch das Gefühl, dass er sich zu mir hingezogen fühlte! Zweifellos existierte eine unerklärliche Chemie zwischen uns, deren Ursprung ich liebend gern herausgefunden hätte, wenn ich nicht ich wäre – die heutige Ausgabe meiner selbst, die Männer mied, als handele es sich bei ihnen generell um sichere Boten des Verderbens. Innerlich wurde ich hin und her gerissen zwischen einem tiefen Frust, dass mein Leben nicht einen leichteren Verlauf genommen hatte, und fortwährenden Fluchtgedanken.

Am späteren Abend wandte sich Javier, der auf Philipps anderer Seite saß, seinem Nebensitzer zu. Zuvor hatte er Teresa lange und temperamentvoll von seiner Tätigkeit als Hotelier berichtet. Meine Freundin lauschte den Ausführungen interessiert. Schließlich besaß ihr Vater, den sie gerade erst aufgespürt hatte, ebenfalls einen Hotelbetrieb, in den sie – wie mir Ricardo freudestrahlend erzählt hatte – einsteigen wollte. Doch nun galt seine Aufmerksamkeit dem Mann neben mir. Erleichtert atmete ich auf. Das versetzte mich endlich in die Lage, mich entspannt zurückzulehnen und keine weiteren Avancen von Philipp befürchten zu müssen.

»Schön, dass wir uns auch mal kennenlernen«, eröffnete Javier das Gespräch. »Hajo hat mir schon so viel von dir berichtet. Du bist anscheinend in einem ausgesprochen spannenden Beruf unterwegs.«

Philipp lachte amüsiert auf. »Ja, kann man so sagen. Ich würde keinen anderen ausüben wollen.«

»Kriminaltechniker heißt das auf Deutsch, richtig?«

»Ja, genau. Ich arbeite für das Landeskriminalamt in Stuttgart.«

Das war der Punkt, an dem mir die Sinne zu schwinden drohten. Er gehörte zur Polizei. Um Himmels willen! Ausgerechnet zur Polizei. Hörte das denn niemals auf? Meinte es das Schicksal immer noch ein bisschen schlechter mit mir? In meinem Kopf ratterten die Gedanken. Gut, er arbeitete in Stuttgart. Doch, wenn ich ehrlich war, hatte ich keinen blassen Schimmer, wie intensiv die verschiedenen Polizeibehörden miteinander vernetzt waren. Und Wiesbaden lag ja nun wirklich nicht weit entfernt ...

Je mehr dieser Überlegungen durch mein Gehirn jagten, desto mieser erging es mir. Der Mund fühlte sich staubtrocken an, ich konnte kaum atmen und der Magen hob und senkte sich, als wolle er sich gleich entleeren. Schwarze Pünktchen erschienen vor meinen Augen und ich fürchtete, jeden Moment zusammenzubrechen. Unterdessen lief die Unterhaltung zwischen den Männern weiter.

»Was machst du da genau?«, erkundigte sich Javier.

»Ich bin im Bereich Formspuren tätig. Wir analysieren Schuhabdrücke, Reifenspuren, Beschädigungen an Schlössern, Werkzeugspuren und andere Tatortspuren – sowohl direkt vor Ort als auch später mit den erweiterten Möglichkeiten im Labor.«

Sollte mich das jetzt beruhigen? Immerhin lag das weit entfernt von den Feldern der Ermittlungsarbeit, die mir Furcht einflößten. Während ich versuchte, einzuschätzen, wie gefährlich es für mich werden konnte, dass Philipp mich gesehen hatte, nahm ich eine Bewegung hinter mir wahr. Teresa hatte sich neben mich gestellt und beugte sich zu mir herunter.

»Ich könnte mal kurz ein bisschen frische Luft gebrauchen«, flüsterte sie mir zu. »Bist du dabei?«

Einen Moment brauchte ich, um meine Gedanken zu sortieren, dann stand ich auf. Sofort ergriff mich ein heftiges Schwindelgefühl. Schwankend strebte ich dem Ausgang entgegen. Teresa schien meinen Zustand zu bemerken, denn sie stützte mich mit ihrer Hand. Erleichtert schlüpfte ich durch die Haustür und gönnte mir einen tiefen Atemzug der nachtklaren Luft, die ein paar Lebensgeister reaktivierte.

Teresa hakte sich bei mir unter und zog mich ein Stück weit in den finsteren Garten, der so bedrohlich auf mich wirkte wie selten zuvor.

»Ist alles okay bei dir?«, fragte sie, nachdem wir einen etwas helleren Flecken erreicht hatten, der von schwachem Mondlicht beschienen wurde. »Du sahst auf einmal aus, als ob du ein Gespenst gesehen hättest.«

»Kein schlechtes Bild«, murmelte ich. Oh ja, ich hatte ein Gespenst gesehen. Zumindest in Gedanken. Eines, von dem ich nicht wusste, wie ich es verjagen sollte.

»Ich hatte den Eindruck, dass es dir einen Schrecken einjagt, dass Philipp beim LKA arbeitet.«

»Hm«, brummte ich und drehte mich ein wenig zur Seite, sodass Teresa nicht erkennen konnte, wie sehr sie mir mit dieser Beobachtung auf die Pelle rückte.

»Darf ich dich ganz direkt etwas Persönliches fragen?«, flüsterte sie.

Tust du doch schon andauernd, dachte ich und zuckte mit den Schultern. Immer wieder wurde ich hin und her gerissen zwischen dem Wunsch, mich jemandem anzuvertrauen, und der Angst, welche Konsequenzen das im schlimmsten Fall mit sich bringen könnte.

»Hast du in Deutschland ein Problem mit der Polizei?«, erkundigte sie sich nun.

Ich trat nervös von einem Bein auf das andere und ließ unruhige Blicke durch die Umgebung und zum nächtlichen Himmel wandern. Was sollte ich darauf antworten? Alles leugnen? Aber würde sie das nicht erst recht verdächtig finden? Und wer weiß, welche Schlüsse sie ziehen und zu welchen Handlungen sie das verleiten würde. Nein, das Risiko konnte ich nicht eingehen! Ich musste unbedingt verhindern, dass sie mich womöglich bei den Behörden meldete oder anfing, in irgendeiner Form Erkundigungen einzuziehen.

Deswegen räusperte ich mich und entgegnete leise und kraftlos: »Nicht so, wie du denkst.«

»Was denke ich denn deiner Meinung nach?«

»Vermutlich, dass ich etwas angestellt habe, mit dem Gesetz in Konflikt geraten bin oder so. Aber das ist nicht der Fall. Ich habe nichts Unrechtes getan.«

»Dennoch macht dir die Polizei Angst«, hakte sie behutsam nach. Verdammt, ihr konnte man wirklich nur schwer etwas vormachen! Sie war eine aufmerksame Beobachterin und besaß ein besonders ausgeprägtes Einfühlungsvermögen. Irgendetwas würde ich ihr bieten müssen. Wenigstens eine Erklärung, die sie schlucken konnte.

»In gewisser Weise«, gab ich nach einem Moment der Überwindung zu. »Ich weiß zu schätzen, dass du dich um mich sorgst, Teresa. Ehrlich. Trotzdem kann ich nicht darüber sprechen. Bitte akzeptiere das!«

»Selbstverständlich akzeptiere ich das. Ich möchte nur, dass du weißt, dass ich immer für dich da bin, wenn du jemanden zum Reden brauchst. Sag Bescheid, wenn ich helfen kann. Einverstanden?«

Wieder wurde der Impuls übermächtig, sie einzuweihen, doch dann siegte die Vernunft. Ich durfte kein Risiko eingehen. Kein noch so kleines. »Einverstanden!« erwiderte ich. »Jedenfalls tausend Dank. Es tut gut, zu wissen, dass ich hier nicht allein bin.«

Und das meinte ich genau so, wie ich es sagte. Eine Welle der Dankbarkeit, von diesem Kreis liebenswerter Menschen umgeben zu sein, durchflutete mich. Und wer weiß, vielleicht fand ich ja eines Tages einen Weg, die Vergangenheit endgültig hinter mir zu lassen, aber sicher nicht heute.

»Gehen wir zurück zu den anderen?«, fragte ich und fühlte mich dabei deutlich besser, als es vor wenigen Minuten der Fall gewesen war.

»Klar.«

Leider schien nach unserer Rückkehr Javiers Wissensdurst bereits gestillt zu sein. Philipp unterhielt sich gerade mit Paul, als ich mich erneut zwischen die beiden setzte. Und kaum saß ich auf meinem Platz, erkundigte er sich schon nach meinem Wohlergehen.

»Geht es dir gut, Silke? Du bist ein bisschen blass um die Nase.«

»Alles bestens«, murmelte ich und starrte auf die Tischdecke.

Immer wieder unternahm er Versuche, mich in ein Gespräch zu ziehen, doch ich wehrte einen nach dem anderen ab.

Am Ende des Abends, als wir bereits bei der Verabschiedung angelangt waren, wandte er sich ein letztes Mal an mich.

»Würdest du mir eine große Freude machen? Am Freitag – das ist mein vorletzter Urlaubstag – würde ich gern ein wenig durch die Landschaft rund um Sóller streifen. Hajo meinte, jetzt wäre der perfekte Zeitpunkt um die Orangenblüte zu bewundern. Zu zweit ist das allerdings viel schöner. Bist du dabei?«

»Ich denke, das ist keine so gute Idee«, wehrte ich zögerlich ab.

Warum machte es mir dieser Mensch nur so schwer? Konnte er sich nicht einfach den anderen in diesem Kreis zuwenden? Warum musste es ausgerechnet ich sein, der seine Aufmerksamkeit galt?

»Aber auch keine schlechte«, entgegnete Philipp da bereits und feuerte einen verführerischen Blick in meine Richtung.

Himmel, wer um alles in der Welt sollte da widerstehen? Mein »altes« Ich wäre längst hoffnungslos verloren gewesen.

»Komm schon, sag ja!«, insistierte er. »Ich würde mich riesig freuen. Und wir tun nur das, was du willst. Schweigen, reden, lachen, ernst sein. Du bist der Chef.«

Und nun? Bitte, bitte, wenn es irgendeine Instanz im Universum gibt, die für uns Menschen sorgt, dann wäre jetzt der richtige Zeitpunkt für eine Hilfestellung! Was soll ich bloß machen?

In meinem Kopf ging es drunter und drüber und der Magen rebellierte. Allerdings gab es da auch dieses dumme kleine Herz, das weiterhin »Liebe« schlug, obwohl es das doch schon längst besser wissen müsste. Und ehe ich mich's versah, übernahm es die Führung und ließ mich seufzen: »Also gut, meinetwegen.« Um dem Ganzen die Krone aufzusetzen, schickte es als Zugabe ein überflüssiges verstohlenes Lächeln in die Mundwinkel, das die genervt ausgesprochenen Worte sofort Lügen strafte.

Da selbst das noch nicht Katastrophe genug zu sein schien, fing mein Blick Doro ein, die eindeutig an meinen Lippen gehangen und gebannt auf eine Antwort gewartet hatte. Alles an ihr strahlte nun eine selbstzufriedene Begeisterung aus. Nur mit Mühe konnte sie sich davon abhalten, in die Hände zu klatschen.

Oh, Doro, warum kannst du mich nicht einfach in Frieden lassen?

Daran, dass sie ihre Verkupplungsoffensive fortsetzen würde – komme, was da wolle –, bestand nicht der leiseste Zweifel. Und sie würde nicht eher ruhen, bis sie ihr Ziel erreicht hatte. Genau das galt es um jeden Preis zu verhindern. Und zwar wirklich um jeden Preis!

Als ich eine Stunde später im Bett lag, war mir klar, dass es schwer werden würde, zu meiner mühsam austarierten Balance zurückzufinden. Doch dass mich die Vergangenheit mit einer derart brachialen Wucht einholen und mich Verschüttetes in einer Intensität wiedererleben lassen würde, als ob es gestern geschehen wäre, damit hätte ich nie gerechnet.

Ein Traum hebt ab

– im Januar des Vorjahres –

Seit sieben Monaten schwebte ich wie auf Wolken durch mein Leben. Konstantin und ich verbrachten jede freie Minute miteinander. Wir liebten es genauso, uns in der Natur aufzuhalten, wie ins Stadtleben einzutauchen, händchenhaltend shoppen zu gehen, uns Filme anzuschauen oder uns in gemütlichen Restaurants verwöhnen zu lassen. Das Zusammensein verlief rundherum harmonisch. Es gab nie Streit und oft kam es mir vor, als lebten wir in unserer eigenen, von außen undurchdringlichen Blase.

Gut, manchmal musste ich mir Vorwürfe von Senta und Samuel anhören, die sich beschwerten, dass ich keine Zeit mehr für sie fand. Aber ganz ehrlich: Das war ja wohl normal im Zustand der frischen Verliebtheit.

Wenn ich dann doch den Impuls verspürte, mich mit Senta auf einen Drink zu verabreden, zog mich Konstantin mit einem verführerischen Lächeln an sich, ließ seine Hände über meinen Körper gleiten und wisperte: »Süße, das, was ich dir bieten kann, findest du nur zuhause.« Und – Schwupps – verschwand mein Bedürfnis nach anderweitiger Kontaktpflege!

An einem verschneiten Freitag saß ich, nachdem wir alle Kinder verabschiedet hatten, mit Samuel in der Küche der Kita. Eine Kanne Tee stand vor uns und wir kuschelten uns auf jeweils eine Seite der mit Kissen belegten Eckbank – mit einer wärmenden Tasse in der Hand und einem genießerischen Ausdruck auf dem Gesicht.

»Was hast du am Wochenende vor?«, fragte ich meinen Kollegen und gefühlt immer noch besten Freund, selbst wenn sich unser Verhältnis deutlich abgekühlt hatte.

Er zog die Augenbrauen spöttisch nach oben. »Was soll ich schon vorhaben? Meine Langzeit-beste-Freundin hat seit Ewigkeiten keine Zeit mehr für mich. Also werde ich ein wenig mit den Jungs chillen, vielleicht ein Bierchen trinken gehen, mir Filme reinziehen und froh sein, dass ich nicht in diese Affenkälte raus muss.«

Da ich überhaupt keine Lust verspürte, auf den vorwurfsvollen Teil seiner Worte einzusteigen, konzentrierte ich mich auf unverfängliches Gelände.

»Haben Stevie und Luis ihre Prüfungen hinter sich?«, erkundigte ich mich mit harmlosem Unterton. Samuels engste Kumpels standen gefühlt ständig vor irgendwelchen Klausuren, seit sie ihre Karriere im Polizeidienst mit einem Studium antreiben wollten.

»Ja, im Moment ist Ruhe. Du merkst schon, dass du mir ausweichst, oder?«

»Wieso?«, gab ich mich unschuldig.

Samuel rollte mit den Augen. »Hey, ganz ehrlich: Ich gönne dir dein Glück von Herzen. Und glücklich verliebt zu sein, ist bestimmt was Tolles, aber findest du, dass das, was ihr treibt, wirklich gesund ist?«

Nun war ich es, die die Augenbrauen hochzog. »Wie meinst du das? Was soll daran ungesund sein?«

»Nur eine Frage, die du dir selbst stellen kannst: Fällt dir auf, dass es in deinem Leben bloß noch einen einzigen Menschen gibt? Dass du den Kontakt zu allen anderen auf Sparflamme hältst? Wann warst du das letzte Mal mit Senta unterwegs? Und ist dir bewusst, dass wir seit der Konstantin-Ära keine private Minute mehr miteinander verbracht haben? Dass wir jetzt hier zusammensitzen und du nicht sofort zu einer Verabredung losspringen musst, kommt einem Wunder gleich. Das ist reif für ein rotes Kreuz im Kalender.«

»Spar dir deinen Sarkasmus, der steht dir nicht!«, gab ich unwirsch zurück. »Wir sind eben ein Dreamteam und genügen uns gegenseitig.«

»Sag ich ja, nicht gesund ... Wenn bei euch je irgendetwas schiefgehen sollte, wer wird dir dann helfen, nachdem du alle aus deinem Leben geworfen hast?«

»Willst du mir gerade offenbaren, dass du in dem Fall nicht für mich da wärst? Danke auch. Außerdem, was kann schon schiefgehen? Wir lieben uns.«

Samuel fasste meine freie Hand und umschloss sie mit seinen Händen. Ich wollte mich losmachen, doch sein Griff war eisern. »Ich werde immer für dich da sein, wenn ich es kann. Dir dürfte längst aufgefallen sein, dass ich in dich verliebt bin. Und ich bin mir sicher, dass meine Zeit noch kommen wird.«

Seine Augen saugten sich an meinen fest und der entschlossene, grimmige Ausdruck in seinem Blick löste

Unbehagen in mir aus. Mit einer abrupten Bewegung entzog ich mich ihm und sprang auf. »Ich verschwinde jetzt«, murmelte ich und sah zu, dass ich Land gewann.

Mit wild klopfendem Herzen lief ich zum Auto, plumpste auf den Sitz und warf die Tür zu. Ohne zu zögern, startete ich den Motor, legte den Rückwärtsgang ein und bretterte vom Parkplatz. Ein paar hundert Meter weiter stoppte ich, um mich wieder zu beruhigen. Verdammt, was sollte der ganze Mist? Senta heizte mir ständig mit ihren Vorwürfen ein, dass ich mich nicht mehr blicken ließe, und Samuel wurde geradezu zudringlich. Ich hasste es generell, wenn mich jemand gegen meinen Willen anfasste, selbst wenn es sich nur um eine vermeintlich harmlose Umarmung handelte, aber Samuels Verhalten fand ich absolut übergriffig. Irgendwann musste er doch kapieren, dass ich seine Gefühle nicht erwiderte und dass mein Herz für Konstantin schlug.

Ich versuchte, meine Gedanken abzukühlen und den Puls in den Normalzustand zurückzuversetzen. Nachdem ich ein paar bewusste Atemzüge genommen hatte, gewann ich ein gewisses Maß an Ruhe zurück und setzte die Fahrt fort. Langsam konnte ich wieder die Vorfreude spüren, die mich den ganzen Tag über begleitet hatte. Konstantin hatte mit verheißungsvoller Miene angekündigt, dass er mir ein aufwändiges Menü kredenzen wolle. Zuvor würde ich mir eine ausgiebige Dusche gönnen und mich im Anschluss daran besonders hübsch machen, wenn er sich schon so viel Mühe gab.

Zwei Stunden später stand ich vor seiner Haustür und klingelte. Mit einem allumfassenden Strahlen öffnete er. Wie jedes Mal stockte mir kurz der Atem. Wie kam ich bloß zu einem derart umwerfend aussehenden Mann? Seine noch feuchten Haare – anscheinend hatte auch er frisch geduscht – schimmerten fast bläulich und ihre füllige Pracht verlieh ihm eine energetische Ausstrahlung. Das markante männliche Gesicht war von den Aktivitäten in der Küche leicht gerötet und seine durchtrainierte, sehnige Figur sorgte für ein Glühen in meiner Körpermitte, dem ich am liebsten sofort nachgegeben hätte. Die engen dunklen Jeans, die er trug, und das körperbetont geschnittene Hemd, das seine Muskeln betonte, taten ihr Übriges, um mich in einen rauschhaften Zustand zu versetzen.

»Komm rein, Süße. Ich bin in wenigen Augenblicken fertig.« Er zog mich in eine stürmische Umarmung und drückte mich dann mit einem charmanten Lächeln sanft von sich weg. »Du kannst dich schon mal setzen. Gleich werde ich dich verwöhnen.« Beim Gedanken, dass sich dieses Versprechen wohl nicht nur aufs Essen bezog, stolperte mein Herz glücklich davon.

Er nahm meine Hand und führte mich in das Esszimmer. Staunend erstarrte ich, als ich erkannte, was hier auf mich wartete. Ich stand vor einer festlichen, für zwei Personen eingedeckten Tafel. Eine strahlend weiße Tischdecke war mit Rosenblättern übersät. Neben silbernen Platztellern lag eine ganze Besteckfolge. Daneben reihten sich diverse Gläser auf – für Sekt, Wein und Wasser. In der Mitte des Tisches thronte ein riesiger Strauß mit roten Rosen und eine Unmenge an kleinen Windlichtern sorgte für ein heimeliges Licht.

Ungläubig sah ich Konstantin an. »Das hast du alles für mich gemacht?«

»Für uns«, korrigierte er mich mit einem liebevollen Blick. Er zog einen Stuhl zurück, deutete eine galante Verbeugung an und raunte: »Bitte schön, Mylady.«

Kopfschüttelnd setzte ich mich und kam mir vor, als wäre ich in ein Märchen hineinkatapultiert worden.

»Bin gleich wieder da, Süße«, flüsterte er mir ins Ohr und verschwand in die Küche.

»Himmel, bin ich satt«, stöhnte ich geraume Zeit später, während ich mir den Mund mit der Serviette abtupfte. »Wo hast du nur so gut kochen gelernt?«

Nach einer Platte mit köstlichem Büffelmozzarella, schmackhaften Tomaten und Basilikum, zu der Konstantin ein sensationell leckeres Knoblauchbrot servierte, und einer Spargelcremesuppe, hatte er mir ein gefülltes Schweinefilet mit allerlei Marktgemüsen kredenzt, was mich dazu brachte, im Gourmethimmel zu schweben.

»Ach, nicht der Rede wert«, wimmelte er ab. »Alles bloß eine Frage der Vorbereitung. Und ein kleines Dessertchen wirst du ja wohl noch schaffen ...«

Mit einem schelmischen Augenzwinkern lächelte er mir zu.

»Puh, das wird herausfordernd. Was gibt es denn?«

»Wie klingt Mousse au Chocolat für dich?«

»Verführerisch«, stöhnte ich. »Absolut verführerisch.« Mit einem verwegenen Schmunzeln sah ich ihn an. »Ich nehme an, das ist der Sinn der Sache.«

»Richtig geraten«, grinste er. »Ich will dich tatsächlich zu etwas verführen.«

»Wäre ja nicht das erste Mal«, lachte ich. »Aber bislang hast du dafür nicht so einen Aufwand betrieben.«

Er schmunzelte geheimnisvoll und erhob sich. »Sind Mylady bereit für das Dessert?«

»Sicher doch, Mylord, wenn Sie mich so charmant fragen.«

Sein Lächeln vertiefte sich und er verschwand erneut in der Küche.

»Bitte schön«, raunte er mir liebevoll zu, während er ein mit Früchten garniertes Weckglas mit der köstlich duftenden Schokoladencreme vor mir platzierte. »Lass es dir schmecken!«, forderte er mich auf und beobachtete mich erwartungsvoll.

»Was ist? Bringst du mich etwa dazu, nachher wegen akuter Überfüllung zusammenzubrechen, und isst selbst nichts?« Ich deutete auf das ebenso wundervoll dekorierte Glas, das vor ihm stand und das er ignorierte. Stattdessen ruhten seine Ellenbogen auf dem Tisch, sodass er das Kinn auf die übereinandergelegten Hände stützen konnte. Eindringlich betrachtete er mich. »Ich esse später. Für den Moment macht es mir genug Freude, dir beim Genießen zuzusehen.«

Zufrieden und gerührt tauchte ich den Löffel in die geschmeidige Creme. Beim ersten Bissen schloss ich die

Augen und ließ die köstlichen Aromen meinen Gaumen küssen. »Ein Gedicht!«, schwärmte ich.

Stück für Stück arbeitete ich mich tiefer, während ich einen schwärmerischen Laut nach dem anderen von mir gab. Plötzlich stieß ich auf einen Widerstand. Verwirrt sah ich Konstantin an. »Da ist etwas Hartes drin.«

»Ach was?«, fragte er lächelnd und musterte mich mit einer verwirrenden Mischung aus Nervosität und Vorfreude.

Irritiert fischte ich mit dem Löffel nach dem unerklärlichen Gegenstand, der auf dem Grund des Glases wartete. Ich schob das Teil nach oben und studierte den geborgenen Schokocreme-Berg nachdenklich.

»Was ist das?«, erkundigte ich mich und betrachtete meinen Freund verständnislos.

»Ich würde sagen, das schreit nach einer Verkostung.«

Skeptisch führte ich den Fremdkörper zwischen die Lippen, um zu ergründen, auf was ich gestoßen war. Meine Zunge entfernte die Mousse, dann drückte ich das unbekannte Objekt vorsichtig in die Serviette. Ein weiteres Mal warf ich Konstantin mit zusammengezogenen Augenbrauen einen Blick zu, bis ich die Aufmerksamkeit wieder dem verirrten Gegenstand zuwandte.

Ein paar Sekunden starrte ich vor mich hin und rief schließlich vollkommen überfordert aus: »Aber das ist ja ein Ring!«

Konstantin stand auf, kniete sich vor meinen Stuhl und griff nach meinen zittrigen Händen. »Süße, willst du meine Frau werden, eine Familie mit mir gründen und für immer mir gehören?«

Fassungslos glitten meine Augen über sein Gesicht. Dann umfasste ich es zärtlich. »Ja, ich will«, hauchte ich.

*

»Komm mal mit!« Mit diesen Worten zog mich Samuel am Montagmittag hinter sich her. Viel zu grob, viel zu rücksichtslos.

Gerade hatten wir die Ruhepause in der Kita eingeläutet. Das bedeutete für uns Zeit zum Durchatmen, die wir normalerweise nutzten, um lästigen Papierkram zu erledigen und gemütlich eine Tasse Kaffee oder Tee zu genießen. Manchmal gönnten wir uns auch unbeobachtet von den Kleinen eine Schleckerei.

»Was soll das?«, zischte ich ihm zu. Laut genug, damit er die Wut in meiner Stimme hören konnte. Leise genug, um die Zwerge nicht zu wecken.

Von seiner Seite kam keine Reaktion. Er zog mich weiter hinter sich her, bis wir den Aufenthaltsraum erreicht hatten. Lautlos schloss er die Tür, drehte sich zu mir um und funkelte mich mit wütenden Augen an.

»Was um alles in der Welt soll das?«, fuhr er mich an.

»Was soll was?«, fauchte ich im Flüsterton zurück, sofern man im Flüsterton fauchen konnte. »Und was um alles in der Welt soll dein Benehmen?«

Er hob meine linke Hand, die er immer noch umklammert hielt und deutete mit seinen Blicken auf den Ring, der dort seit Freitagabend prangte. »Du willst den Kerl heiraten? Bist du jetzt völlig verrückt geworden?«

»Seit wann ist es verrückt, den Mann zu heiraten, den man liebt?«

Erschöpft ließ er meine Hand sinken und betrachtete mich kopfschüttelnd. »Mensch, Silke, du bist doch eine Frau mit Verstand. Das kann nicht dein Ernst sein!«

»Was zum Geier ist dein Problem? Ein attraktiver, umwerfender Mann, den ich zufällig liebe, bittet mich, seine Frau zu werden. Was hat es mit fehlendem Verstand zu tun, wenn ich da Ja sage?«

»Komm, wir setzen uns erst mal«, gab er resigniert zurück und schlüpfte auf die Eckbank.

Zögerlich folgte ich ihm.

»Du denkst bestimmt, dass ich eifersüchtig bin. Und ja, ich gebe zu, das bin ich. Aber das ist nicht alles. Du kennst den Mann kaum. Ihr seid seit wenigen Monaten ein Paar. Ihr habt noch nicht einmal zusammengelebt und du hast keine Ahnung, wie es mit euch im Alltagsbetrieb laufen wird. Lass dir doch um Himmels willen Zeit! Lern ihn kennen, nimm ihn genau unter die Lupe, beobachte ihn in unterschiedlichen Situationen und dann triff deine Entscheidung. Ich habe ein verdammt schlechtes Bauchgefühl. Irgendwas ist mir an dem Typ nicht geheuer.«

Ich atmete tief durch. »Soll ich dir was verraten, Samuel? *Du* bist mir nicht geheuer. Ich kenne dich seit Jahren als sanftmütigen, gelassenen Menschen. Und in den letzten Wochen drehst du komplett ab. Du fasst mich grob an, zerrst mich durch die Gegend und benimmst dich, als ob ich dein Besitz wäre und keine eigenen Entscheidungen treffen könnte. Ich lasse mich so nicht von dir behandeln, verstanden?«

»Tut mir leid«, seufzte er zerknirscht. »Ich weiß ja selbst nicht, was mit mir los ist. Aber Tatsache ist, dass ich mir wirklich Sorgen um dich mache.«

»Dazu besteht absolut kein Grund. Ich war bislang zurückhaltend, um dich nicht zu verletzen, doch jetzt zwingst du mich, Klartext zu reden.« Ich warf ihm einen strengen Blick zu. Ich musste diesem Irrsinn hier ein Ende bereiten, und zwar ein für alle Mal. »Konstantin ist ein wunderbarer, liebevoller Mann, der mich unglaublich glücklich macht. Er ist attraktiv, zärtlich, verständnisvoll und immer für mich da. Ich liebe ihn und ich liebe es, mit ihm zusammen zu sein. Er ist derjenige, mit dem ich den Rest meines Lebens verbringen möchte. Und egal, wie wild du dich gebärdest, aus dir und mir wird niemals ein Paar werden. Ich mag dich sehr, aber ich kann mich nicht in dich verlieben. Niemals! Ist das bei dir angekommen?«

Statt einer Antwort zuckte Samuel mit den Schultern und richtete die Augen mit einem genervten Rollen Richtung Decke.

Orangenblüte auf Mallorca

Als ich am Freitagmorgen auf dem Gelände vor Camilas Finca hin und her wanderte, fühlte ich mich einem Nervenzusammenbruch näher als allem anderen. Wie hatte ich nur so dumm sein können? Warum hatte ich in einem schwachen Moment einer Sache zugestimmt, die sich eigentlich von selbst verbot? Hatte ich vollkommen den Verstand verloren? Womöglich war die unbedachte Aktion all den Flashbacks geschuldet, die mich seit Wochen (und in den letzten Tagen vermehrt) mit einer verheerenden Intensität heimsuchten ... Was konnte ich bloß tun?

Je mehr ich nachdachte, je mehr Fragen mein Gehirn kaperten, desto weniger Antworten fand ich. War es eine Schnapsidee gewesen, nach Mallorca zu kommen? Hätte ich mir ein weiter entferntes Ziel suchen sollen, an dem ich viel schwerer auffindbar blieb? Blödsinn! Ich wusste, dass das nicht ging. Innerhalb der Europäischen Union war es ein Leichtes, sich von Land zu Land zu bewegen. In dem Moment, in dem ich den Kontinent wechselte, brauchte ich Ausweispapiere. Die Gefahr, in irgendwelchen Computern sichtbar zu werden, konnte ich nicht eingehen. Und verdammt nochmal, ich war Erzieherin und keine Ermittlerin. Wie sollte ich wissen, welche Möglichkeiten der Polizei offenstanden und welche nicht? Welche Rechte sie besaß und in welche Informationen wer Einblick erhielt? Meine polizeiliche

Expertise beruhte auf dem gelegentlichen Schauen von Krimis. Und dass die nicht unbedingt die Realität widerspiegelten, wusste ja nun wirklich jeder.

Nein, ich saß in Europa fest und ich saß in der Klemme. Allerdings hatte ich keine Ahnung, wie groß sie bei einer realistischen Betrachtung tatsächlich war. Darüber hinaus fragte ich mich, wie lange es ein Mensch überhaupt ertragen konnte, von Ängsten zerfressen zu werden, permanent die Sinne anzuspannen und von allen Seiten Gefahren zu wittern?

Sollte ich mich Philipp anvertrauen? Wenigstens hätte ich dann einen Informanten, der mir erklären konnte, wie Polizeiarbeit funktioniert. Bereits Sekunden später verwarf ich den Gedanken. Was, wenn Philipp bei einer eventuellen Recherche Spuren legte, die der Mann, dessen Namen ich noch nicht einmal mehr denken wollte, verfolgen konnte? Andererseits: Was, wenn er mir tatsächlich helfen könnte? Immerhin schien er vertrauenswürdig zu sein und er war Hajos Sohn. Beim allerbesten Willen konnte ich mir nicht vorstellen, dass der reizende ältere Herr einen Psychopathen großgezogen hatte. Ich winkte ab, als wolle ich mir selbst widersprechen. Wenn jemand wusste, dass man das einem Menschen nicht von außen ansehen konnte, dann ja wohl ich.

Ein schweres Seufzen entwich mir. Was sollte ich anfangen mit all den sich endlos im Kreis drehenden Gedanken? Ich schüttelte mich einmal heftig durch wie ein Tier, das gerade erfolgreich einer Gefahr entronnen war, und beschloss, den Tag auf mich zukommen zu lassen – allerdings mit einem gehörigen Maß an Vorsicht und an Achtsamkeit!

Kaum hatte ich mich von den steten Abwärtsbewegungen meiner Gedankenspirale gelöst, sah ich auch schon einen Mietwagen in den privaten Parkplatz vor Camilas Finca einbiegen. Unauffällig lugte ich hinter den üppigen Oleanderbüschen hervor, die das Anwesen umgaben, und überprüfte die Identität des Fahrers. Philipp!

Ich atmete ein letztes Mal tief durch und ging zögerlich und mit zittrigen Knien auf das Fahrzeug zu, dessen Tür sich gerade öffnete. Philipp sprang freudestrahlend aus dem Wagen und kam mir entgegen. Im ersten Moment befürchtete ich, er würde mich in seine Arme ziehen, doch nach einem Blick in mein Gesicht, in dem sich garantiert der Schrecken über diese Möglichkeit abzeichnete, blieb er mit gebührendem Abstand stehen und reichte mir die Hand. Als seine Finger meine umschlossen, fühlte ich mich erneut in ein anderes Zeitalter zurückgebeamt. Erinnerungen blitzten auf, wie es gewesen war, als die Berührungen eines Mannes noch positive Empfindungen in mir wecken konnten. Wie lange das zurücklag! Gefühlte Jahrhunderte, obwohl es in der realen Zeitrechnung nur Monate waren ...

»Schön, dass du mitkommst«, verkündete Philipp mit fröhlicher Stimme, nachdem er den Motor angelassen und den Wagen zurück auf die Straße gesetzt hatte.

Dabei lachte er über das ganze Gesicht und warf mir einen gutgelaunten Seitenblick zu.

»Hm«, war alles, was ich ihm als Antwort bieten konnte.

»Du wirst sehen, das wird ein traumhafter Tag. Mein Vater hat mir eine tolle Route empfohlen, die von Port de Sóller über Fornalutx nach Sóller führt. Von dort aus können wir dann mit der historischen Straßenbahn zurückfahren. Wie klingt das?«

»Mit der Straßenbahn?«, kiekste ich. Der Rest der Botschaft war nicht in meinem Gedächtnis hängengeblieben, doch dieses Wort reichte, um mich in den Zustand zurückzukatapultieren, in dem ich mich bereits vor ein paar Minuten befunden hatte. Eine Touristenattraktion bedeutete Touristen, bedeutete unzählige Handykameras, bedeutete Gefahr. »Können wir nicht auch zu Fuß gehen?«

»Na, du bist mir ja eine Wanderfee!«, erwiderte er grinsend. Nach einem kurzen Blick auf meine Miene wurde er ernst. »Natürlich können wir genauso gut laufen«, fügte er beschwichtigend hinzu. »Lass uns das spontan vor Ort entscheiden. Ich habe dir ja versprochen, dass wir alles so machen, wie du es willst. Ich habe bequeme Schuhe an und genug Wasser für uns beide dabei, also gar kein Problem.«

»Danke«, antwortete ich erleichtert.

Nach einer starken Viertelstunde erreichten wir den Ausgangspunkt. Philipp parkte den Wagen und ich griff nach der Baseballkappe, die ich in meinen Rucksack gestopft hatte, verzwirbelte die Haare zu einem Knoten und stopfte sie unter die Kopfbedeckung. Dann nahm ich die verspiegelte Sonnenbrille aus dem Etui und fühlte mich damit einigermaßen gewappnet, um den Schritt in die Öffentlichkeit zu wagen. Philipp beobachtete diese Aktivitäten zwar nachdenklich, doch er verzichtete auf einen Kommentar.

Als er sah, dass ich bereit war, rief er ein energiegeladenes »Auf geht's!« und schwang sich aus dem Fahrzeug.

Ich nickte und folgte ihm.

Nachdem wir den Ort verlassen und eine Weile schweigend einem stetig bergan führenden Weg gefolgt waren, bot sich plötzlich ein sensationelles Panorama auf Port de Sóller und die umliegenden Höhenzüge. Mir stockte der Atem, während ich die Blicke über diese unfassbar schöne Landschaft schweifen ließ. In diesem einen Moment fühlte sich das Leben wieder wie etwas Kostbares an. Optimismus strömte durch meine Adern und ein weiteres Mal kam mir das Zitat von Oscar Wilde in den Sinn: »Am Ende wird alles gut! Und wenn es noch nicht gut ist, ist es noch nicht das Ende.« Vielleicht sollte ich das zu meinem Mantra erheben.

»Was denkst du?«, drängte sich auf einmal eine leise Stimme in die Gedanken. Philipp stand neben mir und sah mich offen an. Die verspiegelte Brille hatte ich angesichts der hier herrschenden Einsamkeit längst in die Tasche meiner Cargo-Hose gesteckt, sodass ich ungehinderten Blick in seine Augen hatte – und schlimmer noch:

er in meine. Ich erkannte Interesse, Nachdenklichkeit und Mitgefühl in seiner Miene. Was mochte ich wohl für ein Bild abgeben, wenn er schon – ohne überhaupt meine Geschichte zu kennen – etwas Bedauernswertes in mir entdeckte?

Vor dem Hintergrund dieser Betrachtungen seufzte ich. »Ich dachte gerade an ein Zitat von Oscar Wilde«, wagte ich mich ein klitzekleines Stückchen aus der Deckung.

»Lass mich raten: ›Am Ende wird alles gut! Und wenn es noch nicht gut ist, ist es noch nicht das Ende.‹ Liege ich damit richtig?«

»Du solltest Gedankenleser werden«, murmelte ich.

Philipp lachte. »Das war nicht schwer. Mir kam es so vor, als ob das zu deiner Lebenssituation passen könnte. Und um ehrlich zu sein, passt es perfekt zu meiner.«

Neugierig sah ich ihn an. Ich war dermaßen in mein persönliches Desaster verstrickt, dass der Gedanke, dass es auch andere Menschen schwerhaben könnten, in meinem Gehirn gar keinen Platz mehr fand. Dabei hatte ich mich immer für empathisch gehalten. Wie es schien, war mir das in der letzten Zeit abhandengekommen ...

»Magst du mir verraten, warum das so ist?«, traute ich mich an eine direkte Frage heran. Zum einen, weil es mich wirklich interessierte; zum anderen, weil ich, solange ich ihn zum Reden brachte, davor geschützt blieb, selbst etwas sagen zu müssen.

»Natürlich. Ich habe harte Monate mit einer Trennung nach einer Langzeitbeziehung hinter mir. Das

Beziehungsende hat sich angefühlt wie das Ende vom Glück. Und da hat mir dieses Zitat von Oscar Wilde geholfen – einfach darauf zu vertrauen, dass das Ende meiner Suche erst erreicht ist, wenn wieder alles gut ist. Vielleicht ist es albern, sich an einem schlauen Spruch festzuklammern, doch andererseits ... wenn es hilft ...«

»Ja, du hast recht. Wenn es hilft, ist alles erlaubt. Das tut mir leid für dich. Magst du mir davon erzählen oder schmerzt das zu sehr?«

»Nein, nicht mehr. Das Ganze liegt fast ein Jahr zurück und der Schmerz ist weitestgehend abgeklungen. Es gab auch keine Trennung mit schmutziger Wäsche. Ich mag Sonja immer noch. Uns ist schlicht und ergreifend das Leben dazwischengekommen. Wir hatten regelmäßig Unstimmigkeiten, weil ich gern Kinder wollte und sie nicht. Wahrscheinlich bin ich ein ziemlich spießiger Typ, der von Hochzeit und Familie träumt. Sie ist eine beruflich erfolgreiche Frau, die es sich nie vorstellen konnte, ihre Selbstverwirklichung einer Familie unterzuordnen. Diese verschiedenen Konzepte waren eines Tages nicht mehr länger unter einen Hut zu kriegen und es kriselte. Dann hat sie bei einem Kundenauftrag jemanden kennengelernt, der auf einer Wellenlänge mit ihr schwamm, und tja, das war's ...«

»Wie lange wart ihr ein Paar?«

»Sieben Jahre. Im Grunde genommen habe ich mich selbst in alles hineingeritten. Sie hat von Anfang an ehrlich kommuniziert. Aber ich Dussel dachte, dass sie ihre Meinung schon noch ändern würde, wenn sie sich beruflich ausgetobt hat und neue Wünsche in den Fokus rücken. Von daher war es nicht ihre Schuld, sondern eher meine. Ich habe mir lieber etwas vorgemacht, statt frühzeitig Konsequenzen zu ziehen. Das ist meine Lernerfahrung aus der schmerzlichen Angelegenheit. Mit Sicherheit wird mir das zukünftig dabei helfen, einen realistischeren Blick auf die Dinge zu entwickeln.«

Nachdenklich musterte ich ihn mit einer Mischung aus Ungläubigkeit und Faszination. Viel zu viele Fragen auf einmal wuselten mir durch den Kopf. Wieso erzählte er dermaßen ehrlich aus seiner Vergangenheit? Wie war es möglich, dass er keinen Groll gegen seine Ex hegte und sogar betonte, dass er sie immer noch mochte? Warum konnte er sich selbst in ein kritisches Licht rücken, ohne irgendjemandem sonst den Schwarzen Peter zuzuschieben? Ich fragte mich, ob mir schon jemals zuvor so ein Mensch begegnet war. Die ganze Zeit über, während er die bestimmt schmerzliche Geschichte preisgegeben hatte, lag ein entspannter, besonnener Zug auf seinem Gesicht. Außer Wärme und Zuversicht konnte ich nichts anderes bei ihm entdecken. Da gab es keine Boten einer verborgenen Aggressivität, innerer Zwänge oder einer unaufgeräumten Persönlichkeit. Ich beschloss, erneut nachzuhaken, um ihm vielleicht doch noch düstere Geheimnisse zu entlocken.

»Du stehst wirklich weiterhin in Kontakt zu Sonja?«

»Ja, natürlich. Wir haben über Jahre denselben Freundeskreis gepflegt. Da bleibt es nicht aus, dass wir uns bei diversen Anlässen begegnen. Und ganz ehrlich:

Wir hatten eine traumhafte, wertvolle Zeit. Das kann uns niemand mehr nehmen. Nur, dass sie jetzt eben vorbei ist. Für sie hat bereits etwas Neues begonnen – für mich zwar noch nicht, aber das heißt ja nicht, dass das nicht irgendwann kommen kann. Ihr heutiger Partner ist ein feiner Kerl, der viel besser in ihr Lebenskonzept passt als ich. Also, warum sollte ich sauer sein? Die Trennung lief offen und aufrichtig ab, ohne Lügen und ohne Heimlichkeiten. Wäre es anders gewesen, könnte ich das heute vielleicht nicht derart locker betrachten. Aber so ... Nein, es ist wirklich in Ordnung. Ich habe eine Weile die Wunden geleckt und bin inzwischen jeden Tag ein bisschen mehr bereit, mich dem Leben anzuvertrauen.«

»Erstaunlich«, murmelte ich.

Überrascht sah er mich an. »Was genau findest du erstaunlich?«

»Na ja, wie entspannt du damit umgehst. Dass du nicht wütend bist oder aggressiv. Und dass du dich selbst hinterfragst, obwohl es doch viel leichter wäre, Sonja für alles verantwortlich zu machen.«

Auf Philipps Miene breitete sich ein weiteres Lachen aus. Meine Güte, was sendete dieser Mann für ein Geborgenheitsgefühl aus, wenn sich seine Züge mit Heiterkeit füllten! »Da müsstest du dich mal mit meinen Freunden unterhalten. Die verdrehen alle die Augen, wenn ich wieder mit meinem ›Psychokram‹ daherkomme. Ich glaube, ich habe so ziemlich jeden psychologischen Ratgeber gelesen, den es gibt, weil mich dieses Themenfeld schon immer fasziniert hat. Und natürlich hat das etwas mit mir und meiner Persönlichkeit gemacht. Der Einzige, der mich diesbezüglich nicht für durchgeknallt hält, ist Paul. Als er seine große Lebenskrise hatte, konnte ich erstmals jemandem mit meinem Wissensschatz helfen. Und das Ende vom Lied war, dass er sich schließlich selbst von Jule anhören musste, ein Pseudo-Guru zu sein.«

Ich kicherte. »Das hat sie mir gar nicht erzählt. Seit wann kennst du denn Paul? Und ehrlich gesagt wusste ich bislang nichts von einer Lebenskrise bei ihm.«

»Das ist auch alles lange her. Paul kenne ich seit Ewigkeiten. Wir sind zusammen großgeworden. Er ist zwar drei Jahre älter als ich, aber da sich sämtliche Kinder der Nachbarschaft auf einer Wiese zum Kicken getroffen haben, hatte ich ihn ständig auf dem Radar. Als wir erwachsen wurden, fiel der Altersunterschied kaum noch ins Gewicht und wir wurden enge Freunde.«

»Faszinierend!«, stieß ich aus. »Was du alles an neuen Informationen für mich auf Lager hast ...«

»Tja, da kannst du mal sehen«, neckte er mich. »Da hat sich der Ausflug mit mir ja schon gelohnt.« Er zwinkerte mir vergnügt zu und fragte: »Wollen wir ein Stück weiter wandern?«

»Machen wir«, stimmte ich zu und fühlte mich plötzlich so leicht wie seit Ewigkeiten nicht mehr.

Der Weg führte uns an den Ausläufern von Sóller vorbei. Mal ging es bergauf und mal durch ebenes Gelände. Wir passierten unzählige Baumplantagen. Olivenbäume wechselten sich mit Zitrusfrüchten ab, und das Ganze wurde überlagert von fantastischen Blicken in eine wilde, unberührte Landschaft, die an manchen Stellen sanft bewaldet daherkam, aber genauso atemberaubende Aussichten auf schroffe, steil aufragende Felsformationen bot. Ich fühlte mich, als sei ich in einem Reich der unermesslichen Fülle gelandet. Wiederholt musste ich nach Luft schnappen, was weniger der Steigung geschuldet war als der Fassungslosigkeit angesichts dieser unbändigen Schönheit.

Auf halber Strecke zwischen Sóller und Fornalutx warf Philipp seinen Rucksack auf ein Steinmäuerchen, schnaufte einmal tief durch und verkündete: »Zeit für eine Pause!«

Ich nickte nur und ließ mich neben ihm auf das Mäuerchen plumpsen. Einen traumhafteren Ort hätte er nicht wählen können. Von unserem leicht erhöhten Standort aus konnten wir über das grüne Tal schauen, das sich in beide Richtungen erstreckte und von eindrucksvollen Bergen begrenzt wurde, über denen ein milchiger Schleier lag. Einzelne Sonnenstrahlen durchbrachen die Szenerie und sorgten dafür, dass ich mich fühlte, als sei ich in eine Filmkulisse geraten.

»Atemberaubend schön«, stammelte ich.

»Ja, das ist es«, bestätigte Philipp und ließ ebenfalls die Blicke über die Landschaft wandern. »Warst du schon einmal hier?«

Er reichte mir eine Flasche Wasser und einen Müsli-Riegel. Beides nahm ich dankbar an.

»Nein, noch nie.«

»Noch nie hier oder noch nie auf Mallorca?«

»Noch nie hier *und* noch nie auf Mallorca.«

»Hm. Da ist dir was entgangen. Mein Vater hat sich nach der Trennung von meiner Mutter ein neues Leben auf dieser wunderschönen Insel aufgebaut. Das ist inzwischen viele Jahre her. Seitdem komme ich ihn natürlich häufig besuchen. Und ich muss zugeben, dass ich diese zweite Heimat nicht mehr missen möchte. Es tut unglaublich gut, eine Anlaufstelle für regelmäßige Auszeiten zu haben.«

»Könntest du dir auch vorstellen, für immer hierzubleiben?«

»Nein, eher nicht. Ich liebe meinen Beruf. Und den kann ich nur in Deutschland ausüben. Von daher wäre das allenfalls ein Lebensmodell für die Rente.« Er lachte kurz auf. »Aber bis dahin sind es ja noch ein paar Jährchen. Und vorher stehen andere Dinge an.«

»Familie und Kinder?«

»Wenn es das Leben gut mit mir meint, ja.«

»Warum sollte es das nicht tun?«

Ein weiteres Mal lachte er. »Ich weiß: Am Ende wird alles gut!«

»Und wenn es noch nicht gut ist, ist es noch nicht das Ende«, unterbrach ich ihn.

Wir sahen uns an und prusteten los.

»Oh Mann, ich glaube, das wird unser Running Gag.«

»Kann schon sein«, bestätigte ich.

»Was ist mit dir?«, erkundigte er sich zaghaft und musterte mich nachdenklich.

»Was soll mit mir sein?«, stellte ich mich dumm, während mein Herz seine Schlagzahl erhöhte. Wie sollte ich angesichts all seiner Offenheit mit Fragen zu meiner Person umgehen? Weiterhin schweigen? Ausweichen? Oder ihm zumindest ein paar Bröckchen hinwerfen?

»Willst du hierbleiben oder möchtest du irgendwann nach Deutschland zurück?«

Hm, darauf konnte ich noch relativ unverfänglich antworten. »Ich würde schon gern irgendwann nach Deutschland zurückkehren.«

»Aber?«

»Kein Aber.«

»Und wann möchtest du zurück?«

Tja, genau so etwas hatte ich befürchtet. Ich versuchte, die Klippe elegant zu umschiffen. »Das weiß ich nicht. Wenn es die Umstände erlauben.«

»Was sind das für Umstände?«

Ich seufzte schwer. »Hör zu, Philipp. Ich weiß, für dich sind das ganz normale Fragen. Und ich würde sie dir wirklich von Herzen gern beantworten, aber ich kann nicht, okay?«

»Hm«, brummte er und wiegte unentschlossen den Oberkörper hin und her. »Um zu sehen, dass du etwas mit dir herumschleppst, muss man kein Psychologe sein. Darf ich ehrlich sein?«

»Kann ich dich daran hindern?«

Er grinste mich schelmisch an und schüttelte den Kopf. »Nein, nicht solange ich das Gefühl habe, dass ich dir mit meiner Einschätzung helfen könnte.«

»Bringen wir es hinter uns«, gab ich grummelig zurück, was ihn seltsamerweise zum Lachen brachte und mich – noch seltsamer! – ebenfalls.

»Okay, in dem Fall bekommst du jetzt die ultimative Packung Lebensweisheit von mir.« Er zwinkerte mit den Augenbrauen und ich konnte gar nicht anders, als ihn verzaubert anzulächeln. »Wenn ich in meinem Leben etwas gelernt habe, dann ist das die Tatsache, dass es der größte Fehler ist, Dinge allein durchstehen zu wollen. Die Kraft der Schwarmintelligenz sollte man niemals unterschätzen. Da, wo ein Mensch einen Ausweg findet, finden zwei drei Auswege oder mehr. Das Kollektiv ist immer schlauer als die Summe der Einzelnen. Lass dir helfen, Silke! Bevor dich dein Kummer erdrückt. Und dass er das tut, das kann ich dir ansehen.«

Ein Schweigen legte sich zwischen uns und in mir rumorten die unterschiedlichsten Gefühle.

Ärger, weil ich seinen Vorstoß übergriffig fand.

Dankbarkeit, dass ihm mein Wohlergehen nicht gleichgültig war.

Verführbarkeit, weil es sich so verdammt verlockend anfühlte, mich endlich jemandem anzuvertrauen.

Und Hoffnungslosigkeit, weil ich seinen Worten zum Trotz genau wusste, dass mir niemand helfen konnte.

Ein weiteres Mal seufzte ich. »Du weißt schon, dass es zu jeder Regel auch Ausnahmen gibt ...«

»Ja, das weiß ich. Aber das hier ist die Regel ohne Ausnahme.« Er legte eine Pause ein und ließ die Blicke in die Landschaft wandern. »Mir ist klar, dass du ein mächtiges Problem haben musst, wenn du mit keinem darüber reden magst. Und verstehe mich bitte nicht falsch: Derjenige, dem du dich anvertraust, muss nicht ich sein. Such dir einfach einen Freund oder eine Freundin, dem oder der du bedingungslos vertraust.«

»Nur mal eine rein hypothetische Frage: Was wäre, wenn ich befürchten müsste, dass ich damit diesen Freund oder diese Freundin in Gefahr brächte?«

»In dem Fall suchst du dir jemanden aus, der sich mit Gefahren auskennt – zum Beispiel jemanden von der Polizei, jemanden wie mich.«

Ich lachte auf, doch es war kein fröhliches Lachen. »Und was würdest du raten, wenn die Gefahr von der Polizei selbst ausgeht?«

Philipp veränderte seine Sitzposition und drehte sich so, dass er mich von der Seite direkt ansehen konnte. »Silke, wenn du ein Problem mit der Polizei hast, musst du es aus der Welt schaffen, sonst verfolgt dich das auf immer und ewig und du wirst nie mehr frei sein. Hast du etwas ausgefressen?«

»Nein, *ich* habe nichts ausgefressen. Noch mal rein hypothetisch: Was würdest du tun, wenn du jemanden kennst, der etwas Schlimmes ausgefressen hat, und du dir sicher sein kannst, dass dir diesbezüglich niemals irgendwer Glauben schenken wird, weil er hervorragend bei der Polizei vernetzt ist? Und was, wenn diese Person obendrein gefährlich ist?«

Während des Sprechens hatte ich mich ebenfalls gedreht, sodass ich Philipp nun direkt in die Augen sehen konnte. Ich forschte in seinem Gesicht nach Anzeichen darauf, was meine Frage in ihm auslöste. Gleichzeitig war ich fassungslos, dass ich sie gestellt hatte. Wenn mir heute Morgen jemand gesagt hätte, dass ich mich so weit vorwagen würde, hätte ich ihm einen Vogel gezeigt. Doch irgendwie verlief dieses Gespräch hier sehr organisch. Es entwickelte sich von allein, ungeplant, unkalkulierbar und mit einer merkwürdigen Sorglosigkeit. Was hatte dieser Mann an sich, dass ich bei ihm mehr aus der Deckung kam als bei irgendeinem Menschen sonst?

Er betrachtete mich mit derselben Eindringlichkeit wie ich ihn und in seinen eisblauen Augen schimmerte Mitgefühl. Dann versank er tief in Gedanken. Ich wusste, dass er mir keine leichtfertige Antwort geben, sondern erst einmal unterschiedliche Optionen abwägen würde. Die Gesprächspause ließ mich wie schon so oft aus der Zeit fallen und ich verschwand im Reich der Erinnerungen.

Ein Traum wird wahr

– im Juni des Vorjahres –

Ein Déjà-vu überkam mich, als Samuel mich hinter sich her zog – diesmal aus dem Inneren der Kita in den Garten. Er führte mich zu den Holzbänken, an denen die Kinder spielen, essen oder wir uns eine Pause gönnen konnten.

»Setz dich!«, raunte er mir zwischen gefletschten Zähnen zu und seine Stimme duldete keinen Widerspruch.

Ich warf mich genervt auf eine der Bänke, während er sich gegenüber platzierte. Ich ahnte schon, was kommen würde – war ja schließlich nicht das erste Mal.

»Hör zu, Silke, ich würde es mir nie verzeihen, wenn ich nicht diesen letzten Versuch unternehme, bevor es zu spät ist. Heirate diesen Mann nicht! Er tut dir nicht gut und er wird dich ins Verderben stürzen.«

Wütend blitzte ich ihn an. »Dein Verfolgungswahn nimmt langsam groteske Züge an, Samuel. Konstantin ist der wundervollste Mensch, der mir je begegnet ist, und wir werden morgen heiraten!«

Gequält stöhnte mein ehemals bester Freund auf. »Herrgott, du bist doch eine intelligente Frau. Merkst du wirklich nicht, dass er dich total isoliert? Als Nächstes wird er von dir verlangen, dass du deinen Beruf aufgibst, nachdem du ja schon sämtliche Freunde verloren hast.«

»So ein Blödsinn! Ich würde niemals meinen Beruf aufgeben. Du weißt genau, wie sehr ich ihn liebe, und Konstantin weiß das auch. Außerdem wärst du nach wie vor mein Freund, wenn du dich nicht andauernd so närrisch verhalten würdest. Also schieb dafür gefälligst nicht meinem zukünftigen Mann die Schuld in die Schuhe.«

»Ich schiebe niemandem die Schuld in die Schuhe. Ich bin nur ein außenstehender Beobachter, der nicht vor lauter Verliebtheit Herzchen vor den Augen hat, die ihm die Sicht vernebeln.«

»Ein außenstehender Beobachter«, höhnte ich. »Als wenn dir nicht vor lauter Verliebtheit Herzchen den Blick versperren würden. Du bist derart besessen davon, mich für dich zu gewinnen, dass du paranoid wirst. Und ganz ehrlich: Im Moment bist es eher du, der mich dazu bringen könnte, hier zu kündigen, als Konstantin.«

Aufgebracht stand ich auf. »Es reicht mir jetzt. Ich habe Feierabend, morgen wird geheiratet und danach geht es ab in die Flitterwochen. Und es gibt nichts, was du dagegen tun könntest.« Mit Tränen der Wut in den Augen eilte ich auf das Gebäude zu, doch dann wurde ich plötzlich so unsanft herumgerissen, dass ich erschrocken aufschrie.

»Was soll das?«, schrie ich Samuel entgegen, der meine Handgelenke gepackt hatte und sein Gesicht dicht vor meines schob. Sein Griff war eisern und in seiner Miene schimmerten die unterschiedlichsten Emotionen. Ich sah bergeweise Empörung, doch in erster Linie Verzweiflung.

»Himmel, aber auch, ich würde dich am liebsten durchschütteln, bis du zur Vernunft kommst. Irgendwer muss auf dich aufpassen, Silke. Dieser Jemand wäre gern ich, da hast du recht. Trotz alledem geht es mir am Ende darum, dass du glücklich wirst.«

»Lass mich los, Samuel! Sofort!«

Sein Griff verstärkte sich. »Ich lasse dich los, wenn ich gesagt habe, was zu sagen ist. Ich habe Konstantin jetzt ein paar Mal erlebt, ich habe dich mit ihm gesehen und wie du dich in seiner Nähe in ein willenloses Mäuschen verwandelst. Der Mann bringt etwas in dir zum Vorschein, was du nicht bist. Er tut dir nicht gut. Und es ist der größte Fehler, den du machen kannst, ihn zu heiraten. Am liebsten würde ich dich entführen, um dich vor dir selbst zu schützen, aber wahrscheinlich würde das nichts nützen. Also schalte bitte endlich den Verstand wieder ein, solange es noch geht.«

Mit diesen Worten ließ er mich los. Ich starrte ihn erneut wütend an, dann machte ich auf dem Absatz kehrt und verschwand tränenüberströmt aus der Kita.

*

Der Ärger des Vortages war verraucht. Genüsslich reckte und streckte ich mich in meinem Bett, in dem ich die vermutlich letzte Nacht verbracht hatte. Die Wohnung war bereits gekündigt und ab morgen würde ich bei Konstantin leben. Nach den Flitterwochen wartete ein Umzugsteam auf mich, das die Möbel, die mir etwas bedeuteten, in sein Haus schaffen würde. Den Rest wollte ich verkaufen oder verschenken. Bis auf das, was ich bis dahin noch brauchen würde, war meine Habe schon in Kartons verpackt.

Voller Elan schwang ich mich von der Matratze und besah mir das prachtvolle Brautkleid, das am Schlafzimmerschrank hing. Ein zufriedenes Lächeln breitete sich auf meinem Gesicht aus. Ich verschwand ins Badezimmer und richtete mich für diesen besonderen Tag. Danach legte ich das Kleid behutsam über den Arm und machte mich auf den Weg zu Senta.

Konstantin wünschte sich eine intime Trauung. »Nur wir zwei!«, hatte er vorgeschlagen. Diesem Wunsch war ich zwar größtenteils nachgekommen, auch wenn es mir schwerfiel, den Traum von einer Märchenhochzeit mit vielen lieben Menschen loszulassen, doch auf Sentas Anwesenheit und auf ihrer Rolle als Trauzeugin hatte ich bestanden. Selbstverständlich würde Lukas unser Kleeblatt vervollständigen. Ein bisschen Wehmut schlich sich in mein Herz, weil ich mir noch vor einem Jahr nie hätte vorstellen können, ohne Samuel an der Seite Hochzeit zu feiern. Aber gut, manche Dinge änderten sich eben.

»Süße«, begrüßte mich meine Freundin und drückte mich an sich. »Da musst du heiraten, damit wir uns mal wiedersehen ... Ich hätte dich fast nicht mehr erkannt.«

»Du übertreibst maßlos«, lachte ich, obwohl mir gar nicht zum Lachen zumute war. Hoffentlich fing sie nicht an, ins selbe Horn zu blasen wie Samuel.

»Nur ein bisschen«, milderte sie ihre Aussage ab. »Auf jeden Fall freue ich mich riesig, dass du mich zur Trauzeugin auserkoren hast. Und vielleicht verbindet uns das ja mit Konstantin, sodass wir uns zukünftig häufiger sehen können. Ein Pärchen-Abend ist doch auch was Schönes.«

»Klar. Das kriegen wir sicher hin. Konstantin ist eben meistens nach der Arbeit ziemlich kaputt. Aber wenn wir zusammenleben, wird manches einfacher.«

Senta scannte mich für einen Moment kritisch, dann straffte sie sich und knipste ein strahlendes Lächeln an. »Jetzt verwandeln wir dich erst mal in eine hinreißende Braut!«

Eine halbe Stunde später drehte und wendete ich mich vor dem großen Spiegel in Sentas und Lukas' Schlafzimmer.

»Du siehst atemberaubend aus«, stieß meine Freundin hervor und schlug begeistert die Hände zusammen. Sie näherte sich von hinten und legte ihr Kinn auf meine rechte Schulter. Gemeinsam musterten wir mein Spiegelbild. »Was für ein Jammer!«, schob sie hinterher.

»Was ist ein Jammer?«

»So, wie du aussiehst, müsstest du der Star eines riesigen Festes sein – mit ganz vielen Menschen, die dich feiern, bewundern und dir das Gefühl geben, für einen Tag eine Prinzessin zu sein. Es ist eine absolute Verschwendung, dass ihr nur zum Standesamt geht, und dann ist das Event schon wieder vorbei.«

»Senta, bitte nicht auch noch du. Ich habe so die Nase voll davon, mir anzuhören, dass dies falsch ist und jenes falsch ist. Konstantin mag keine großen Feste und das respektiere ich. Es gibt Schlimmeres. Heute werde ich trotzdem den schönsten Tag meines Lebens haben.«

»Natürlich, Süße. Wenn du dir sicher bist, ist das so.« Ihre Stimme klang zögerlich und kurz wirkte es, als wolle sie etwas sagen, aber am Ende klappte sie den Mund zu und biss sich auf die Unterlippe.

»Ich bin sicher«, bestätigte ich mit einem entschlossenen Nicken, mit dem ich mir selbst Mut machen wollte. Sollten sie doch alle reden! Schließlich war ich die Einzige, die entscheiden konnte, was sich für mich richtig anfühlte und was nicht …

*

Mein Herz drohte zu zerplatzen, weil das viele Glück unmöglich dort hineinpassen konnte. Konstantin stand mir gegenüber und seine Augen ruhten zärtlich auf meinem Gesicht. Ich wusste, dass ich diesen Augenblick nie vergessen würde – und zwar gleich im doppelten Sinne: diesen unglaublichen Moment für die Ewigkeit und diesen Blick aus seinen Augen. Es existierte nichts mehr außer uns und der Stimme des Standesbeamten.

»Ich frage Sie, Konstantin Schlecker, ist es Ihr freier Wille, mit der hier anwesenden Silke Zimmermann die Ehe einzugehen, so beantworten Sie diese Frage mit einem Ja.«

Konstantin räusperte sich, vertiefte den liebevollen Blick und raunte heiser: »Ja!«

Der Beamte lächelte ergriffen und wandte sich mir zu. »Nun frage ich Sie, Silke Zimmermann, ist es auch Ihr freier Wille, mit dem hier anwesenden Konstantin Schlecker die Ehe einzugehen, so beantworten auch Sie diese Frage mit einem Ja.«

Eine noch größere Glückswelle erfasste mich und brach über mir zusammen. Ich strahlte den Mann an, der in wenigen Sekunden mein Ehemann sein würde, und antwortete im Brustton der Überzeugung: »Selbstverständlich Ja!«

Ein Schmunzeln spielte um die Mundwinkel des Standesbeamten und er verkündete: »Nachdem Sie beide meine Fragen übereinstimmend mit einem Ja beantwortet haben, erkläre ich Sie kraft Gesetzes zu rechtmäßig verbundenen Eheleuten.«

Nach dem Tausch der Ringe versanken wir in einem leidenschaftlichen Kuss, der mich in eine Traumwelt entführte, von der ich nicht glauben konnte, dass sie wirklich existierte. Von den folgenden Formalitäten bekam ich nicht mehr allzu viel mit. Ich war angekommen. Angekommen in einer Zukunft, die in den schillerndsten Farben leuchtete und nichts als Glückseligkeit bereithalten würde. Dachte ich zumindest …

Mehr Orangenblüten

»Hast du Beweise für das, was diese Person verbrochen hat?«, hörte ich eine Stimme in der Ferne.

Es dauerte einen Moment, bis mir bewusst wurde, dass ich in die Vergangenheit abgedriftet war. Und ich brauchte Zeit, um mich zu orientieren, wo ich mich in der Gegenwart befand. Verwirrt schüttelte ich mich.

»Du warst ja gerade ganz woanders«, flüsterte Philipp und klang dabei beinahe zärtlich.

»Stimmt, tut mir leid.«

»Wieso entschuldigst du dich für etwas, was doch vollkommen natürlich ist?«

»Weil ich es gewöhnt bin, mich für alles schuldig zu fühlen«, entfuhr es mir und ich schlug erschrocken die Hand vor den Mund. Auch das hatte ich definitiv nicht sagen wollen.

Philipp warf mir nur einen nachdenklichen Blick zu und zog die Augenbrauen nach oben. »Also, hast du nun Beweise oder nicht?«

»Ja, habe ich«, flüsterte ich.

»Was hindert dich dann daran, Anzeige zu erstatten?«

»Das ist nicht so einfach. Meine Beweise sind nicht eindeutig genug. Und für jemanden mit vielfältigen Kontakten bei der Polizei gibt es bestimmt reichlich Möglichkeiten, sich herauszuwinden.« Tränen traten mir in die Augen. »Und ich bin allein.«

»Nein«, entgegnete Philipp langgezogen und legte den Arm um meine Schultern. »Du bist nicht so allein, wie du denkst. Hier sind eine ganze Menge Menschen, die dich mögen und die zu dir stehen.«

»Danke«, wisperte ich und schnäuzte in ein Taschentuch. »Ich weiß das sehr zu schätzen, aber ich will auf keinen Fall eine übereilte Entscheidung treffen. Für den Moment möchte ich einfach bei Camila wohnen bleiben, vergessen und Kräfte tanken. Dann sehe ich weiter.« Ich machte eine Pause, um meine Gedanken noch einmal zu sortieren. »Und damit würde ich das Thema gern für heute ruhen lassen. Okay?«

Philipp betrachtete forschend mein Gesicht. Schließlich gab er sich einen Ruck und nickte. »Okay.«

Als wir uns Fornalutx näherten, griff ich wieder nach der verspiegelten Sonnenbrille und der Baseballkappe. Entsprechend gewappnet erreichten wir das Dorf an seinem südlichen Ende. Vor einem Schild, das uns über die zahlreichen Sehenswürdigkeiten informierte, blieben wir stehen. Während sich Philipp in den Lageplan vertiefte, ließ ich die Blicke auf den Ort schweifen. Von dem leicht erhöhten Standort aus ergab sich eine phänomenale Aussicht auf die überschaubare Zahl an Steinhäusern, die sich in eine betörende Landschaft betteten. Ich war nicht gläubig im christlichen Sinne, konnte mit dem Gottesbild der Kirche nur wenig anfangen, doch hier an dieser Stelle fühlte ich plötzlich, dass all diese Schönheit, diese Fülle, diese Vielfalt einer unermesslichen Schöpferkraft entsprungen sein mussten – einer, die sich mit menschlichen Maßstäben nicht greifen ließ. Vor dem hochaufragenden Puig Major, dem höchsten Berg Mallorcas, mit seinen beeindruckenden Felsformationen erstreckten sich bewaldete Hügelketten, an deren Ausläufer sich terrassenförmige Weinkulturen, Oliven- sowie Orangen- und Zitronenbaumplantagen schmiegten. Dazwischen wucherte üppiger Wildwuchs mit allerlei hellem Grün, durchbrochen von der dunkleren Farbe steil aufragender Zypressen und vereinzelter Palmen. Selbst aus der Entfernung konnte ich an den Fassaden emporkletternde Bougainvilleas erkennen, die wie bewusst arrangierte Tupfer das ohnehin schon Perfekte noch ein wenig perfekter machten. Staunend stand ich da und fragte mich, ob ich jemals ein schöneres Dorf gesehen hatte.

Philipp trat neben mich und riss mich dadurch aus den begeisterten Betrachtungen. »Wollen wir uns Richtung Ortskern begeben und dort ein bisschen was essen und trinken?«, erkundigte er sich leise, als könne er spüren, dass ich mich gerade in einem Zustand der Ergriffenheit befand.

»Sehr gern«, gab ich flüsternd zurück und folgte der Straße mit langsamen Schritten, um möglichst sämtliche Details der magischen Umgebung in mich aufzunehmen.

Wir tigerten beinahe eine Stunde durch das idyllische Dörfchen, das mich mit jeder Minute mehr verzauberte. Die natursteingepflasterten Gassen schienen mit den Fassaden der Bruchsteinhäuser zu verschmelzen und eine Einheit zu bilden. Steile Treppen wechselten sich mit schmalen Pfaden ab, die flankiert wurden von Hunderten von Terrakottakübeln, aus denen exotische Pflanzen sprießten, deren Namen ich nicht kannte. Die Bewohnerinnen und Bewohner der Stadt wussten anscheinend genau, wie sie ihr zauberhaftes Dorf noch schöner machen konnten. An der Plaça d'España tummelten sich auf kleinstem Raum ein paar Geschäfte und Cafés.

Philipp warf mir einen fragenden Blick zu. »Ich nehme an, du magst lieber an einer weniger belebten Stelle etwas essen gehen?«

Dankbar sah ich ihn an. Offensichtlich konnte er bereits aus den vereinzelten Informationen, die er von mir erhalten hatte, folgern, dass ich Menschenmassen mied. Wortlos nickte ich.

Wir setzten unseren Streifzug fort und fanden am Ortsrand ein mitten in der Natur gelegenes Restaurant, in dessen Außenbereich weitläufig verteilte Tische um Zitronen- und Orangenbäume arrangiert waren. Selbst wenn es mir nicht wichtig gewesen wäre, in einer ruhigen Umgebung unterzutauchen, hätte mich dieser Ort sofort zu einem längeren Aufenthalt verführt.

»Perfekt?«, fragte Philipp und schmunzelte mich wissend an.

»Perfekt!«

Philipp überließ mir die Wahl und ich entschied mich für einen der am äußeren Rand des Areals stehenden Tische. Mit dem Rücken zu den anderen Gästen setzte ich mich und sog die Schönheit der Szenerie in mich auf. Direkt neben uns stand ein Orangenbaum, in dessen Geäst ein wundervoller Mix aus heranreifenden Früchten und zarten weißen Blüten zu sehen war. Letztere verströmten einen betörenden Duft – eine kaum zu beschreibende Kombination aus Zitrusaromen und dem Hauch eines vanilleähnlichen Geruchs. Ich nahm einen tiefen Atemzug und ließ es zu, dass sich meine Sinne entspannten und nichts mehr außer einem allumfassenden Glücksgefühl in mir Platz fand. Zumindest jetzt. Zumindest für einen Augenblick, der mir Kraft schenken konnte, bevor mich die Dämonen der Vergangenheit das nächste Mal erreichten. Doch für den Moment blieben sie still.

»Ich würde dich gern näher kennenlernen«, unterbrach Philipp das Schweigen, das sich während des Studiums der Speisekarten zwischen uns gesenkt hatte. Inzwischen war die Bestellung aufgegeben und wir konnten uns wieder ganz auf uns konzentrieren.

Ein warmer Blutschwall strömte in meinen Kopf und machte es mir schwer, noch etwas anderes wahrzunehmen als Philipps Anwesenheit und die verloren geglaubten Gefühle, die er in mir auslöste. Verlegen betrachtete ich die Tischplatte, die aus naturbelassenem Olivenbaumholz bestand.

»Wieso?«, fragte ich nach einer Weile, als mir klar wurde, dass der Ankündigung keine weiteren Worte folgen würden, solange ich sie nicht kommentiert hatte.

Er legte seine Hand auf meine und brachte mich mit dieser Geste dazu, ihn anzusehen. Seine blauen Augen strichen wie ein leichter Wind über mein Gesicht und sorgten für ein gefährliches Wohlgefühl. Die Sorte von Wohlgefühl, die ich fürchtete, weil sie den felsenfesten Vorsatz, keine Nähe mehr zu einem Mann zuzulassen, erschütterte.

»Weil ich es genieße, bei dir zu sein. Weil ich spüre, dass es eine tiefe Verbindung zwischen uns gibt. Und weil ich das gern weiter erforschen würde.« Sein Blick umklammerte meinen – nicht auf eine aufdringliche Weise und ohne etwas zu fordern –, sondern eher auf die Art, die zwei unabhängige Seelen miteinander verband und sie insgeheim zu einer machte.

Ich hatte keine Ahnung, wie ich darauf reagieren sollte; wie ich mein Herz, das wilde Sprünge vollführte, und meinen Körper, der mit einer Ganzkörper-Gänsehaut auf Philipps Annäherung reagierte, wieder einfangen sollte. Stumm starrte ich ihn an.

Ein feines Lächeln erschien auf Philipps Miene und er zog seine Hand zurück. »Ich weiß, dass ich dich gerade überfordere. Nichts davon soll dich drängen. Wenn du mich sehen magst, sehen wir uns. Wenn du dich mir anvertrauen möchtest, darfst du das jederzeit tun. Wenn du eine Pause benötigst und dich von mir zurückziehen willst, werde ich das akzeptieren. Das Einzige, worum ich dich bitte, ist eine Antwort auf die Frage, ob ich dich ganz allmählich mit all der Zeit, die du brauchst, besser kennenlernen darf.«

»Selbstverständlich darfst du das«, wisperte ich und fühlte mich vollkommen überfordert von den Empfindungen, die dieser Mann mit seinem sanftmütigen, geduldigen Wesen in meiner versteinerten Seele auslöste.

Den Rest des Nachmittags verbrachten wir in stiller Harmonie vor uns hinwandernd – und glücklicherweise ohne Straßenbahnfahrt inmitten von Touristen. Die geführten Gespräche arbeiteten in mir, und ich war froh, ungestört meinen Gedanken nachhängen zu können. Außerdem übertrug sich die Ruhe der Landschaft auf mich. Zum ersten Mal seit Monaten fing ich an, so etwas wie eine leise Zuversicht zu spüren.

Zuversicht, Lösungen für all die Fragen zu finden, die ungeklärt vor mir lagen. Zuversicht, wieder einem Mann vertrauen zu können. Und Zuversicht, dass mein persönliches Lebensglück vielleicht doch noch nicht ganz verloren war, sondern nur darauf wartete, dass seine Zeit kommen würde.

Als Philipp den Motor vor Camilas Finca abstellte, blieb er für einen Moment regungslos sitzen und starrte nachdenklich durch die Windschutzscheibe. Dann wandte er sich mir zu. »Danke, Silke, für den traumhaften Tag. Ich habe jede Sekunde mit dir genossen.«

»Ich habe dir zu danken, dass du mich überzeugt hast, dich zu begleiten. Ich hätte nie gedacht, wie gut es mir tut, wieder mit einem anderen Menschen zu reden und zumindest einen Teil meiner Probleme abzuladen.

Danke für alles, was du mir gibst. Für deine Geduld, für dein Verständnis, für deine Hilfsangebote. Du hast keine Ahnung, was mir das bedeutet.«

»Vielleicht kann ich es mir ein bisschen vorstellen.« Sein Blick ging in die Ferne und er kniff nachdenklich die Lippen zusammen. »Übermorgen fliege ich zurück nach Hause. Aber ich verspreche dir, immer für dich da zu sein. Egal, was ist, du kannst mich jederzeit anrufen.«

»Ich habe kein Handy«, flüsterte ich.

»Das dachte ich mir schon. Seit der Einführung der Registrierungspflicht für Prepaid-SIM-Karten ist es für Menschen ohne Kontakte ins kriminelle Milieu nahezu unmöglich, bei der Handybeschaffung anonym zu bleiben. Und ich gehe davon aus, dass das für dich wichtig ist. Du kannst mich von Doro und Hajo aus erreichen. Und ich bringe dir, wenn ich wiederkomme, ein auf mich registriertes Handy mit. Solange niemand in Deutschland weiß, dass du dich auf Mallorca aufhältst, kann auch keiner eine Verbindung zwischen dir und mir herstellen. Also ist das ein sicherer Weg. Einverstanden?«

Tränen traten mir in die Augen. Da grübelte ich bereits so lange, wie ich trotz meiner prekären Situation wieder in der Welt der modernen Kommunikation ankommen konnte, und dann war es plötzlich ganz einfach. Es brauchte nicht mehr als ein winziges Stückchen Vertrauen zu einem anderen Menschen, und schon eröffneten sich neue Möglichkeiten.

»Tausend Dank«, schluchzte ich und warf mich über die Mittelkonsole hinweg in Philipps Arme, die er für mich geöffnet hielt und die mich einluden, eine weitere Grenze zu überschreiten. »Ich weiß gar nicht, wie ich dir danken soll für all das.«

»Nichts zu danken«, erwiderte er, während er mir über den Rücken streichelte und dabei eine neuerliche Portion Zuversicht in meinen Körper strömen ließ.

Eine Weile verharrten wir in dieser Position, dann drückte ich mich mit einem verlegenen Räuspern weg und sah starr geradeaus. Ein Teil von mir wollte der überfordernden Situation entkommen, ein anderer hätte sie am liebsten bis ans Ende der Zeit ausgedehnt.

»Ich nehme an, wir sehen uns morgen?«, fragte Philipp wenig später und musterte mich erwartungsvoll.

»Du meinst, bei Ricardo?« Mein Arbeitgeber hatte Freunde, Bekannte und Nachbarn zu einem samstäglichen Fest in seinem Restaurant eingeladen. Auf meine Frage nach dem Anlass reagierte er nur mit einem geheimnisvollen Lächeln, doch es kam mir so vor, als sei ihm diese Veranstaltung besonders wichtig. Deswegen hatte ich ihm schweren Herzens zugesagt, auch wenn mich das zwang, in eine größere Menschenmenge einzutauchen.

Philipp nickte.

»Ja, ich komme. Deiner Frage entnehme ich, dass du mit Doro und Hajo ebenfalls dabei sein wirst.«

»So ist es.«

»Dann freue ich mich darauf, dich morgen zu sehen.«

»Und ich mich erst.«

Wir lächelten uns ein letztes Mal zu.

So, als ob wir uns schon ewig kennen würden.

So, wie es nur Menschen tun, die sehr vertraut miteinander sind.

So, als wären wir längst noch nicht dort angekommen, wo wir einmal sein könnten. Wie zwei Individuen, die eines Tages enger verbunden sein würden, als sie es bis jetzt ahnten.

Ricardos Fest

Ich zuckte erschrocken zusammen, als mich ein heller Lichtstrahl weckte, der durch die Ritzen der Fensterläden drang. War es wirklich schon Morgen? Ausgeschlossen! Die Nacht konnte unmöglich vorbei sein. Ohne einen einzigen Albtraum?

Benommen versuchte ich, das Bewusstsein zu sammeln und die Erinnerungen an meinen Schlaf heraufzubeschwören. Diffuse Träume kämpften sich an die Oberfläche. Träume, in denen wiederkehrend ein Gesicht erschienen war. Philipps Gesicht. Ich sah, wie mich seine Mundpartie anlächelte. Wie ich in seinen eisblauen Augen versank, die so viel Wärme verbreiten konnten, auch wenn das angesichts ihrer Farbe widersprüchlich klang. Wie er lachte und sein schiefstehender Eckzahn seiner Miene einen unwiderstehlichen Charme verlieh. Wie er mich einfach nur musterte und dabei – vollkommen ungewollt – wohlige Schauer über die Haut und über meine Seele rieseln ließ.

Ich seufzte und rekelte mich zufrieden in den Laken. War das real? Ein einziger Tag mit Philipp und darauf folgte die erste Nacht ohne schlimme Träume? Was spielte sich da zwischen uns ab? Warum stellte dieser Mann Dinge mit mir an, von denen ich mir sicher gewesen war, dass sie für immer und ewig der Vergangenheit angehörten? Bestand wirklich noch Hoffnung für mich? Existierte die unwahrscheinliche

Möglichkeit, dass ich mich wieder verlieben könnte und am Ende womöglich das Glück auf mich wartete?

Ich entriss mich selbst den unzulässigen Gedankengängen, rief mich zur Vernunft und sprang ungehalten aus dem Bett – als könne ich dadurch vor meinem eigenen Gefühlsleben davonrennen. Völliger Quatsch natürlich! Trotzdem hoffte ich, durch bloße Betätigung Ablenkung zu finden und den entfesselten Teil von mir zurück in sein Verlies zu sperren.

Den ganzen Tag verbrachte ich in hektischer Betriebsamkeit. Ich drehte meine Bude auf links, putzte in den hintersten Winkeln sämtlicher Schränke, die allesamt schon zuvor sauber gewesen waren, schrubbte das Bad, organisierte die Küche neu – was einem Witz gleich kam, weil sie ohnehin durch Leere glänzte –, und räumte die wenigen Siebensachen von einem Regal ins nächste. Am Abend fühlte ich mich restlos erschöpft, obwohl nicht eine einzige der Aktivitäten einen wirklichen Sinn ergeben hatte. Doch man mochte kaum glauben, wie viel Anstrengung es kostete, sich mit aller Macht vom Denken und Fühlen abzuhalten.

Mein Kleiderschrank stellte mich im Anschluss daran vor eine weitere Herausforderung. Nein, diesmal nicht, weil ich das Saubere noch sauberer zu machen versuchte, sondern weil mich – vollkommen untypisch für mich – die Frage beschäftigte, was ich anziehen sollte. Einerseits verstand es sich von selbst, dass ich möglichst unauffällige Farben wählen würde, die es mir gestatteten, in der Menge quasi unsichtbar zu bleiben. Andererseits gab es da diese verrückte leise Stimme in mir, die darauf drängte, nach etwas zu greifen, worin ich hübsch aussah. Am Ende entschied ich mich für eine dunkle Jeans, die an den Taschen mit ein paar aufwändigen Ornamenten versehen war, und ein graues Langarmshirt, das von attraktiven Stickereien durchsetzt wurde, die ihm eine elegante Note verliehen. Außerdem zauberte es ein wunderschönes Dekolleté.

Meine Haare hatte ich so ausgiebig gebürstet, dass sie glänzten, und ich wollte es mir an diesem Tag ausnahmsweise erlauben, sie offen zu tragen. Um mich wenigstens ein bisschen zu tarnen, ließ ich den Haaransatz und die Stirn unter einer modischen, ballonartigen Schirmmütze verschwinden. Wenn ich den Kopf leicht nach unten neigte, verbarg sie zudem meine Augen.

Ich betrachtete mich nachdenklich im Spiegel. Ja, ich musste zugeben, dass mir gefiel, was ich sah. Seit sehr langer Zeit fühlte ich mich endlich mal wieder wie ich selbst. Das hier war zumindest ein erkennbares Fragment der Person, die früher existiert hatte. Ein plötzlicher Schwall an Wehmut überkam mich. Würde es sie irgendwann noch einmal in »komplett« geben? Sozusagen ein »Ich 2.0«. Auf einem höheren Niveau, weil sie viel durchgemacht hatte, aber trotzdem in einer Ausgabe, die den wahren Kern beinhaltete und ihn wieder spürbar werden ließ. Ich seufzte. All diese Gedanken brachten nichts. Sie sorgten nur dafür, dass mich meine ganze Misere mit voller Wucht überrollte. Schluss damit!

Ich richtete mich entschlossen auf, drehte dem Spiegelbild den Rücken zu, griff mir eine wärmende Jacke und begab mich nach nebenan, um Camila abzuholen.

Mit einer gehörigen Portion Nervosität betrat ich Ricardos Restaurant. Der Gastraum hatte sich bereits gut gefüllt, doch glücklicherweise schuf das dämmrige Licht eine eher dezente Beleuchtung. Okay, das würde es mir erleichtern, mich in eine dunkle Ecke zurückzuziehen. Camila stürmte sofort nach dem Eintreffen begeistert los, um sich mit Emilio zu unterhalten. Die beiden waren ungefähr im selben Alter und hatten sich immer viel zu erzählen, wenn sie aufeinandertrafen.

Ich begrüßte Ricardo, der mich freudig in Empfang nahm und verschwand danach in eine besonders schwach beleuchtete Nische, in der ich unauffällig das Geschehen beobachten konnte. Allmählich beruhigte sich mein angespanntes Nervenkostüm ein wenig. Zumindest bis Doro und Hajo auftauchten, in deren Schlepptau sich Philipp befand. Seine stattliche Erscheinung überragte das vor ihm hereintretende Seniorenpärchen deutlich.

Die berühmt-berüchtigten zwei Herzen rangen in meiner Brust. Das eine klopfte wild und wünschte sich mit jeder ausgelassen tanzenden Faser, dass er mich bemerkte und zu mir kam. Das andere bettelte, dass er ganz schnell von den anwesenden Menschen vereinnahmt werden möge, sodass ich still, leise und ungefährdet in der abgelegenen Ecke untertauchen konnte.

Und ja, ich weiß, es war von Anfang an klar gewesen, welches den Sieg davontragen würde, denn dieses Ringen wurde nicht von mir entschieden, sondern von Philipp. Kaum, dass er den Raum betreten hatte, scannte er die Gästeschar und ließ seine Blicke über sämtliche dunklen Winkel schweifen. Der Anflug eines Lächelns erschien auf seinem Gesicht, als sich unsere Augenpaare trafen, auch wenn er meines nur erahnen konnte, da es unter der Schirmmütze verborgen lag.

Wie ein Panther bewegte er sich durch die Menge, geschmeidig und auf leisen Sohlen. Er betrachtete unauffällig sein Umfeld und blieb sichtlich auf der Hut, um von niemandem aufgehalten zu werden. Als er mich erreicht hatte, versenkten sich seine Augen in meine.

»Hey, Silke, schön, dass du da bist. Ich war mir bis zum Schluss nicht sicher, ob du wirklich kommen würdest.«

»Aber hallo, wenn ich etwas verspreche, halte ich es auch«, gab ich mit leichter Empörung zurück.

Ein heiseres Lachen entrang sich seiner Kehle, das sofort eine Gänsehaut über meinen Körper schickte.

»Gut zu wissen«, raunte er. »Bekomme ich zur Begrüßung vielleicht eine freundschaftliche Umarmung?«

Ein neuerlicher Schauer vereinnahmte mich. Selbst wenn seine Worte harmlos klangen, verhießen die Tonlage und der feurige Blick aus seinen Augen etwas vollkommen anderes.

Ich schluckte gegen den Kloß im Hals an und nickte zögerlich, während mich das Gewirr heftig streitender

Stimmen in meinem Innenleben ganz konfus machte. Behutsam zog er mich an sich und die Welt versank in einem Cocktail aus Wahrnehmungen – so, als hätte mir ein Barkeeper eine Mischung zusammengerührt, die mein alkoholisches Aufnahmevermögen überstieg. Genauso fühlte ich mich: alkoholisiert. Berauscht von seinem Geruch, von der Wärme seines Körpers, von den Empfindungen, die seine Hände, die ich am Rücken durch das dünne Shirt spüren konnte, in mir auslösten. Ich genoss das Kratzen seiner rauen Wange an meiner und spürte seinen Atem am Ohr. Alle Sinne tanzten, als wäre mir nie zuvor ein Mann so nahegekommen. Die Erinnerung, dass das ganz und gar nicht den Tatsachen entsprach, brachte mich zurück in die Realität und sorgte für eine emotionale Bruchlandung. Entschlossen drückte ich mich von ihm weg und nahm gerade noch im Augenwinkel wahr, wie Doro Hajo anstieß und triumphierend auf uns deutete.

Mein Gott, wie sollte eine einzelne Frau dieses Wechselbad der Gefühle bloß aushalten? Erst ließ mich Philipp in einer Traumwelt versinken, dann landete ich hart in der Wirklichkeit und nun eroberte mich eine Mischung aus Verzweiflung und Amüsiertheit, dass die alte Dame nichts Besseres zu tun wusste, als ihre Pfeile auf ihren Stiefsohn und mich abzuschießen.

»Alles okay?«, erinnerte mich Philipp an seine Anwesenheit.

»Alles okay«, erwiderte ich und beschloss, den einfachsten Teil des Gefühlsdurcheinanders für eine

Antwort zu nutzen. »Doro hat ihren Spaß«, verkündete ich und deutete auf die Seniorin.

Philipp wandte sich fragend zu ihr um, was die Kupplerin zu einem frechen Grinsen und zwei hochgestreckten Daumen veranlasste. Dass ihr das nicht peinlich war! Na ja, wahrscheinlich war Doro dem Alter der Peinlichkeiten längst entwachsen. Außerdem wirkte sie so sehr mit sich im Reinen, dass sie das wohl dazu animierte, vor nichts mehr zurückzuschrecken ...

Ihr Stiefsohn drehte sich zurück zu mir und lachte mir direkt ins Gesicht. »Sie hat definitiv ihren Spaß. Aber wer will ihr das missgönnen? Am Dienstag hat mich schon die schiere Aussicht, dass sie mich zum Adressaten ihrer amourösen Attacken machen könnte, empört. Doch jetzt, ganz ehrlich, bin ich ihr unendlich dankbar, dass sie in bewährter Doro-Manier für unser Kennenlernen gesorgt hat.«

Erneut versenkten sich seine Augen tief in meine und mir wurde schwindlig. Alles um mich herum fuhr Karussell und ich wusste beim besten Willen nicht, wie ich auf diese Erklärung reagieren sollte.

»Keine Sorge«, lachte er und bedachte mich mit einem schelmischen Blick. »Ich weiß, ich bin schon wieder übers Ziel hinausgeschossen. Ab sofort bin ich brav und werde dich nicht mehr in Verlegenheit bringen, versprochen!«

Ich nickte stumm und sah angestrengt zu Boden.

»Wollen wir uns setzen? Natürlich suchst du dir einen Platz aus.«

Ein weiteres Mal nickte ich und lief, überfordert von dem, was sich zwischen uns abspielte, zu einem abseits stehenden Tisch. Kraftlos ließ ich mich mit dem Rücken zum Raum und zu den anderen Gästen auf einen Stuhl sinken. Durch diese Sitzposition bekam ich zwar vom Kommen und Gehen hinter mir wenig mit, ich wurde dafür aber auch nicht groß zur Kenntnis genommen.

»Wie geht es dir heute?«, erkundigte er sich einfühlsam, eindeutig um einen rein freundschaftlichen Tonfall bemüht. »Ich vermute, der gestrige Tag hat dir einiges abverlangt. Und damit meine ich nicht die Wanderung.«

»Das ist richtig«, bestätigte ich zögerlich. »Dennoch hat es gutgetan, mich ein bisschen mehr zu öffnen, als ich es normalerweise tue.« Eine Weile stierte ich vor mich hin und flüsterte schließlich zaghaft: »Und ich hatte heute Nacht endlich mal keinen Albtraum.«

Seit ich Philipp kannte, fühlte es sich an, als hausten zwei Wesen in mir. Eines, das sich unbedingt mitteilen wollte und absolute No-Go-Dinge heraushaute, und ein weiteres, das dem ersten am liebsten den Mund zugehalten hätte. Wieso um alles in der Welt erzählte ich ihm Vertraulichkeiten, die ich sonst als »streng geheim« einstufte und die ich vor der Allgemeinheit verborgen hielt? Kaum waren mir die Worte entwichen, zuckte ich erschrocken zusammen und sah bestürzt in Philipps Gesicht.

In seiner Miene spiegelte sich dieses Gefühl. »Du hast jede Nacht Albträume?«, gab er genauso leise zurück.

Ich nickte langsam. Nun war es schon egal. Die Offenbarung konnte ich nicht mehr zurücknehmen.

»Ist es immer derselbe Albtraum oder wechseln sich unterschiedliche Träume ab?«

»Nahezu derselbe, mit geringfügigen Abweichungen. Und ich wache stets schreiend auf.«

»Was muss das belastend sein!«, murmelte er und legte behutsam seine Hand auf meine.

Wieder nickte ich und kämpfte darum, die Tränen zurückzuhalten.

»Willst du mir wirklich nicht sagen, was los ist? Vielleicht kann ich helfen.«

Seine Worte führten mich in Versuchung, schwer in Versuchung. Wie gern hätte ich mein Herz erleichtert und wenigstens einem Menschen mein Leid geklagt, doch die Risiken blieben unkalkulierbar. Trotzdem war ich schon fast davor, ihm ein Geständnis in Aussicht zu stellen, da veränderte sich plötzlich die Atmosphäre im Raum. Erst erklang ein aufgeregtes Gemurmel, dann herrschte schlagartig Stille. Eine bedrohliche Stille. Irritiert wandte ich mich um.

Dass Ricardo das Buffet für eröffnet erklärt hatte, war gar nicht bis zu mir durchgedrungen. Entsprechend hatten sich die Gäste längst überall verteilt, saßen oder standen in Gruppen zusammen, ließen sich Leckereien schmecken und hatten sich bis eben unterhalten. Andere bedienten sich an der langgestreckten Theke und befüllten ihre Teller. Doch nun starrten sie allesamt in Richtung des Eingangsbereichs. Panik breitete sich in mir aus. Was bedeutete das? Was war geschehen? War *er* aufgetaucht? War er bewaffnet?

Nervös eilten meine Blicke zur Tür, aber ich entdeckte dort nur Ricardo und neben ihm eine Unbekannte mit meerblauen Augen, die mir merkwürdig bekannt vorkamen. Da hörte ich auch schon Benjamins Stimme, die fauchend durch den Raum schallte. »Was tut sie hier?«

Ich lenkte meine Aufmerksamkeit auf ihn und stellte fest, dass er zornig und mit geröteten Wangen die Frau im Eingangsbereich betrachtete, als wolle er sie allein durch seine Blicke töten.

»Benjamin«, versuchte Ricardo, ihn zu beruhigen. »Bitte gib uns eine Chance, das alles zu erklären. Deine Mutter freut sich so sehr, dich endlich wiederzusehen.«

»Aber ich freue mich nicht«, stieß Benjamin hervor. Er stürmte Richtung Ausgang und verließ das Restaurant, ohne dass ihn jemand hätte aufhalten können.

Meine Blickrichtung verlagerte sich zu Teresa, die ihm verstört hinterhersah. Lieber Himmel, was war das hier für eine Aktion? Hatte Ricardo ernsthaft Benjamins Mutter eingeladen? Bloß warum? Es war kein Geheimnis, dass Benjamin sie verabscheute und jeden Kontakt zu ihr verweigerte. Deswegen wirkte Ricardo also die ganze Zeit so geheimnisvoll, wenn er von diesem Abend gesprochen hatte.

Inzwischen hatte sich Teresa ebenfalls zur Tür aufgemacht. Als sie auf Ricardos Höhe ankam, versuchte er, sie aufhalten. Er griff nach ihrem Arm und wollte sie daran hindern, zu gehen, doch sie schob ihn beiseite und verschwand in die Dunkelheit.

Er griff nach ihrem Arm und wollte sie daran hindern, zu gehen. Diese Beobachtung reichte aus, um mich wieder einmal in die Vergangenheit abdriften zu lassen.

Ein Traum verkehrt sich

– im August des Vorjahres –

Interessant, an welche Details man sich manchmal im Nachhinein erinnert. Ich wusste noch, als wäre es gerade gestern gewesen, dass es ein Freitagabend war, an dem sich meine Welt zu verkehren begann …

Seit zwei Monaten waren wir nun verheiratet und in dieser Zeit hatte mich wiederholt ein beklommenes Gefühl beschlichen. Nichts Greifbares. Nichts, was ich präzise hätte benennen können. Eher etwas Subtiles, was sich dem Bewusstsein entzog, doch vom Unterbewusstsein registriert wurde. Dieser Zustand verwirrte mich zunehmend. Ein Teil von mir predigte permanent, dass alles in bester Ordnung sei, ein anderer mahnte – scheinbar irrational – zur Vorsicht.

An jenem verhängnisvollen Abend saßen wir beim Abendessen. Ich war heilfroh, die Woche hinter mich gebracht zu haben. Die Atmosphäre zwischen Samuel und mir verschlimmerte sich zusehends. Ich trug ihm weiterhin nach, dass er versucht hatte, mir Konstantin auszureden. Und er behandelte mich verständnislos, als wäre ich zu keinen erwachsenen Entscheidungen in der Lage. Wir wechselten nur noch die nötigsten Sätze und gingen uns darüber hinaus aus dem Weg. Das alles hatte nichts mehr zu tun mit der Stimmung, die früher zwischen uns geherrscht hatte. Diese Veränderung brachte mich jeden Freitagnachmittag zum erleichterten Durchschnaufen. Zwei Tage ohne Samuel! Ohne seine mal abfälligen, mal besorgten Blicke. Ohne seine spürbare Ablehnung. Ohne die latent zwischen uns schwebenden Wörter, die gesagt worden waren und die unserer Beziehung irreparablen Schaden zugefügt hatten.

Ich schüttelte die trüben Gedanken ab und wandte mich meinem Ehemann zu, der mir gegenübersaß. »Und, wie war dein Tag, Liebling?«

»Wie immer«, brummte er. »Nichts Ungewöhnliches.«

Hm, das lud nicht gerade zu einer Unterhaltung ein. Was war bloß geschehen mit uns? Wo blieben die zärtlichen Berührungen, die ich so genossen hatte? Seine Hand, die über den Tisch nach meiner griff. Oder die Blicke, die voller Leidenschaft über mich glitten? In letzter Zeit waren sie verschwunden und ich wusste nicht warum.

»Was ist los?«, hakte ich nach. »Ich habe das Gefühl, dich bedrückt etwas.«

»Meine Güte, ihr Weiber, immer meint ihr irgendetwas zu wittern, nur damit ihr euer Drama habt«, fuhr er mich an. »Ich bin müde. Das ist alles. Vielleicht ist dir bereits aufgefallen, dass ich einen anstrengenden Job habe. Ich sitze nicht bloß auf dem Boden und schiebe Spielzeugautos hin und her.«

Ich schnappte nach Luft. Überfordert. Entgeistert. Ratlos. Welche Seite von sich zeigte er da gerade? Nie zuvor hatte ich erlebt, dass er abfällig über Frauen im Allgemeinen und mich im Besonderen sprach. Allein schon das Wort »Weiber«. Das hatte ich mit all seiner Geringschätzung bereits als Kind gehasst. Und obendrein die herablassende Bemerkung über meine Arbeit.

»Na, hör mal!«, gab ich empört zurück. »Mein Beruf besteht aus mehr, als ›Spielzeugautos über den Boden schieben‹. Das solltest du wissen ... Außerdem: Seit wann bezeichnest du Frauen als Weiber?«

Ruckartig hob er den Blick. Das wütende Glitzern in seinen Augen jagte mir Angst ein. »Seit du dich wie eine egoistische, selbstsüchtige Ziege benimmst, die nicht weiß, wo ihr Platz ist.« Er beugte den Oberkörper vor und alles an seiner Haltung wirkte bedrohlich.

Unbewusst lehnte ich mich auf dem Stuhl nach hinten und sah ihn mit offenstehendem Mund an. Verwirrt schüttelte ich den Kopf. Das hier war definitiv nicht der Zeitpunkt für eine harsche Reaktion, eher galt es, die Szene zu deeskalieren. Entsprechend schluckte ich den eigenen Ärger hinunter und versuchte, zu verstehen, was ihm seine Fassung raubte.

»Was möchtest du mir damit mitteilen?«, fragte ich in bemüht ruhigem Ton. »Inwiefern benehme ich mich egoistisch oder selbstsüchtig?« Die »Ziege« ließ ich weg, das ging mir nun wirklich zu weit.

»Du weißt nicht, wo dein Platz ist«, polterte er los.

»Okay, wenn das so ist, dann sag es mir. Wo ist mein Platz?«

Er legte sein Gewicht auf die Handflächen, die er auf dem Tisch abstützte, und beugte sich weiter vor, was ihn noch bedrohlicher wirken ließ. Mit gefährlich leiser

Stimme zischte er: »Wenn ich dir das erst erklären muss …« Der Rest des Satzes hing unausgesprochen in der Luft. Dafür verengten sich seine Augen zu Schlitzen.

Die Situation wurde mir immer unheimlicher. Gleichzeitig fehlte mir eine Idee, wieso wir in sie hineingeraten waren und wie wir uns wieder daraus befreien konnten.

»Konstantin, bitte«, beschwor ich ihn. »Lass uns reden! Sag mir doch einfach, was du dir von mir wünschst. Dann können wir das ausdiskutieren.«

»Ausdiskutieren«, äffte er mich mit einem sarkastischen Lachen nach. »Was gibt es da auszudiskutieren? Wir sind verheiratet. Ich habe einen fordernden Beruf und wir sind durch mein Erbe finanziell abgesichert. Du musst nicht arbeiten gehen. Dein Platz ist an meiner Seite. Wenn du dich um den Haushalt und die Organisation unseres privaten Lebens kümmern würdest, stünde ich nicht mehr dermaßen unter Druck. Aber du gehst ja lieber mit fremden kleinen Kindern spielen, als dafür zu sorgen, dass wir eigene bekommen.«

Jetzt japste ich nach Luft. Meine Selbstbeherrschung war an ihrem Ende angelangt. Das alles konnte unmöglich sein Ernst sein!

»Wie bitte? Wir sind gerade mal seit zwei Monaten verheiratet. Wir werden schon noch eigene Kinder bekommen, allerdings nicht, wenn du dich aufführst wie ein Berserker im Mittelalter. Ich bin eine selbstständige Frau im einundzwanzigsten Jahrhundert. Und ich liebe meinen Beruf, den ich für nichts in der Welt aufgeben würde. Komm wieder zu dir! Du bist ja völlig von Sinnen.«

Keine Ahnung, woher ich den Mut zu derart klaren Worten nahm. Vielleicht war es ja auch einfach nur Dummheit, weil ich nicht ahnen konnte, was ich damit heraufbeschwören würde.

Ich sprang vom Stuhl auf, lief am Tisch vorbei und wollte gerade das Esszimmer verlassen, als er mich erreichte und sich mir in den Weg warf. Seine athletische Figur ragte furchteinflößend vor mir auf. Unwillkürlich zuckte ich zurück. Die eben noch aufgewallte Wut machte einer alles verschlingenden Angst Platz. Er griff nach meinem Arm und hinderte mich daran, zu gehen.

»Lass mich sofort los!«, piepste ich und hörte selbst, wie panisch meine Stimme klang.

»Ich lasse dich los, wenn ich dir Manieren beigebracht habe«, zischte er mit mahlendem Unterkiefer zwischen zusammengepressten Lippen hervor. Seine zweite Hand schnellte zu meinem freien Handgelenk und nahm mich in einen harten Griff, aus dem es kein Entrinnen gab. Sein Gesicht verzog sich zu einer hasserfüllten Fratze, in der die Augen wütend funkelten. »Du gehörst mir. Hast du das verstanden? Und wenn ich sage, dass du deinen albernen Job aufgibst, dann machst du das gefälligst!«

»Du tust mir weh«, jammerte ich.

»Das ist allein deine Schuld. Wenn du dich benehmen würdest, wie es sich für eine liebevolle Ehefrau gehört, müsste ich dir auch nicht wehtun. Ich kann nichts dafür, wenn du mich bis aufs Blut reizt. Hast du endlich begriffen, was deine Pflicht ist?«

Ich war viel zu schockiert, um etwas anderes zu tun, als diesen Machtkampf verloren zu geben. »Ja«, wimmerte ich.

Er packte ein weiteres Mal so heftig zu, dass es sich anfühlte, als würden mir die Knochen zersplittern, dann gab er mich frei. »Und jetzt geh mir aus den Augen. Verschwinde ins Schlafzimmer! Vielleicht habe ich ja später wieder Lust auf eine Versöhnung.«

*

Ich steckte voller gemischter Gefühle, als ich am Montagmorgen im Auto saß, um mich auf den Weg zur Kita zu begeben. Das Wochenende hatte ich wie in Trance hinter mich gebracht.

Freitag Nacht krabbelte Konstantin noch zu mir ins Bett, während ich mit gespannten Sinnen darauf wartete, was als Nächstes geschehen würde. Er rutschte dicht an mich heran, umschlang mich von hinten mit seinen Armen und knabberte zärtlich an meinem Ohrläppchen. Stocksteif lag ich da und ließ den Schwall an Zuwendung verwirrt über mich ergehen.

»Süße«, flüsterte er. »Tut mir leid, dass wir uns gestritten haben. Ich bin jetzt nicht mehr sauer auf dich. Du musst einfach lernen, dass du mich nicht so provozieren darfst.«

Alles in mir schnappte lautlos nach Luft, doch ich wagte es nicht, auch nur einen Mucks von mir zu geben. Die Handgelenke waren inzwischen angeschwollen und schmerzten bei jeder Bewegung. Und als er begann, meine empfindlichsten Stellen zu necken und zu liebkosen, ertrug ich es, ohne ihm den leisesten Widerstand entgegenzusetzen. Zum ersten Mal ließ ich es willenlos über mich ergehen, dass wir miteinander schliefen oder besser gesagt er mit mir. Währenddessen rannen stumme Tränen über meine Wangen. Mit »einander lieben« hatte der Akt rein gar nichts mehr zu tun.

Und jetzt saß ich im Auto und wusste nicht, was das alles zu bedeuten hatte. Erwartete Konstantin wirklich von mir, meinen Beruf – man könnte auch sagen: meine Berufung – aufzugeben? Das Thema war das Wochenende über nicht noch einmal zur Sprache gekommen. Hatte er einfach nur einen schlechten Tag gehabt?

Ganz bestimmt war es so gewesen. Ich durfte die Sache nicht überbewerten. Schließlich konnte jeder mal kurz die Kontrolle verlieren und dabei Dinge tun, die er später bereute. Aber bereute er überhaupt? Ich schüttelte mich zwanghaft, um die Gedanken, die in endlosen Schleifen durch mein Gehirn wanderten, loszuwerden.

Als ich bei der Kita ankam, zog ich nervös an den langen Ärmeln der leichten Leinenbluse. Zwar hatte ich ein abdeckendes Make-up über den inzwischen rot-blau leuchtenden Hämatomen aufgetragen, doch ich wollte vollkommen sichergehen und tarnte sie zudem mit den großzügig geschnittenen Blusenärmeln. Ich betrachtete mich im Rückspiegel, wackelte aufmunternd mit dem Kopf hin und her, probte ein fröhliches Lächeln und schwang mich entschlossen vom Sitz.

Bis zum Mittagessen konnte ich die Tarnung aufrechterhalten, aber dann forderte Leon, der sich mit Ketchup bekleckert hatte, meine Aufmerksamkeit. Ohne groß darüber nachzudenken, schob ich die Ärmel nach oben, während ich in der Küche sein Shirt mit Seifenwasser bearbeitete. Dabei löste sich ein Teil des Make-ups und gab die Sicht auf die geröteten und geschwollenen Stellen an den Gelenken frei. Samuel stand währenddessen direkt neben mir. Geräuschvoll sog er die Luft ein und warf mir einen schockierten Blick zu, den ich aus den Augenwinkeln gut wahrnehmen konnte. Na wunderbar, das hatte mir gerade noch gefehlt, dass ich mir nun wieder einen Einlauf von ihm abholen konnte!

Und natürlich kam es, wie es kommen musste. Die Kleinen hatten wir eben erst zum Mittagsschlaf hingelegt, da schob er mich auch schon behutsam zurück in die Küche. Dieses Mal wagte er es anscheinend nicht, mich hinter sich her zu ziehen.

Mit blassem, eingefallenem Gesicht fragte er mich: »Was um Himmels willen ist passiert, Silke?«

»Nichts«, entgegnete ich schnippisch. »Was soll passiert sein?«

»Deine Handgelenke ... Sag mir nicht, dass das nichts ist.«

»Ach, nicht der Rede wert. Ich bin im Schlafzimmer dumm mit dem Fuß an der Tür hängengeblieben und habe sie dadurch versehentlich zugestoßen. Und weil ich verhindern wollte, dass sie ins Schloss knallt, habe ich versucht, sie noch mit den Händen zu stoppen. Dabei sind mir die Handgelenke zwischen die Tür und den Rahmen geraten. Alles halb so wild. In ein paar Tagen ist das wieder in Ordnung.«

»Logisch«, grollte Samuel. »Verarschen kann ich mich selbst.« Ui, das entsprach nicht seiner üblichen Wortwahl. Er schien wirklich, wirklich sauer zu sein. Was war nur mit den Männern los? Mussten sie immer alle gleich so austicken?

»Hör zu, ich weiß, das klingt abenteuerlich. Aber so ist das eben manchmal. Wenn man ungeschickt ist, können die unmöglichsten Dinge passieren. Wie gesagt, nicht so schlimm.«

Samuel fasste mich an den Schultern. Auch das tat er, als hätte er ein rohes Ei vor sich. »Silke, erzähl mir keine Märchen. Das war Konstantin. Was hat er dir angetan?«

»Gar nichts.« Auf stur schalten konnte ich genauso gut wie er. »Lass mich einfach in Ruhe!«, giftete ich ihn an. »Du konntest meinen Mann von Anfang an nicht leiden und wartest ja nur darauf, dass du ihm etwas anhängen kannst. Aber das werde ich niemals zulassen. Vielleicht sollte ich endlich hier kündigen, damit du mir nicht weiterhin mit deinem Verfolgungswahn zusetzt.«

Zurück aus der Vergangenheit

Eine Hand rüttelte leicht an meinem Arm. Vorsichtig, beinahe zärtlich, doch die Bilder, die gerade mein Innenleben beherrscht hatten, sorgten dafür, dass ich ein stöhnendes »Ah« von mir gab.

»Silke, was ist denn bloß los?«, hörte ich eine besorgte Stimme. Philipp!

Ein Zucken lief durch meinen Körper und ich tauchte aus den Erinnerungen auf. Benommen sah ich mich um.

»Entschuldige bitte!«, stammelte ich.

»Hey, noch mal: kein Grund zur Entschuldigung. Hast du dich wieder in der Vergangenheit verirrt?«

Ich nickte. Ja, das traf es perfekt. *In der Vergangenheit verirrt.* Oft erschien sie mir wie ein Labyrinth, aus dem es kein Entrinnen gab!

»Kann ich irgendetwas für dich tun?«

Ich schüttelte mit dem Kopf. »Nein, danke. Alles gut. Geht schon. Nur ein paar Erinnerungsfetzen, die gerade hochgekommen sind.«

»Passiert dir das häufig?« Philipps Stimme klang weiterhin besorgt. Besorgt und mitfühlend. »Gibt es bestimmte Anlässe, bei denen du von Flashbacks heimgesucht wirst?«

Nachdenklich zuckte ich mit den Achseln. »In letzter Zeit kommt mehr hoch als noch vor einigen Wochen. Ich weiß allerdings nicht, woran das liegt. Vielleicht, weil meine Seele ihre Themen aufarbeiten will, keine

Ahnung. Und oft reichen kleine Beobachtungen aus, um etwas auszulösen.«

»Magst du mir sagen, was es in diesem Fall war?«

»Ach, eigentlich gar nichts Schlimmes. Etwas Harmloses, aber trotzdem hat es Erinnerungen losgetreten ...«

»Gibt es Dinge, auf die ich achten kann? Trigger, die ich vermeiden sollte, um dir keinen Schrecken einzujagen?«

»Nein, Philipp, ich danke dir wirklich sehr. Glaub mir, du machst nichts falsch. In deiner Nähe fühle ich mich zum ersten Mal seit ewig langer Zeit ein bisschen sicherer. Es liegt also nicht an dir. Ich kann ja noch nicht einmal selbst steuern, wann und wie etwas in mir hervorbricht. Dann kannst du es erst recht nicht.« Ich hielt einen Moment inne und lauschte in mich hinein. »Weißt du was? Ich würde jetzt gern nach Hause.«

Ich erhob mich vom Stuhl und lächelte Philipp bedauernd zum Abschied an.

»Warte!«, rief er. »Ich begleite dich.«

»Das ist nicht nötig.«

»Doch, das ist es. In dem Zustand lasse ich dich nicht allein durch die Gegend fahren.«

»Ich bin nicht allein. Ich bin mit Camila gekommen. Vielleicht möchte sie ja auch gleich mitfahren. Wenn nicht, muss ich dafür sorgen, dass sich jemand anderes um sie kümmert.«

»Ich regele das. Setz dich noch mal kurz hin! Ich bin sofort wieder da.« Philipp verschwand um die Ecke und ich sah ihm nachdenklich hinterher. Was wäre wohl geschehen, wenn er mir früher begegnet wäre? Gäbe es dann schon längst das Häuschen mit den roten Fensterläden und dem verwunschenen Garten in meinem Leben? Und wäre er der Mann, der mit unseren gemeinsamen Kindern spielte und tobte?

Ich zischte einen leisen, wütenden Laut durch die Lippen. Diese blödsinnigen Tagträume mussten aufhören! Sie führten zu nichts. Und an dem Punkt, an dem ich stand, verbot sich der Gedanke an das Glück mit einem Mann ganz von selbst. Entschlossen schob ich das Kinn vor. Ab sofort würde ich mich wieder besser im Griff haben ...

Mein nicht nur sinnvoller, sondern sogar unerlässlicher Vorsatz hielt genau bis zu meiner Eingangstür.

»Würde es dir helfen, wenn ich noch kurz mit reinkomme?«, erkundigte er sich einfühlsam. »Bis du dich sicher fühlst.«

Statt einer Antwort gab ich die Tür frei, durch die ich bereits hindurchgeschlüpft war und in der ich ihm gegenüberstand.

Camila hatte Philipps Angebot, uns zu begleiten, dankend abgelehnt. Sie befand sich gerade in einem angeregten Gespräch mit Doro, Hajo und Emilio. Die drei sicherten zu, die alte Dame später nach Hause zu bringen, wie mir Philipp berichtete. Das führte dazu, dass ich nun in der riesigen Finca, deren Nebentrakt ich bewohnte, mutterseelenallein gewesen wäre. Zugegebenermaßen kein angenehmer Gedanke ...

»Kann ich dir etwas anbieten?«, besann ich mich auf meine Rolle als Gastgeberin, nachdem wir den großzügigen Wohn-Essbereich betreten hatten.

»Schön hast du's hier«, murmelte Philipp, der sich interessiert umsah. »Ein Wasser wäre nett.«

Ich verschwand in der Küche und kehrte mit einer Sprudelflasche und zwei Gläsern zurück. Ich schenkte ein und platzierte die Trinkbecher auf dem Tisch.

»Setz dich doch«, bot ich ihm steif an. Himmel, wieso war ich so nervös?

Weil du seit Monaten mit keinem Mann mehr allein in einem Zimmer warst, wisperte eine Stimme in mir. *Und weil das letzte Mal einen verheerenden Ausgang genommen hat.*

Philipp nahm auf einem der tiefen, nicht sonderlich bequemen Sessel Platz, die ihm kaum Raum für seine langen Beine ließen. Mit einem Lachen streckte er sie aus. »Diese Sitzmöbel hier sind eindeutig noch aus Zeiten, als die Menschen kleiner waren«, scherzte er.

»Das ist wohl wahr«, bestätigte ich schmunzelnd und setzte mich auf das Sofa.

Für einen Moment herrschte Schweigen. Kein Schweigen der unangenehmen Sorte, eher ein nachdenkliches Schweigen zwischen zwei Personen, die einander beinahe so etwas wie Vertrauen entgegenbrachten. *Beinahe.*

»Geht es wieder bei dir?«, fragte er nach einer Weile.

»Ja, alles gut«, beschwichtigte ich, ohne mir selbst Glauben zu schenken. Auf einmal wurde das Bedürfnis, ihm meine Geschichte zu erzählen, mich in seinen Armen auszuheulen und mein Leben in seine Hände zu legen, übermächtig. Wie sollte ich die Last, die ich mit mir herumtrug noch einen einzigen weiteren Tag ertragen? Es war nur eine Frage der Zeit, bis ich darunter zusammenklappte. *Aber nicht heute*, schwor ich mir.

Philipp sinnierte eine Zeitlang mit gesenktem Kopf vor sich hin. Plötzlich richtete er sich auf und sah mich direkt an. »Wie geht's jetzt weiter, Silke? Morgen fliege ich wieder nach Hause. Dann bin ich erst einmal über tausend Kilometer von dir entfernt. Wie halten wir Kontakt, bis wir uns wiedersehen?«

Ich zuckte ratlos mit den Schultern. »Da gibt es nicht so viele Möglichkeiten. Natürlich kann ich dich ab und zu von Doro und Hajo aus anrufen, wenn das den beiden nichts ausmacht. Mehr fällt mir nicht ein.«

»Hast du ein Notebook?«

»Ja, ich habe mir in Valencia eines gekauft, bevor ich auf die Insel gekommen bin.«

»Wir könnten über E-Mails miteinander in Verbindung bleiben. Was meinst du dazu?«

»Hm, ehrlich gesagt habe ich mich, seit ich Deutschland verlassen habe, nicht getraut, mein E-Mail-Postfach zu benutzen. Mir fehlt da echt der Durchblick, inwieweit man mich dadurch aufspüren könnte.«

»Okay, das ist auch nicht gerade mein Spezialgebiet, aber zumindest weiß ich, dass man über eine eingegangene E-Mail Rückschlüsse auf die öffentliche IP-Adresse ziehen kann. Und die ist wiederum lokalisierbar. Von daher ist es eine gute Idee, deine etablierten E-Mail-Konten nicht mehr anzutasten.«

»Ich hätte sowieso nicht gewusst, wem ich schreiben soll. Um meine Freunde und mich selbst zu schützen, habe ich alle Kontakte abgebrochen. Deswegen habe ich mich bislang nicht genauer damit beschäftigt.«

Philipp musterte mich nachdenklich. »Bist du sicher, dass du mir nicht sagen willst, was los ist? Ich glaube nach wie vor, dass ich dir helfen könnte.«

»Wenn du meine Geschichte kennen würdest, würdest du das nicht mehr glauben. Das kann ich dir versichern. Und außerdem bin ich einfach noch nicht so weit, mich jemandem anzuvertrauen. Bitte lass mir Zeit!«

»Natürlich«, winkte er erschrocken ab. »Ich wollte dich nicht unter Druck setzen. Sieh das nur als Angebot, das du annehmen kannst, aber nicht annehmen musst.«

Er zückte sein Handy und tippte wild darauf herum. Irritiert betrachtete ich seine Aktivitäten. Was hatte er denn nun vor? Immer wieder wackelte er abwägend mit dem Kopf und schließlich nickte er.

»Okay, ich habe gefunden, was ich gesucht habe. Ein Kumpel hat mir neulich von einem deutschen E-Mail-Anbieter mit höchsten Datenschutzansprüchen erzählt, bei dem man vollkommen anonym ein Postfach eröffnen kann und bei dem sämtliche E-Mails verschlüsselt verschickt werden. Ich habe den entsprechenden Dienst aufgespürt. Das Ganze kostet nur einen Euro im Monat. Was hältst du davon, wenn ich dort für dich einen

Account einrichte? Ich nehme an, dass du auch keine Bankkonten mehr nutzt, richtig?«

»Richtig«, flüsterte ich. »Ich habe aus Deutschland Bargeld mitgenommen, von dem ich immer noch lebe. Und meine hiesigen Arbeitgeber bezahlen mich in bar. Sorry, das sollte ich wohl besser nicht jemandem erzählen, der beim LKA arbeitet. Normalerweise würde ich niemals schwarzarbeiten. Doch aktuell sehe ich keine andere Möglichkeit, um an Geld zu kommen. Und ich bin den Leuten hier unendlich dankbar, dass sie dabei mitmachen. Das ist ein gewaltiger Vertrauensvorschuss, zumal sie sicher ahnen, dass bei mir etwas ganz und gar nicht in Ordnung ist.«

Philipp lächelte. »Na ja, Doro, Hajo und Ricardo verfügen allesamt über eine gute Menschenkenntnis. Du wirkst ja nicht gerade wie jemand, der Dreck am Stecken hat.«

»Wahrscheinlich ist das so.«

Meine Gedanken reisten für einen Moment in die Vergangenheit. »Aber das liefert noch lange keine Garantie, sich nicht vollständig in einem Menschen irren zu können.«

Mit einem wissenden Blick betrachtete er mich. »Richtig. Doch wir kommen vom Thema ab. Soll ich dir jetzt ein E-Mail-Postfach einrichten oder nicht?«

»Ja, das wäre nett. Mir gefällt die Vorstellung, wenigstens schriftlich mit dir in Verbindung zu bleiben.«

»Gut. Dann erledigen wir das sofort. Holst du dein Notebook?«

Mit klopfendem Herzen verschwand ich im Schlafzimmer, um das Gerät zu holen, das ich bislang kaum benutzt hatte. Ich wusste schlicht und ergreifend nicht, was ich damit hätte anfangen können. E-Mails waren aus den genannten Gründen tabu. Und selbst beim Googeln hatte ich Angst, ob die Suchanfragen, die mich wirklich interessierten, verräterische Spuren zu mir legten. *Ihn* traute ich mich auf keinen Fall zu googeln. Auch meine früheren Social-Media-Accounts waren Sperrgebiet.

Eine unerklärliche Freude pulsierte im Bauch, als ich mit dem Rechner zu Philipp zurückkehrte. Nur der Gedanke, mit ihm schreiben zu können, durchbrach schon das Gefühl der Isolation und des Auf-mich-allein-gestellt-Seins. Mit dieser Idee lieferte er mir einen kleinen, aber bedeutsamen Schritt zurück in ein »normales« Leben in einer modernen Zeit.

Er begann sofort, motiviert die Tastatur zu bearbeiten, und navigierte zu der Seite, die er mir eben auf dem Handy gezeigt hatte. »Was möchtest du gern für eine Adresse?«

»Vollkommen egal.«

»Na ja, so egal wahrscheinlich nicht. Ich vermute mal, dass du trotz der Sicherheit, die dieser Anbieter gewährleistet, nicht unter deinem Namen in Erscheinung treten willst ...«

»Stimmt, da hast du absolut recht. Ich bin bloß nicht sonderlich kreativ, wenn es darum geht, mir irgendwelche unverfänglichen Nicknames auszudenken. Hast du nicht einen Vorschlag für mich?«

»Wir können einfach eine beliebige Nummernfolge festlegen, aber vielleicht gefällt es dir ja besser, irgendetwas zu wählen, was dir ein gutes Gefühl in die Seele zaubert, wenn du deinen Account öffnest. Hast du eine Idee?«

Spontan schoss mir ein Gedanke durch den Kopf. Philipp hatte nicht Unrecht. Die Vorstellung, meine Mail-Adresse mit positiven Assoziationen zu verknüpfen, besaß durchaus Charme. »Hm. Ich fände es tatsächlich schön, wenn mein Postfach-Name etwas mit Hoffnung oder Freiheit zu tun hätte.«

Er nickte zustimmend. »Was hältst du denn von freiheitundliebe vor dem @-Zeichen?« Sein Blick versenkte sich viel zu tief in meine Augen und mein Puls beschleunigte sich wie ein Flugzeug vor dem Abheben. Da waren sie wieder: die Träume aus einer anderen Zeit, die ich mir absolut nicht leisten durfte.

»Das klingt wundervoll«, flüsterte ich und senkte den Kopf, um nicht auf der Stelle alle Vernunft über Bord zu werfen.

*

Am nächsten Morgen wechselte mein Herz gleich in den ersten Sekunden nach dem Aufwachen in einen schnelleren Rhythmus. Ein seltsamer Mix aus Freude, Überforderung und Panik wühlte sich durch mein Inneres. Es fühlte sich an, als würde ich plötzlich nicht mehr nur in einer Richtung aus der Zeit fallen. Stattdessen öffnete sich eine neue Dimension: die der Hoffnungen und der verführerischen Zukunftsfantasien. Die Anwesenheit von Philipp in meinem Leben gab Dingen Raum, von denen ich gedacht hatte, dass sie schon längst gestorben wären.

Stellte es eine Gefahr dar, derlei Gedanken Einlass in mein zerbrechliches Dasein zu gewähren? *Ja, auf jeden Fall,* schalt ich mich. Andererseits erschien es mir, als könne ich genau dadurch meine Seele heilen und Kraft sammeln für das, vor dem ich mich eines Tages nicht länger würde drücken können. Ich musste mich *ihm* stellen, wenn ich je wieder frei sein wollte. Mit allerletzter Konsequenz!

Diese Erkenntnis war es, die der eben noch erlebten Freude die Luft abschnürte und der Panik den Boden bereitete, nach dem sie lechzte. Mit ihr kehrte das zurück, was ich am meisten fürchtete: die Erinnerung.

Ein Traum wird zum Albtraum

– im September des Vorjahres –

Gibt es etwas Schädlicheres, als sich in einer trügerischen Sicherheit zu wiegen? Vermutlich nicht. Seit Wochen herrschte Frieden. Mehr als das. Konstantin verwöhnte mich, wie es noch nie ein Mann getan hatte. Er kochte für mich, führte mich aus, hörte mir zu und brachte mir sein gesammeltes liebevolles Interesse entgegen. Sein Verhalten vermittelte mir das Gefühl, das Wichtigste in seinem Leben zu sein. Im Bett mimte er den zärtlichen, einfühlsamen Liebhaber. Er verführte mich nach allen Regeln der Kunst und tat sein Möglichstes, um uns beiden unvergessliche Stunden zu bereiten.

Allmählich breitete sich ein Schleier des Vergessens über dem aus, was geschehen war – ein Schleier so dicht gewoben, dass ich immer mehr glaubte, jenen Tag im August nur geträumt zu haben. Mit jeder Minute, die verstrich, verlor er an Bedeutsamkeit, verschwand ins Reich der kaum noch greifbaren Fiktion.

Tja, wie das eben so ist mit trügerischer Sicherheit ...

Wieder war es ein Freitagabend und wieder kam Konstantin genervt von der Arbeit nach Hause. Allerdings merkte ich ihm dieses Mal an, wie sehr er sich bemühte, die Zähne zusammenzubeißen und seine schlechte Laune nicht an mir abzureagieren. Ungeachtet der bislang einmaligen Eskalation hatte ich in den Monaten seit meinem Einzug eines gelernt: Wenn er drauf war wie jetzt, ließ ich ihn am besten in Ruhe. Auf diese Weise konnte er seinen Gedanken nachhängen und erst dann daraus auftauchen, wenn er dazu bereit war. Normalerweise begegnete er mir danach ausgeglichen und entspannt – als wäre nie etwas gewesen.

Entsprechend gönnte ich ihm auch an diesem Abend den Rückzug in seine innere Welt. Wir aßen schweigend, deckten gemeinsam den Tisch ab und landeten schließlich vor dem Fernseher. Er zappte wild durch die Kanäle, was mich nervte, doch ich unterließ es, ihn davon abzuhalten.

Gegen zehn Uhr lief ein Ruck durch seinen Körper, der mir signalisierte, dass er mit dem, was ihn beschäftigte, abgeschlossen hatte. Er beugte sich zu mir, sah mich zärtlich an und zog mich in eine liebevolle Umarmung. Dann küsste er mich, erst behutsam und mit der Zeit fordernder. »Süße, was meinst du, wollen wir uns gemütlich ins Bett kuscheln und noch ganz andere Sachen miteinander anstellen?«

»›Ins Bett kuscheln‹ klingt gut«, wisperte ich zwischen zwei Küssen. »Aber ›andere Sachen machen‹ ist vielleicht keine so tolle Idee. Ich habe meine Periode und leichte Bauchkrämpfe.«

Ohne Vorwarnung drückte er sich von mir weg und betrachtete mich wütend aus zu Schlitzen verengten Augen. Ich erschrak fürchterlich und begann unwillkürlich zu zittern. Oh nein, bitte nicht. Bitte keine Wiederholung dessen, was bereits einmal geschehen war! Schlagartig zerfiel der Schleier des Vergessens. Bloß ein Häufchen Staub blieb übrig, das die Gedanken vernebelte und mich in eine starre Ohnmacht verfallen ließ.

»Du willst mir jetzt nicht ernsthaft sagen, dass du schon wieder nicht schwanger bist?«, brüllte er los. »Was zum Teufel stimmt nicht mit dir? Ich fahre alles auf, was nur geht, und Madame weigert sich, ein Kind zu bekommen. Bist du denn zu gar nichts zu gebrauchen?«

Er funkelte mich immer noch außer sich vor Wut an. Seine Halsschlagader pochte und seine Miene glühte feuerrot. Selbst an der Stirn traten sämtliche Adern hervor und ließen ihn wie einen martialischen Kämpfer aussehen.

»Ich, äh ... ich ...«, stammelte ich – vollkommen unfähig, irgendetwas anderes außer Angst und Fassungslosigkeit zu empfinden. Bevor ich überhaupt begriff, was er vorhatte, schnellte bereits sein Handrücken in mein Gesicht und traf mich an Wange und Nase. Der Schlag war so heftig, dass ich kurz dachte, er habe meinen Kopf vom Rumpf getrennt. Es rauschte in den Ohren, vor den Augen blitzten schwarze Pünktchen und alles um mich herum drehte sich. Über die Oberlippe rann etwas Warmes. Mechanisch leckte ich darüber und identifizierte den widerlich metallischen Geschmack von Blut. Panisch griff ich mit der Hand ins Gesicht und betastete vorsichtig die Nase. Doch weiter kam ich nicht mit der Aufmerksamkeit für meinen körperlichen Allgemeinzustand.

»Wo ist sie?«, schrie Konstantin und ließ irre Blicke durch den Raum wandern.

»Wo ist wer?«, wimmerte ich verzweifelt. So, wie er klang, war das hier noch lange nicht vorbei. Was wollte er bloß von mir?

»Stell dich nicht so an, du dumme Kuh. Du weißt genau, wovon ich rede.«

»Nein!«, heulte ich entsetzt auf. »Ich habe keine Ahnung. Wirklich nicht. Was meinst du? Bitte, bitte sag mir, wovon du sprichst. Bitte!«

Ich wusste nicht, ob Betteln etwas brachte. Ob ich ihn damit erweichen konnte. Doch mein Gehirn war zu vernagelt, um irgendetwas anderes hervorzubringen.

»Die Pille!«, fauchte er mich an. »Was denn sonst?«

In unkontrollierbarer Rage stürmte er aus dem Zimmer ins Bad. Ich hörte, wie Glasbehältnisse zerplatzten und ein Gegenstand nach dem anderen zu Boden fiel. Bei jedem neuen Aufschlag zuckte ich zusammen. Dann erklangen ähnliche Geräusche aus dem Schlafzimmer. Das Scheppern von Bügeln vernahm ich genauso wie die berstende Sprudelflasche, die ich stets neben dem Bett stehen hatte.

Inzwischen hatte ich mich auf dem Sofa zusammengekauert, die Arme schützend um den Körper gelegt. Was sollte ich nur tun? Flüchten? In seiner blinden Wut traute ich Konstantin alles zu. Aber hatte ich überhaupt eine Chance? Durch die Haustür konnte ich nicht, ohne an ihm vorbei zu müssen. Bei der Terrassentür hätte ich eher Aussicht auf Erfolg. Allerdings lief diese extrem schwergängig und quietschte beim Öffnen. Bis ich in meinem lädierten Zustand das unhandliche Teil aufgeschoben hatte, wäre er schon längst wieder bei mir. Und wer weiß, was er dann erst mit mir anstellen würde … Also besser bleiben, wo ich war.

Nach einer Zeit, deren Dauer sich nicht nach gewohnten Maßstäben messen ließ – in meinem Gehirn zogen gefühlt Jahrhunderte dahin – kehrte er mit hochrotem Kopf ins Wohnzimmer zurück und setzte dort seine Suchaktion fort. Er riss sämtliche Schubladen aus den Schränken, hob die Sitzkissen an, sodass ich mich sicherheitshalber in eine Zimmerecke kauerte, und spähte in jeden noch so unsinnigen Winkel. Als er zum Abschluss seiner außer Kontrolle geratenen Aktion die Küche gründlich gefilzt hatte, plumpste er schweratmend in einen Sessel, nur um gleich danach wieder aufzuspringen.

Er lief direkt auf mich zu. Ich schlug wimmernd die Arme vors Gesicht. »Steh auf, du Miststück!«, herrschte er mich an.

Schwerfällig folgte ich seinem Befehl, weiterhin mit erhobenen Armen, doch auch das konnte mich nicht schützen. Mit eisernem Griff umklammerte er sie und zog die Schutzbarriere weg. Er brachte seine Miene so nah an meine, dass ich jeden Atemzug spüren konnte und jeder zischend hervorgebrachte Laut Tropfen seines Speichels auf mich regnete. »Ich warne dich. Sollte ich je herausfinden, dass du verhütest, bist du tot. Das verspreche ich dir!«

Dann erst ließ er von mir ab. Mit einem letzten »Und räum gefälligst das Chaos auf, das du verursacht hast!« verschwand er ins obere Stockwerk, in dem sein persönlicher Rückzugsbereich lag.

Stöhnend und zitternd wachte ich am nächsten Morgen auf. Glücklicherweise war Konstantin nicht mehr bei mir aufgetaucht. In seinem Arbeitszimmer stand ein zweites Bett, das er nutzte, wenn er sich abends noch in seine Akten vertiefte. Und anscheinend hatte er es in der vergangenen Nacht vorgezogen, dort zu schlafen. Aber jetzt? Jetzt führte kein Weg daran vorbei, ihm zu begegnen. Und es war Samstag, was bedeutete, dass ein langes Wochenende vor mir lag. In welchem Zustand würde ich ihn heute antreffen? Hatte er sich beruhigt? Und wie sollte es grundsätzlich mit ihm weitergehen? Könnte ich ihn verlassen? Mich irgendwohin flüchten, wo er mich nicht fand ... Doch gab es das überhaupt – einen Ort, an dem er mich nicht aufspüren würde? Verzweifelt warf ich den schmerzenden Schädel hin und her. Die Lage schien aussichtslos. Mir fiel keine Lösung ein, um dieser Hölle zu entkommen. Und dann pulsierte da noch die vollkommen irrationale, aber nicht zu leugnende Tatsache in meinem Herzen, dass ihn ein Teil von mir liebte!

Geräusche aus der Küche drangen an mein Ohr. Sofort versteifte ich mich. Am liebsten hätte ich mich totgestellt. Einfach hier im Bett bleiben und nie mehr aufstehen! Die Decke über den Kopf ziehen und still in dieser behaglichen, sicheren Welt verharren. Dass das keine Option darstellte, wurde mir spätestens klar, als die Schlafzimmertür behutsam aufgeschoben wurde. Augenblicklich verfiel mein Körper in den Panikmodus und die Illusion von Geborgenheit fiel in sich zusammen.

Als Konstantin realisierte, dass ich wach war, glitt ein Lächeln über sein Gesicht, das ich aus schreckgeweiteten Augen beobachtete. »Guten Morgen, meine Süße«, begrüßte er mich, als wäre nie etwas geschehen, und balancierte vorsichtig ein Tablett durch die Tür. »Ich dachte, wir gönnen uns ein Frühstück im Bett.«

Der vertraute Geruch duftenden Kaffees drang in meine Nase und schenkte mir einen flüchtigen Hauch Normalität. Konstantin setzte sich auf die Kante seiner Bettseite und stellte das Tablett zwischen uns ab. Dann schlüpfte auch er unter die Decke.

»Na, was sagst du? Sieht das nicht wunderbar aus, was ich dir hier kredenze? Madame, wir hätten frisch gepressten Orangensaft, gerade aufgebackene Croissants und eine Auswahl an Marmeladen und Honig. Ist das zu Ihrer Zufriedenheit?« Er lächelte mich so charmant an wie der liebevollste Ehemann von allen. Nichts war mehr zu spüren von dem Teufel, der noch vor wenigen Stunden von ihm Besitz ergriffen hatte.

Zu einer Antwort war ich nicht in der Lage. Ein Nicken mit gesenktem Kopf musste reichen.

Konstantin griff unter mein Kinn, hob zärtlich mein Gesicht an und musterte es. »Süße, das sieht nicht gut aus. Da wird sich nächste Woche wohl jemand krankmelden müssen. Vielleicht wäre das ja die perfekte

Gelegenheit, zu kündigen. Das hattest du ja sowieso vor, nicht wahr?«

Alles in mir schrie »Auf gar keinen Fall!«, doch auch an dieser Stelle brachte ich bloß ein klägliches Nicken zustande. Gott, wie sollte es nur weitergehen? Wenn ich nun noch meinen Job verlor, was blieb mir dann? Gefangen in einer Ehehölle – ohne jeden Kontakt zur Außenwelt. Und über die Gefahr, tatsächlich schwanger zu werden, mochte ich gar nicht erst nachdenken. Am Vortag war mir endgültig klar geworden, dass ich Kinder niemals einem solchen Vater aussetzen konnte.

Gefühlvoll strich er mit den Fingerspitzen über die lädierte Gesichtshälfte. »Tut mir leid, dass ich dir wehgetan habe, meine Süße. Aber du musst wirklich lernen, dass du mich nicht so provozieren darfst. Du siehst ja, wie das endet.« Er beugte sich zu mir und hauchte einen sanften Kuss auf meine Wange. »Ach, kein Problem. Das wirst du schon hinbekommen.«

Im Nachhinein wusste ich nicht mehr, wie ich das Wochenende durchgestanden hatte. Konstantin kehrte mit aller Konsequenz zur Normalität zurück, was bedeutete, mich – in jeder Hinsicht – von seiner krankhaften Liebe überschütten lassen zu müssen. Dass mich unter seinen Zärtlichkeiten Wellen an Übelkeit fast bis zur Bewusstlosigkeit brachten, schien er gar nicht mitzubekommen. Auch dass ich nur noch wie ein Roboter agierte, während sich mein wahres Ich in anderen Sphären aufhielt, entzog sich seiner Aufmerksamkeit.

Ein winziges Gefühl von Lebendigkeit eroberte ich mir erst zurück, als am Montagmorgen die Haustür ins Schloss fiel. Ich krabbelte aus dem Bett und begab mich ins Bad. Als ich mein Spiegelbild erblickte, gefror mir das Blut in den Adern. Die Schwellungen hatten sich weiter verstärkt und inzwischen war die Hälfte des Gesichts rotblau verfärbt. So würde ich definitiv nicht zur Arbeit gehen können. Bevor ich mich der Morgentoilette widmete, griff ich zum Handy und meldete mich bei Lucy krank. Nur nicht mit Samuel sprechen! Da die Kollegin die Kindergartenleitung innehatte, folgte ich damit ohnehin den vorgeschriebenen Abläufen. Nachdem ich diesen Part hinter mich gebracht hatte, schlüpfte ich unter die Dusche. Endlos ließ ich heißes Wasser über mich laufen, als könne ich dadurch die Schrecken des Wochenendes in den Abfluss spülen. Am Ende war meine Haut komplett verschrumpelt und der Schrecken immer noch da.

Gegen Mittag klingelte es an der Haustür. Selbstredend öffnete ich nicht. Wem sollte ich auch so gegenübertreten? Ich versteckte mich im von außen nicht einsehbaren Wohnzimmer und kauerte mich zusammen. Ein trockenes, leises Auflachen entfuhr mir. Wie albern war das denn? Glaubte ich ernsthaft, auf diese Weise noch weniger gesehen werden zu können? Entsprechend versunken in meine Gedankenwelt schreckte ich panisch auf, als plötzlich ein Schatten vor der Terrassentür erschien. Entsetzt starrte ich nach draußen und entdeckte Samuel, der zwischen an die Scheibe gelegten

Händen ins Innere des Hauses spähte und mich direkt im Visier hatte. Unwillkürlich schlug ich die Hand vor den Mund. Und nun? Zum Verschwinden war es zu spät und ihm nicht zu öffnen, stellte keine sinnvolle Option dar.

Zögerlich schlich ich zur Tür und schob das schwere Element auf. Angespannt musterte ich die Zehenspitzen, sodass ich ihn nicht mehr sehen, nur hören konnte.

»Was in aller Welt …?«, stieß er mit fassungsloser Stimme hervor und brach abrupt ab. »Wie siehst du denn aus? Was ist geschehen?«

»Was machst du hier?«, fragte ich, anstatt zu antworten. »Und wieso bist du nicht in der Kita?«

»Lucy hat kurz für mich übernommen, damit ich nach dir schauen kann. Aber lenk nicht vom Thema ab!« Vorsichtig legte er seine Hände auf meine Schultern und neigte sich nach unten, sodass er mir direkt ins Gesicht gucken konnte. »Was ist passiert?«

»Was soll groß passiert sein? Ich bin unglücklich gestolpert und gegen den Türrahmen geprallt. Du kennst mich ja. Manchmal bin ich ein unbeholfener Trampel.«

»Genau, ich kenne dich, Silke«, gab er empört zurück. »Und exakt deswegen weiß ich, dass du kein unbeholfener Trampel bist.«

»Ach, komm schon. Lass den Quatsch! Ich bin nicht der erste Mensch, dem zuhause ein Malheur passiert. Völlig unnötig, daraus ein Drama zu machen.«

»Daraus würde ich auch kein Drama machen.« Vorsichtig hob er mein Kinn an und zwang mich, ihn direkt anzuschauen. »War er das?«

»Wer?«, stellte ich mich dumm.

»Der Mistkerl, den du geheiratet hast. Wer denn sonst?« Die Worte klangen grob, doch seine Miene sah so schmerzerfüllt aus und in seiner Stimme schwang dermaßen viel Betroffenheit, dass ich es nicht schaffte, böse auf ihn zu sein, weil er mich unter Druck setzte. Er meinte es gut und konnte nicht ahnen, wie schlimm dieses Verhör für mich war.

»Quatsch!«, murmelte ich. Ansehen konnte ich ihn währenddessen nicht.

»Hey, Silke, raus mit der Wahrheit! Sag mir noch einmal, dass er das nicht war und schau mich dabei an.«

Ich schwieg.

»Alles klar. Das wollte ich bloß wissen. Ich kümmere mich darum.« Er wandte sich von mir ab und lief in Richtung Terrassentür.

»Samuel, nein!«, schrie ich verzweifelt auf. »Halt dich da raus. Du machst es nur schlimmer. Du hast ja keine Ahnung. Er wird mich umbringen, wenn er rausfindet, dass wir uns gesehen haben.«

Samuel warf mir einen letzten Blick zu, in dem so viel Wut, Entschlossenheit und Schmerz lagen, dass es mir ganz anders wurde. Er würde doch nicht? Er durfte nicht! Aber bevor ich noch einmal intervenieren konnte, war er bereits durch die Tür geschlüpft.

Die nächsten zwei Tage verbrachte ich in völliger Panik. Ich bombardierte Samuel mit Nachrichten, sich unter gar keinen Umständen einzumischen. Beinahe stündlich schrieb ich ihm und bekniete ihn, nichts zu unternehmen. Meine größte Angst bestand darin, dass er sich an seine Kumpels bei der Polizei wenden könnte, um Konstantin anzuzeigen. Wenn er das täte, wäre ich meines Lebens nicht mehr sicher. Konstantin hatte Kontakte. Unfassbar gute Kontakte, gegen die ich niemals ankommen würde. Niemand würde mir Glauben schenken. Vollkommen ausgeschlossen.

Sämtliche Nachrichten löschte ich sofort nach dem Versenden. Wer wusste schon, zu welcher Form der Überwachung Konstantin noch greifen würde ... Seit wir zusammenlebten, teilten wir unsere Standorte über Google Maps. Natürlich war dieser Vorschlag von ihm gekommen. »Damit du jederzeit weißt, wo ich bin und dich nicht sorgen musst, meine Süße«, hatte er erklärt.

Ich fand das Ganze zwar seltsam und wäre nie selbst auf diese Idee verfallen, aber gut, warum nicht? Seitdem blieb er permanent informiert, wo ich mich gerade aufhielt. Wenn ich die Funktion widerrufen hätte, wäre es ihm unweigerlich aufgefallen. Das Risiko konnte ich nicht eingehen. Außerdem fühlte ich mich zuhause immer wieder merkwürdig beobachtet, als ob Kameras auf mich gerichtet wären. Wurde ich jetzt schon paranoid? Oder beruhte dieses Gefühl auf einer durchaus realen Tatsache? Meine Rundgänge durch die Räume hatten mich nichts Auffälliges entdecken lassen, aber hey, ich war ja auch nicht vom Fach. Konstantin hingegen kannte sich glänzend mit den verschiedensten technischen Überwachungsmöglichkeiten aus.

Bis Mittwoch war ein absolutes Nervenbündel aus mir geworden. Entsprechend zuckte ich zusammen, als das Handy klingelte. Eine unbekannte Nummer. Skeptisch und zurückhaltend meldete ich mich: »Ja?«

Eine junge Frauenstimme fragte: »Spreche ich mit Silke Schlecker?«

»Am Apparat«, gab ich noch ein wenig skeptischer zurück.

»Gut, dass ich Sie erreiche. Samuel Meister wurde bei uns eingeliefert. Er besteht darauf, dass er unverzüglich mit Ihnen reden muss. Er sagt, es ginge um Leben und Tod. Können Sie vorbeikommen?«

»Eingeliefert? Samuel?« Ich schüttelte den Kopf, als ob mir das dabei helfen könne, zu begreifen, was diese Frau von mir wollte. »Ich fürchte, ich verstehe kein Wort. Wo wurde er eingeliefert? Und wieso geht es um Leben und Tod?«

»Bitte entschuldigen Sie, ich bin selbst schon völlig durch den Wind, weil er mich so intensiv bearbeitet hat, sie sofort anzurufen. Mein Name ist Maria. Ich bin Pflegerin auf der Inneren im Klinikum. Herr Meister ist Patient bei uns. Er wurde mit schweren inneren und äußeren Verletzungen eingeliefert. Seit er aus der Narkose aufgewacht ist, gibt er keine Ruhe. Er behauptet, Sie auf der Stelle sprechen zu müssen. Können Sie bitte kommen? Es scheint keinen Aufschub zu dulden.«

In meinem Kopf wirbelten die unterschiedlichsten Gedanken durcheinander. Samuel – im Krankenhaus? Was war geschehen? Und wieso hatte ich das absolut furchteinflößende Gefühl, dass es mit mir zu tun hatte? Weshalb ging es um Leben und Tod? Ich schüttelte mich, um mich nicht in schauderhaften Fantasien zu verlieren.

»Oh Gott, das ist fürchterlich. Was ist passiert?«

»Ich will Sie nicht erschrecken. Deswegen erst die gute Nachricht: Die Ärztinnen und Ärzte, die an der Operation beteiligt waren, sagen, dass er wieder komplett gesund werden wird. Es tut mir leid, Ihnen mitteilen zu müssen, dass er brutal zusammengeschlagen wurde. Beide Arme sind gebrochen. Er hat Prellungen, Schürfwunden und einen Riss in der Milz.«

Ich schlug die freie Hand vor den Mund.

Sprachlos vor Entsetzen.

Ich wollte einfach nur eines: aufwachen aus diesem endlosen Albtraum!

»Ich komme sofort«, stammelte ich und beendete das Telefonat im Schockzustand, nachdem sie mir die genauen Adressdaten durchgegeben hatte.

Das Nächste, was ich hörte, war das Drehen des Schlüssels in der Haustür.

Sonderauftrag

»Na, mein Liebes, wie geht es dir?«, begrüßte mich Doro, als ich Montagmittag auf der Türschwelle zu ihrem und Hajos Zuhause stand.

»Gut«, entgegnete ich und entsprach damit dem üblichen Prozedere, mit dem man auf eine solche Frage reagierte. Mal ehrlich: Wer gab schon auf diesen floskelartigen Gesprächseinstieg eine andere Antwort?

»Komm rein! Ich bin gerade allein. Hajo ist in Port de Sóller unterwegs. Wir haben also Zeit für uns.« Vergnügt rieb sie sich die Hände und brachte mich dadurch sofort in Habachtstellung. Was hatte die zauberhafte, aber auch oftmals wildentschlossene und durchsetzungsstarke Seniorin nun wieder vor?

»Magst du einen Kaffee?«, erkundigte sie sich freundlich, während sie mich zur Terrasse geleitete.

Da ich ohnehin wusste, dass Widerstand zwecklos war, nickte ich. »Ein Latte macchiato wäre schön.«

»Kommt sofort, Kindchen. Mach es dir so lange bequem!« Mein Herz plumpste noch ein bisschen mehr in die Hose. Das klang alles schwer nach einem größeren Anschlag auf mich – oder einem Fragenmarathon oder einer Vertiefung der Verkupplungsaktion oder beidem oder anderen unvorhersehbaren und für mich vermutlich unangenehmen Themen ...

Kurze Zeit später kehrte sie mit einem Tablett zurück, stellte Mandelgebäck aus Pauls Manufaktur vor uns ab und kredenzte das gewünschte Heißgetränk.

»Erzähl, Liebes!«, plapperte sie munter drauflos. »Wie war dein Wochenende?«

Ich lachte. »Hey, Doro, du warst doch dabei, zumindest teilweise. Und ich habe dich stark im Verdacht, dass du eigentlich wissen möchtest, worüber Philipp und ich geredet haben, richtig? Und vor allem, wie die Dinge stehen ...«

Nun war es Doro, die in Erheiterung ausbrach. »Upps, bin ich so leicht durchschaubar? Also gut, du hast recht. Es interessiert mich brennend, wie ihr zwei miteinander klarkommt. Ich hatte das Gefühl, dass ihr einen intensiven Draht zueinander entwickelt habt.«

»Doro, du machst echt vor nichts Halt«, stöhnte ich. »Was sagt überhaupt Hajo dazu, dass du versuchst, seinen Sohn zu verkuppeln?«

Meine betagte Freundin errötete sichtlich, was mich erneut zum Lachen brachte. »Ich sehe schon, er ist nicht begeistert.«

»Er hat mir einen Einlauf verpasst«, grummelte sie, »und mich ein altes kupplerisches Weib genannt.« Das amüsierte Glitzern in ihren Augen passte allerdings so gar nicht zu ihrer empörten Miene, die sie krampfhaft aufrechtzuerhalten versuchte.

»Recht hat er, der Mann«, lästerte ich. »Wie wäre es, wenn du dich einfach mal auf deinen Erfolgen ausruhst? Ich meine, du hast in Tübingen bereits einen Volltreffer gelandet, wie man so hört, und bei den letzten zwei Love Storys war ich live dabei. Es heißt doch immer ›Aller guten Dinge sind drei‹.«

Doros Gesichtszüge verfinsterten sich. »Hör bloß auf! Teresa und Benjamin haben sich getrennt. Na ja, zumindest vorübergehend. Die zwei gehören zusammen. So viel ist klar und Ben wird sich auch wieder einkriegen. Allerdings ist er im Moment stinksauer, weil Teresa in Ricardos Vorhaben eingeweiht war, ihn mit seiner Mutter zu konfrontieren.«

Sie schüttelte genervt den Kopf. »Egal, wie gesagt, das wird schon. Daran habe ich keinen Zweifel. So, und jetzt kommen wir zu dir, meine Liebe. Was erwartest du von mir? Wenn ich erkenne, dass zwei Menschen füreinander geschaffen sind, werde ich den Teufel tun, mich rauszuhalten. Einer muss ja die richtigen Dinge in Gang setzen.« Sie klatschte in die Hände, als wolle sie sich selbst anfeuern.

Schmunzelnd erwiderte ich: »Ach, und du weißt, was die richtigen Dinge sind, Doro?«

»Natürlich, meine Beste. Ich bin siebenundachtzig Jahre jung und verdanke diesem Umstand eine untrügliche Menschenkenntnis. Wenn zwei Menschen zueinandergehören, sehe ich das. Da können Hajo und einige andere noch so viel dagegen argumentieren. Bei dir, mein Schatz, und bei Philipp, ist genau das der Fall.«

Sie nickte entschieden mit dem Kopf und sah mich geradezu grimmig an, was mich ein weiteres Mal zum Auflachen brachte. Allerdings wurde ich unmittelbar danach auch schon wieder ernst. »Doro, bitte glaub mir, ich weiß deine Fürsorge zu schätzen. Wirklich! Dennoch bin ich keine geeignete Verkupplungskandidatin für dich. Ich mag Philipp, ohne Frage. Ich mag ihn sogar sehr. Trotzdem bin ich nicht in der Lage, eine Beziehung zu führen. Es gibt gewichtige Gründe, die das unmöglich machen. Und ich bitte dich einfach, das zu akzeptieren.«

»Papperlapapp«, schnaubte sie. »Ich bin zwar betagt und kann nicht mehr ganz so gut sehen, aber blind bin ich deswegen noch lange nicht. Mir ist klar, dass du schwere Lasten mit dir herumträgst, Herzchen. Bloß weil ich dich bislang nicht darauf angesprochen habe, heißt das nicht, dass ich es nicht wahrnehmen würde. Du hast Angst, große Angst. Ich weiß nicht wovor, doch es muss etwas Schwerwiegendes sein. Ich kann dir nur massiv dazu raten, dich Philipp anzuvertrauen. Er kann dir sicher helfen. Fast sein kompletter Freundeskreis arbeitet beim LKA. Er hat Kontakte und kann dich dabei unterstützen, deine Probleme loszuwerden.«

»Ach, Doro«, seufzte ich. »Du meinst es gut, das ist mir klar. Aber auch Philipp kann nichts für mich tun. Egal, wie hervorragend seine Kontakte sein mögen – der, vor dem ich mich fürchte, hat bessere. Er ist in einer Position, in der er immer am längeren Hebel sitzt.«

Die Seniorin versank in einem tiefen Schweigen. Nach einer Weile straffte sie entschlossen ihre Schultern. »Weißt du was? Für den Moment lassen wir das Thema ruhen. Ich habe noch eine große Bitte an dich: Unsere Hochzeit rückt stetig näher. Inzwischen steht sogar das Datum fest: Wir haben am 16. Juni einen Termin auf dem Standesamt in Palma. Am Nachmittag laden wir dann bei Javier zu einem Sektempfang ein und am Abend wollen wir ausgiebig feiern. Stand heute werden wir so um die fünfunddreißig Leute sein. Hajo und ich wünschen uns ein schönes Unterhaltungsprogramm, bei dem alle, die Lust haben, etwas beitragen können. Um das abzustimmen, brauchen wir Organisatoren. Und genau darum möchte ich Philipp und dich bitten. Philipp könnte sich um die Gäste in Deutschland kümmern und du dich um die hier vor Ort. Was meinst du dazu? Kann ich auf dich zählen?«

»Doro, du könntest immer und überall auf mich zählen, wenn ich nicht das Gefühl hätte, dass das Ganze wieder Bestandteil deiner Verkupplungsoffensive ist.«

»Iwo, wo denkst du hin?«, intervenierte sie. »Philipp und du steht doch sowieso in Kontakt. Er hat uns erzählt, dass ihr euch mailen werdet und dass du ihn vielleicht ab und zu von uns aus anrufen möchtest. Was wir dir selbstverständlich jederzeit gern anbieten. Also, Liebes, da ist ja wohl gar kein Verkuppeln mehr nötig.«

»Stopp, stopp, stopp, Doro! Das klingt, als wärst du der Meinung, dass aus uns ohnehin ein Paar werden wird. Ich sage es dir jetzt in aller Deutlichkeit: Das wird niemals geschehen. Das darf niemals geschehen! Und ich bitte dich von Herzen, das hinzunehmen.«

»Ach, Kindchen, kommt Zeit, kommt Rat. Philipp mag dich jedenfalls sehr. Das spüre ich. Und ihr zwei gebt so ein schönes Paar ab.«

Achselzuckend stöhnte ich: »Doro, dir kann man nichts ausreden, was du dir in den Kopf gesetzt hast.«

»Stimmt genau!«, gab sie temperamentvoll zurück und setzte ein selbstzufriedenes Lächeln auf.

Als ich am Abend nach getaner Arbeit in meine Wohnung zurückkehrte, tigerte ich unruhig durch das Wohnzimmer. Während des Tages war eine Idee in mir herangereift, von der ich nach wie vor nicht wusste, ob ich sie in die Tat umsetzen sollte. Aber sie übte eine derart unwiderstehliche Anziehungskraft auf mich aus, dass ich mich nicht zurückhalten konnte. Alles in mir drängte danach, sie zu verwirklichen.

Energisch ließ ich Luft aus den aufgeblasenen Wangen entweichen, um mir Mut zu machen. Dann griff ich zum Notebook und setzte mich aufs Sofa. Entschlossen klappte ich den Deckel auf und meldete mich in meinem neuen E-Mail-Programm an. Sofort beschleunigte sich der Puls, als ich entdeckte, dass mir Philipp bereits gestern Abend geschrieben hatte.

Liebste Freundin,

inzwischen bin ich gut in Deutschland gelandet. Hat alles wunderbar geklappt. Und morgen hat mich der Arbeitsalltag wieder ... Normalerweise gehe ich gern zur Arbeit, doch offengestanden wäre ich im Moment lieber bei Dir. Keine Bange, das soll Dich nicht unter Druck setzen. Es ist einfach nur die

Wahrheit. Wir hatten vielleicht nicht viele gemeinsame Stunden, aber dafür habe ich jede einzelne genossen. Es ist so leicht, sich mit Dir zu unterhalten. In Deiner Nähe habe ich das Gefühl, hundertprozentig ich selbst sein zu können. Das ist ein kostbares Geschenk. Und wie das eben so ist mit Geschenken, wünsche ich mir mehr davon.

Ganz sicher wird mich das dazu bringen, so schnell wie möglich wiederzukommen. Außerdem habe ich Dir ja ein Handy versprochen – nicht wirklich uneigennützig, weil ich dann auch in Deutschland Deine Stimme hören kann.

Weißt Du, dass das schwierig ist? Eigentlich wollte ich Dir eine vollkommen neutrale, freundschaftliche Mail schreiben, aber ich muss nur an Dich denken und schon kommen völlig andere Gefühle in mir auf. Auf einmal tippe ich Buchstaben in die Tasten, die eben noch gar nicht in meinem Kopf waren. Am liebsten würde ich jetzt – zack, zack, zack – die Rücklöschtaste drücken und alles wieder entfernen. Andererseits: Wieso sollte ich? Wenn mein Herz sich mitteilen will, dann darf es das auch tun …

Du musst wissen, dass ich nichts in ähnlicher Form von Dir zurückerwarte. Schreib mir, wenn Du schreiben willst. Und lass es, wenn Du Deine Ruhe brauchst. Egal, wie oft oder wie selten mich Zeilen von Dir erreichen: Ich werde mich uneingeschränkt darüber freuen.

Vor einiger Zeit habe ich zufällig die Worte eines österreichischen Schriftstellers (Ernst Ferstl) gelesen, die mich beeindruckt haben:

»Der beste Aussichtsturm des Lebens ist die Gelassenheit.«

Ich finde das sehr zutreffend. Deswegen versuche ich permanent, mich darin zu üben. Also darfst Du Dich ganz entspannt zurücklehnen und in das beruhigende Gefühl fallen lassen, dass Du mir – egal, was Du machst – immer etwas Gutes tun wirst. Entweder erfüllst Du mein Herz mit Freude, weil Du mir schreibst, oder Du hilfst mir dabei, das Leben von einem wunderbaren Aussichtsturm zu betrachten, indem Du mich Gelassenheit lehrst. Klingt vielversprechend, oder?

So, meine liebe Freundin, jetzt widme ich mich dem Koffer, der ausgepackt werden will und folge dem lautstarken Ruf der Waschmaschine, die Sehnsucht nach mir hat.

Herzensgrüße aus Deutschland
Dein Philipp

Meine Finger zitterten, seit ich damit begonnen hatte, Philipps Zeilen zu lesen. Und ich hatte Tränen in den Augen, als ich endete. Vor lauter Rührung las ich den Text gleich noch einmal. Was für wunderbare Worte! Voller Wärme, Großzügigkeit und Einfühlungsvermögen. Ein Seufzen entrang sich meiner Brust. Am liebsten würde ich mich in all das fallen lassen, was Philipp an Gefühlen in mir auslöste. Doch andererseits gab es die Dämonen der Vergangenheit, die mir jede Beziehung zu einem Mann rigoros verbaten. Und selbst wenn ich mich von den eigenen Befindlichkeiten löste, blieb die Tatsache, dass ich mich keinem Mann zumuten konnte – erst recht nicht jemandem wie Philipp, der es von Herzen verdient hatte, glücklich zu werden. Ich meine, was hatte ich schon zu bieten? Ich war eine verheiratete Frau ohne Chance auf eine Scheidung. Eine Frau auf der Flucht, die jederzeit von ihrer persönlichen Geschichte eingeholt werden konnte. Eine Frau ohne Zukunft. Last but not least: Ich konnte Philipp nicht das geben, was er sich ersehnte. In meiner Situation Kinder in die Welt zu setzen, wäre grob fahrlässig. Wenn mich Konstantin je finden sollte, gerieten sie genauso in Gefahr wie ich. Also blieb mir nichts außer Einsiedelei. Und dennoch: Warum taten Philipps Worte nur so gut? Warum wärmten sie mir die Seele wie keine zuvor? Und wieso fiel es mir so schwer, mein Herz vor diesem Mann zu verschließen?

Zu alledem beschäftigte mich ein weiteres Thema: die Frage, ob es so etwas wie ein Frühwarnsystem gab ...

Bei Konstantin hatte ich mit meiner vermeintlich ach so tollen Menschenkenntnis gänzlich daneben gelegen. Wer sagte denn, dass es bei Philipp nicht genau dasselbe war? Durfte ich mir sicher sein, dass ich bei ihm nicht gleich wieder an einen Psychopathen geriet? Wie oft hörte man, dass vor allem Frauen ein ums andere Mal demselben Typ Mann zum Opfer fielen und dabei einem Muster folgten, das sie von einer Misere in die nächste schlittern ließ? Gehörte ich ebenfalls zu diesen Frauen?

Ich schüttelte entschieden mit dem Kopf. Nein, es war idiotisch, auch nur ansatzweise zu befürchten, dass mit Philipp etwas nicht stimmte. Und ja, es gab Frühwarnzeichen, die ich bei meinem Ehemann allesamt ausgeblendet hatte:

Den Drang, mich von meinen Freunden zu isolieren.

Die ständigen Kontrollfragen, wo ich hinging und wann ich nach Hause kommen würde.

Die sanften Warnungen von Senta und die deutlich vehementeren von Samuel.

Die Geschwindigkeit unserer Annäherung.

Die Frage aller Fragen mit dem Text »Willst du für immer mir gehören?«. Bei dieser Formulierung hatten kleine, feine Glöckchen in mir geläutet, dabei hätten doch sämtliche Alarmsirenen schrillen müssen ...

Kein Zweifel, diese Erfahrungen hatten mich verändert. Sie führten dazu, dass ich misstrauisch geworden war und jeden Mitmenschen genau beäugte. Ich las zwischen den Zeilen, lauschte auf das, was andere entspannt vor sich hin plauderten, und machte mir Gedanken darüber, was das über deren innere Haltung aussagte. Ich hatte mich radikal verwandelt, mein Wesen einmal auf links gekehrt, selbst wenn es da weiterhin diesen unverletzlichen hoffnungsvollen Kern gab, der mein Sein ausmachte und der stoisch in mir fortexistierte.

Wer weiß, was die Zukunft brachte? Vielleicht würde ich irgendwann die Kraft und den Mut aufbringen, Konstantin die Stirn zu bieten, ihn anzuzeigen und mir in welcher Form auch immer Sicherheit zu verschaffen. Und ein weiteres Mal »wer weiß«, vielleicht könnte es dann mit einer winzig kleinen Wahrscheinlichkeit ein Leben mit Philipp geben – mitsamt der Traumerfüllung von Haus und Kindern.

Ich zwang mich in die Gegenwart zurück. Genug gegrübelt! Schließlich existierte ein ganz anderes Vorhaben, das ich in die Tat umzusetzen gedachte. Ich klickte auf »Antworten« und starrte gedankenverhangen auf den Bildschirm.

»Lieber Philipp,« tippte ich. »Liebster« war mir dann doch zu viel, obwohl mich genau diese Anrede in seiner Mail zu einem schmachtenden Seufzen veranlasst hatte.

> Herzlichen Dank für Deine wunderbaren Zeilen!
> Schön, dass mit der Rückreise alles gut geklappt hat.
> Und ja, ich wünschte genauso, dass Du hier wärst.
> Ich vermisse Dich!

Stopp, was war das denn? Das hatte ich definitiv nicht schreiben wollen. Plötzlich begriff ich, was Philipp mit den Buchstaben im Kopf meinte, die noch kurz zuvor gar nicht existiert hatten. Anscheinend stellte dieses befreite Getippe, bei dem sich die Gedanken verselbständigten, auch mit mir Dinge an, die ich keinesfalls geplant hatte. Spontan schoss mir die Frage durch die grauen Zellen, ob es wohl Romanautorinnen und Romanautoren so erging, wenn sie eine Geschichte erzählten? Schwer vorstellbar, aber durchaus möglich.

Genau wie Philipp spürte ich den Impuls, das Geschriebene gleich wieder zu löschen. Doch dann entschied ich mich dafür, ebenso mutig zu sein wie er und es stehenzulassen.

Bei mir geht alles seinen gewohnten Gang. Na ja, zumindest fast. Heute bin ich zum wiederholten Mal in die Fänge deiner reizenden und gleichzeitig reichlich übergriffigen Stiefmutter geraten. Hat sie Dich auch schon in die Mangel genommen? Falls nicht, habe ich hier die frohe Botschaft für Dich, dass wir als Organisationsteam für das Hochzeitsprogramm auserkoren wurden. Hajo und sie wünschen sich ein Rahmenprogramm und bitten uns, das Ganze zu koordinieren. Ich soll die Leute hier vor Ort übernehmen und Du die Gäste aus Deutschland. Und selbstverständlich müssen wir uns dafür gaaaaanz zufällig ausgiebig abstimmen. Ein

Schelm, wer Böses (oder eher Berechnendes) dabei denkt …

So, lieber Philipp, und nun habe ich noch ein Anliegen, von dem ich nicht so recht weiß, wie ich es platzieren soll. Es hat mir heute jedenfalls ordentlich Kopfzerbrechen bereitet. Es gibt in der Heimat zwei wichtige Freunde, an die ich ständig denke. Meine beste Freundin hat mir vor der Abfahrt geholfen. Und sie hat meinem engsten Freund Bescheid gegeben, dass es mir gutgeht und dass ich verschwinden werde. Aber ich habe zu beiden keinen Kontakt mehr. Ich bin mir sicher, dass sie sich um mich sorgen und würde ihnen so gern ein Lebenszeichen zukommen lassen. Bislang habe ich darauf verzichtet, weil ich Angst hatte, damit eine Spur zu mir zu legen. Der Mensch, vor dem ich mich verstecke, verfügt über vielfältige Möglichkeiten. Eventuell überwacht er sogar die Handynummern und E-Mail-Postfächer der beiden. Ich habe keine Ahnung, was diesbezüglich technisch machbar ist. Vielleicht ist das alles vollkommen abwegig, doch ich traue mich einfach nicht, sie zu kontaktieren. Noch nicht einmal von dem Postfach aus, das Du mir eingerichtet hast, weil ich nicht weiß, ob man daraus wirklich nicht den Gerätestandort ableiten kann, wenn man die entsprechenden Kompetenzen besitzt und Überwachungskanäle nutzen kann.

Zwischen Dir und mir kann niemand in Deutschland eine Verbindung herstellen, weswegen ich mich nahezu sicher fühle, wenn ich Dir schreibe. Bei den beiden engsten Weggefährten aus der Vergangenheit sieht das allerdings ganz anders aus. Was ich Dich fragen wollte, ist, ob Du eine Chance siehst, ihnen über etliche Ecken eine Nachricht zuzuspielen? Dann würde ich Briefe an sie verfassen. Du sagst ja selbst, dass das nicht Dein Spezialgebiet ist, doch Du kennst ja bestimmt jemanden, der sich damit bestens auskennt. Vielleicht klingt es ein bisschen albern, wenn ich jetzt mit Krimis oder Thrillern daherkomme, aber dort ist immer wieder die Rede von Mails, die über x Stationen geleitet werden und nicht nachvollziehbar sind. Oder ist das nur eine Finte der Filmschaffenden?

Jedenfalls würde es mir gehörig Erleichterung verschaffen, wenn ich wüsste, dass diese beiden erfahren, dass ich gesund bin. Natürlich würde ich ihnen nie erzählen, wo ich mich aufhalte – schon, um sie nicht selbst in Gefahr zu bringen –, doch es wäre schön, sie von ein paar Sorgen entlasten zu können. Denkst Du, Du könntest mir dabei helfen?

Ganz lieben Dank, dass Du für mich da bist!
Eine dicke Umarmung von

Deiner guten Freundin

Ja, ja, auch das mit der Umarmung hatte ich gar nicht schreiben wollen. Es war mir einfach so rausgeflutscht. Und ehrlich: Verdient hatte sie sich dieser Mann allemal!

Ich las den Text ein letztes Mal durch und klickte dann entschlossen auf »Senden«. Mit einem tiefen Durchatmen und dem zufriedenen Gefühl, einen wichtigen Schritt gegangen zu sein, lehnte ich mich gegen die Sofalehne. Ja, sie kehrte zurück, meine Handlungsmacht! Langsam zwar, aber immerhin. Eine Welle von Optimismus erfüllte mich auf einmal. Es hätte doch wirklich deutlich schlimmer laufen können ... Ich war in einem Umfeld gelandet, in dem ein paar liebenswerte Personen zumindest insoweit an meiner Seite standen, als ich mich darauf verlassen konnte, dass sie für mich da sein würden, wenn ich sie brauchte. Vertrauenswürdige Menschen, die alles in ihrer Macht Stehende tun würden, um mich zu schützen. Menschen, die ich jederzeit ins Vertrauen ziehen konnte, wenn die Zeit für mich gekommen war. Mit einem entspannten Seufzen schloss ich die Klappe des Notebooks.

Umso mehr überraschte es mich, dass mich genau in diesem Moment meine Erinnerungen an die Stelle zurück katapultierten, an der sie das letzte Mal geendet hatten – als befände ich mich in einem Film, den ich dort gestoppt hatte und der nun ganz von allein weiterlief.

Ein Albtraum setzt sich fort

– im September des Vorjahres –

Alles in mir schien plötzlich gelähmt zu sein. Den Begriff »schockstarr« hatte ich schon oft gehört oder gelesen, doch seine wahre Bedeutung war mir verborgen geblieben. Bis jetzt. Bis zu diesem Moment, als ich den Hausschlüssel im Türschloss hörte.

Es kam mir vor, als säße ich in einem Zeitloch. Ich war mir nicht sicher, ob ich noch atmete und mein Herz weiterhin schlug. Bewegungslos und mit offenem Mund starrte ich auf die Wohnzimmertür, von der ich wusste, dass gleich Konstantin in deren Rahmen erscheinen würde. So gebannt wie mein Körper verharrte, so wild jagten die Gedanken im Gehirn. Was tun?

Fliehen durch die Terrassentür? Unmöglich, er war schneller als ich.

Mich verstecken? Wo? Er würde mich finden!

Mich ihm vor die Füße werfen und um Gnade betteln? Wenn er sich in dem Zustand befand, den ich befürchtete, würde mir das nichts nützen.

Schleunigst in die Küche rennen und nach einem Messer greifen, um mich wehren zu können? Keine Chance! Mit einer hohen Wahrscheinlichkeit würde es ihm gelingen, mich zu entwaffnen. Schließlich machte er das vielleicht nicht tagtäglich, aber doch regelmäßig. Er war Nahkampf-erfahren, ich nicht. Und der Gedanke, ihn mit einer tödlichen Waffe in der Hand vor mir stehen zu haben, ließ mir kalte Schauer über den Rücken rieseln.

Mir selbst ein Messer in die Brust rammen, um dem zu entgehen, was mich erwartete? NEIN! Mein Überlebenstrieb schrie in Großbuchstaben.

Es aushalten und dafür sorgen, dass ich lebend davonkam? Ja, das blieb für mich die einzige Option, die einen Sinn ergab. Und danach meine Flucht planen. Dass ich von diesem Mann wegmusste, stand zweifellos fest. Deswegen würde ich ein letztes Mal den Schmerz ertragen, den er mir unweigerlich antun würde, um im Anschluss daran mit besonnener Eile zu verschwinden. *Besonnene Eile*, dachte ich, *was für ein verrückter Widerspruch!* Doch in dieser Situation klang das absolut schlüssig. Ich würde abhauen müssen, so schnell ich konnte – sofern ich noch bewegungsfähig sein sollte, wenn Konstantin mit mir fertig war. Sowie er das nächste Mal zur Arbeit verschwand, würde ich meine Chance nutzen.

Seine athletische Figur erschien dort, wo ich sie schon erwartet hatte – in der Tür zum Wohnzimmer. Mit einer hämischen Gefährlichkeit grinste er mich an.

»Na, da komme ich ja gerade rechtzeitig, bevor du zu deinem geliebten Samuel eilen und ihm über die lädierte Visage streicheln kannst.«

Sein Grinsen und die zu Schlitzen zusammengekniffenen Augen verliehen ihm ein diabolisches Aussehen. Er lehnte sich gegen den Türrahmen und betrachtete mich.

Kein Zweifel, dass er sich seiner Macht und meiner Wehrlosigkeit bewusst war. Er konnte sein Spiel auskosten, solange er wollte. Und mir blieb nichts anderes übrig, als es mitzuspielen – nach Regeln, über die ich nicht bestimmen konnte. Auf einmal wurde ich ganz ruhig. Ich saß in der Falle. Es gab kein Entrinnen. Und ich hatte nur noch eine einzige Mission zu erfüllen: Überleben.

Die plötzliche stoische Ruhe schenkte mir die Kraft, die ich brauchte, um mit ihm zu sprechen. »Warst du das?«, fragte ich in so alltäglichem Ton, als würden wir übers Wetter reden.

»Was denkst du denn?«, erwiderte er mit einem selbstgefälligen Grinsen. »Gib's zu – das war dir doch sofort klar, als dir die Tante vom Krankenhaus erzählt hat, was passiert ist.«

Die Gedanken in meinem Kopf drehten eine Extrarunde. Es ratterte und ratterte, als müsse ein gigantisches Räderwerk eine unlösbare Aufgabe bewältigen. »Wieso ...?«, stammelte ich. »Woher ...? Also ... Warum weißt du von dem Telefonat?«

Seine Mundwinkel hoben sich verächtlich. »Ach, Süße, sei nicht so naiv! Noch nie was von Spyware gehört?« Er bildete aus Zeigefinger und Mittelfinger ein »V« und deutete damit auf seine Augen. »Ich beobachte dich. Du bist meine Frau. Du gehörst mir. Und du glaubst doch nicht, dass ich nicht auf dich aufpassen würde! Ich bin immer auf dem Laufenden – mit wem du sprichst, mit wem du schreibst ... Und nachdem du seit zwei

Tagen versuchst, diesem Hohlkopf klarzumachen, dass er sich von mir fernhalten soll, dachte ich, es wird langsam Zeit, den Worten Taten folgen zu lassen.«

Ein dumpfes Gefühl der Übelkeit breitete sich in mir aus. Wut, Abscheu und Ekel ließen es aus den Tiefen meiner Seele aufsteigen und über mir zusammenschwappen. Dennoch blieb ich auf »Überleben« programmiert. Nichts von dem durfte er mir anmerken, wenn ich halbwegs heil aus dieser Sache herauskommen wollte.

»Ich verspreche dir, er hat die Botschaft verstanden. Außerdem habe ich ihm unmissverständlich klargemacht, dass du es bist, die bezahlen wird, wenn er nicht aufhört, sich einzumischen.«

Er hob die Augenbrauen an und studierte mich mit eisigen Blicken. »Ich habe ihm deutlich signalisiert, dass du entweder dein Leben mit mir verbringen oder gar keines mehr haben wirst, das du mit irgendjemand anderem teilen könntest.«

Er stieß sich vom Türrahmen ab und kam mit bedrohlich gemächlichen Schritten auf mich zu. Ich stand da wie erstarrt und ließ es zu, dass er dicht an mich herantrat. Seine linke Hand erhob sich und ich zuckte bereits zusammen. Er hingegen murmelte: »Nicht doch!« Dann legte er sie zärtlich auf die lädierte Gesichtshälfte und streichelte darüber. Er trat noch ein wenig näher und küsste mich mit weichen Lippen auf die Stirn, auf beide Wangen, aufs Kinn und schließlich auf den Mund. Ich hatte Mühe, mich nicht augenblicklich zu erbrechen, aber ich widerstand dem Impuls.

Ohne Vorwarnung brach der liebevolle Blick, den er eben noch über mein Gesicht wandern ließ, und verwandelte sich in gefährliche Wut, die mir aus seinen Augen entgegen loderte. Er griff mit derselben Hand, die mich gerade erst gestreichelt hatte, an meine Kehle und drückte so fest zu, dass ich röcheln musste und mir die Augäpfel hervortraten. Mit düsterer Entschlossenheit schob er mich gegen die nächstgelegene Wand und presste meinen Körper dagegen. Nun wanderte auch seine rechte Hand an meine Kehle. Mit beiden Daumen streichelte er über den Kehlkopf, als sei dies eine besonders zärtliche Geste. Sein Gesicht näherte sich dem meinen und er funkelte mich bedrohlich an.

»Damit das klar ist, meine Süße: Solltest du je auf die Idee kommen, mich zu verlassen, werde ich dich aufspüren. Überall. Egal, in welchem Winkel der Welt du dich versteckst – du wirst mir niemals entkommen. Willst du wissen, was ich dann mit dir mache?«

Ich schüttelte panisch mit dem Kopf, soweit ich die Bewegungsfreiheit dazu hatte.

»Ach, komm schon. Einen kleinen Vorgeschmack darfst du wenigstens bekommen, findest du nicht?«

Mein Kopf verselbständigte sich und schüttelte sich weiter, bis Konstantin begann, zuzudrücken. Ich strampelte, würgte, stöhnte und wehrte mich, doch er war so viel stärker als ich. Schließlich merkte ich, wie mir die Sinne schwanden.

Überraschungsbesuch

Seit unserem ersten E-Mail-Austausch schrieb mir Philipp täglich. Manchmal waren es ellenlange Nachrichten, die mich mit wildem Herzklopfen durch den Text jagen ließen, und manchmal auch nur wenige Zeilen, in denen er ein kurzes Lebenszeichen sendete und mir zeigte, dass er an mich dachte. Hinsichtlich meines speziellen Anliegens hatte er mich um Geduld gebeten. Er plante, in einem ruhigen Moment mit einem Kollegen, den er für den Top-Spezialisten auf diesem Gebiet hielt, darüber zu reden.

Ich antwortete nicht in derselben Frequenz wie er. Zu sehr gerieten mir immer wieder die widersprüchlichen Gefühle dazwischen, sodass ich mir das Recht herausnahm, bloß alle paar Tage zurückzuschreiben. Wenn ich ehrlich zu mir selbst sein wollte, stellte das auch ein Stück weit einen Test dar, ob er wirklich so gelassen bleiben würde oder ob sich bei ihm dann doch besitzergreifende Züge zeigten. Bislang war dies definitiv nicht der Fall, was zumindest den einen Aspekt meiner Unsicherheit zur Ruhe kommen ließ.

Und ich muss zugeben: Je länger unser Austausch in dieser Form lief, desto hemmungsloser genoss ich es, ihn an meiner Seite zu wissen, selbst wenn diese Seite tausend Kilometer entfernt lag. Das Gefühl der Einsamkeit verflog zunehmend und mit ihm die dramatische Hoffnungslosigkeit, die ich nun schon seit Monaten mit mir herumtrug. Ich ertappte mich immer häufiger bei dem Gedanken, Philipp mein Herz ausschütten zu wollen und seine Hilfe anzunehmen. Die einseitige Perspektive, die sämtliche Macht bei Konstantin gesehen hatte, verschob sich allmählich, je mehr ich darüber nachdachte, welchen Rückhalt Philipp innerhalb seiner Polizeiorganisation haben mochte.

Am Freitagabend, zwölf Tage nach Philipps Abreise, saß ich gerade am Notebook, um eine längere Nachricht an ihn zu verfassen, als es an der Tür klingelte. Sofort sprang mein Puls ins Unermessliche – wie jedes Mal, wenn etwas Unerwartetes geschah, das ich nicht einordnen konnte. Wer konnte um diese Uhrzeit unangekündigt bei mir aufkreuzen? Camila meldete sich stets über ein spezielles Klopfzeichen an, das wir abgestimmt hatten. Jule hatte heute einen Auftritt als Sängerin bei Javier und Teresa wollte mit Benjamin im Hotel ihres Vaters essen gehen. Glücklicherweise hatten sich die beiden wieder versöhnt. *Alles andere wäre ja auch Irrsinn gewesen*, schoss es mir durch den Kopf.

Wer blieb sonst noch übrig? Wie schon einmal kauerte ich mich auf dem Sofa zusammen und hoffte, dadurch für jedermann unsichtbar zu sein, während ich von einer unbeherrschbaren Angst ergriffen wurde. Was, wenn mich Konstantin aufgespürt hatte, wenn die Mailerei am Ende doch eine Spur zu mir gelegt hatte?

Ich hielt den Atem an und lauschte angespannt in die Nacht. Es klingelte ein weiteres Mal, gefolgt von einem

Klopfen. Dann erklang eine Stimme. Eine bekannte Stimme. Die Stimme, die ich lieber hörte als jede andere. »Silke, ich bin's, Philipp!«

»Philipp!«, stieß ich aus und Tränen der Erleichterung rannen über meine Wangen. Atemlos raste ich zur Tür und riss sie auf. »Himmel, du hast mich zu Tode erschreckt.«

Abrupt brach das glückliche Lächeln ab, das eben noch sein Gesicht vereinnahmt hatte. »Ich Idiot! Wie konnte ich nur so dumm sein?« Ein schuldbewusster Ausdruck spiegelte sich in seiner Mimik. »Tut mir leid, Silke. Ich hätte dir wenigstens eine Nachricht schreiben sollen, aber meine Reise war spontaner als spontan. Ich bin von der Arbeit in die leere Wohnung heimgekommen und habe mich gefragt, wieso ich eigentlich nicht bei dir bin. Dann habe ich mir im Internet den nächsten Flug herausgesucht ... Und hier bin ich!«

Kopfschüttelnd stand ich vor ihm, starrte ihn an und konnte nicht glauben, dass er wirklich hier war. Ganz allmählich breitete sich ein entrücktes Strahlen auf meiner Miene aus. *Philipp ist hier. Um mich zu sehen. Um für mich da zu sein.* Überbordende Glücksgefühle explodierten geradezu in mir. Ich wunderte mich, dass ich überhaupt noch Bodenhaftung besaß, weil es mir erschien, als würde ich gleich davonschweben.

»Komm rein!«, stammelte ich und gab den Eingang frei. »Ich freue mich, dass du da bist.«

Philipp folgte mir ins Haus und ich schloss die Tür hinter ihm. Mit wild pochendem Herzen stand ich ihm gegenüber und sah ihn weiterhin ungläubig an. »Dass du einfach so gekommen bist ...«, flüsterte ich.

»Ich konnte nicht anders« erwiderte er ebenso leise. Seine Stimme klang heiser und bewegt – so, als ob auch sein Gefühlsleben vollkommen außer Rand und Band geraten wäre.

Sekundenlang betrachteten wir uns.

Reglos, überwältigt und voller innerer Fragezeichen.

Die Fragen, die sich durch meinen Verstand bohrten, kannte ich allesamt – seit unserer ersten Begegnung. Ich hatte sie oft genug – wieder und wieder – in meinem Kopf formuliert.

Und seine konnte ich ihm an den Augen ablesen: *Darf ich dich in den Arm nehmen? Darf ich dich vielleicht sogar küssen? Hast du genauso starke Gefühle für mich wie ich für dich? Wie viel kann ich dir zumuten, ohne dich zu bedrängen? Soll ich dich besser in Ruhe lassen?*

Ich stand und starrte, starrte und stand. Dann übernahm plötzlich ein Teil von mir die Regie, den ich schon viel zu lange in die zweite Reihe gedrängt und dessen archaische Kraft ich vergessen hatte: das tiefste Innere meiner Seele. Es ließ mich Philipp stürmisch in die Arme fallen und ihn umklammern wie eine Ertrinkende mit der Hoffnung auf Rettung. *Kein schlechtes Bild!*

Ich umschlang ihn so fest, als wolle ich ihn nie wieder loslassen. Und ja, absolut, exakt das wollte ich auch nicht. Niemals! All die Vorbehalte, die Vernunftsargumente, die Abwägung der Risiken verhallten zumindest für diesen Moment ungehört und schwebten schwerelos durch den Raum, weil ich ihnen einfach nichts bieten mochte, woran sie andocken konnten.

Philipps Körper fühlte sich warm an.

Warm und sicher.

Geborgenheit, wie ich sie noch nicht erlebt hatte.

Seine Hände strichen über meinen Rücken, über die Haare und seine Lippen drückten sich zart auf meine Kopfhaut. So verschlungen, wie wir dastanden, schienen wir miteinander zu verwachsen. Und innerlich taten wir genau das. Unsere Emotionen verbanden sich zu einem überragend großen Ganzen, das so viel stärker war als seine einzelnen Hälften für sich genommen.

Unendlichkeit hing in der Luft. Unendliche Liebe, unendliche Hoffnung und unendliche Verbundenheit. Nach einer gefühlten Ewigkeit, in der ich spüren konnte, wie das, was ich für irreparabel gehalten hatte, in mir heilte, drückte ich mich so weit von ihm weg, dass ich ihm in die Augen sehen konnte. Alles, was ich darin sah, bestätigte jene Gedanken, jene Gefühle, die mich in der Zeit ohne Zeitempfinden in seinen Armen überwältigt hatten.

Ein weiteres Mal überließ ich mich meinen Instinkten. Weil ich nicht anders konnte. Weil ich nicht anders wollte. Weil wir allein waren auf unserer Umlaufbahn, auf der keine Vergangenheit und keine Zukunft einen Platz fanden. Es gab nur noch eines: das Jetzt.

Und in diesem Jetzt küsste ich ihn. Wie ich nie zuvor geküsst hatte. Ein Kuss wie aus einer fremden Dimension. Im ersten Moment reagierte er überrascht und sah mich mit aufgerissenen Augen an, doch dann riss ich ihn mit, in den Sog, der mich längst vereinnahmt hatte. Unsere Lippen tanzten umeinander herum, spielten ein sinnliches Spiel, zunächst für sich allein und später öffneten sie sich für unsere Zungen.

Ich vergaß alles andere. Konnte kaum glauben, was mit mir geschah. Und selbst das erlebte ich aus der Vogelperspektive. Es dauerte ewig, bis sich mein Gehirn reaktivierte. Wie bei einem Computer nach einem Systemabsturz brauchte es Zeit, bis ich wieder klare Gedanken fassen konnte. Und der Reset brachte das zurück, was auf der Festplatte im Kopf an vernünftigen Argumenten und bekannten Risiken gespeichert war.

Zögerlich drückte ich mich von Philipp weg. »Tut mir leid, das wollte ich nicht«, murmelte ich leise.

Er lachte heiser auf. »So hat es sich aber gar nicht angefühlt.«

Beschämt lächelte ich und trat einen Schritt nach hinten. »Ich weiß. So meinte ich es auch nicht. Natürlich wollte ich diesen Kuss. Trotzdem funktioniert das nicht, Philipp. Ich kann mich dir nicht zumuten. Unmöglich. Das, was du dir ersehnst, kann ich nicht bieten. Heirat, Kinder, das ganze Programm, das ist mit mir nicht drin.«

»Silke, nichts davon ist noch wichtig. *Du* bist wichtig. Außerdem: Wieso sollten wir nicht heiraten können? Lass uns schauen, was die Zukunft bringt und ob es uns gelingt, deine Probleme zu lösen. Ich werde immer an deiner Seite stehen. Ich hoffe, das weißt du.«

»Ja, das weiß ich.« Ernsthaft und voller Liebe musterte ich ihn. »Aber du hast etwas Besseres verdient. Du hast Glück verdient. Und ich werde dich nicht heiraten können, weil ich schon verheiratet bin.«

»Wie bitte?« Seine Gesichtszüge fielen in sich zusammen und die Haut färbte sich grau.

Ein tiefes Seufzen entfuhr mir. »Okay, dann ist jetzt wohl die Zeit gekommen, dir meine Geschichte zu erzählen. Bist du bereit?«

Er nickte stumm. In seinem Blick lag weiterhin Liebe, allerdings inzwischen gepaart mit Entsetzen.

»Es gibt in Deutschland jemanden, der mich töten wird, wenn er mich in die Finger bekommt«, begann ich abrupt, als sich Philipp nach einer kurzen Erfrischungspause neben mich aufs Sofa gesetzt hatte. »Und dieser Jemand ist mein Ehemann.«

»Was?« Entsetzt sah er mich an. »Er will dich töten? Ernsthaft?«

»Ja, ernsthaft. Er hat keinen Zweifel daran gelassen – weder verbal noch durch das, was er getan hat. Deswegen bin ich untergetaucht. Deswegen darf mich niemand sehen. Deswegen gehe ich Menschenmengen aus dem Weg. Damit *er* nicht durch einen dummen Zufall, durch irgendein Bild auf einer Social-Media-Plattform erfährt, wo ich bin. Ich kann meine Papiere nicht benutzen. Mein Name darf bei keiner Behörde, in keinem Bericht jemals auftauchen.«

»Aber warum? Wieso will er dich töten? Weil du eine Zeugin bist für etwas Schlimmes, das er angestellt hat?«

»Vielleicht auch das. Doch das ist nicht der vorrangige Grund. Sondern, weil er mich als seinen Besitz betrachtet. Weil er denkt, dass ich ihm gehöre und seiner kranken Meinung nach den Tod verdiene, wenn ich nicht mit ihm zusammensein will. Seine Worte waren: Wenn ich mein Leben nicht mit ihm verbringen werde, werde ich keines mehr haben, das ich mit jemand anderem teilen könnte.«

Immer noch schockiert starrte Philipp mich an. »Gott, wie schrecklich!« Ungläubig schüttelte er den Kopf. »Wieso hast du dir keine Hilfe gesucht, ihn angezeigt? Neulich sagtest du, du hättest Beweise für das, was er getan hat.«

»Ja, die habe ich. Bloß, wie schon gesagt: Sie sind nicht eindeutig. Ich habe Fotos von seinen Misshandlungen gemacht, aber ...«

»Er hat dich misshandelt?«, fiel er mir erschüttert ins Wort und das Grau in seinem Gesicht wurde noch ein wenig grauer.

»Ja. Nur dreimal, doch das war schlimm genug.«

»Nur dreimal«, schnaubte er. »Das ist dreimal zu viel.«

»Natürlich. Was ich damit sagen möchte, ist, dass ich kein jahrelanges Martyrium hinter mir habe, aber dafür eine rasante Eskalation. So rasant, dass ich nach dem dritten Mal die Flucht ergriffen habe, weil Lebensgefahr bestand. Und er hat nicht bloß mich misshandelt, sondern darüber hinaus meinen besten Freund brutal zusammengeschlagen. Krankenhausreif. Ich wusste, dass ich nicht nur mich selbst, sondern auch meine Freunde gefährde, wenn ich bleibe.«

»Darf ich dich in den Arm nehmen?«, entfuhr es Philipp mit dünner Stimme. »Ich glaube, dass ich mir das nicht weiter anhören kann, wenn ich dich dabei nicht auffangen darf.«

»Natürlich«, flüsterte ich und schmiegte mich an seine Seite.

»Beim ersten Mal hat er mich so heftig an den Handgelenken gepackt, dass sie hinterher voller Hämatome waren und ich sie kaum noch bewegen konnte. Beim zweiten Mal hat er mich ins Gesicht geschlagen, beim dritten Mal gewürgt und erst kurz vor der Bewusstlosigkeit aufgehört. Ich habe von den Folgen sämtlicher Übergriffe Fotos gemacht. Nur leider kann ich nicht nachweisen, dass *er* mir das angetan hat.«

»Gott, das ist ein Albtraum!« Philipp fuhr sich fassungslos mit der freien Hand über das Gesicht. »Allerdings sehe ich eine Sache anders als du. Ich bin mir sicher, dass dir die Polizei helfen kann. Dass die Beweise reichen, um ihn zu überführen. Und du hast einen Zeugen: deinen Freund.«

»Einen Zeugen, der niemals aussagen wird. Mein Mann hat ihm damit gedroht, mich zu töten, wenn er ihn anzeigt. Und ...«, ich schluckte schwer, »... dieser Freund ist in mich verliebt und wird deshalb nichts tun, was mich in Gefahr bringt.«

Ich stockte, hing den verstörenden Gedanken nach.

»Ganz ehrlich. Selbst wenn mein Mann verurteilt werden würde, wie lange käme er dann hinter Gitter? Zehn Jahre maximal? Bei guter Führung sieben? Das ist ein Klacks und verschafft mir vorübergehend Sicherheit, aber danach geht das Spiel von vorn los. Du kannst mir nicht helfen. Niemand kann das. Besser probiere ich, unsichtbar zu bleiben, unter dem Radar zu fliegen. Vielleicht gewöhne ich mich mit der Zeit daran. Und vielleicht fühle ich mich irgendwann sogar sicher, weil ich darauf vertraue, dass er mich längst vergessen hat. Ich weiß es nicht. Klar versuche ich immer mal wieder, mich davon zu überzeugen, dass ich mich ihm stellen muss. Doch für wirklich schlau halte ich eine solche Konfrontation nicht.«

»Silke, ehrlich, alles andere ist kein Leben! Du hast ständig Angst im Nacken, weißt nie, was als Nächstes passiert. Du reagierst bloß, anstatt zu agieren. Zeig den Mann an! Ich unterstütze dich und weiche nicht von deiner Seite. Und ich habe unzählige Kontakte, die ich für dich nutzen kann – Strippen, an denen ich ziehen kann, um dir ein Maximum an Sicherheit zu gewähren.«

»Nein, das ist derzeit keine Option. Das Risiko wäre unkalkulierbar. Sämtliche Rahmenbedingungen sind auf seiner Seite. Ich kann nur verlieren. Und im schlimmsten Fall zieht er meine Freunde mit in den Sumpf. Meine beste Freundin hat zwei kleine Kinder. Was, wenn er sie benutzt, um mich zu sich zurückzuholen, wenn er mich damit erpresst, ihnen etwas anzutun? Es ist für alle am sichersten, wenn keiner weiß, wohin ich abgetaucht bin. Dann wird er sie in Ruhe lassen.«

»Ich könnte dir helfen. Erkundigungen über ihn einziehen, meine Kollegen auf seine Spur bringen, sodass du außen vor bist, für deinen Schutz sorgen ...«

»Glaub mir, niemand kann mich schützen! Er ist schlau, raffiniert, manipulativ. Alle würden *ihm* glauben und nicht mir. Wenn du gegen ihn ermitteln würdest, brächtest du dich bloß selbst in Gefahr. Das werde ich niemals zulassen. Ich habe schon das Wohlergehen eines Menschen auf dem Gewissen. Auf keinen Fall werde ich dieses Risiko ein zweites Mal eingehen. Nein, es gibt keine Lösung für mein Desaster.«

»Das mag alles sein. Nur, in der Vergangenheit hattest du nicht die Polizei an deiner Seite. Das ist jetzt anders.«

»Philipp, ich schätze wirklich sehr, wie du für mich kämpfst, aber über das größte Problem haben wir noch gar nicht gesprochen: Er ist die Polizei.«

Flucht

Zum zweiten Mal an diesem Abend kam von Philipp ein verstörtes »Wie bitte?«.

Ich nickte und zuckte hilflos mit den Achseln. »Er ist ein hochangesehener deutschlandweit bekannter Experte für das Thema ›Cybercrime‹ beim Bundeskriminalamt. Egal, wie blendend deine Kontakte sein mögen, seine sind besser. Und egal, wie gut Deine Kolleginnen und Kollegen in Sachen Überwachung sind, er ist ausgefuchster ...«

»Er ist beim BKA?«, stieß er fassungslos hervor.

Erneut bestätigte ich mit einer Kopfbewegung.

Stumm saß er da, während er immer wieder ungläubige Gesten machte und sich betroffen mit der Hand durch die Haare strich. Erst Minuten später schien er seine Gedanken einigermaßen geordnet zu haben. »Okay, das erschwert das Ganze. Jetzt verstehe ich, warum du solche Angst vor der Polizei hast. Trotzdem glaube ich daran, dass wir einen Weg finden können. Er muss allerdings perfekt inszeniert werden. Außerdem brauchen wir alle Ressourcen, die wir kriegen können.«

Ein wenig Farbe war in seine Wangen zurückgekehrt. Anscheinend belebte es ihn, Lösungen zu suchen.

»Ich denke darüber nach. Das verspreche ich dir, Silke. Ich werde einen Schlachtplan entwerfen und sämtliche Kontakte durchgehen, die ich nutzen könnte. Auch wenn ich nicht beim BKA bin, habe ich deutschlandweite

Verbindungen. Und nicht nur ich, sondern ebenso meine Kolleginnen und Kollegen von der Kripo. Ich überlege mir genau, wem ich genug vertraue und wen ich in eine abgestimmte Aktion einbinden könnte.«

»Halt, Philipp!«, intervenierte ich. »Das alles habe ich dir nicht erzählt, damit du für mich tätig wirst. Ich werde Kraft brauchen, sofern ich mich je auf so etwas einlasse, und die habe ich im Moment nicht. Vielleicht werde ich sie nie haben. Ich möchte unter keinen Umständen, dass das fragile Leben, das ich mir hier geschaffen habe, zerbricht. Ich fühle mich wohl, wo ich bin, habe Menschen gefunden, die ich mag und die mir guttun. Wenn ich das hinter mir lassen müsste, um erneut zu fliehen, würde mich das umbringen. Ich stehe das kein zweites Mal durch.« Während des Sprechens war ich stetig aufgewühlter geworden und hatte zunehmend die Stimme erhoben. Außerdem rannen mir inzwischen Tränen über die Wangen.

»Sch, sch, sch«, machte Philipp und zog mich an sich. »Ganz ruhig, Silke. Ich verspreche dir hoch und heilig, dass ich nichts, rein gar nichts, unternehmen werde, was du nicht abgesegnet hast. Ich denke nur laut. Ich werde in aller Ruhe durchgehen, welche Arten von Unterstützung ich dir mit meiner Organisation im Rücken oder auf inoffiziellen Wegen anbieten kann und dir danach mögliche Herangehensweisen vorstellen. Im Anschluss daran schmieden wir gemeinsam einen Plan. Was wir am Ende wann und wie umsetzen, entscheidet eine einzige Person und das bist du. In Ordnung?«

Er streichelte über meine Wange und sah mir tief in die verweinten Augen. Mit dem Daumen rieb er behutsam die Tränen weg und küsste mich zärtlich auf die Stirn. »In Ordnung?«, wiederholte er seine Frage.

»Ja«, wisperte ich. »Ich vertraue dir.«

»Das ist gut, denn ich werde dein Vertrauen niemals missbrauchen.« Seine Augen wanderten liebevoll über mein Gesicht. Unsere Blicke verfingen sich ineinander, als hätten sie schon immer darauf gewartet, einander zu begegnen. Zu gern hätte ich ein weiteres Mal dem Impuls nachgegeben, ihn zu küssen, doch ich verbot es mir. Und das, obwohl es mir jetzt, da ich wusste, wie sich ein Kuss mit ihm anfühlte, noch viel schwerer fiel, ihm zu widerstehen.

»Magst du mir erzählen, wie du es geschafft hast, aus Deutschland wegzukommen, und wie du hier gelandet bist?«, fragte er und sah mich dabei an, als wäre ich eine zerbrechliche Kostbarkeit, die bei der kleinsten falschen Bewegung in seine Bestandteile zerfallen könnte.

»Ja«, seufzte ich und lehnte mich wieder gegen seine Schulter, »auch wenn es mir schwerfällt, das Ganze gedanklich erneut zu durchleben.«

»Du musst nicht, ehrlich nicht!«, gab er ernsthaft zurück.

»Ich weiß. Aber jetzt bin ich schon so weit gegangen und habe dir so viel verraten, dass ich es zu Ende bringen möchte. Außerdem hilft es ja vielleicht wirklich, mich endlich jemandem anzuvertrauen.« Ich sinnierte ein paar Sekunden vor mich hin, dann breitete sich ein

Schmunzeln auf meinem Gesicht aus. »Mir hat mal jemand gesagt, es wäre ein Fehler, schwierige Dinge im Alleingang durchstehen zu wollen.«

»Das muss ein ungeheuer schlauer Mensch gewesen sein«, stieg Philipp auf den scherzhaften Tonfall ein.

»Ja, das ist er wohl und zudem sehr von sich überzeugt.«

Wir lachten uns an und allein für diesen Moment der Unbeschwertheit hätte ich beinahe alles gegeben.

Ich seufzte ein weiteres Mal und begann schließlich stockend mit der Erzählung. »Okay, reden wir über die Flucht. Ich hatte eine ordentliche Portion Glück auf meiner Seite. Nur fünf Tage, nachdem mein Mann erst meinen besten Freund zusammengeschlagen und dann mich fast bis zur Bewusstlosigkeit gewürgt hatte, musste er auf einen Cybercrime-Kongress in Sachsen-Anhalt. Er wollte über die komplette Arbeitswoche unterwegs sein, und das verschaffte mir einen kleinen Vorsprung, um unbemerkt zu verschwinden. Mir war klar, dass ich keine ganze Woche haben würde, bis ihm auffällt, dass etwas nicht stimmt. Doch die Tatsache, dass er weit entfernt im Nordosten saß und ich in entgegengesetzter Richtung über Frankreich nach Spanien wollte, gewährte mir einen zusätzlichen Zeitpuffer.«

»Woran sollte er denn merken, dass du nicht mehr zuhause bist?«, unterbrach mich Philipp.

»Was das angeht, bin ich mir bis heute nicht sicher. Fakt ist, dass ich mich oft beobachtet gefühlt habe, und zwar selbst dann, wenn ich allein daheim war. Deswegen habe ich die Vermutung, dass er Mini-Kameras installiert hatte. Aus diesem Grund befürchtete ich, dass es ihn stutzig machen würde, wenn ich plötzlich nirgendwo zu sehen bin. Außerdem ließ ich das Handy liegen, um nicht geortet werden zu können. Mir war klar, dass er spätestens am zweiten Tag durchdrehen wird, wenn ich nicht auf seine Anrufe oder Nachrichten reagiere.«

Philipp nickte nachdenklich. »Weißt du, was ich nicht verstehe? Dass er dich überhaupt allein gelassen hat. Ich meine, für so einen gewaltbereiten Kontrollfreak ist es doch ungewöhnlich, dass er dich nicht eingesperrt hat.«

»Oh ja, darüber habe ich schon mehrfach nachgedacht. Und es fällt mir schwer, in sein krankes Hirn hineinzuschauen. Ich denke, dass er nicht nur ein Kontrollfreak ist, sondern auch Allmachtsfantasien hegt. Von den Gewaltausbrüchen abgesehen, konnte er charmant und liebevoll sein, ein geübter Verführer, ein attraktiver Mann, der leicht Frauenherzen erobert. Ich vermute, dass er sich seiner Sache sicher war – überzeugt davon, mich mit der Liebe, die er nach diesem denkwürdigen Tag über mir ausschüttete, genug eingelullt zu haben. Und ich habe mich bemüht, so gut wie möglich zu schauspielern und ihn in dem Glauben zu lassen.«

Philipp strich mir zärtlich über die Haare, während er meinen Worten lauschte. »Du Arme, ich wollte, ich könnte all das ungeschehen machen für dich.«

»Ja, das wünschte ich auch«, stöhnte ich. »Jedenfalls habe ich am späten Vormittag seines Abreisetages das Haus verlassen – mit der Umhängetasche, die ich immer zum Einkaufen mitnahm – und dabei alles gegeben, um mich unauffällig zu verhalten. Das Handy habe ich so platziert, dass es aussah, als hätte ich es einfach vergessen. Ich bin ins Auto gestiegen und zu meiner besten Freundin gefahren. Mit knappen Worten habe ich ihr erzählt, dass ich fliehen will und warum. Geschockt wie sie war, hat sie, ohne mit der Wimper zu zucken, fünftausend Euro für mich abgehoben, damit ich Bargeld habe und keine Bankkarten benutzen muss. Am Ende bat ich sie noch, meinen Freund im Krankenhaus zu besuchen. Ich hätte das lieber selbst getan, doch nach der Todesdrohung war meine Angst zu groß, dadurch den nächsten Gewaltausbruch zu provozieren. Sie versprach mir, ihn in meinem Namen um Entschuldigung zu bitten und ihm zu erzählen, dass ich verschwinden würde. Wir haben uns ein letztes Mal umarmt und danach bin ich Richtung Metz aufgebrochen.«

Philipp lauschte gebannt. Ich konnte es nicht sehen, aber die Körperspannung, die ich an seiner Schulter spürte, verriet seinen emotionalen Zustand.

»Als ich die Grenze nach Frankreich passierte, liefen mir Tränen über die Augen und ich habe die ganze Anspannung wild herausgeschrien. Erstmals seit Tagen fühlte ich mich um eine Nuance sicherer. Mir war klar, dass mich mein Mann auch hier aufspüren konnte, allerdings nicht mehr so leicht, weil die Standard-Finger des BKA nicht bis dorthin reichen. Ich parkte auf einem öffentlichen Wanderparkplatz außerhalb der Stadt, auf dem mein Auto nicht so schnell auffallen würde, marschierte zur nächsten Bushaltestelle und fuhr zum Bahnhof. Ich kaufte bewusst Tickets für Nebenstrecken in Regionalzügen, weil ich hoffte, dort auf weniger Videoüberwachung zu treffen. Die Landesgrenze zwischen Frankreich und Spanien passierte ich auf einem Wanderweg an der Küste. Ich traute mich nicht, im Zug oder Bus zu reisen. Die Sorge, in eine Stichprobe des Zolls zu geraten, war zu groß.«

»Meine Güte, Silke«, unterbrach Philipp. »Unglaublich, an was du alles gedacht hast. Ich weiß nicht, ob ich in deiner Situation derart besonnen agiert hätte.«

»Tja, der Überlebenstrieb ist ein starker Ratgeber. Ich hatte nur ein Ziel: mich wieder halbwegs sicher zu fühlen. Ich schlug mich bis nach Valencia durch. Dort hatte ich den ersten längeren Aufenthalt in wechselnden billigen Absteigen, in denen ich keine Papiere zeigen musste. Wohl war mir trotzdem nicht. Zunächst dachte ich, ich könne mich in einer Stadt leichter verstecken als in einem kleinen Ort, doch dann haben mich die vielen Gesichter beinahe wahnsinnig werden lassen. Überall meinte ich *ihn* zu sehen. Er ist brünett und hat dunkle Augen, was bedeutet, dass die meisten Männer aus der Ferne ähnlich aussahen wie er. In jeder Straße, auf jedem Platz fühlte ich mich verfolgt. Die Angstzustände wuchsen ins Unermessliche, und mir wurde klar, dass ich wegmusste. Ich besorgte ein Notebook und besah mir auf Google Maps die Möglichkeiten. Dabei entdeckte ich die Fährverbindung nach Mallorca und beschloss, hier mein Glück zu versuchen. Und da bin ich!«

»Lieber Himmel, Silke, was für eine Odyssee! Das klingt wie eine Geschichte aus einem Film oder einem Roman. Unglaublich, dass du das wirklich erlebt hast.« Er zog mich noch ein bisschen näher an sich und hielt mich fest umschlungen.

»Ich muss das erst mal sacken lassen«, stieß er nach einer Weile aus. »Hast du Lust auf einen kleinen Spaziergang? Ich könnte Frischluft gut gebrauchen.«

»Oh ja, das geht mir genauso«, entgegnete ich, löste mich aus seinem Griff und sprang entschlossen auf.

»Darf ich deine Hand halten?«, fragte Philipp, als wir den Hang nach unten marschierten. Über uns leuchtete ein prachtvoller Sternenhimmel, der die Illusion weckte, in ein Märchen aus »Tausendundeine Nacht« geraten zu sein. Und genau dieser Zauber machte die Situation für mein Gefühlsleben so gefährlich.

Abrupt blieb ich stehen. »Philipp, wir müssen reden«, stieß ich aufgewühlt hervor. »Über uns.«

Auch er hielt inne und sah mich im Halbdunkel des mondbeschienenen Dämmerlichts beunruhigt an.

»Es tut mir unendlich leid, dass ich dich vorhin geküsst habe. Das hätte ich nicht tun dürfen. Keine Ahnung, was mich da geritten hat. Du bist so überraschend aufgetaucht und das hat mich überwältigt. Dennoch kann es mit uns nicht weitergehen. Ich bitte dich, das zu akzeptieren. Und ich überlasse die Entscheidung dir, ob du trotzdem mit mir befreundet sein willst oder nicht. Wenn es für dich zu schmerzhaft ist, verstehe ich das. Ich bin nicht sauer, wenn du lieber den Kontakt abbrichst.« Ich sah ihn direkt an und versuchte, ein Maximum an Eindringlichkeit in diesen Blick zu legen.

»Silke, Liebes. Wie stellst du dir das vor? Denkst du, ich kann einfach mein Herz abschalten? Ausgeschlossen! Ich weiß, dass das nach der kurzen Zeit kitschig daherkommt und kaum nachvollziehbar ist, dennoch entspricht es der Wahrheit, wenn ich dir sage, dass ich dich liebe. Zwischen uns besteht eine Verbindung, die man nicht erklären kann. Das Wort ›Seelenverwandtschaft‹ klingt zwar abgeschmackt, aber was soll ich tun, wenn es das ist, was ich empfinde? Bei dir zu sein, ist wie Nach-Hause-Kommen. Ich würde mit dir alles durchstehen, um den ganzen Erdball fliehen und auf sämtliche Annehmlichkeiten verzichten, von denen ich je geträumt habe. Weil du das Wichtigste für mich bist. Alles andere hat seine Bedeutsamkeit komplett verloren.«

Er legte seine Hände an meine Wangen und bannte meinen Blick. »Ich werde warten, bis du so weit bist, dich auf mich einzulassen. Bis dahin bin ich einfach dein Freund, einverstanden? Ich werde dich nicht bedrängen. Dafür lässt du es mich wissen, wenn du dich zu mehr bereit fühlst. Könnte das so für dich passen?«

Tränen wollten unbedingt meine Augen fluten, doch ich drängte sie zurück. »Ja«, flüsterte ich. »Aber ich kann dir nichts versprechen, hörst du?«

»Ich höre«, antwortete er mit einem schelmischen Grinsen und löste dadurch die bedeutungsvolle Schwere zwischen uns auf.

Varianten und Einladungen

Seit Monaten kämpfte ich gegen die alte Gewohnheit an, beim Aufwachen im Nebel des Halbschlafs nach dem Smartphone auf dem Nachttisch zu greifen. Schon ein knappes halbes Jahr lang befand sich dort keines mehr. Und trotzdem wanderte meine Hand Morgen für Morgen wie von selbst nach rechts, tastete und tastete, bis der Verstand erschrocken realisierte, dass ich in einem anderen Zeitalter gelandet war. Auch an diesem Morgen wiederholte ich unterbewusst dasselbe Prozedere und wie immer schrak der Verstand auf – diesmal jedoch nicht, weil ich kein Handy fand, sondern weil ich auf einmal eines zwischen den Fingern hielt.

Schlagartig war ich hellwach und die Erinnerungen an den gestrigen Abend kehrten zurück. Die Erinnerungen an Philipps plötzliches Auftauchen, an unsere Gespräche, an meine Bekenntnisse, an sein Versprechen, für mich da zu sein, und an seine Liebeserklärung. Das allein war Futter genug, um Verstand, Seele und Körper umfassend zu beschäftigen, doch dann gab es noch diese eine Erinnerung, die alle anderen überstrahlte: an den Kuss, der einen Maßstab für die Ewigkeit gesetzt hatte und der mein Leben unausweichlich verändert hatte. Ich konnte nicht mehr dieselbe sein wie zuvor, und ich wollte es auch nicht.

Wem widerfuhr schon diese Gnade, so einen Moment voller Verbundenheit, Liebe und Seelenfrieden zu erleben? Wie ich so dalag und darüber nachdachte, kehrte eine merkwürdige Ruhe in mir ein. Allein für die Begegnung mit Philipp hatte sich mein Dasein bereits gelohnt. Das, was er mir in wenigen gemeinsamen Stunden gegeben hatte, war mehr, als andere in zig Jahren erfuhren. Und der Kuss war nicht von dieser Welt gewesen. Unbeschreiblich, weswegen es vollkommen unsinnig erschien, es überhaupt erst zu versuchen.

Bot all das nicht einen Grund, um mir mein Leben zurückzuerobern, um Freiheit zu kämpfen und mir nicht länger von einem einzelnen Mann das Glück stehlen zu lassen? Wer konnte schon sicher wissen, wer von uns beiden am Ende das Spiel gewinnen würde? Okay, Konstantin hielt mehr Trümpfe in der Hand – viel mehr. Aber was, wenn das Gute, Gesunde im Vorteil war, sozusagen mit einem moralischen Bonus ausgestattet? An Gottvertrauen mochte es mir fehlen, doch vielleicht gab es ja so etwas wie Mächte im Universum, die diejenigen schützten, die es verdient hatten.

Silke, jetzt drehst du komplett ab, schimpfte ich mit mir. *Wenn das so einfach wäre, dürfte liebenswerten Menschen niemals etwas Schlimmes passieren. Dennoch geschieht das andauernd.*

Und trotzdem, wenn ich mal die verqueren Gedanken beiseiteließe, wozwischen hatte ich denn zu wählen?

Variante 1 (den Kampf gegen Konstantin aufzunehmen) bedeutete, eine erhebliche Gefahr für Leib und Leben einzugehen – mit der ungewissen Aussicht auf eine selbstbestimmte, freie Zukunft.

Variante 2 (weiter zu fliehen und mich zu verstecken) beinhaltete ebensolche Risiken – nur mit einer geringeren Wahrscheinlichkeit. Dafür fehlte aber auch die Chance, zur Normalität zurückkehren zu können.

Wenn ich das gegeneinander abwog und mich zudem von dem Glücksgefühl treiben ließ, dass mir das Leben mit Philipp bereits so ein riesiges Geschenk gemacht hatte, sprach auf einmal viel für Variante 1.

In dem Moment beschloss ich, mir das Ganze in aller Ruhe durch den Kopf gehen zu lassen und dabei ein bisschen mehr Zuversicht an den Tag zu legen, als ich es bislang getan hatte.

Meine Finger umklammerten immer noch gedankenverloren das nigelnagelneue Smartphone. Entschlossen weckte ich es aus dem Flugmodus und starrte aufgeregt auf das Display. Unglaublich! Ich war fast schon mit den Dingern großgeworden und jetzt hatte sich die einstige Normalität in etwas so Besonderes verwandelt, als fielen Weihnachten, Ostern und mein Geburtstag plötzlich auf einen Tag ...

Mein Erregungslevel stieg noch ein bisschen weiter an, als Philipps Name in Verbindung mit einer neuen Nachricht im Messenger erschien. Eilig hasteten meine Augen über die Zeilen und mein Mund verzog sich zu einem glücklichen Lächeln. Da konnte ich mir noch so sehr verbieten, mich nicht von meinen Gefühlen mitreißen zu lassen, mein Körper führte ein abtrünniges Eigenleben.

Philipp bat mich, so bald wie möglich bei Doro und Hajo vorbeizukommen. Und er fragte, ob es mir lieber wäre, wenn er mich abholt. Himmel, dieser Mann war wirklich zu gut für diese Welt!

Ich komme vorbei, tippte ich rasch in die Mini-Tastatur und warf einen Blick auf die Uhr. *Um zehn?*

Er antwortete mit einem hochgestreckten Daumen und einem Herzchen. Das Lächeln in meinem Gesicht explodierte und ein paar Tränchen drückten sich ungehindert in die Augen – nicht nur wegen ihm, sondern auch, weil es so ein unfassbar schönes Gefühl war, wieder auf diese Weise mit einem Menschen kommunizieren zu können.

Auf dem Parkplatz vor Doros und Hajos Finca stieg ich aus dem Auto – wie so viele Male zuvor – und doch erschien mir heute alles anders. Nervosität pumpte durch den Körper. Ich fühlte mich zu gleichen Teilen aufgewühlt und vollkommen klar. Klar, dass ich mein Leben in die Hand nehmen wollte, und klar, dass ich Philipp liebte. An beidem gab es nichts zu rütteln. Entsprechend war ich gespannt, weshalb er mich hergebeten hatte.

Mit zügigen Schritten lief ich den Schotterweg entlang. Ich hatte mein Ziel beinahe erreicht, da trat Teresa aus dem dahinterliegenden Anbau der Finca, den sie nun schon seit über einem Monat bewohnte.

»Hi, Teresa«, rief ich ihr zu und grinste sie schelmisch an. »Ich habe gehört, bei dir und Benjamin ist wieder alles paletti.«

»Puh, die kurzzeitige Trennung hat mich vielleicht Nerven gekostet«, schnaubte sie und wechselte dann zu einem glücklichen Lächeln. »Aber ja, es ist alles wieder gut. Mehr als gut. Zwischen uns sind sämtliche offenen Themen bereinigt. Wir sind überglücklich, dass wir uns endgültig gefunden haben, und schmieden bereits Pläne. Dass ich hierbleibe, steht hundertprozentig fest. Wir denken schon darüber nach, wann der ideale Zeitpunkt für mich ist, bei Benjamin einzuziehen. Am Montag trete ich den neuen Job im Hotel meines Vaters an. Da ist es vermutlich geschickter, mich die ersten Wochen darauf zu konzentrieren. Doch wir würden gern noch in diesem Sommer offiziell zusammenziehen. Wir haben beide wirklich harte Zeiten hinter uns und wollen so schnell wie möglich die Weichen Richtung Zukunft stellen und unser Glück genießen.«

Ihre Gesichtszüge nahmen einen schwärmerischen Ausdruck an und sie schien sich in anderen Sphären zu verlieren. Dann schüttelte sie sich und sah mich an. »Entschuldige bitte, anscheinend bin ich gerade nicht so ganz zurechnungsfähig.« Ausgelassen zwinkerte sie mir zu. »Ich rede und rede hier andauernd von uns .... Wie geht es dir denn, seit Philipp vor zwei Wochen abgereist ist? Ich hatte den Eindruck, dass ihr euch gut versteht.« Ihre Worte unterstrich sie mit einem bedeutungsschweren Blick.

»Bitte, Teresa, fang du nicht auch noch an!«, stöhnte ich. »Es reicht absolut, wenn es Doro mal wieder nicht schnell genug gehen kann mit dem Verkuppeln.«

Meine Freundin lachte herzhaft auf. »Hey, nur die Ruhe, ich wollte nicht in Doros Fußstapfen treten und mich ebenfalls als Kupplerin betätigen. Aber es kam mir wirklich so vor, als würde dir Philipps Anwesenheit guttun. Wir können es ja völlig offen stehenlassen, ob als Mann oder als Kumpel.« Sie zwinkerte mir verwegen zu.

Ihre charmante Direktheit brachte auch mich zum Lachen. »Meinetwegen. Ja, ich mag Philipp. Und ja, er tut mir gut. Es ist schön, einen Verbündeten zu haben, der mir vielleicht helfen kann, alles wieder ins Lot zu bringen.« So viel Ehrlichkeit durfte ich mir gönnen. Schließlich war mir klar, dass Teresa wusste, dass bei mir etwas mehr als im Argen lag.

Meine Freundin nickte wissend. Einfühlsam wie sie war, ließ sie mich nach diesem Bekenntnis von der Angel. »Was treibst du eigentlich hier? Normalerweise bist du doch immer montags bei Doro und Hajo.«

»Richtig. Genau genommen will ich auch gar nicht zu Doro und Hajo, sondern ...«

»Wie?«, unterbrach sie mich. »Du warst auf dem Weg zu mir?«

»Nein, nein«, wehrte ich ab. »Ich bin mit Philipp verabredet.«

»Ach, du kommst zum Telefonieren?«

»Nicht ganz«, gab ich mit einem Lächeln zurück. »Philipp ist spontan übers Wochenende hergekommen.«

Teresa starrte mich erstaunt an. »Wie jetzt? Philipp ist hier?«

»Genau.«

»Wow! Das ist ja ein Ding. Da war er anscheinend monatelang nicht zu Besuch und auf einmal kommt er im 14-Tage-Turnus.« Sie grinste mich frech an und begann »Love is in the Air« zu summen.

Unwillkürlich brach ein weiteres Lachen aus mir heraus. »Ach, und du willst nicht in Doros Fußstapfen treten«, lästerte ich. »Du bist mindestens genauso schlimm wie sie. Aber ja, ich bin sehr dankbar, dass er jetzt extra übers Wochenende gekommen ist, um mich zu sehen.«

»Ich bin nicht schlimm. Ich freue mich nur für dich.«

Sie trat einen Schritt näher, legte ihre Hand auf meine Schulter und sah mir beschwörend in die Augen. »Im Ernst, Silke, ich habe keine Ahnung, was du für ein Thema hast. Dass du dringend einen guten Freund gebrauchen kannst, erkenne ich trotzdem. Du weißt, dass ich ebenfalls jederzeit für dich da bin, wenn Philipp nicht hier ist. Ja?«

»Ja«, antwortete ich mit einem Nicken und kämpfte gegen den Kloß an, der die Kehle verengte. Auch die aufwallenden Tränen drängte ich entschlossen zurück. »Ich weiß, Teresa.«

Sie gab mich frei und betrachtete mich teilnahmsvoll. Kurz versank sie in Gedanken, dann hellte sich ihre Miene auf. »Hat Ricardo dir eigentlich schon Bescheid gegeben wegen Samstag in einer Woche?«

»Wegen Samstag?«, hakte ich scheinbar verwundert nach und musste alles aufbieten, um nicht einfach loszugrinsen. »Was soll da sein?«

»Okay, anscheinend lautet die Antwort Nein«, lachte sie. »Nachdem sein letztes Fest ja reichlich schiefgegangen ist, möchte er es sozusagen wiederholen – allerdings in kleinerem Kreis. Nur mit unseren Familien und engen Freunden. Selbstverständlich wollen wir dich unbedingt dabei haben. Magst du kommen?«

Erneut kämpfte ich gegen die aufsteigende Erheiterung an. Ricardo hatte das raffiniert eingefädelt und seit der vergangenen Woche gehörte ich dank Benjamin zu den Eingeweihten (und bereits Eingeladenen). Klar ging es darum, die vielfältigen Wiedervereinigungen zu feiern. Ricardo und seine Ex-Frau hatten sich neu verliebt, Benjamin hatte sich nach längerem Hin und Her endlich mit seiner Mutter versöhnt und Teresa war es gelungen, ihre Familie väterlicherseits aufzuspüren. Doch vor allem fand das Fest genau an diesem Tag statt, um in Teresas Schnapszahl-Geburtstag hineinzufeiern.

Obwohl die Einladung für mich bedeutete, auf ein paar unbekannte Menschen zu treffen (Teresas Familie hatte ich noch nicht kennengelernt), wollte und konnte ich sie nicht ausschlagen. Ich war es Ricardo und Benjamin schuldig zu kommen – und erst recht Teresa, die ich ins Herz geschlossen hatte und die mich ein wenig über die Sehnsucht nach Senta hinwegtröstete.

»Sicher, ich bin gern dabei«, erwiderte ich mit unverfänglicher Miene.

»Super, das freut mich total. Natürlich ist Philipp ebenfalls eingeladen, sofern er hier sein sollte.«

Ich schüttelte mit dem Kopf. »Ich denke nicht, dass er nächste Woche schon wieder hier sein wird. Aber auf jeden Fall vielen Dank.«

Teresa warf einen Blick auf die Uhr. »Ich muss los. Benjamin und ich treffen uns mit Jule und Paul. Wir wollen ein wenig über die Insel streifen. Alcúdia steht auf dem Programm und anschließend ein Spaziergang in der Bucht am Strand. Vielleicht wagen wir uns sogar ins Wasser, auch wenn das noch ziemlich kühl ist.«

Sie legte eine Pause ein und musterte mich nachdenklich. »Wie sieht es aus, wenn wir mal wieder etwas unternehmen? Würdest du gern mitkommen?«

Sofort wallte die alte Panik, gesehen zu werden, in mir auf. Doch dann hielt ich inne. Wer weiß, was Philipp und ich heute an Ideen besprechen würden. Möglicherweise konnte ich mich ja tatsächlich trauen, in eine Fünfer-Gruppe eingebunden ein bisschen mehr am Leben teilzuhaben. Mit Baseballkappe und Sonnenbrille konnte ich mich ja trotzdem tarnen. Deswegen verlegte ich mich auf ein unverbindliches »Mal schauen«.

Teresa nickte verständnisvoll. »Also dann, bis spätestens Samstag und viel Spaß mit Philipp!« Sie zwinkerte verwegen mit den Augenbrauen.

»Verschwinde einfach!«, lachte ich und schüttelte halb amüsiert und halb genervt den Kopf.

Pläneschmieden

Beschwingt setzte ich den Weg fort und überbrückte die wenigen Schritte bis zu Doros und Hajos Hauseingang. Ich hatte kaum den Klingelknopf gedrückt, da riss Philipp bereits die Tür auf. Unter seinen Augen lagen dunkle Schatten, doch das Strahlen, das seine Miene erhellte, als er mich ansah, fühlte sich an, als wärme die Sonne mein Herz bis in die hintersten Winkel.

»Hey, du Liebe, wie schön, dass du da bist«, begrüßte er mich und sorgte dafür, dass sich noch mehr Hitze in mir ausbreitete. »Komm rein!«

Ich folgte seiner Aufforderung stumm und beließ es bei einem zaghaften Lächeln. Er führte mich in Richtung des Essbereichs, in dem gerade Doro und Hajo beim Frühstück saßen. Der benutzte dritte Teller deutete darauf hin, dass auch Philipp Teil der Runde war. Der Blick auf das vierte, unberührte Gedeck ließ erneut einen dicken Kloß in meiner Kehle aufsteigen. Nach all den Monaten der Einsamkeit und des Rückzugs kam es mir vor wie ein Wunder, von diesen Menschen als ein fester Bestandteil in ihrem Kreis angesehen zu werden.

»Guten Morgen, Liebes, setz dich!«, rief mir Doro schwungvoll entgegen. »Wie schön, dass du uns heute beehrst. Und noch schöner, dass du dafür gesorgt hast, dass wir so schnell wieder in den Genuss von Philipps Gesellschaft kommen.« Sie grinste mich so neckisch an, als wäre sie eine Jugendliche, die sich gerade mit ihrer besten Freundin über Jungs austauscht. Nur ihre förmliche Ausdrucksweise passte nicht in dieses Bild.

Sie sah ihren Lebenspartner auffordernd an und schob »Nicht wahr, Hajo?« hinterher.

Der Angesprochene schüttelte leicht genervt den Kopf und rollte mit den Augen, während er sich mir zuwandte. Doch das Zucken seiner Mundwinkel verriet, dass er im Grunde seines Herzens Doros unwiderstehlichem Charme selbst dann verfallen war, wenn sie mal wieder ihre Rolle als Kupplerin zelebrierte.

»Ich freue mich, dich zu sehen, Silke«, brummte er, ohne auf die Frage seiner Zukünftigen einzugehen, und wiederholte die Aufforderung: »Setz dich zu uns!«

Weiterhin kommentarlos sank ich auf den Stuhl, der für mich vorgesehen war.

»Greif zu!«, lud mich Doro mit einer ausladenden Geste über die Leckereien auf dem Tisch ein. »Du musst dich stärken. Wenn ich das richtig mitbekommen habe, war Philipp fast die ganze Nacht in seinem Zimmer aktiv und hat Zettel vollgeschrieben. Ich bin ja nicht neugierig, aber ich hatte das Gefühl, dass es um einen Plan geht, den er für dich ausgeheckt hat.«

Erstaunt sah ich ihren Stiefsohn an. Er hatte wirklich die ganze oder vielleicht auch nur die halbe Nacht damit verbracht, eine Lösung für mein Problem zu suchen? Wenn das so weiterging, würde heute der Tag der Klöße werden, und zwar nicht der gekochten, sondern der in meinem Hals. Doch bevor ich mich erneut meiner Rührung hingeben konnte, lenkte mich Hajo ab.

Er begann herzhaft über Doros Worte zu lachen. »Nein, mein Herz, niemand könnte dich je für neugierig halten. Du bringst deinen Mitmenschen sozusagen keinerlei Interesse entgegen.« Er blinzelte seinen Sohn und mich amüsiert an und schüttelte ein weiteres Mal den Kopf – diesmal eher ungläubig als genervt.

»Mein Lieber, es besteht ein gewaltiger Unterschied zwischen Neugierde und Interesse«, belehrte Doro ihn mit hochgezogenen Augenbrauen in der ihr eigenen selbstsicheren Art. »Ja, ich interessiere mich für meine Mitmenschen und ihr Wohlergehen. Wenn ich einen Beitrag dazu leisten kann, tue ich es. Aber du willst ja wohl kaum behaupten, ich wäre eine neugierige Tratsche, die in den Geheimnissen anderer herumschnüffelt? Oder sehe ich das etwa falsch, mein Herzallerliebster? Ansonsten müsste ich mir das mit der Hochzeit noch einmal überlegen.« Sie reckte hoheitsvoll den Kopf und musterte ihre späte Liebe mit einem herausfordernden Funkeln in den Augen.

»Nein, mein Sonnenschein, das Risiko kann ich nicht eingehen. Selbstverständlich halte ich dich maximal für neugierig-interessiert.« Mit einer besänftigenden Geste tätschelte er die Hand seiner Partnerin, die das mit einem vergnügten Lächeln quittierte.

Der Schlagabtausch zwischen den älteren Herrschaften hatte meine Aufmerksamkeit derart gebannt, dass ich immer noch vor einem leeren Teller saß.

Philipp registrierte das und beschwerte sich wie ein alter Vertrauter: »Dir muss man wohl mal wieder aktiv zu deinem Glück verhelfen.« Er füllte ihn mit einer Auswahl der vielfältigen Leckereien und befahl mit strenger Stimme: »Iss!«

»Hey, ich bin selbst groß«, intervenierte ich mit einem gespielt vorwurfsvollen Blick, doch in Wahrheit folgte ich seiner Anweisung nur zu gern.

Eine Weile war außer den genüsslichen Kaugeräuschen aus vier Mündern nichts zu hören, aber dann wollte meine Neugierde befriedigt werden – und im Gegensatz zu Doro bekannte ich mich dazu.

»Du hast heute Nacht an einem Plan gearbeitet?«, fragte ich in Philipps Richtung.

»Ja, ich konnte nicht schlafen nach unserem Gespräch. Deswegen habe ich mich ans Werk gemacht.«

Ich richtete einen unsicheren Blick auf Doro und Hajo. Was hatten die beiden älteren Herrschaften mitbekommen? War Philipp irgendetwas herausgeschlüpft?

Er bemerkte und verstand den Blick. »Keine Sorge. Wir haben nicht über deine Themen geredet, aber du weißt ja, dass meine liebe Stiefmutter einen sechsten Sinn hat und längst weiß, dass dich etwas belastet. Ebenso ist ihr klar, warum ich hier bin. Und damit liegt der Schluss nahe, dass das Chaos, das ich im Gästezimmer angerichtet habe, mit dir zu tun hat.«

»Keine Bange, mein Kind«, warf Doro ein, während sie Hajo mit einem vorwurfsvollen Seitenblick bedachte, »da ich, wie wir bereits festgestellt haben, keine Tratsche bin, spioniere ich Philipp nicht hinterher. Ich bin vorhin nur in sein Zimmer gegangen, weil ich ihn wegen der Organisation des Rahmenprogramms für die Hochzeit um Hilfe bitten wollte. Du weißt schon ... Da habe ich das Zettelmeer gesehen und eins und eins zusammengezählt. Aber ich habe nicht näher hingesehen und ich will auch gar keine Details wissen.«

»Wer's glaubt«, brummte Hajo und fing sich dieses Mal einen ernsthaft ungehaltenen Blick ein.

Bevor sich die Senioren noch meinetwegen in die Haare bekamen, betonte ich schnell: »Natürlich, Doro, das weiß ich doch.« Trotzdem musste ich zugeben, dass ich mir so langsam das Alleinsein mit Philipp ersehnte.

Eine Viertelstunde später war es so weit. Ich bedankte mich bei meinen Gastgebern für das Frühstück und folgte Philipp in sein Zimmer. Als ich im Türrahmen einen Blick ins Innere werfen konnte, blieb ich abrupt stehen. Lieber Himmel, was war das denn? An einer Wand hatte er sämtliche Möbel beiseitegeschoben und Bilder abgehängt. Dafür hingen dort nun zig Post-its, die eine riesige Landkarte ergaben, deren Bedeutung ich nicht verstand.

»Was um alles in der Welt?«, stammelte ich völlig überfordert. Wie viele Stunden musste er hier verbracht haben, bis dieses Gesamtkunstwerk entstanden war? Und wie viele Gedanken mochten dabei geflossen sein? Schon wieder stieg er auf, der Kloß – mein treuer Begleiter des heutigen Tages.

»Da staunst du, was?«, entgegnete er mit stolzer Miene. »Ehrlich gesagt staune ich selbst, weil ich nie gedacht hätte, was mir alles in den Sinn kommt, wenn ich den verschiedenen Möglichkeiten eine Struktur gebe und dadurch Ordnung in meinen Gedanken schaffe.«

»Ich glaube das einfach nicht«, murmelte ich fassungslos vor mich hin. »Das hast du alles seit gestern Abend aufgebaut?«

»Ja«, erwiderte er knapp und zuckte bescheiden mit den Achseln.

Nachdem ich in der letzten Stunde einem Kloß nach dem anderen widerstanden hatte, gab es jetzt kein Halten mehr. Ich schlug die Hände vors Gesicht und schluchzte hemmungslos los. Sofort eilte Philipp zu mir und zog mich in die Arme. An seiner Brust weinte ich weiter und konnte mich kaum beruhigen. Dieser Liebesbeweis war einfach zu viel. Da hatte mich monatelang die Last der Vergangenheit zu Boden gedrückt, während meine Ängste Fangen mit mir spielten, und nun zeigte auf einmal jemand ein derartiges Engagement, um mich aus diesem Elend zu befreien. Obendrein ein Jemand, der mir alles bedeutete, auch wenn ich mir das immer noch nicht mit letzter Konsequenz eingestehen wollte.

»Silke, Liebes, ganz ruhig«, flüsterte Philipps Stimme an meinem Ohr. »Ich habe dir ja versprochen, dass ich mir Gedanken machen werde.«

»Ich weiß«, wisperte ich inmitten des Weinkrampfes, »aber du musst ja die komplette Nacht gearbeitet haben.«

»Bloß die halbe«, milderte er meine Worte ab. »Um vier Uhr bin ich ins Bett gegangen.«

»Mein Gott, wie soll ich das nur jemals wieder gutmachen?«

»Da gibt es nichts wiedergutzumachen, das weißt du doch.« Sanft streichelte er über meine Haare und raunte mir weiterhin beruhigende Laute ins Ohr. Dann änderte sich auf einmal seine Tonlage. »Außerdem brauchst du nicht ›Gott‹ zu mir zu sagen, ›Philipp‹ reicht völlig. Und natürlich bin ich auch für liebevolle Kosenamen offen.«

Er drückte mich ein Stück von sich weg und beugte sich herunter, sodass er direkt in mein Gesicht schauen konnte. Mit neckisch zuckenden Augenbrauen und einem verwegenen Grinsen um die Mundpartie begleitete er den zugegebenermaßen flachen Witz. Trotzdem entriss er mich dadurch den überbordenden Emotionen und brachte mich zum Lachen.

»Du bist echt unglaublich«, stammelte ich.

»Vielleicht bin ich unglaublich, auch wenn ich das nicht so sehen würde, doch in erster Linie bin ich dein!« Das Grinsen verschwand aus seiner Miene. Ernsthaft und voller Liebe ruhten seine Augen auf mir. »Bist du jetzt in der Lage, dich in meine Gedanken einweihen zu lassen? Wenn du zustimmst, hätte ich einen fast kompletten Plan am Start, den wir in die Tat umsetzen können.«

»Ich bin bereit«, antwortete ich entschieden.

»Okay, dann erkläre ich dir, wie ich an die Sache herangegangen bin«, referierte Philipp, nachdem wir uns beide vor der Wand positioniert hatten. »Im ersten

Schritt habe ich die Namen sämtlicher Personen aufgeschrieben, deren Hilfe ich vielleicht nutzen könnte – von engen Vertrauten bis hin zu entfernten Netzwerkkontakten. Danach habe ich sie kategorisiert, nach Vertrauenswürdigkeit, nach spezifischen Expertisen und nach Standort. Dabei habe ich festgestellt, dass ich schon mit weitaus mehr überregionalen Ansprechpartnern zu tun hatte, als es mir selbst bewusst war, und zwar sowohl bei den Landeskriminalämtern als auch beim BKA. Im nächsten Schritt habe ich mir Gedanken gemacht, welchen Bedingungen ein eventueller Plan unbedingt genügen muss, also was sozusagen die Unantastbarkeiten sind.«

Er deutete auf ein DIN-A4-Blatt, das er mit einem Klebestreifen zentral inmitten der kleinen Zettel platziert hatte.

»Das sind diese Punkte hier. Erstens: Dein Aufenthaltsort muss unter allen Umständen geheim bleiben. Zweitens: Mein Name darf nirgendwo auftauchen, wenn wir uns die Chance auf eine gemeinsame Zukunft erhalten wollen. Ansonsten könnte er dich über mich finden.«

Er unterbrach sich und warf mir einen entschuldigenden Blick zu. »Das kommt blöd rüber – als wolle ich Druck aufbauen –, aber so ist es nicht gemeint. Es geht mir lediglich darum, sämtliche Eventualitäten von Anfang an mitzudenken. Alles, was wir jetzt nicht berücksichtigen, kann uns später schmerzhaft auf die Füße fallen. Ich hoffe, du kannst das nachvollziehen.«

Ich griff für einen Moment nach seiner Hand. »Natürlich kann ich das nachvollziehen. Und ich bin dir sehr dankbar, dass du darauf achtest, keine Wege zu verbauen. Ich denke, wir wissen beide, dass ich mir im tiefsten Inneren dasselbe wünsche wie du.«

Unsere Blicke verloren sich ineinander und schufen einen weiteren Augenblick, der nach Unendlichkeit schmeckte. Es kostete mich alle Kraft, mich von Philipp zu lösen und die Augen erneut auf die Wand zu richten.

»Gut, weiter im Text«, fuhr er in befangenem Tonfall fort. »Wo war ich? Genau. Drittens: Dein Mann muss für seine Taten angeklagt werden und im Gefängnis landen. Viertens: Du musst ungefährdet nach Deutschland zurückkehren können, ohne dass er davon Wind bekommt. Fünftens: Deine Freunde, speziell deine Freundin mit Familie, dürfen nicht gefährdet werden. Darauf komme ich später zurück. Sechstens: Wir brauchen einen Plan für die Zeit nach seinem Gefängnisaufenthalt, sodass du dich weiterhin in Sicherheit fühlen kannst. Für den Punkt habe ich bis jetzt noch keine Lösung gefunden. Zeugenschutz könnte eine Möglichkeit sein, aber bei dem Thema bräuchte ich erst eine kompetente Beratung. Habe ich etwas vergessen?«

Vollkommen erschlagen von der Flut an Gedanken schüttelte ich den Kopf. »Nein, das klingt alles sinnvoll.«

»Von den bereits gelösten Herausforderungen hat mir die zweite Bedingung am meisten Kopfzerbrechen bereitet: wie wir es schaffen können, dass zwischen dir und mir keinerlei Verbindung ersichtlich wird. Wenn wir von Stuttgart aus belastendes Material – deine Fotos, vielleicht eine Videobotschaft und zusätzlich eine ausführliche schriftliche Aussage – weiterleiten würden, wäre mir das Risiko zu groß, dass irgendwie doch eine Spur zu mir gelegt wird – selbst wenn ich absolut vertrauenswürdige Kollegen dazwischenschalte. Dann kam mir die Idee, einen IT-Experten aus Berlin einzuspannen, den ich gut kenne und dem ich zu hundert Prozent vertraue. Er könnte von dort aus die Unterlagen ans BKA als Arbeitgeber und an die Kripo als ermittelnde Behörde einreichen, aber das erschien mir immer noch zu geradlinig. Deswegen bin ich am Ende bei dem Plan gelandet, ein richtiges Verwirrspiel zu starten.«

»Ein Verwirrspiel?« Fragend sah ich ihn an. »Ehrlich gesagt verwirrst du gerade in erster Linie mich.«

»Ein vielversprechender Anfang«, grinste er. »Nein, Spaß beiseite: Je verworrener wir das Ganze gestalten, je mehr Finten wir auslegen, desto schwieriger wird es sein, mich als Verursacher der Aktion auszumachen.«

»Okay«, erwiderte ich langgezogen und verstand nach wie vor nicht, worauf er hinauswollte.

»Folgendes: Wir nutzen den IT-Spezialisten in Berlin als Startpunkt und bauen ein Schneeballsystem auf. Er verteilt die Informationen mit konkreten Handlungsanweisungen so, dass niemand ihre Herkunft nachvollziehen kann, an vier Kontaktleute. Diese vier Kontaktleute leiten sie weiter an acht der sechzehn Landeskriminalämter – und zwar an zuvor definierte vertrauenswürdige Personen, die ich aus den unterschiedlichsten Zusammenhängen kenne. Dass ich das Bindeglied darstelle, wird unmöglich herauszufinden sein.«

»Warum acht von sechzehn?«, hakte ich nach. »Wieso nicht an alle?«

»Das ist eine zusätzliche Finte. Genau mit diesem Gedanken soll sich dein Mann auch beschäftigen. Allein schon die Frage, ob der Verursacher in einem der beteiligten LKAs zu finden ist oder als Tarnung in einem der unbeteiligten, wird für Verwirrung sorgen. Jedenfalls werden wir die ausgewählten Personen darum bitten, dass sie alle am selben Tag das belastende Material sowohl dem BKA als auch der Kripo in Wiesbaden zuspielen. Dass Hinweise verdeckt gegeben werden, ist nichts Ungewöhnliches. Wir müssen lediglich eine glaubwürdige Geschichte mitliefern, warum wir so vorgehen. Die Tatsache, dass dein Mann dein Leben bedroht und dir bereits mehrfach brutale Gewalt angetan hat, liefert diesbezüglich genug Futter. Dass du vor seinem Polizistenstatus zusätzliche Angst hast, ist ebenfalls nachvollziehbar. Keiner wird sich darüber wundern, dass du dich weigerst, persönlich in Erscheinung zu treten oder gar deinen Aufenthaltsort offenzulegen.«

»Pfff!«, blies ich angespannt Luft aus den Backen. »Und du denkst, das funktioniert? Was, wenn die Beteiligten das Ganze für einen üblen Scherz halten?«

Philipp schüttelte mit dem Kopf. »Nein, so einfach ist das nicht. Wenn wir alles sauber und seriös aufbereiten, ergibt sich ein begründeter Anfangsverdacht. In dem

Fall muss ermittelt werden. Für diejenigen, deren Namen ich aufgeschrieben habe, lege ich die Hand ins Feuer. Sie sind integer und gewissenhafte Polizisten.«

»Okay, aber selbst wenn das so ist, habe ich nichts gegen meinen Mann in der Hand. Ich besitze Fotos von Misshandlungen, doch wie soll ich nachweisen, dass er derjenige war, der sie begangen hat?«

Philipp nickte und warf mir einen besorgten Blick zu. »An der Stelle kommt dein Freund ins Spiel. Wir könnten deine Glaubwürdigkeit gewaltig untermauern, wenn wir ihn als Zeugen gewinnen. Bislang hat er nicht ausgesagt, weil er dein Leben schützen wollte. Wenn wir ihn wissen lassen, dass es dir gutgeht und dass du gegen deinen Mann vorgehen willst, wird er dich höchstwahrscheinlich unterstützen.« Philipps Stimme wurde zunehmend leiser. Schließlich ergänzte er: »Wahrscheinlich gefällt dir diese Idee überhaupt nicht.«

»Stimmt, sie gefällt mir nicht, weil ich ihn nicht noch mehr in die Katastrophe hineinziehen will. Auf der anderen Seite wünsche ich ihm von ganzem Herzen, dass er seine persönliche Gerechtigkeit erhält. Er ist genauso ein Opfer wie ich und sollte die Genugtuung bekommen, dass sein Peiniger bestraft wird.«

»Heißt das Ja?«

Trotz des schweren Themas schmunzelte ich. »Das heißt: Ich denke darüber nach. Wie über alles, was du mir gerade anbietest.«

»Okay, das ist immerhin kein Nein«, seufzte er erleichtert auf.

»Was ist mit meiner Freundin?«

»Die würde ich außen vor lassen, um sie und ihre Familie zu schützen. Wirklich Substantielles könnte sie aus meiner Sicht ja auch nicht beitragen oder bewerte ich das falsch?«

Ich schüttelte mit dem Kopf.

»Es gibt nur einen Haken: Wir können das alles aus der Ferne anleiern, aber wenn dein Mann angeklagt wird, kann es passieren, dass du ihn bei der Verhandlung sehen musst. Wenn du Glück hast, kannst du deine Aussage in Abwesenheit deines Mannes machen. Allerdings entscheidet das Gericht, ob dir das gewährt wird oder nicht. Daneben gäbe es noch die Möglichkeit einer Live-Videovernehmung oder im besten Fall einer Aufnahme deiner Aussage vor dem Verfahren. Bloß kann dir niemand versprechen, für welchen dieser Wege sich die Richterin oder der Richter entscheiden wird.«

Er betrachtete mich erwartungsvoll. »Was sagst du zu alledem?«

»Hm, da steckt reichlich Hirnschmalz drin«, antwortete ich beeindruckt und lächelte ihn dankbar an. »Ich kann dir nicht sagen, wie viel mir dein Einsatz für meine Probleme bedeutet. Allerdings geht es, auch wenn das jetzt dramatisch klingen mag, für mich um Leben und Tod. Eine falsche Entscheidung kann dazu führen, dass ich in Konstantins Fänge gerate. Deswegen muss ich ...«

Philipp unterbrach mich und sah mich entsetzt an. »Moment mal. Dein Mann heißt Konstantin? Konstantin Schlecker?«

»Du kennst ihn?«, gab ich ebenso erschrocken zurück.

»Wer nicht? Jeder, der im Umfeld der Polizei schon mit Cybercrime im weiteren Sinne zu tun hatte, kennt seinen Namen, seit er vor fünf Jahren federführend einen europaweiten Ring für Kinderpornographie ausgehoben hat. Damals war er sogar bundesweit in den Medien zu sehen. Außerdem bin ich ihm bereits begegnet, als für einen überregionalen Fall ein großes Team sowohl auf virtueller als auch realer Ebene Spuren aufgenommen hat.«

»Ach du Schande!«, entfuhr es mir und ich hätte mir am liebsten die Zunge abgebissen für den Versprecher. Eigentlich war ich noch lange nicht an dem Punkt angelangt, an dem ich Konstantins Namen preisgeben wollte. Auf einmal fühlte ich mich hilflos einer Situation ausgeliefert, die mir gehörig über den Kopf gewachsen war und nun völlig entglitt.

»Was für ein Desaster!«, stotterte ich nach einer Weile vollkommen überfordert und schlug die Hände vors Gesicht. »Jetzt bin ich nicht nur in seiner Hand, sondern auch in deiner. Und zu allem Überfluss kennst du ihn ...«

Mit einem großen Schritt sprang Philipp an meine Seite und umfing mich mit den Armen. »Hey, kein Grund zur Panik! Du kannst mir absolut vertrauen. Niemand wird jemals etwas von mir erfahren, solange du das nicht willst. Und dass ich ihn kenne, ändert nichts. Im Gegenteil. Wenn ich ehrlich sein soll, fand ich irgendetwas an dem Mann gruselig, ohne dass ich hätte sagen können was konkret. Da war oft so etwas Loderndes, Bedrohliches in seinem Blick. Ich war in seiner Nähe ständig auf der Hut und habe sehr genau überlegt, welche Informationen ich ihm wie weitergebe. Und egal, ob ich ihn kenne oder nicht, schenke ich all deinen Erzählungen Glauben. Nichts verändert sich dadurch – außer dass ich vielleicht noch vorsichtiger werde, weil ich ihn für hochintelligent und gerissen halte.«

Ich zitterte weiterhin wie Espenlaub, was Philipp dazu veranlasste, mich noch enger an sich zu ziehen. Die Geborgenheit, die mir sein Körper vermittelte, und das beruhigende Streicheln seiner Hände brachten mich langsam wieder zur Ruhe. Ich lehnte den Kopf gegen seine Brust und genoss seinen natürlichen Duft. In dieser aufwühlenden Situation wurde mir einmal mehr bewusst, wie sehr sich das, was ich für Philipp empfand, von allem bisher Erlebten abhob.

Auf dem Prüfstand

Es dauerte, bis ich die Kraft fand, mich von Philipp wegzudrücken. Meine Knie fühlten sich immer noch an wie Glibbermasse. Auch wenn ich diesem Mann mehr vertraute als allen anderen, blieb der beunruhigende Gedanke, dass ich nun das letzte bisschen Kontrolle über mein Leben abgegeben oder zumindest geteilt hatte.

Philipp beugte sich ein wenig zu mir herab und sah mir eindringlich in die Augen. »Vertraust du mir?«

Ich zuckte die Achseln. »Ich vertraue dir so sehr, wie ich einem Menschen noch vertrauen kann. Was das angeht, habe ich in den vergangenen Monaten einiges eingebüßt.«

»Ich kann das so gut nachvollziehen«, flüsterte er mit einfühlsamem Blick. »Aber ich verspreche dir, dass ich alles in meiner Macht Stehende tun werde, um dein Grundvertrauen wiederherzustellen.« Seine Hände legten sich zärtlich um meine Wangen. »Hast du noch Kraft, um den nächsten Schritt zu gehen, oder brauchst du eine Pause?«

»Den nächsten Schritt?«, hakte ich verunsichert nach.

»Ja, wir sollten uns auf Mängelsuche begeben. Welche Risiken liegen in dem Plan? Was habe ich übersehen? Wie wird Konstantin darauf vermutlich reagieren? Wie können wir dich zusätzlich absichern? Ich finde, wir sollten alles ganz kritisch hinterfragen, selbst den Advocatus Diaboli spielen. Wie sieht es aus bei dir?«

»Was hältst du von einer Unterbrechung? Ich glaube, mir täte ein Spaziergang gut. Und danach können wir gern weitermachen. Vielleicht kommen uns ja auch unterwegs noch ein paar schlaue Gedanken.«

»Ich bin dabei«, gab er mit einem Lächeln zurück und entfernte seine Hände von meinen Wangen. Sofort überfiel mich ein seltsames Gefühl der Leere.

»Hast du halbwegs stabiles Schuhwerk an?«, fragte Philipp, als wir draußen standen, wo ich mich mit der obligatorischen Kappe und der Sonnenbrille ausstattete, und sah kritisch auf meine Füße.

Ich folgte seinem Blick. »Ja, damit komme ich überall hin, zumindest fast.«

»Na, dann testen wir das mal«, erwiderte er grinsend. »Ich kenne einen wunderschönen Wanderweg in der Nähe. Sofern wir das wollen, können wir ihm bis zum Faro des Cap Gros folgen. Das ist ein Leuchtturm, den man leider nicht erklimmen kann. Dafür hat man von dessen Standort eine atemberaubende Aussicht auf Port de Sóller, auf das Tramuntana-Gebirge und auf eine spektakuläre Steilküste. Hast du Lust auf einen Trip durch unwegsames Gelände und Einsamkeit?«

Einsamkeit klang irgendwie beängstigend. Seit Monaten mied ich sie, bewegte mich lieber dort, wo auch andere Menschen waren – natürlich nur eine überschaubare Zahl an Menschen, die ich in einer bedrohlichen Lage auf mich aufmerksam machen konnte.

»Zweisamkeit«, unterbrach Philipp meine Gedanken.

»Wie?« Verwirrt tauchte ich daraus auf und sah ihn verständnislos an.

Erneut schwang sich ein Lächeln auf seine Lippen. »Die Formulierung eben war nicht zutreffend. Auf dem Wanderweg findest du keine Einsamkeit, sondern Zweisamkeit mit mir. Darauf wollte ich bloß hinweisen. Vielleicht klingt das ja angenehmer.«

Seine Augen betrachteten mich neckisch, und ich fragte mich, was ich hier trieb. Wieso stellte ich mich so an? Schließlich war ich schon einmal mit ihm durch abgelegenes Gelände gestreift und hatte es überlebt. Und nicht nur das – darüber hinaus hatte es mir einen wunderschönen Tag beschert. Doch irgendwie fühlte sich heute alles anders an. Das unüberlegte Aussprechen von Konstantins Namen schien einen Schalter umgelegt zu haben, der mich in die maximale Hilflosigkeit zurückkatapultiert hatte. Ich drückte den Rücken durch. Ich durfte – nein, ich wollte – mich davon nicht unterkriegen lassen. Deswegen würde ich jetzt ein weiteres Mal über meinen Schatten springen, um mir ein Stückchen Freiheit zurückzuerobern und nicht länger meinen Ängsten das Feld zu überlassen.

»Klingt gut«, wandte ich mich an Philipp, der geduldig auf eine Antwort wartete.

»Okay, lass uns starten. Die ersten zwei Kilometer fahren wir mit dem Auto, dann können wir direkt am Wanderweg loslaufen.«

Philipp kurvte uns zunächst hangaufwärts. Auf abenteuerlichen Straßen ging es an terrassierten

Olivenhainen vorbei, bis wir schließlich auf einen Weg wechselten, der dem Hang ebenerdig folgte und der definitiv keinen Gegenverkehr vertrug. Zwischen die umgebenden Steinmauern auf beiden Seiten passte gerade ein Fahrzeug. Der letzte Abschnitt der kurzen Fahrt bestand bloß noch aus einem Schotterweg. Dort, wo die Zuwegung auf den Wanderweg traf, existierte eine kleine Ausbuchtung, die er als Parkplatz nutzte. Ich sah mich um und fühlte mich wieder einmal wie in eine andere Zeit gebeamt – dieses Mal allerdings nicht in meine persönliche Vergangenheit, sondern eher in eine andere Menschheitsära. Außer Kiefern, deren Geäst mit Zapfen übersät war, Gras, Steinen und ausgedehnten Olivenhainen, gab es hier nichts. Lediglich ein majestätisches Steingebäude in der Ferne lieferte einen Hinweis darauf, dass wir uns immer noch in der Zivilisation befanden. Überlagert wurde das Ganze von einem dramatischen Himmel, an dessen Farbgebung jede Malerin ihre Freude gehabt hätte. Leider besaß ich keine diesbezüglichen Talente. Doch dieser Mix aus blauen Abschnitten, grauen Wolkenbändern und dünnen Schleierwolken, durch die die Sonne Lichtstrahlen wob, ließ auch meine Seele jubeln.

Mir entfuhr nur ein Laut, der diesem wilden Gefühlscocktail Ausdruck verleihen sollte: »Wow!«

Philipp beobachtete mich amüsiert von der Seite. »Gefällt's dir?«

»Oh ja, das kann man so sagen. Wie hast du bloß diesen Weg entdeckt? Das ist unfassbar schön hier.«

»Nach der Trennung von Sonja habe ich einen längeren Urlaub bei meinem Vater und Doro eingelegt. Damals bin ich oft ziellos durch die Gegend gewandert. Und bei einem dieser Streifzüge bin ich auf diesen Weg gestoßen – wobei das ein ganz offizieller Wanderweg ist. Allerdings muss ich dich warnen. Harmlos ist er nur in einer Richtung – in der, in die wir jetzt gehen. Dabei bleiben wir auf dem Plateau. In der entgegengesetzten Richtung geht es zur Steilküste. Die Ausblicke von dort sind atemberaubend, aber dafür kraxelt man auch auf kaum sichtbaren Trampelpfaden direkt am Abgrund herum. Das machen wir ein anderes Mal, wenn du richtige Wanderschuhe anhast. Natürlich bloß, wenn du magst.«

»Ich mag«, erwiderte ich und lächelte ihn versonnen an. Von der Nervosität, die mich noch vor wenigen Minuten geplagt hatte, war nichts mehr übriggeblieben. Ich wusste nicht, wie er das schaffte ... Trotz der sporadischen Unsicherheiten in mir verbreitete er eine Ruhe, die mich immer wieder in einen tiefenentspannten Zustand gleiten ließ. Wie ein Hypnotiseur, gegen dessen Einfluss mein Verstand nicht ankam. Vielleicht würde er sich ja irgendwann einkriegen, der Verstand, und komplett akzeptieren, dass von Philipps Seite keine Gefahr ausging.

Wir schlenderten eine Weile durch die üppige Natur, die von hochaufragenden, vom Wind geformten Kiefern dominiert wurde, zwischen denen sich steiniges, trockenes Gelände mit niedrig wachsenden Büschen abwechselte. Mehrfach passierten wir weitere

Olivenhaine. Wie schon bei unserer ersten gemeinsamen Wanderung begeisterte mich die Umgebung, die hier ein etwas raueres Gewand trug und dennoch über eine einzigartige Schönheit verfügte.

Nach ein paar schweigend verbrachten Minuten sah mich Philipp von der Seite an. »Was denkst du gerade?«

»Hm, ziemlich viel gleichzeitig. Mich fasziniert die Landschaft und ich versuche, sie so bewusst wie möglich wahrzunehmen. Doch ich muss zugeben, dass ich immer wieder abdrifte. Das, was du mir vorhin präsentiert hast, beschäftigt mich, vor allem die Fragen, die du am Ende in den Raum geworfen hast. Ganz speziell die, wie Konstantin reagieren wird.«

»Und? Kommen deine Gedanken zu einem Ergebnis?«

»Ja, und zwar zu einem, das mir nicht gefällt.«

»Nämlich?«

»Konstantin hat sich im Laufe seiner Tätigkeit viele Feinde gemacht. Das, was du angesprochen hast – mit dem Kinderpornographie-Ring –, war mir gar nicht bekannt. Das lag vor meiner Zeit. Ich muss zugeben, dass ich bei solchen Themen die Berichterstattung in den Medien lieber nicht verfolge. Du weißt bis jetzt nicht, dass ich Erzieherin bin, oder?«

Philipp musterte mich eingehend und ließ dabei seine Blicke liebevoll über mein Gesicht wandern. »Nein, das wusste ich nicht, aber ich finde, es passt perfekt zu dir. Und es macht dich mir noch ein wenig sympathischer, sofern das überhaupt möglich ist.«

Ich schlug verlegen die Augen nieder.

»Ja, jedenfalls war das schon immer mein Traumberuf. Ich liebe Kinder und kann mir nichts Schöneres vorstellen, als sie ein Stück ihres Lebens zu begleiten, ihnen Dinge mitzugeben, die ihnen vielleicht irgendwann einmal nützen werden, und wertvolle Erinnerungen für sie zu schaffen – an eine besondere Zeit, an die sie später gern denken. Und weil mir Kinder so viel bedeuten, stecke ich entsprechende Nachrichten nicht gerade gut weg. Dass es überhaupt Gewalt gegen Kinder gibt, ist für mich unvorstellbar. Trotzdem mag ich mir nicht von den Medien das Gefühl vermitteln lassen, dass überall bloß noch Gewalt lauere. Ich tue, was ich kann, um das Miteinander im Kleinen ein bisschen besser zu machen, und das gelingt mir eher, wenn mir nicht von außen die Vorstellung eingeimpft wird, die ganze Welt wäre grausam und schlecht. Kannst du das nachvollziehen?«

»Ja, natürlich kann ich das. Ich arbeite in einem Beruf, in dem mir sehr viele schreckliche Dinge begegnen. Das kann ich auch nur verkraften, indem ich in der Freizeit bewusst das Rauschen des Bösen ausblende und auf die vielfältigen positiven Begebenheiten schaue. Ich wünschte mir selbst, die Medien würden nicht bloß nach dem Motto handeln: ›Nur eine schlechte Nachricht ist eine gute Nachricht.‹ Ich drehe diesem Treiben ebenfalls oft einfach die Luft ab. Aber zurück zu Konstantin: Was denkst du, wird er unternehmen, wenn du ihn anzeigst?«

»Wie gesagt, er hat zahlreiche Feinde und jeder weiß das. Die Tatsache, dass seine Frau verschwunden ist, kann er nicht leugnen. Ich könnte mir vorstellen, dass er mich mit einer schauspielerischen Glanzleistung vermisst gemeldet hat. Aus meiner Sicht ist das die einzig sinnvolle Vorgehensweise. Wie sollte er sonst erklären, dass mich niemand mehr erreichen kann? Er musste damit rechnen, dass Samuel und Senta versuchen werden, an mich heranzukommen. Deswegen könnte er es so darstellen, als habe mich jemand entführt, um sich an ihm zu rächen. Wenn ich jetzt Anzeige erstatte, wäre es clever von ihm, das als Finte seiner Gegner zu bezeichnen, die ihn mit allen Mitteln demontieren wollen. In meinen Augen hätte das eine bestechende Logik. Wenn ich er wäre, würde ich es so angehen – obwohl ich zugeben muss, dass es mir schwerfällt, in die Gedanken seines kranken Hirns zu schlüpfen.«

Philipp nickte nachdenklich. »Offen gestanden habe ich schon ähnliche Überlegungen angestellt. Und genau aus dem Grund finde ich es so wichtig, Samuel an Bord zu haben. Er verleiht deiner Aussage Glaubwürdigkeit.«

»Ja, ich sehe diesen Punkt. Ganz eindeutig. Und wie ich ihn kenne, hat er dafür gesorgt, dass er von der Klinik eine komplette Dokumentation seiner Verletzungen bekommt. Bestimmt hat er darüber hinaus seine Freunde gebeten, weitere Fotos zu machen. Übrigens sind seine beiden besten Kumpels bei der Polizei. Das könnte es ihm erleichtern, seine Geschichte glaubhaft zu vertreten.«

»Ach, echt?«, hakte Philipp überrascht nach. »Ja, dass er auch über Beziehungen verfügt, könnte ein erheblicher Vorteil sein.« Nachdenklich wippte sein Kopf auf und ab. »Du kannst ja sämtliche Möglichkeiten in Ruhe durchdenken. Hast du spontan schon einen Impuls, was du dir vorstellen könntest?«

»Ja. Für das große Ganze brauche ich Zeit und Raum, um alles ausgiebig zu beleuchten. Vollkommen offen ist ja noch die Frage, wie wir meine Sicherheit gewährleisten können, wenn Konstantin irgendwann aus dem Gefängnis entlassen wird – sofern wir es überhaupt schaffen, ihn dorthin zu bringen. Das ist ein entscheidender Punkt, vielleicht sogar der entscheidendste. Aber vor dem Hintergrund unserer Gespräche könnte es eine erste, verhältnismäßig ungefährliche Option sein, mit Senta und Samuel in Kontakt zu treten. Ich würde mich gern, wenn ich wieder zuhause bin, hinsetzen und Nachrichten an die beiden schreiben. Dann lasse ich sie dir zukommen. Sowie ich dir offiziell ein Go gebe, kannst du sie über den IT-Spezialisten, von dem du gesprochen hast, weiterleiten.« Ich hielt einen Moment inne und dachte nach.

»Denkst du, er wäre auch in der Lage, Erkundigungen einzuziehen, ohne dass jemand etwas davon mitbekommt? Also zum Beispiel, ob Konstantin mich vermisst gemeldet hat und was er für eine Geschichte erzählt hat? Und ob irgendein Verdacht gegen ihn besteht? Oder ob Samuel ihn bereits angezeigt hat, weil er mich in Sicherheit glaubt? Wenn ich mich dazu entscheiden sollte, die Botschaften an Senta und Samuel abzusenden, wäre es mir wichtig, auch gleich herauszufinden, wo wir genau stehen, bevor wir weitere Aktivitäten starten.«

»Ich werde mich darum kümmern«, versprach Philipp und legte behutsam seine Hände auf meine Schultern. »Sofern du dein Okay gibst, fahre ich nächstes Wochenende nach Berlin. Den Kollegen frage ich ganz unverfänglich, ob wir uns in meinem Hotelzimmer treffen können. Dann bitte ich ihn um Hilfestellung.«

»Du weihst ihn aber auf keinen Fall in die komplette Geschichte ein!« Gleichermaßen ängstlich und bestimmt bannte ich Philipps Blick.

»Versprochen. Ich sage ihm lediglich das, was er wissen muss. Ich habe dich eben so verstanden, dass du, wenn du dich zu einer Kontaktaufnahme entscheiden solltest, ihn auch gleich mit Erkundigungen beauftragen willst, richtig?«

In meine eigene Welt versunken hing ich den Gedanken nach. Nur Philipps Hände, die weiterhin auf meinen Schultern ruhten, verbanden mich mit dem Außen. Nach einer Weile straffte ich mich entschlossen. »Ja. In dem Fall soll er Erkundigungen einziehen. Ich möchte in Erfahrung bringen, was in der Zwischenzeit geschehen ist, sonst gibt mein Kopfkino keine Ruhe mehr. Dazu bin ich dann schon zu weit gegangen, um die ganze Misere noch länger ausblenden zu können.«

»So machen wir's«, ließ er verlauten und lächelte mich zuversichtlich an.

Handeln nach dem Denken

Wir saßen im Außenbereich einer Schutzhütte in unmittelbarer Nähe des Leuchtturms, den wir nach einer Dreiviertelstunde in gemütlichem Tempo erreicht hatten. Wie immer war ich auf den abgelegensten Tisch hinter dem Gebäude zumarschiert. Um uns herum herrschte für einen Samstag erstaunlich wenig Trubel. Ich nippte genießerisch an einem hervorragenden Cappuccino und ließ die Blicke über das unter uns liegende Blau des Meeres schweifen, das zwischen dem vielfältigen Grün hindurch schimmerte. Vor jedem von uns stand ein Teller mit Pa amb Oli, von dem wir sporadisch abbissen.

Mein Herz schlug etwas schneller, weil es da noch dieses eine Anliegen gab, das mir völlig abwegig vorgekommen war, als es mir am Vorabend in den Sinn schoss. Doch es erschien mir wichtig, folglich würde ich es auch über jedweden inneren Widerstand hinweg ansprechen.

»Es gibt da eine Sache, Philipp, um die ich dich gern bitten würde«, begann ich stockend. »Und ehrlich gesagt kann ich selbst kaum fassen, dass ausgerechnet ich auf so eine Idee komme ...«

Er griff mit seinen Händen nach meinen und strich sanft mit den Daumen über meine Handrücken. »Ich werde dir jeden Wunsch erfüllen, den ich erfüllen kann. Also, nur Mut und raus damit!«

»Hm. Genau genommen ist es gar kein Wunsch, sondern eher eine Maßnahme, mit der ich mich ein wenig sicherer fühlen würde. Und für mich bedeutet das geradezu verkehrte Welt.« Ich merkte, wie ich um das Thema herumschlich, als müsse ich mich noch einmal selbst davon überzeugen, dass es dieses Mal etwas anderes war. Dass es dieses Mal mir dienen würde und nicht der »Gegenseite«. Dass ich es aus eigenem Antrieb so wollte und nicht bloß mit manipulativen Methoden dazu überredet wurde.

»Es geht um mein neues Handy, für das ich dir wirklich unglaublich dankbar bin. Konstantin hat mich früher über das Smartphone überwacht, wie du ja weißt – allerdings nicht nur über die installierte Spyware. Wir hatten uns darüber hinaus unsere Standorte auf Google freigegeben. Er hat die Idee damit begründet, dass ich dann immer sehen könne, wo er gerade sei, sodass ich mich nicht sorgen müsse. Aber das war bloß vorgeschoben. Tatsächlich wollte er Kontrolle über mich haben. Also alles in allem eine unschöne Erinnerung.« Ich stockte, was Philipp dazu veranlasste, meine Hände zu drücken und sie erneut zärtlich zu streicheln.

»Jedenfalls habe ich mir überlegt, dass mir dieselbe Maßnahme in der jetzigen Situation Sicherheit schenken könnte. Was ich sagen möchte, ist: Ich würde sehr gern meinen Standort mit dir teilen. Bitte versteh das nicht falsch, du musst umgekehrt nicht dasselbe machen. Es wäre einfach beruhigender für mich, wenn ich wüsste, dass du mich jederzeit finden kannst, solange ich mein

Handy bei mir habe. Wenn mich Konstantin doch irgendwann entdecken sollte und ich fliehen muss, könnte dir das helfen, mich aufzuspüren – sogar, wenn du weit entfernt in Deutschland bist.« Ich zog die Unterlippe zwischen die Zähne und biss, ohne ihn anzusehen, verlegen darauf herum. »Was hältst du davon?«

»Ich halte das für eine glänzende Idee«, antwortete er, und ich konnte an seiner Stimme hören, wie bewegt er war. Vorsichtig hob ich den Blick.

Er schluckte schwer. Als er weitersprach, klang er ungewöhnlich heiser. »Ich hätte es niemals gewagt, dich darum zu bitten. Aber ich kann dir gar nicht sagen, wie erleichtert ich bin, dass du diesen Vorschlag von allein machst. Und wie viel mir dieser Vertrauensbeweis von dir bedeutet. Selbstverständlich teile ich meinen Standort ebenfalls. Wieso auch nicht?«

»Danke«, murmelte ich, und nun war ich es, deren Stimme brach.

Nach einer längeren Pause kam ich noch einmal auf Philipps Ideen zu sprechen. »Wie sollen wir das denn jetzt angehen? Unabhängig davon, ob ich mich zu einer Anzeige durchringen kann oder nicht, wäre es mir wichtig, dass du sämtliche Beweise von mir zur Hand hast. Sollte mir je etwas zustoßen, kannst du damit jederzeit zur Polizei gehen – oder zu deinen Kollegen besser gesagt.«

Philipp schenkte mir einen besorgten Blick. »Dir darf nichts zustoßen, hörst du?«

»Ich höre«, antwortete ich mit einem frechen Grinsen, weil ich seine Antwort von vorhin nachäffte. Auf seine Miene schlich sich ebenfalls ein Lächeln, das allerdings schnell wieder verschwand.

»Ja, es ist auf jeden Fall eine gute Idee, mir alles zur Verfügung zu stellen, was du hast. Ich werde die Dokumente auch erst dann weiterleiten, wenn du dein ›Go‹ gibst. Trotz der spontanen Abreise bin ich bestens vorbereitet. Ich habe extra einen USB-Stick eingesteckt, damit du mir keine sensiblen Dateien mailen musst. Obwohl wir schon so viele Vorsichtsmaßnahmen ergriffen haben, möchte ich gern auch noch das letzte Risiko ausschließen.«

»Du bist mein Held«, murmelte ich.

»Wow, das hat bis jetzt keine Frau zu mir gesagt«, entgegnete er und warf mir einen dieser Blicke zu, denen ich nur mit äußerster Selbstbeherrschung widerstehen konnte.

»Zurück zum Thema«, rettete ich mich auf sicheres Terrain. »Wenn ich wieder daheim bin, schreibe ich die Nachrichten für Senta und Samuel. Ich lade sie dir dann zusammen mit den Fotos auf den Stick.«

»So machen wir's.« Er grübelte einen Moment vor sich hin. »Sag mal«, begann er schließlich gedehnt, »wieso hast du überhaupt Fotos? Wenn er dein Handy ausspioniert hat, muss er sie doch entdeckt haben. Außerdem liegt dein Smartphone ja in Deutschland ...«

Ich nickte und konnte nicht verhindern, dass sich ein Grinsen in meine Mundwinkel schlich. »Er hätte sie garantiert entdeckt. Deswegen war mir das von Anfang an zu riskant und ich habe die Fotos mit einer uralten Digitalkamera gemacht, die in einer Umzugskiste im Keller lag. Wahrscheinlich wäre er nie auf die Idee gekommen, dass sich dort etwas Wichtiges befinden könnte. Ich habe sie nach jeder Benutzung gleich wieder darin verschwinden lassen.«

»Schlau, schlau«, murmelte er anerkennend, »und ein großes Glück, dass du so vorausschauend agiert hast.«

»Kein Glück, sondern Verstand!«, scherzte ich und deutete frech mit dem Zeigefinger an die Stirn.

»Absolut«, lachte er. »Tja, einer von vielen Gründen, dich zu lieben.«

Meine Augen verfingen sich in seinen und das Herz begann, Samba zu tanzen.

Eine starke Stunde später saß ich auf dem Sofa und starrte auf den Monitor. Den Rückweg hatten Philipp und ich größtenteils schweigend verbracht. Für den Moment war alles gesagt und ich hing bereits den Gedanken nach, was ich Senta und Samuel sagen wollte.

Auch jetzt ging es noch drunter und drüber in meinem Kopf. Die Finger schwebten über der Tastatur und wussten nicht, welche Knöpfe sie drücken sollten, um meinem besten Freund all das zu schreiben, was mich seit Monaten belastete. Immer wieder tippte ich ein paar Buchstaben, die ich direkt danach von der Rücklöschtaste »fressen« ließ. Ich kam mir vor wie

Pacman, der mit aufgerissenem Maul einer endlosen Folge an Strichen den Garaus machte.

Silke, konzentrier dich!, befahl ich mir. *Sonst sitzt du morgen noch hier.*

Und das stellte wirklich keine Option dar. Ich hatte nämlich etwas ungewöhnlich Schönes vor. *Wir*, korrigierte ich mich und floss schon wieder dahin vor lauter Glückseligkeit, weil es einen so wunderbaren Gedanken abgab, mit Philipp ein Wir zu bilden – ein bisschen bereits im Jetzt und eventuell noch mehr in der Zukunft.

So spontan wie Philipp nach Mallorca gereist war, hatten uns sein alter Freund Paul und Jule zu sich nach Hause eingeladen – zusammen mit Teresa und Benjamin. Ich freute mich riesig auf einen entspannten Abend in einer sicheren Umgebung mit Menschen, die mir so sehr ans Herz gewachsen waren. Doch vorher wollte ich unbedingt die Texte an meine Freunde verfassen.

Mit einem prustenden Geräusch öffnete ich ein neues Word-Dokument. Die richtigen Worte für Samuel kamen mir einfach nicht in den Sinn. Vielleicht sollte ich mit Senta beginnen. Das Verhältnis zu ihr war weniger belastet, was es mir hoffentlich leichter machte, in einen Redefluss – oder besser gesagt Schreibfluss – zu kommen. Ich sammelte die Gedanken und tippte los.

Liebe Senta,

ich kann Dir gar nicht sagen, was es mir bedeutet, Dir heute zu schreiben. So lange bin ich nun schon abgetaucht und so oft habe ich an Dich gedacht ... Bislang habe ich mich einfach nicht getraut, zu Dir Kontakt aufzunehmen. Ich wusste nicht, auf welchem Weg. E-Mail – viel zu gefährlich. Handy ebenso. Doch jetzt habe ich durch eine Hilfestellung von außen eine Chance bekommen, Dich auf eine nicht-rückverfolgbare Weise anzuschreiben.

Das Wichtigste vorneweg: Es geht mir gut. Ich bin gesund und unversehrt. Ich hoffe aus tiefster Seele, dass Du dasselbe von Dir und Deinen Lieben sagen kannst. Aktuell weiß ich noch nicht, ob wir einen (sicheren) Weg finden, auf dem Du mir antworten kannst. Wie auch immer – es ist allein schon ein schönes Gefühl, Dir in diesem Moment gedanklich besonders nahe zu sein. Vielleicht können wir uns eines Tages sogar wiedersehen. Ich wünsche es mir so sehr. Wissen kann ich es jedoch nicht.

Ich bin Dir unendlich dankbar, dass Du mir dabei geholfen hast, die Flucht mit einem finanziellen Polster zu beginnen. Das hat eine Menge Druck von mir genommen. Und ich finde garantiert irgendwann eine Möglichkeit, Dir Dein Geld zurückzuzahlen. Versprochen!

Mittlerweile bin ich an einem Ort angekommen, an dem ich mich wohl fühle. Ich bin von ein paar wunderbaren Menschen umgeben, die zwar meine

Geschichte nicht kennen (auch wenn sie spüren, dass es eine gibt), die aber trotzdem treu an meiner Seite stehen.

Einer Person habe ich alles offenbart und diese Person unterstützt mich bei vielem. Inzwischen haben wir damit begonnen, einen Plan zu schmieden, wie ich mich aktiv gegen das wehren kann, was mir widerfahren ist. Ich überlege noch, ob ich den Plan umsetzen soll, wenn er fertig ist, oder nicht. Im Moment traue ich es mir nicht zu, doch ich merke, dass ich jeden Tag stärker werde und mir meine Freiheit immer mehr zurückerobern will.

Meine liebste Senta, ich vermisse Dich so sehr! Nun sind wir schon fast unser Leben lang eng befreundet und ich hätte nie gedacht, dass wir je auseinandergerissen werden könnten. Ich drücke Dich aus der Ferne ganz doll und wünsche Dir von Herzen das Allerbeste. Vielleicht meint es ja das Schicksal gut mit uns und das »Allerbeste« bedeutet auch ein Wiedersehen.

Eine dicke Umarmung und tausend Herzensgrüße
Deine Freundin

Erstaunt starrte ich auf die zahlreichen Zeilen, die ich in kurzer Zeit getippt hatte. Na, das war ja geflossen! *Schnell weitermachen*, betete ich mir vor, *eventuell kann ich diesen Zustand ja noch ein paar Minuten beibehalten.* Ohne groß zu zögern, kehrte ich zum ersten Dokument zurück und hackte weiter in die Tasten.

Lieber Samuel,

es gibt dermaßen viel zu sagen, dass ich kaum weiß, wo ich anfangen soll. Am besten mit dem, was mir schon lange auf der Seele brennt: Es tut mir unfassbar leid, was Dir widerfahren ist. Und es tut mir ebenso leid, dass ich Dich noch nicht einmal im Krankenhaus besuchen kommen konnte. Die Gefahr war zu groß – für Dich und für mich. Ich hoffe, Du kannst mir eines Tages verzeihen. Ich habe mehr Gründe, mich zu entschuldigen, als ich ertragen kann. Damals ist mir ein Fehler nach dem anderen unterlaufen. Ich war blind, beratungsresistent, naiv bis zur Schmerzgrenze und darüber hinaus.

Aber lass mich doch vorn anfangen ... Von ganzem Herzen hoffe ich, dass Du Dich von den Verletzungen erholt hast. Mir wurde von der Pflegerin gesagt, dass Du wieder vollständig gesund werden würdest. Und es gibt nichts, was ich mir sehnlicher wünsche, als dass diese Prognose eingetreten ist.

Mir geht es so weit gut. Ich habe die Reise unversehrt überstanden und bin einigermaßen in Sicherheit. Wenn ich eine Möglichkeit gesehen hätte, mit Dir in Kontakt zu treten, ohne einen von uns dadurch zu gefährden, hätte ich es längst getan. Doch ich fand keine. Erst jetzt habe ich durch eine Person die Chance erhalten, mich auf eine (hoffentlich) nicht-nachverfolgbare Weise bei Dir zu melden. Allerdings tut es mir weh, dass Du vermutlich nicht wirst antworten können. Vielleicht finden wir auch dafür irgendwann noch eine Lösung.

Ich bin in einem Umfeld gelandet, das ich mag, und bin von Menschen umgeben, denen ich vertraue – wenngleich das Vertrauen nicht so weit reicht, ihnen meine Geschichte zu offenbaren. Nur diese eine Person kennt sie – und das ist gut so, weil sich dadurch neue Möglichkeiten eröffnen. Aktuell denke ich über eine Anzeige nach. Aber die endgültige Entscheidung ist bis jetzt nicht gefallen.

Wie es Dir wohl geht, lieber Samuel? Und ob wir wohl wieder Freunde sein könnten, wenn wir uns treffen würden? Vielleicht hast Du inzwischen ja sogar jemanden gefunden, dem Du Dein Herz schenken kannst. Ich wünsche es mir so sehr für Dich.

Du hattest damals mit allem recht, was Du beobachtet hast. Jedes Wort von Dir hat sich am Ende als zutreffend erwiesen. Aber ich war nicht in der Lage, das zu sehen. Die Liebe hat mich blind *gemacht, wobei ich mich mittlerweile frage, ob es überhaupt Liebe war. Vielleicht habe ich mich auch bloß so geschickt manipulieren lassen, dass ich den Zugang zu meinen eigenen Gefühlen verloren habe. Ich weiß es nicht. Ich wünschte nur, ich könnte rückgängig machen, was ich zu Dir gesagt habe. Möglicherweise verzeihst Du mir eines Tages und wir bekommen eine zweite Chance als beste Freunde.*

Lieber Samuel, seit Monaten belastet mich, was Du meinetwegen aushalten musstest. Ich hoffe so sehr, dass es Dir gutgeht und dass Du nicht mehr böse auf mich bist – wegen meiner Dummheit, meiner Ignoranz und wegen all der hässlichen Dinge, die ich Dir an den Kopf geworfen habe.

Ich denke jeden Tag an Dich und fühle mich Dir weiterhin in Freundschaft verbunden.
Eine dicke Umarmung und ganz herzliche Grüße von Deiner alten Freundin

Ich las beide Texte ein letztes Mal durch, nickte zufrieden und schob sie in den Ordner, den ich für die Übertragung auf Philipps Stick erstellt hatte. Mit einem tiefen Atemzug klappte ich das Notebook zu und ließ mich gegen die Sofalehne sinken. Alles vorbereitet. Nun musste ich nur noch Philipp mein endgültiges Go geben.

Gut gemacht!, lobte ich mich und ahnte nicht im Mindesten, wozu diese Aktion führen würde.

Eine Portion Unbeschwertheit

Wenige Minuten vor halb acht tauchte Philipp erneut bei mir auf. Das Überspielen der Dateien war ruckzuck erledigt, sodass wir uns rasch auf den Weg zu den Freunden machen konnten. Mit Teresa hatte ich in den letzten Wochen ein paar kürzere Unterhaltungen geführt, doch mit Jule war ich schon seit Längerem nicht mehr zusammengetroffen, was ich bedauerte. Ähnlich wie Teresa gab sie eine tolle Gesprächspartnerin ab. Ich mochte es, Zeit mit ihr zu verbringen. Außerdem traf ich nur selten auf ihren Partner Paul und freute mich darauf, ihm mal wieder zu begegnen. Im Gegensatz zu ihm sah ich Benjamin nahezu täglich bei Ricardo. Seit er mit Teresa liiert war, mied er mich auch nicht mehr wie der Teufel das Weihwasser, sondern taute sichtlich auf. Wenn wir zusammen arbeiteten, unterhielten wir uns wie alte Freunde, scherzten und lachten. Diese neue Unbeschwertheit schien ihm gutzutun und mir ebenfalls. Jeden dieser Momente genoss ich, weil sie mich kurz vergessen ließen, dass ein Großteil meiner Realität von Schwere, Düsternis und Angst geprägt war.

Ich schüttelte die Gedanken ab. Schließlich saß ich in diesem Augenblick neben Philipp im Auto, was allein schon ein Geschenk bedeutete, und obendrein wartete ein sorgloser Abend mit herzensguten Menschen auf mich. Da gab es keinen Platz für Gestern und Morgen. Lieber wollte ich das Jetzt genießen.

»Wie schön, dass ihr hier seid!«, rief Jule begeistert aus, als sie uns die Tür öffnete.

Sie zog mich in eine stürmische Umarmung, was mich unwillkürlich auflachen ließ. »Hey, du zerdrückst mich ja.«

»Ach was, das kannst du ab«, scherzte sie. »Ich freue mich einfach so sehr, dass du endlich einmal zu uns zu Besuch kommst.«

»Ich komme jederzeit zu euch zu Besuch«, gab ich gespielt vorwurfsvoll zurück. »Ihr müsst mich nur einladen.«

Jule grinste. »Okay, eins zu null für dich.«

Dann wandte sie sich an Philipp. »Herzlich willkommen! Schön, dass wir dich so schnell wiedersehen. Ich hätte ja nicht gedacht, dass du schon vierzehn Tage nach deiner Abreise wieder auf der Insel bist.« Ein vielsagender Blick wanderte von ihm zu mir.

Philipp schenkte mir ein Lächeln, das mich dahinschmelzen ließ, und ein liebevolles Augenzwinkern. Für einen Moment legte er seinen linken Arm um meine Schultern und erwiderte schmunzelnd: »Tja, was soll ich machen, wenn diese Frau hier solche Magnetfelder aktiviert ...«

Jule lachte freudig auf und mir wurde – wie so oft in Philipps Nähe – ein wenig schwummrig. Dieser Mann stellte schaurig-schöne Sachen mit mir an!

»Jetzt kommt erst mal rein. Teresa und Benjamin sind schon da.«

Als wir den großzügigen Wohn-Essbereich betraten, erwartete uns ein vielstimmiges Hallo. Eine Folge von Umarmungen wurde getauscht, und in all dem Gelächter, der Wiedersehensfreude und der Ausgelassenheit schien der Alltag auf einmal Lichtjahre entfernt.

Paul klopfte seinem langjährigen Freund auf die Schulter und sagte: »Hey, alter Knabe, eine Freude, dich schon wieder zu treffen!«

»Dito. Und im Übrigen könntet ihr ja auch mal bei mir aufschlagen.« Philipp warf einen leicht ungehaltenen Blick auf Jule und Paul. »Wie man so hört, wart ihr im März in Tübingen und habt euch nicht bei mir sehen lassen. Ts, ts, ts.« Er schüttelte vorwurfsvoll den Kopf.

Jule lachte herzhaft auf. »Stimmt. Wir geloben Besserung. Nächstes Mal stehst du ganz oben auf unserer Liste, versprochen! Damals haben wir nur in Umzugskisten rumgewühlt und sind am Abend völlig erschöpft ins Bett gefallen. Bei unserem nächsten Deutschland-Trip kommen wir natürlich bei dir vorbei. Ich muss beruflich ja sowieso regelmäßig nach Tübingen. Und Paul kommt da bestimmt gern mit. Nicht wahr, Schatz?«

»Selbstverständlich, mein Zwiebelchen.«

Ich grinste vor mich hin angesichts dieses ulkigen Spitznamens, dessen Bedeutung mir Jule bis jetzt nicht enthüllt hatte. Zugegebenermaßen hatte ich allerdings auch noch nicht danach gefragt.

Jule drehte sich zu Teresa um, die das Geschehen mit einem amüsierten Funkeln in den Augen verfolgte. »Ach, übrigens, hast du schon das Neueste gehört?«

»Kommt darauf an, was du meinst.«

»Wir kommen Be-su-huch«, sang Jule, ohne dafür ihr geballtes sängerisches Talent auspacken zu müssen.

»Besuch ... Von wem?«, wollte Teresa wissen.

»Von einer sehr lieben gemeinsamen Freundin«, kam die Antwort geheimnisvoll zurück.

»Gemeinsame Freundin? Da fällt mir eigentlich nur eine ein. Sag bloß, Antonia kommt nach Mallorca?«

»Ja-ha«, legte Jule erneut eine Gesangseinlage ein. »Wir haben einen großen kniffligen Fall, der viel Recherche und eine ausgeklügelte Strategie erfordert. Da ich diese traumhafte Insel nicht so lange verlassen will ...«, sie warf einen frechen Blick auf Paul, »... wird sie zu mir kommen.«

Sofort mimte ihr Partner den Empörten. »Wie bitte? Weil du die *Insel* nicht verlassen willst? Geht's noch? Und was ist mit mir? Mich würdest du also, ohne mit der Wimper zu zucken, wochenlang hilflos meinem Schicksal überlassen.«

Jule kicherte vergnügt. »Mein Schatz, von ›hilflos‹ kann gar keine Rede sein. Du bist schließlich dein Leben lang ohne mich ausgekommen.«

»Ja, aber das war vor deiner Zeit. Heute bin ich dir hoffnungslos verfallen und ein paar Wochen ohne dich wären die reinste Folter.«

Jule umarmte ihn und drückte ihm einen alles andere als jugendfreien Kuss auf den Mund, was Philipp zu einem aufgesetzten Räuspern veranlasste und mich ausgelassen grinsen ließ.

Sie zuckte mit den Schultern, während sich ihre Wangen zart röteten. »Hey, wie soll man diesem Mann bloß widerstehen?«

Teresa spottete: »Ach, mir gelingt das ganz gut.«

Sofort brachte sich Benjamin gespielt aufgebracht in den scherzhaften Schlagabtausch ein: »Das will ich dir auch geraten haben, mein Hexchen!«

»Spaß beiseite«, schlug seine Freundin einen ernsthafteren Ton an. »Antonia kommt wirklich vorbei? Das ist ja großartig. Ich freue mich riesig, sie wiederzusehen. Wird sie bei euch wohnen oder im Hotel? Wie lange bleibt sie und wann reist sie an?«

»Stopp!«, lachte Jule. »Zu viele Fragen auf einmal. Ja, Antonia wird zunächst einmal bei uns wohnen. Sollte ihr Aufenthalt länger dauern, sucht sie sich eine andere Unterkunft. Und damit ist bereits klar, dass ich deine zweite Frage nicht beantworten kann. Wir werden vermutlich eine ganze Weile an dem Fall arbeiten. Vielleicht nutzt Antonia die Zeit auch noch für einen kleinen Urlaub. Sie klingt gerade ein wenig angeschlagen, weil sie sich von Mike getrennt hat. Die beiden waren zwar bloß kurz zusammen, aber ich hatte das Gefühl, dass es sie dieses Mal ziemlich erwischt hat. Deswegen ist, fürchte ich, obendrein ein bisschen Wunden-Lecken angesagt.«

Teresa sah Jule betroffen an. »Oh nein, wirklich? Als ich sie vor meiner Abreise in Tübingen getroffen habe, wirkte sie glücklich. Und ich dachte ebenfalls, das könnte etwas Ernstes werden. Schade!«

Ich lauschte der Unterhaltung schweigend. Schließlich konnte ich nicht das Geringste dazu beitragen. Ich hatte Antonia nur einmal gesehen – als wir Jules Geburtstag in Javiers Hotel gefeiert hatten. Zu diesem Tag war sie spontan mit der dritten Geschäftspartnerin angereist. Damals fand ich sie sympathisch. Ihr temperamentvolles, authentisches Wesen hatte mich sofort in ihren Bann gezogen. Und der urige Münchener Dialekt verlieh ihr noch den Extra-Kick Charme.

»Wann kommt sie denn?«, fragte Teresa nun erneut und entriss mich dadurch meinen Gedanken.

»Übernächste Woche, gleich am Montag, damit wir die ganze Arbeitswoche nutzen können.« Sie dachte einen Moment nach und stieß schließlich einen kurzen, spitzen Schrei aus. »Wisst ihr, was wir dann anstellen?«

Erwartungsvoll sah sie in die Runde. »Wir veranstalten einen Mädelsabend. Wir drei hier und Antonia. Meine Güte, so etwas habe ich ewig nicht mehr gemacht!« An Paul gerichtet verkündete sie: »Tut mir leid, Schatz, dabei können wir dich nicht gebrauchen.«

Der Angesprochene seufzte mitleiderregend und wandte sich an die anderen beiden Männer: »Ja, so ist das – kaum lässt man eine Frau ins Haus, wird man auch schon vor die Tür gesetzt.«

Benjamin klopfte ihm auf die Schulter und entgegnete: »Keine Sorge, mein Freund, du bekommst bei mir Asyl!«

»Genau, Jungsabend können wir nämlich genauso!« Die Männer grinsten sich verschwörerisch an.

Während um mich herum das Geplänkel weiterlief, versank ich ein weiteres Mal in Gedanken. Es tat so gut, mit etwas Normalität in Kontakt zu kommen. Der intensive Tag mit Philipp und die Auseinandersetzung mit meinem persönlichen Drama hatten mich beinahe vergessen lassen, dass es Menschen gab, die unbeschwert ihr Dasein genossen.

Ich wollte ganz gewiss nicht unfair klingen – noch nicht einmal vor mir selbst. Mir war sehr wohl bewusst, dass auch Jule und Teresa ihre Päckchen zu tragen hatten. Jules Eltern »durfte« ich bereits live und in Farbe an ihrem Geburtstag erleben und ihr Verhalten ihrer Tochter gegenüber hatte mich zutiefst schockiert. Selten waren mir so bornierte, geringschätzige, intolerante Mitmenschen begegnet. Und von Teresas Mutter hatte ich ebenfalls schon genug gehört. Nicht nur von Teresa, sondern genauso von Benjamin und vor allem von Ricardo. Außerdem waren Teresa mehr als drei Jahrzehnte gemeinsamer Zeit mit ihrem Vater gestohlen worden, weil ihre Mutter sie über all die Jahre hinsichtlich seiner Existenz angelogen hatte. Also gab es durchaus auch auf den Rücken meiner Freundinnen schwere Päckchen!

Dennoch hatte noch nie jemand ihr Leben bedroht. Für sie stand zu keinem Zeitpunkt so viel auf dem Spiel wie für mich. Wie oft überfiel mich das Gefühl, im nächsten Moment unter der Last zusammenzubrechen! Ich fragte mich, wie es wohl wäre, in dieser Runde dabei zu sein ohne die Ängste und Abgründe, die an jeder Ecke auf mich lauerten. Würde ich je in einen Alltag zurückkehren dürfen, der dem vor der Katastrophe ähnelte? Könnte ich irgendwann wieder dasselbe Maß an Lockerheit, Unbeschwertheit und Heiterkeit empfinden, wie es meine Freunde gerade verbreiteten?

Einerseits genoss ich es, an ihrer Art zu leben Anteil zu haben; andererseits stimmte es mich bitter, mich nicht genauso fallen lassen zu können wie sie.

»Ist alles in Ordnung?«, erklang auf einmal eine leise Stimme an meinem Ohr und ließ mich aus dem Kopfkino aussteigen.

Philipp sah mich mitfühlend an. Seinen Impuls, mich zu umarmen, konnte ich ihm ansehen, und ich rechnete es ihm hoch an, dass er ihm widerstand. Ich wollte in dieser Runde nicht die Aufmerksamkeit auf mich ziehen. In meinem momentanen Zustand hätte ich keine Garantie dafür abgegeben, nicht heulend zusammenzubrechen.

»Alles gut«, wisperte ich zurück.

Zwischenzeitlich hatten auch die anderen ihren frotzelnden Schlagabtausch beendet. Jule klatschte in die Hände und ordnete an: »Leute, setzt euch bitte, damit wir mit dem Essen loslegen können!«

Mein kleines Zwischentief klang schnell ab. In der fröhlichen Runde vergaß ich irgendwann, was ich vergessen wollte – zumindest für ein paar Stunden. Außerdem verbreitete die gemeinsame, teilweise chaotische und manchmal sogar verrückte Ideensammlung für das

Rahmenprogramm zu Doros und Hajos Hochzeit jede Menge Spaß, Gelächter und gute Stimmung. Mitternacht war längst vorbei, als sich die Gesellschaft in unterschiedliche Richtungen zerstreute.

Teresa rief mir zum Abschied zu: »Wir sehen uns spätestens nächsten Samstag«, was ich mit einem Schmunzeln und einem Kopfnicken erwiderte.

»Dir am Montag einen erfolgreichen Start im Hotel deines Vaters!«, schob ich hinterher.

»Oh ja, danke. Ich muss zugeben, ich bin total nervös.«

»Du schaffst das schon«, beschwichtigte ich. »Schließlich freuen sich alle, dass du in den Betrieb einsteigst.«

»Du hast recht«, bestätigte sie lächelnd und winkte ein letztes Mal.

»Gut, dann bringe ich dich jetzt nach Hause«, verkündete Philipp und sah mich versonnen an. Mir war bewusst, dass er den Abend, oder besser gesagt die Nacht, viel lieber noch mit Zweisamkeit und Liebe gefüllt hätte, doch ich lechzte nach Abstand und Ruhe, um das ganze Gefühlschaos in mir wieder in beherrschbare Bahnen zu lenken.

Abschied und ein ernstes Gespräch

Genüsslich rekelte ich mich im Bett, während ich langsam zu mir kam. Eine traumlose Nacht lag hinter mir. Ob das dem Gefühl zu verdanken war, mit Philipp einen echten Unterstützer in meinem Leben zu wissen, oder dem Normalität-versprühenden entspannten Abend wusste ich nicht. Am Ende war das ja auch egal. Das Hochgefühl, gut geschlafen zu haben, war das Einzige, was im Moment zählte. Ich warf einen Blick auf die Armbanduhr und stellte erstaunt fest, dass sich die Zeiger schon der Zehn-Uhr-Marke näherten. Upps, nicht mehr viel Zeit! Um halb elf wollte Philipp mit gepackter Reisetasche bei mir vorbeikommen. Um drei Uhr nachmittags ging sein Flug, was bedeutete, dass er bereits gegen Mittag aufbrechen würde.

Entschlossen sprang ich aus dem Bett und lief ins Bad. Mit einem entrückten Gesichtsausdruck ließ ich in der Duschkabine warmes Wasser über den Körper laufen. Warum konnte sich das Leben nicht immer so behaglich und entspannt anfühlen? Erst als die Haut schrumpelig zu werden begann, stoppte ich den Wasserzufluss, trocknete mich ab und schlüpfte in die bereitgelegten Klamotten. Ein weiterer Seitenblick auf die Uhr signalisierte mir, dass Philipp in zehn Minuten hier sein würde. Sofort beschleunigte sich mein Herzschlag.

Philipp! Die Gedanken an den mal durchdringenden und dann wieder überschäumend liebevollen Blick aus seinen Augen heizten mir zusätzlich ein. Ach, wäre ich doch nur eine andere in einer anderen Welt! In diesem Fall würde ich ihn ohne jeden Zweifel nicht bloß in mein Leben, sondern auch in mein Bett zerren, um das fortzusetzen, was dieser einzigartige Kuss versprochen hatte. Ich schüttelte mich. Schluss jetzt! Wir hatten noch ein paar wichtige Dinge zu bereden, bevor er abreiste.

Auf die Minute pünktlich erklang die Türglocke. Eilig bewegte ich mich zur Diele und riss die Tür voller Vorfreude auf.

»Guten Morgen, Philipp«, rief ich ihm fröhlich zu und strahlte ihn an.

»Guten Morgen, Frau meiner Träume«, entgegnete er und zwinkerte mir vergnügt zu.

»Oh, was für eine Begrüßung!«, gab ich verlegen zurück und bat ihn herein. »Hast du gut geschlafen?«

»Auf jeden Fall besser als in der Nacht zuvor«, lachte er, »und ganz ohne Zettelschlachten.«

Ich trat einen Schritt näher zu ihm und legte ihm die Hände an die Wangen. »Danke noch mal, dass du dir für mich deine Ruhezeit um die Ohren geschlagen hast. Ich bin froh, dass du dir wenigstens letzte Nacht eine Pause gegönnt hast.«

Er betrachtete mich mit einem umwerfenden Blick, der mir ein Maximum an Selbstbeherrschung abverlangte. Am liebsten hätte ich mich ihm gleich wieder an den Hals geworfen. »Wie sieht es bei dir aus? Konntest du dich ein wenig erholen?«

»Ja, alles bestens. Ich habe traumlos geschlafen und bereits kurz entschlossen Entscheidungen gefällt.«

»Oha, jetzt bin ich gespannt.«

»Komm, lass uns nach draußen gehen. Es ist schon so herrlich warm und ich brauche ein bisschen Frischluft. Magst du einen Kaffee?«

»Immer.«

Ein paar Minuten später trat ich auf die Terrasse, die von traumhaften Oleanderbüschen umgeben war. Nicht mehr lange und sie würden in voller Pracht blühen. Die ersten vorwitzigen Knospen hatten sich bereits geöffnet. Eine verführerische Duft-Komposition aus all dem, was die hiesige Natur zu bieten hatte, lag in der Luft. Ich nahm einen intensiven Atemzug, um die Eindrücke mit wachen Sinnen zu genießen. Erst dann stellte ich das Tablett ab und verteilte die Kaffeetassen, Milch und Zucker auf dem Tisch.

»Jetzt spann mich nicht länger auf die Folter«, forderte mich Philipp auf, ihm meine neuesten Überlegungen mitzuteilen.

Ich setzte mich in einen der bequemen Liegestühle und atmete tief durch. »Also gut. Ich habe mich endgültig entschieden, dass Senta und Samuel die Nachrichten bekommen sollen. Deswegen würde ich dich bitten, sie dem IT-Experten in Berlin zuzuspielen. Und außerdem möchte ich in Erfahrung bringen, wo wir stehen. Demzufolge wäre es hilfreich, wenn er herausfindet, ob bereits eine Anzeige gegen Konstantin vorliegt, ob ich vermisst gemeldet bin und so weiter. Was alles andere angeht, brauche ich noch Bedenkzeit, aber diese ersten Schritte würde ich gern in Angriff nehmen.«

Philipp, der im Stuhl neben mir saß, griff nach meiner auf der Lehne liegenden Hand und drückte sie sanft. »Wenn du dir ganz sicher bist, gehe ich das an.« Seine Augen vertieften sich in meine und blickten prüfend bis auf den Grund meiner Seele. Doch es gab keine Zweifel mehr. Die Entscheidung war gefallen.

»Ich bin mir sicher«, bestätigte ich und sah ihn entschlossen an. Erneut wäre ich am liebsten in dem tiefen Blau, das dort auf mich wartete, versunken, aber ich blieb eisern. Das hier war nicht die passende Zeit für die Liebe. Stattdessen galt es, aufzuräumen und mein Leben wieder beherrschbarer zu machen.

»Okay, dann weiß ich, was ich zu tun habe. Nächstes Wochenende reise ich nach Berlin.«

*

Die darauffolgende Woche verging wie im Flug. Und das war auch gut so. Der Abschied von Philipp hatte sich noch weitaus schmerzhafter angefühlt als der vor vierzehn Tagen. Vielleicht, weil dieser magische Kuss etwas in mir verändert hatte. Die Sehnsucht, mein Leben zurückzubekommen, verschlang mich mehr als je zuvor. Ich durfte gar nicht daran denken, wie eine Zukunft mit

Philipp aussehen könnte, weil allein das schon reichte, um in mir einen Mix aus Tränenflut, Wut und Verzweiflung hervorzurufen. Deswegen stürzte ich mich in die Arbeit. Ich schob bei Ricardo Überstunden, bis er mich lächelnd ermahnte, die Küche sei nun wirklich sauber genug. Bei Doro und Hajo veranstaltete ich einen ausgiebigen Frühjahrsputz. Doch irgendwann gab es auch hier nichts weiter zu tun. Selbst Camila zwang mich, den Putzwahn zu beenden, schickte mich auf ihre Terrasse und verwöhnte mich mit Kaffee und Ensaïmadas.

An den Abenden tauschte ich mit Philipp entweder endlose E-Mails, die einen immer vertrauteren Touch annahmen, oder ich telefonierte mit ihm. Zweifellos stellte dies den Höhepunkt eines jeden Tages dar, dem ich mich vom Morgen an entgegen sehnte.

Entsprechend froh war ich, dass der Samstag mal wieder ein Event bereithielt, das mir echte Abwechslung schenken konnte und das ich obendrein als verhältnismäßig sicher einstufte. Die Feierlichkeiten in Ricardos Restaurant – offiziell anlässlich der zahlreichen Wiedervereinigungen – fanden in einem Kreis von fünfzehn Personen statt, von denen nur wenige »Fremde« waren. Der anderweitige Restaurantbetrieb ruhte. An den Türen prangten Schilder mit »Geschlossene Gesellschaft« – auf Deutsch und auf Spanisch.

Ich saß während des Essens neben Teresa. Ihr war immer noch anzumerken, dass sie die Turbulenzen mit Benjamin Kraft gekostet hatten. Umso mehr strahlte sie heute, weil sie dieses Mal das Zusammensein mit vertrauten Menschen rundherum genießen konnte. Ich beobachtete sie dabei, wie sie die Blicke durch die Runde schweifen ließ und bei jedem Gast an Ricardos Tisch für einen Moment gedankenversunken hängenblieb. Sie lächelte, als ihre Augen auf ihrer neugewonnenen Halbschwester und deren Familie mitsamt dem kleinen Dario haften blieben. Ihre Gedanken waren leicht von ihrer Miene abzulesen. Neben all dem Glück, sie gefunden zu haben, war ich mir sicher, dass sie davon träumte, genau dasselbe eines Tages mit Benjamin zu haben.

Doro zeigte ihr ein grinsendes und reichlich selbstzufriedenes »Daumen hoch«, nachdem ihr Augenpaar sie erreicht hatte. Unwillkürlich grunzte ich. Typisch Doro! War ja klar, dass sie ihren neuerlichen Verkupplungserfolg nicht bloß im Stillen, sondern auch für jeden sichtbar feiern wollte ...

Als die alte Dame mich ins Visier nahm, lächelte ich sie amüsiert an. Neben den Gefühlen der Verbundenheit entdeckte ich eine forschende Neugier in ihrem Blick. Selbstverständlich, sie wollte ergründen – wie vermutlich alle hier –, welches Geheimnis ich verbarg. Und auf einmal erschien es mir gar nicht mehr so abwegig, es ihr zu verraten. Zumindest Teile davon. Erst recht, weil sie aufgrund von Philipps Zettel-Aktion ahnen musste, dass es sich um ein schwerwiegendes handelte. Unglaublich, in welchem Ausmaß die Hemmschwellen in mir gefallen waren, seit ich mich Philipp anvertraut hatte.

Ich hing meinen Gedanken nach, während sich Teresa Benjamin zuwandte. Aus den Augenwinkeln sah ich, wie die beiden sich anhimmelten und miteinander tuschelten. Ohne es zu wollen, entfuhr mir ein Stöhnen. Ich wollte, ich könnte das auch haben. Dieser eine Kuss mit Philipp hatte tief verbuddelte Sehnsüchte zu neuem Leben erweckt, und jede Zelle in mir wünschte sich, ihnen nachgeben zu können. Doch das war und blieb ausgeschlossen – ob nur für den Moment oder für immer, wusste ich nicht.

Teresa hörte den unbeabsichtigten Laut und wandte sich mir zu. »Alles okay bei dir?«, fragte sie.

»Nicht wirklich«, gab ich achselzuckend zurück.

»Magst du reden?«

»Danke für das Angebot«, erwiderte ich kopfschüttelnd. »Aber das ist wohl kaum der richtige Zeitpunkt. Heute ist immerhin dein Tag.«

Sie starrte mich verblüfft an. »Mein Tag? Wieso mein Tag? Wir feiern, dass Ricardo und Katharina sich wiedergefunden haben und dass sich Benjamin und sie einigermaßen versöhnt haben.«

Ich biss mir auf die Lippen. Verdammt! Warum war mir das herausgerutscht? Schließlich wusste sie ja gar nicht, dass diese Veranstaltung hauptsächlich dazu diente, in ihren Geburtstag hinein zu feiern. Ich hatte Benjamins und Ricardos Vorbereitungen mitbekommen. Deshalb kannte ich ihre Pläne, um Mitternacht mit Champagner auf Teresa anzustoßen und von der Terrasse aus ein Feuerwerk zu zünden. Außerdem stand in einem verborgenen Winkel der Speisekammer bereits ein Tisch mit Geschenken, die die Gäste heimlich durch die Hintertür geschmuggelt hatten.

»Na ja, ich meine ja nur, weil ihr euch versöhnt habt«, stotterte ich, »und weil du deine Zeit mit Benjamin genießen sollst.«

Sie lachte herzhaft auf. »Hey, glaubst du, davon könnte mich irgendetwas abhalten? Selbst wenn ich mit dir nach draußen verschwinde, freue ich mich still weiter, dass ich ihn in der Nähe weiß und wir ein herrliches langes gemeinsames Leben vor uns haben. Also, um mit Doro zu sprechen: Papperlapapp! Ich bin jederzeit für dich da und höre mir deine Sorgen an.«

Einen Moment zögerte ich. Schließlich gab ich mir einen Ruck und grinste sie an. »Meinetwegen. Wollen wir für eine Weile rausgehen und keine rauchen?«

»Oh ja, ich gehe immer wieder gern keine rauchen«, kicherte sie, drückte Benjamin einen Kuss auf die Wange und schob mit einer erklärenden Kopfbewegung auf mich ihren Stuhl zurück.

»Was für ein herrlicher Abend!«, seufzte Teresa versonnen, während sie sich auf das Steingeländer stützte, das die erhaben über dem Wasser thronende Terrasse vor Ricardos Restaurant gegen die steil abfallende Klippe sicherte.

Ich stellte mich neben sie und ließ ebenfalls die Blicke über die Landschaft schweifen, die vom Mondlicht schwach erleuchtet wurde. Ein klarer Sternenhimmel lag über uns. Die sich sanft kräuselnden Wellen des Meeres wurden nur durch winzige Lichtreflexe erhellt. Die Silhouetten der umliegenden Bergketten hoben sich dunkel vom Himmel ab und schimmerten bloß dort, wo die wenigen Lichtscheine der an den Hängen gelegenen Häuser die Umgebung in ein schummriges Licht hüllten. Das leise Plätschern der Wasseroberfläche drang wie eine zarte Melodie an unsere Ohren. Teresa hatte recht, diese Atmosphäre war geradezu magisch. Ein neuerliches Stöhnen entfuhr mir. Ich wollte, Philipp wäre hier, doch er saß weit, weit entfernt in Berlin und schlug sich mit weniger schönen Themen an einem weniger schönen Ort herum. Die Sehnsucht nach ihm raubte mir fast den Atem. Würde es in meinem Leben je eine Zeit geben, in der ich den Gefühlen für ihn nachgeben konnte? Gab es noch dieses winzige Fünkchen Hoffnung auf eine gemeinsame Zukunft? Ich wusste es nicht. Schlimmer als alles andere erdrückte mich diese Ungewissheit.

Teresa riss sich vom Anblick der traumhaften Umgebung los und richtete ihre Aufmerksamkeit auf mich. »Silke, dir geht's nicht gut. Das ist unverkennbar. Kann ich irgendetwas für dich tun?«

»Nein«, schnaubte ich. »Niemand kann das. Zumindest nicht in dem Maße, in dem ich Hilfe bräuchte.«

»Wie läuft es mit Philipp?«, versuchte sie, das Gespräch in eine angenehmere Richtung zu lenken.

Ein weiteres Mal stöhnte ich. »Philipp.« Ich legte eine Pause ein, weil allein der Klang seines Namens eine

Mischung aus Wohlgefühl und Verzweiflung in mir hervorrief. »Mit Philipp könnte es wundervoll laufen, wenn ich eine andere wäre und in einem anderen Leben stecken würde. Ich wünsche mir nichts so sehr, wie mit ihm zusammen zu sein, meinen Gefühlen nachzugeben und ihn zu lieben. Nicht mehr und nicht weniger. Doch die Umstände machen das unmöglich.«

Teresa studierte eindringlich meine Miene. »Du musst mir ja nicht deine ganze Geschichte erzählen, aber vielleicht so viel davon, dass ich verstehen kann, was dich beschäftigt. Eventuell fällt uns beiden gemeinsam etwas ein, was dir allein nicht in den Sinn kommt.«

Trotz der tiefen Traurigkeit, die sich in meine Seele schlich, lachte ich. »Darf ich Philipp zu dir sagen?«

Teresa runzelte fragend die Stirn.

»Na ja, er hat etwas Ähnliches zu mir gesagt. Und, falls dich das beruhigt: Er kennt inzwischen meine Geschichte und tut alles, um mir zu helfen – mit Unterstützung seiner Kontakte bei der Polizei. Allerdings sieht er selbst, dass das ein hochkomplexes Unterfangen ist.«

»Hm. Das klingt tatsächlich irgendwie bedrohlich.«

»Ja, das ist genau das richtige Wort. Es ist bedrohlich. Ich will dir keine Details verraten. Und glaub mir, es ist zu deinem eigenen Besten, nicht zur Mitwisserin zu werden ... Es ist so, dass mir jemand nach dem Leben trachtet.«

Teresa schlug sich entsetzt die Hand vor den Mund und starrte mich fassungslos an, doch ich fuhr unbeirrt fort. »Jemand, der über hervorragende Ressourcen verfügt. Deswegen bin ich hier, deswegen verstecke ich mich und tarne meine Identität, so weit es geht. Und um auf deine Frage von neulich zurückzukommen: Ich habe wirklich nichts verbrochen. Ich weiß nur Dinge, die ich besser nicht wissen sollte. Und ich habe diesen Jemand persönlich gegen mich aufgebracht. Das war jetzt das Maximum dessen, was ich sagen kann. Ich brauche wohl nicht zu betonen, dass das alles vertraulich ist.«

Meine Augen vertieften sich beschwörend in ihre und ich beobachtete jede Regung in ihren Zügen. Die immer noch sichtlich schockierte Teresa legte ihre Hand auf meine, die auf der Brüstung ruhte, und erwiderte den Blick.

»Das ist doch selbstverständlich«, murmelte sie. »Ich weiß, welche Art von Geheimnis man preisgeben kann oder muss und welche nicht.«

Ich sah sie verständnisvoll an, denn mir war klar, dass sich der erste Teil des Satzes auf ihre Mutter bezog und deren Geheimniskrämerei im Hinblick auf ihren Vater.

»Darf ich dich noch etwas fragen?«

»Natürlich.«

»Ich interpretiere das so, dass du dich nicht auf Philipp einlässt, weil du ihn nicht in Gefahr bringen möchtest. Ist das richtig?«

»Ja, das ist der eine Teil. Wobei ich mir nicht sicher bin, ob ich ihn nicht schon längst in Gefahr gebracht habe – allein dadurch, dass ich sein Hilfsangebot angenommen habe und er für mich aktiv wird. Aber mindestens genauso schwer wiegt der andere Teil. Philipp und ich sind uns emotional sehr nahegekommen. Ich liebe ihn wirklich, auch wenn mir bewusst ist, dass das verrückt klingt, weil wir uns noch nicht lange kennen. Da ist eine tiefe innere Verbindung zwischen uns, die ich mir selbst nicht erklären kann.«

Teresa nickte wissend.

»Und weil ich ihn liebe, will ich, dass er glücklich wird. Ich weiß um seine Lebensträume. Er möchte heiraten und eine Familie gründen. Nichts davon kann ich ihm bieten. Kinder in die Welt zu setzen, wäre in meiner Lage absolut unverantwortlich. Wenn ich mich auf ihn einließe, würde ich all seine Träume zerstören, die er mit einer anderen Frau realisieren könnte. Ich würde mir ewig Vorwürfe machen und er würde mich womöglich eines Tages dafür hassen, dass ich ihm genommen habe, was er sich am meisten wünscht. Deswegen können wir nicht zusammenkommen, verstehst du?«

Teresa betrachtete mich nachdenklich und versank offensichtlich in intensiven Grübeleien. Es dauerte geraume Zeit, bis sie zögerlich antwortete. »Ich kann das schon nachvollziehen, Silke. Wahrscheinlich hätte ich in deiner Situation ähnliche Gedanken. Ich frage mich nur, ob diese Rechnung aufgeht. Darf ich einfach versuchen, in deine Geschichte einzutauchen und sie auf Benjamin und mich zu übertragen?«

Ich sah sie ein wenig verständnislos an, zuckte dann jedoch gleichmütig mit den Schultern. »Ich verstehe zwar nicht, was das bringen soll, aber meinetwegen ...«

»Ich weiß selbst nicht, ob das etwas bringt, trotzdem würde ich gern mal laut denken. Also, ich stelle mir vor, Benjamin wäre in deiner Situation. Ich liebe ihn über alle Maßen, und ich bin sicher, dass er mich auch liebt. Nun offenbart er mir, dass er mir das, was ich mir sehnlichst wünsche, nämlich zu heiraten und Kinder zu bekommen, nicht erfüllen kann. Und er sagt mir, dass ich mir einen anderen suchen soll, der mir das zu geben vermag. Ich kann bloß für mich sprechen, aber das dafür ganz klar. Ich würde ihm einen Vogel zeigen und fragen: ›Spinnst du?‹. Dann würde ich ihm erklären, dass ich nicht die geringste Lust habe, mit irgendwem sonst meine Träume zu realisieren, sondern nur mit ihm. Und dass ich lieber ohne Trauschein und ohne Kinder mit ihm zusammen bin als mit all dem mit irgendeinem anderen. Ich würde ihm sagen, dass bloß er zählt, dass mein einziger allumfassender Wunsch der ist, ihn lieben zu dürfen und mein Leben mit ihm zu verbringen – und zwar egal unter welchen Umständen.«

Spontan schossen mir Tränen in die Augen. Philipps Worte am Abend seines Überraschungsbesuchs drangen wieder in mein Bewusstsein und ich hatte Mühe, nicht in ein wildes Schluchzen auszubrechen.

»So etwas in der Art hat er auch gesagt.«

»Das ist doch ein Anfang. Dann dreh das Ganze mal um. Was würdest du ihm in der umgekehrten Situation sagen? Ich vermute, das Gleiche. Oder liege ich falsch?«

»Nein, du liegst goldrichtig«, seufzte ich und zuckte überfordert mit den Schultern.

»Silke, das Leben kann man nicht kontrollieren. Was passieren soll, passiert. Manchmal sind es wundervolle Dinge, die wir geschenkt bekommen, und manchmal ist es ein Desaster. Es gibt lediglich eine Sache, die wir tun können: aus genau dem das Bestmögliche zu machen. Vielleicht ist das Bestmögliche in eurer Lage, jede Sekunde zu genießen, die ihr haben könnt. Stell dir vor, du guckst in vierzig Jahren auf dein Leben zurück und siehst die verpassten Chancen. Dann erfährst du, was Bitterkeit bedeutet. Das wünsche ich echt keinem.«

Ich drehte mich von Teresa weg und ließ die Blicke erneut über die Unendlichkeit des Meeres schweifen, dessen Horizont ich in der Dunkelheit bloß an einem verschwommenen Schimmern erkennen konnte.

»Vielleicht hast du recht«, entgegnete ich langsam. »Aber noch bin ich nicht so weit. Und wer weiß, ob sich das alles nicht von ganz allein erledigt. Möglicherweise sind seine Gefühle nur ein Strohfeuer, das schnell wieder erlischt, wenn wir uns aus den Augen verlieren.«

»Das glaubst du doch nicht im Ernst«, gab Teresa empört zurück. »Hast du eine Ahnung, wie dich der Mann ansieht? Da liegt so viel Liebe, Zugewandtheit und Tiefe in seinen Blicken, dass das nie und nimmer ein Strohfeuer sein kann. Ich bin überzeugt davon – ach, was sage ich? – felsenfest überzeugt davon, dass er dich liebt und nichts in der Welt etwas daran ändern könnte. Auch wenn ich deine Bedenken verstehen kann, schau zu, dass du das zwischen euch auf die Reihe bekommst! Später kannst du die Zeit nicht mehr zurückdrehen ...«

Freundinnen und Panikschübe

Erst um zwei Uhr nachts kam ich wieder in meiner Wohnung an. Ich musste lächeln beim Gedanken an Teresas erstauntes Gesicht, als sich offenbarte, dass das Fest zu einem wesentlichen Teil dem Hereinfeiern in ihren Geburtstag diente. Selbst jetzt öffnete sich noch mein Herz bei der Erinnerung an ihre glückliche, gerührte Miene, als die Anwesenden sie hochleben ließen, die Champagner-Gläser klirrten und das Feuerwerk gezündet wurde. Bis sie sich durch den Geschenkeberg gewühlt hatte, verging eine Ewigkeit – und das, obwohl Benjamin, ihr Vater und ihre Schwester angekündigt hatten, ihr die Geburtstagsgaben später überreichen zu wollen. Also alles in allem ein wunderbarer Abend, den es sich im Gedächtnis zu behalten lohnte. Wäre nur Philipp dabei gewesen!

Der Gedanke an ihn brachte mich dazu, auf mein Smartphone zu sehen, das in den letzten Stunden unbenutzt in der Handtasche gelegen hatte. Ich wollte bewusst nicht der Versuchung erliegen, im Fünf-Minuten-Takt – nach Neuigkeiten hechelnd – darauf zu schauen. Schließlich musste ich jede Gelegenheit nutzen, um für kurze Zeit meinem grausamen Film zu entrinnen. Zudem hatte Philipp angekündigt, mir aus genau diesen Gründen während des Festes nicht zu schreiben, obwohl er das Treffen mit seinem IT-Spezialisten geplant hatte. Dementsprechend beschleunigte sich mein Puls, als ich das Handy aktivierte. Doch Philipp hatte Wort gehalten. Außer einem funkelnden und blinkenden roten Herz wartete keine weitere Nachricht auf mich. Allerdings: Was hieß da ›außer‹? Konnte er mir etwas Schöneres schenken, als dieses symbolische Herz, das mich wieder an das Gespräch mit Teresa und meine Zweifel erinnerte. Wahrscheinlich hatte sie recht und nichts in der Welt konnte Philipp davon abbringen, mir seine Liebe zu Füßen zu legen. Ich seufzte schwer. *Ach, es könnte alles so leicht sein!*

Nachdem ich die Vorschau verlassen und die Messenger-App geöffnet hatte, sah ich, dass er trotz der späten Zeit online war. Ohne groß nachzudenken, tippte ich los.

Hey, du Nachtschwärmer, immer noch wach?

Die Antwort kam postwendend.

Selber Nachtschwärmer :-). Ja, ich wollte warten, bis Du sicher zuhause angekommen bist.

Sofort schlug mein Herz noch ein wenig schneller. Gott, wie süß von ihm! Schlagartig fühlte ich mich wie in einen Kokon aus Wärme und Zuversicht gehüllt. Mit diesem Mann an der Seite musste doch alles gut gehen, betete ich mir vor. Zu gern hätte ich den eigenen Beteuerungen geglaubt. Aber die vorrangige Frage lautete erst einmal: Was nun? Ich wusste genau, womit er den Abend verbracht hatte. Wollte ich mit dem Abfragen der Neuigkeiten ernsthaft bis morgen früh warten?

Keine Chance! In dem Fall würde ich kein Auge zutun. Deswegen gab ich mir einen Ruck und tippte kurzentschlossen auf den grünen Hörer neben seinem Kontakt.

»Wow, das ging ja schnell!«, meldete er sich. Der warme Unterton und das hörbare Lächeln in der Stimme ließen mich tief durchatmen und genießerisch die Augenlider schließen.

»Stimmt. Ich habe gerade festgestellt, dass ich heute Nacht nicht schlafen kann, wenn ich dich vorher nicht gesprochen habe. Ich hoffe, das passt für dich?«

»Hm, präzisiere bitte: Du kannst nicht schlafen, wenn du meine Stimme nicht noch einmal gehört hast? Oder du kannst nicht schlafen, wenn du nicht das Neueste in Erfahrung gebracht hast? Das macht einen gewaltigen Unterschied.«

Unbeschwert lachte ich, auch wenn die Situation sich alles andere als unbeschwert anfühlte. »Selbstverständlich beides, mein Lieber. Aber ich gebe zu, dass ich im Moment in erster Linie angespannt bin wegen der Neuigkeiten.«

»Tja, das dachte ich mir bereits«, seufzte er und verpasste seiner Stimme einen aufgesetzt gequälten Tonfall.

»Hey, spiel nicht den Beleidigten! Du weißt ganz genau, wie sehr ich es liebe, mit dir zu sprechen. Und nun spann mich bitte nicht länger auf die Folter.«

»Okay. Allein schon das Wort ›Liebe‹ aus deinem Mund versöhnt mich mit so manchem.« Er legte eine Kunstpause ein und fuhr dann fort. »Das Treffen mit meinem Kumpel verlief wie erwartet. Er fand meine Ideen schlüssig und hat versprochen, sie gleich am Montag umzusetzen. Es kommt alles in Gang.«

Ich nahm einen tiefen Atemzug. Das also war der berühmt-berüchtigte Point of no Return. Von jetzt an folgten die Dinge ihrem eigenen Plan und entzogen sich meiner Kontrolle. Ich hatte eine Entscheidung getroffen und konnte nur hoffen, dass es die richtige gewesen war. Eine ungestüme Aufregung überfiel mich mit einem Kribbeln im Bauch, das zur Hälfte von der Hoffnung gespeist wurde, dass alles gut werden könnte, und zur Hälfte von panischer Angst. Beide Teile rangen miteinander und ich war mir sicher, dass es in den nächsten Wochen keinen klaren Sieger geben würde.

»Bist du noch dran?«, erkundigte sich Philipp, weil ich kurz vergessen hatte, dass er mein Nachdenken nicht sehen konnte. Aus Sicherheitsgründen verzichteten wir auf Videotelefonie – so schwer es auch fiel – genauso wie auf die Anrede mit Namen oder offen ausgesprochene Sachverhalte. Stattdessen verklausulierten wir alles so, als unterhielten wir uns über banale Alltäglichkeiten.

»Ja, entschuldige. Ich bin noch da. Ich war nur in Gedanken abgetaucht. Jetzt gibt es kein Zurück mehr.«

»Das stimmt. Aber ich verspreche dir, dass wir das zusammen hinbekommen werden.«

»Danke«, murmelte ich ergriffen. »Wenn du nicht da wärst, hätte ich das alles nie gewagt.«

»Wir schaffen das, Liebes«, sicherte er mir ein weiteres Mal zu. »Denkst du, dass du schlafen kannst?«

»Ich weiß es nicht. Wahrscheinlich sollte ich es zumindest probieren.«

»Lass es uns beide probieren. Ich werde mir einfach vorstellen, dass du neben mir liegst.«

»Guter Plan. Das tue ich auch. Und ich lege das Handy auf das Kopfkissen neben mir. Darin ist sowieso bloß deine Nummer eingespeichert. Also fühlt es sich ein bisschen so an, als ob du wirklich hier wärst.«

»Das klingt ganz schön gruselig. Ich hoffe doch sehr, dass ich ›in echt‹ noch einen gewissen Unterschied zu so einem kleinen metallischen Ding abgeben würde.«

»Ach, nur minimal«, gab ich ernsthaft zurück. Das anschließende Schweigen quittierte ich mit einem herzhaften Auflachen.

»Keine Sorge, mein Lieber. Ich denke an dich und ich vermisse dich.«

»Ich vermisse dich ebenso. Sehr sogar. Schlaf gut und bis morgen.«

»Schlaf du auch gut!«

Ich drückte den roten Knopf, um das Gespräch zu beenden, und schmiegte das Handy mit einem versonnen Lächeln an mein Herz.

Jetzt hatte ich meine Dosis Philipp vor dem Einschlafen erhalten. Ich war fest entschlossen, das zu nutzen, um für heute abzuschalten.

In den darauffolgenden Tagen ergriff mich eine alles verschlingende Nervosität. Mein Leben fühlte sich an wie die große Ruhe vor dem Sturm. Ich wartete auf Neuigkeiten und es machte mich fertig, nicht zu wissen, wann diese eintreffen würden. Am liebsten hätte ich Philipp stündlich mit Anrufen bombardiert, um mich nach dem aktuellen Stand zu erkundigen. Doch selbstverständlich wusste ich, dass dieses Bedürfnis vollkommen hirnrissig war.

Als ich bis zum Freitag immer wieder nur gehört hatte, dass er mir nichts Neues erzählen könne, fuhr ich – ganz erschöpft von der Warterei – zu Jule, um an dem aufgeregt verkündeten Mädelsabend teilzunehmen. An diesem Tag erschien mir die Ablenkung noch willkommener als an Teresas Geburtstag, weil die Gedankenspiralen mittlerweile gar nicht mehr aufhörten, sich zu drehen.

Die abenteuerliche Zuwegung zu Jules und Pauls Zuhause mit dem schmalen Schotterweg stellte für das in die Jahre gekommene Gefährt, das ich von Camila »geerbt« hatte, eine echte Herausforderung dar. Bei jedem Schlagloch befürchtete ich, im nächsten Moment mit gebrochener Achse liegen zu bleiben. Doch das kleine Autochen war robuster als gedacht und holperte brav bis zu einer größeren Schotterfläche, auf der ein paar Autos Platz fanden. Als ich ausstieg, tauchte gerade Teresa auf, die zu Fuß unterwegs war.

»Hi, Silke«, rief sie mir ausgelassen zu und danach ein wenig leiser: »Geht es dir gut?«

Ich sah ihr dankbar entgegen und nickte. »Ja, alles gut so weit und bei dir?«

»Könnte nicht besser sein«, grinste sie, breitete die Arme aus und ließ sie übermütig hin und her schwingen.

Ja, das ist nicht zu übersehen, dachte ich und freute mich mit der Freundin, die so eine harte Zeit hinter sich hatte. »Wie war die erste Arbeitswoche im Hotel deines Vaters?«

»Puh«, seufzte sie. »So viel zu lernen. Mein bisheriger Bürojob und die Arbeit im Hotel sind zwei völlig unterschiedliche Dinge, aber Papá, Alejandra und Aurelia haben eine Engelsgeduld mit mir. Sie erzählen mir den ganzen Tag, dass ich ruckzuck alles beherrschen werde und wir das gemeinsam wunderbar hinbekommen. Allerdings fühlt es sich bis jetzt nicht so an. Und dann kommt noch die Sprachbarriere dazu. Inzwischen büffele ich seit einem Monat Spanisch wie verrückt und trotzdem verstehe ich kaum etwas, wenn ich mit dem Personal spreche.« Sie schüttelte sich, als wolle sie die trüben Gedanken abwerfen, und verkündete schließlich mit einem versonnenen Lächeln in den Mundwinkeln: »Okay, das wird schon. Außerdem ist Benjamin ja auch noch da und kann mir helfen.«

Während unseres Gesprächs hatten wir die Eingangstür erreicht, die unmittelbar nach dem Läuten freudig von Jule aufgerissen wurde, die ein Sektglas in der Hand hielt und mit ihren geröteten Wangen und den glänzenden Augen bereits ein wenig angeschickert wirkte. »Da seid ihr ja«, rief sie gut gelaunt aus. »Antonia und ich haben uns schon über die erste Flasche hergemacht.«

Sie gab den Weg frei und wir traten ein. Auch Jules Kollegin kam uns nun entgegen und drückte jede von uns herzlich an sich. Vor allem Teresa und sie absolvierten eine ganze Folge an Umarmungen, um der Wiedersehensfreude nachzugeben. Erstaunt lauschte ich ihrem Bericht, dass sie sich seit Jahren aus dem Fitnessstudio kannten und eng befreundet waren.

»Manchmal ist die Welt einfach ein Dorf«, murmelte ich nach diesen Erklärungen. »Da kennt ihr beide, Jule und Teresa, völlig unabhängig voneinander Antonia, und landet jetzt hier weit entfernt von zuhause an genau demselben Flecken auf dieser Insel. Und aus Antonias Besuch einer Freundin wird gleich der Besuch zweier Freundinnen. Das ist schon schräg!«

Ich war mir nicht sicher, ob diese Gedanken bloß Jule und Teresa galten oder doch meiner eigenen Situation. Die Vorstellung, diese Welt könne so klein wie ein Dorf sein und durch allerlei abgedrehte Zufälle dafür sorgen, dass sich Menschen immer wieder begegneten, löste in mir vor allem eines aus: Schrecken! Schrecken und eine panische Angst. Wenn ich mir in den letzten Wochen eingeredet hatte, weit genug von Wiesbaden entflohen zu sein, kehrte nun das Gefühl der viel zu nahen Bedrohung zurück. Mallorca lag nur einen Wimpernschlag entfernt von der hessischen Hauptstadt. Gerade mal zwei Flugstunden. Ich könnte jetzt noch in Sicherheit sein und trotzdem wäre es möglich, dass *er* in wenigen

Stunden vor der Tür steht. Ich zuckte zusammen, als Antonia auf meine Verwunderung reagierte.

»Mei, ganz so schräg ist das nicht«, widersprach sie. »Jule ist über eine Anzeige in Alices Laden in Tübingen auf Doro gestoßen. Dort war sie unterwegs, um ein Geschenk für mich zu kaufen. Und ich durfte Doro kennenlernen, als ich Jule an ihrem Geburtstag besucht habe. Dann wollte Teresa unbedingt nach Mallorca reisen, um ihren Vater zu suchen, und ich habe ihr von Doro und der zu vermietenden Wohnung erzählt. Also war ich sozusagen das Bindeglied bei all dem, was die vermeintlichen Zufälle nachvollziehbar macht.«

Ich atmete tief durch. Antonia hatte recht. Diese Verkettung glücklicher Umstände ließ sich ganz rational erklären. Und dennoch blieb ein schales Gefühl in der Bauchgegend. Ich hatte irgendwann einmal einen Artikel über die »Six Degrees of Separation« gelesen. Hinter diesem Postulat steckt die These, dass jeder Mensch mit jedem anderen über maximal sechs Stationen in Verbindung steht. Ein Schauer lief mir über den Rücken bei der Vorstellung, dass es Konstantin lediglich sechs Schritte kosten könnte, bis er eine Spur zu mir fand.

Mitten in die verstörenden Gedanken hinein, fuhr Antonia fort. »Was ich viel krasser finde, ist, dass Doro für euch beide«, sie ließ ihre Blicke erst zu Jule und dann zu Teresa wandern, »den passenden Mann ausgesucht hat und mit ihrem Bauchgefühl am Ende auch noch richtig lag. Die Frau sollte wirklich eine Karriere als Wahrsagerin oder Ehevermittlerin beginnen.«

Teresa, die das bisherige Gespräch mit einem Schmunzeln verfolgt hatte, lachte herzhaft auf. »Ja, das wäre vermutlich lukrativ.« Sie nahm direkt mich ins Visier. »Und ich würde deine Aussage abwandeln, Antonia. So wie ich das sehe, liegt sie gerade zum dritten Mal richtig.«

»Zum vierten Mal«, korrigierte Jule spontan. »Vergiss nicht Alice und John. Die Geschichte kenne ich zwar nur vom Hörensagen, aber da hat sie sich anscheinend selbst übertroffen.«

Antonias Blicke wanderten ungläubig zwischen den Frauen hin und her und landeten schließlich bei mir. »Jetzt sag bloß, sie hat auch dich mit Amors Pfeilen anvisiert?«

»Ja, das hat sie«, gab ich leicht errötend zurück und hoffte, das Thema nicht vertiefen zu müssen.

»Do legst di nieda«, rutschte es ihr plötzlich auf Urbayerisch hinaus, obwohl sonst nicht mehr als ein charmanter Münchner Akzent in ihrer Aussprache zu hören war. »Erzähl!«

»Da gibt es noch nicht viel zu erzählen. Doro hat Hajos Sohn Philipp und mich verkuppelt. Allerdings sind wir nicht so richtig zusammen.«

»Mit Hajos Sohn?«, schoss es überrascht aus ihr hervor. »Das ist ja ein Ding! Die alte Dame macht echt vor nichts Halt.« Sie schüttelte grinsend den Kopf und schien einen Moment zu brauchen, um diesen Schachzug zu verdauen. Dann sah sie wieder mich an und zog fragend die Augenbrauen nach oben. »Was heißt ›nicht so richtig zusammen‹? Kein Kuss, kein Sex, kein gar nix? Oder doch alles davon, aber ohne Beziehung?«

Die Röte in meinem Gesicht vertiefte sich. »Eher eine Beziehung mit gar nix«, flüsterte ich und merkte selbst, wie schräg sich das anhörte.

Prompt verschluckte sich Antonia an ihrem Sekt, von dem sie gerade einen Schluck genommen hatte. Zwischen den verschiedenen Lauten eines ausufernden Hustenanfalls krächzte sie: »Hä?«

»Komm, lass sie in Ruhe!«, schaltete sich Teresa ein. »Bei Silke ist das nicht so einfach.«

»Also, für mich ist das ganz einfach«, protestierte Antonia, nachdem sie sich wieder beruhigt hatte. »Man liebt sich oder man liebt sich nicht. Und wenn man sich liebt, warum sollte man das dann nicht in vollen Zügen und mit allem Drum und Dran genießen?«

»Antonia, manchmal geht deine Neigung zur Vereinfachung wirklich mit dir durch«, trat nun Jule für mich ein. »Wie ist es denn bei dir? Du wolltest die Geschichte mit Mike erzählen? War da alles ganz einfach?«

»Okay, okay, ihr habt's mich«, stöhnte die Bayerin. »Auch nicht einfach und andererseits doch. Er hat sein Ding gemacht und ich meins. Irgendwann haben wir gemerkt, dass uns eigentlich gar nichts verbindet. Mei, und unter diesen Umständen ergibt die Sache keinen Sinn. Wir haben es eine Zeit versucht, trotzdem irgendwie miteinander klarzukommen, aber unterm Strich war es schlicht zu wenig. Und ihr wisst schon: Lieber ein Ende mit Schrecken als Schrecken ohne Ende ...«

Teresa legte ihr den Arm um die Schultern und zog sie an sich. »Das tut mir echt leid für dich.«

»Ach, halb so wild«, wehrte Antonia ab. Dennoch war ihr anzusehen, dass sie die Trennung mehr mitnahm, als sie zugeben wollte. »Hey, ich bin erst vierzig. Das ist zu spät für Kinder, aber nicht für Mr. Right. Irgendwann finde ich ihn.«

»Kein Problem«, lachte Jule. »Lass das Doro in die Hand nehmen und alles wird gut!«

Mit dem Vorschlag schien sie nicht landen zu können, denn Antonia verdrehte genervt die Augen. »Kann man haben, muss man aber nicht. Ich suche mir meine Männer immer noch selbst aus.«

»Apropos«, schaltete sich Teresa ein. »Ich habe große Neuigkeiten.«

»Bevor du uns bestimmt gleich ganz aufregende Dinge erzählst, schlage ich vor, dass wir uns endlich mal zu einem bequemen Plätzchen begeben«, schlug Jule vor. »Ich habe auf der Loggia den Kamin angemacht. Wir haben Decken, Kissen und jede Menge Sekt. Was haltet ihr davon, wenn wir uns nach draußen verlagern?«

»Au ja«, erklang es dreistimmig.

Wir plumpsten genüsslich in die Sitzmöbel, hüllten uns in die wärmenden Decken und ließen die Blicke zwischen dem lodernden Feuer und dem in der Dämmerung schimmernden Meer hin und her wandern.

Für einen Moment gaben wir uns der Idylle hin, dann unterbrach Antonia die Stille. »Nun sag schon, du Geheimniskrämerin, was sind die großen Neuigkeiten?«

Ein glückliches Lächeln erschien auf Teresas Miene. »Benjamin und ich wollten eigentlich im Sommer zusammenziehen. Also besser gesagt wollte ich bei ihm einziehen. Aber jetzt ist gerade alles so chaotisch und umtriebig bei mir mit dem neuen Job bei meinem Vater, den familiären Verpflichtungen und zudem Benjamins Doppelbelastung mit zwei Berufen, dass wir gemerkt haben, wie sehr es uns nervt, auch noch zwischen zwei Haushalten zu pendeln. Außerdem hat Doro durch die Blume angefragt, ob ich vielleicht für ein, zwei Wochen woanders unterkommen könne. Sie meinte, für die bevorstehende Hochzeit wäre es geschickt, die Wohnung Alice und John anzubieten, weil das für sie mit Baby besser funktioniert, als in einem Hotel abzusteigen. Und jetzt zum Kern der Sache: Benjamin und ich sind uns einig, dass es blödsinnig wäre, für kurze Zeit bei ihm ein- und dann wieder auszuziehen. Also haben wir beschlossen, dass ich noch diesen Monat endgültig zu ihm übersiedeln werde.«

Jule, Antonia und ich jubelten ungestüm los. Das Leuchten, das daraufhin auf Teresas Miene erschien, wäre in der Lage gewesen, die nähere und weitere Umgebung mit Helligkeit zu fluten. Ich freute mich wirklich ungemein für sie. Da war sie noch keine acht Wochen auf der Insel und ihr Leben hatte sich so sehr verändert, wie es sonst allenfalls in Jahren geschah. Wenn es eine verdient hatte, dann sie! Doch trotz all der Freude konnte ich nicht verhindern, dass sich ein kleines Portiönchen Neid in meine Seele schlich.

Hm, nein, kein Neid. Das war das falsche Wort. Schließlich gönnte ich ihr dieses Glück – von ganzem Herzen. Eher war es so etwas wie die traurige Sehnsucht, dieses unerfüllte Bedürfnis, das seit Wochen in mir rumorte, ebenfalls befriedigen zu wollen. Genauso *meine* Träume erfüllt zu sehen. Ein Empfinden von Ungerechtigkeit, von der schmerzhaften Willkür des Lebens fraß sich durch meine Seele und ließ sie erstarren. Ich riss mich zusammen, um diesen Gefühlen, die ich nicht haben wollte, die Leid über mich brachten und das Mitfreuen lahmlegten, zu entkommen. Mit einem tiefen Atemzug zwang ich mich dazu, Teresa anzulächeln. Sie erwiderte meinen Blick mit einem Hauch von Mitgefühl. Ich nickte ihr unmerklich zu. Wir wussten beide, wie es gerade in mir aussah.

Nachdem sich der langanhaltende Jubel der anderen gelegt hatte, fuhr Teresa fort. »Eigentlich erzähle ich das ja, weil die Wohnung etwas für dich sein könnte, Antonia – zumindest nach der Hochzeit. Bis dahin bleibst du ja vermutlich sowieso hier.«

»Nein, danke«, kam die prompte Antwort. »Danach fliege ich auf jeden Fall zurück in die Heimat. Und wenn ich Jule und Paul irgendwann auf die Nerven gehe, quartiere ich mich in Javiers Hotel ein oder bei deinem Vater, Teresa. Aber Doro findet bestimmt eine andere Untermieterin und am besten gleich eine, die offener für ihre amourösen Attacken ist, als ich es bin.«

»Hm, dann muss wohl wieder Alice mit einer Anzeige ran«, sinnierte Jule. Sie hob den Blick und sah in die

Runde. »Ich freue mich schon riesig, Alice und John wiederzusehen. Die beiden sind ein tolles Paar.«

Sie schüttelte nachdenklich den Kopf. »Meine Güte, ich weiß noch, wie ich damals im Wunderland dachte, dass ich gern genau so eine Beziehung hätte. Und Schwupps – nur vier Monate später wohne ich mit der großen Liebe meines Lebens zusammen. Das ist doch unglaublich, wie das Schicksal manchmal spielt, oder?«

»Falsch«, widersprach Teresa, »nicht wie das Schicksal manchmal spielt, sondern wie Doro immer spielt.« Ein dickes Grinsen wanderte über ihr Gesicht und steckte uns alle an. Verschwörerisch ließen wir die Blicke hin und her wandern.

»Übrigens«, fuhr Jule fort, »anscheinend kommen auch Alices beste Freundinnen zur Hochzeit. Dann lernst du, Antonia, Sophie kennen – die Frau, die das Schmuckstück gestaltet hat, das Hanna und ich dir zum Vierzigsten geschenkt haben.«

Antonia griff an ihren Hals und zog die fein gearbeitete Halskette hervor, deren Anhänger den Baum des Lebens darstellte. »Das freut mich«, murmelte sie. »Vielleicht kann sie mir gleich einen Tipp geben, wie mir der Baum des Lebens dabei helfen kann, mich mit Erde und Himmel, mit mir selbst und mit dem richtigen Mann zu verbinden.«

Oh ja, die Gebrauchsanleitung könnte ich ebenfalls gut gebrauchen, schoss es mir spontan durch den Kopf. Auch wenn es für mich nicht der Aspekt war, wie ich den richtigen Mann finden könnte, sondern eher die Frage, wie ich mir eine Chance erobern konnte, mit ihm zusammenzusein. Da ich ihn bereits gefunden hatte, kam es mir noch viel grausamer vor, der Liebe nicht nachgeben zu dürfen, als wenn er mir nie begegnet wäre ...

Die Stunden mit den Freundinnen vergingen wie ein Wimpernschlag. Ich erschrak selbst, als ich auf die Uhr sah und feststellte, dass Mitternacht längst vorüber war. Die anderen befanden sich in ausgelassener Stimmung und ein Ende schien nicht in Sicht. Im Gegensatz zu ihnen hatte ich nur ein winziges Glas Sekt getrunken – zum einen, weil ich noch fahren musste, und zum anderen, weil ich wegen der allgegenwärtigen Alarmbereitschaft grundsätzlich bloß mikroskopische Mengen Alkohol trank. Dass ich die Sinne beieinanderhatte, konnte für mich überlebensnotwendig sein.

Mein nüchterner Zustand führte zu einem Sieg der Vernunft. Ich erhob mich aus dem bequemen Liegestuhl und verabschiedete mich trotz der aufkommenden Proteste aus der Runde.

Schnell verließ ich das Anwesen, um das fröhliche Miteinander nicht zu sehr durcheinanderzuwirbeln, und starrte in die sternenklare Nacht. Ohne die Wärme des flackernden Kaminfeuers begann ich sofort zu frösteln. Die Dunkelheit unter dem funkelnden Firmament jagte mir zusätzliche Schauer über den Rücken. Hier gab es keinen Lichtsmog einer größeren Stadt. Es war wenig zu sehen, dafür viel zu hören und zu spüren. Die leichte Brise, die über das Meer zu mir hinüber wehte, rauschte in den Bäumen und ließ die Blätter rascheln. Im umgebenden Buschwerk knisterte es – vermutlich Tiere (welcher Art auch immer), so hoffte ich zumindest. Aus der Ferne drang Musik an meine Ohren und das sporadisch aufwallende Gelächter der Freundinnen klang bereits weit entfernt. Der Schotter knirschte unter den Füßen, während der Hauch des Windes leise über meine Haut strich. Plötzlich überlagerte der Schrei eines nachtaktiven Vogels die anderen Geräusche. Der durchdringende kreischende Ton erhob sich wie eine Warnung, wie der Vorbote einer drohenden Gefahr. Sämtliche Nackenhaare stellten sich auf. Mit jeder verfliegenden Sekunde fiel es mir schwerer, die hochkochende Panik zu unterdrücken. Ohne auf die Umgebung zu achten, rannte ich los, nestelte an dem Autoschlüssel, der sich in der Jackentasche verfangen hatte, stöhnte erleichtert auf, als ich ihn endlich in der Hand hielt, und öffnete die Wagentür. Mit wild klopfendem Herzen stürzte ich mich ins Innere, verriegelte die Türen und lehnte mich mit geschlossenen Augen gegen die Kopfstütze.

Himmel, Silke, beruhige dich, sprach ich mir selbst gut zu. Wieso war mein Nervenkostüm plötzlich nach all den Monaten so dünnhäutig? Was hatte sich verändert?

Ich zuckte mit den Achseln und zwang mich, den Motor anzulassen. Mit immer noch jagendem Puls fuhr ich den einsamen holprigen Feldweg zurück zur Hauptstraße. Ich atmete erst wieder ruhiger, als ich sie erreicht hatte. Dann absolvierte ich die kurze Strecke bis zu Camilas Finca. Auf dem Parkplatz erwachte die Angst ein weiteres Mal zum Leben. Minutenlang blieb ich in der Sicherheit des Autos sitzen, beobachtete die Umgebung und musste schließlich meinen ganzen Mut zusammennehmen, um zu meinem Teil des Gebäudes zu rennen, zitternd die Tür aufzuschließen und mich ins Innere des Hauses zu retten. Ich schlug die Eingangstür in Tränen aufgelöst zu und lehnte mich schwer atmend dagegen.

»Was ist los?«, murmelte ich leise vor mich hin. Irgendetwas war anders, ohne dass ich hätte benennen können, was genau. War es das Wissen, dass ich durch die Nachrichten an Senta und Samuel eine Spur zu mir gelegt haben könnte? Erneut zuckten die imaginären sechs Schritte durch meinen Kopf. Ein extrem unwahrscheinliches Risiko, aber eben nicht unmöglich. Oder daran, dass Philipp so weit entfernt war und ich mich irgendwie schutzlos fühlte? Oder hatte mich die Warterei auf Neuigkeiten aus Deutschland derart zermürbt, dass ich anfing, Gespenster zu sehen?

Was auch immer es sein mochte, das musste aufhören. Unbedingt! Ich rief mich zur Ordnung, zwang mich dazu, mich bettfertig zu machen und mir eine nächtliche Pause zu gönnen. Doch die gab es nicht.

Noch mehr Kontrollverlust

Ein Heer aus Albträumen fiel über mich her, schleuderte mich nach rechts und links, ließ mich schreien, weinen, beinahe vor Angst zusammenbrechen und sorgte schließlich dafür, dass ich am nächsten Morgen zitternd und am Ende aller Kraft erwachte. Ich betastete meinen Körper, der sich schweißnass anfühlte. Selbst der legere Schlafanzug, der meine Figur locker umspielte, klebte so triefnass an mir, dass man ihn hätte auswringen können. Stöhnend richtete ich mich auf und schüttelte den Nacken- und Schulterbereich, um mich mit frischer Energie zu versorgen. Sonderlich gut gelang mir das nicht. Ich fühlte mich wie durch den Fleischwolf gedreht. Mühsam und schwerfällig schwang ich die Beine über die Bettkante und setzte mich hin. Ich stützte mich auf die Arme und versuchte, genug Kraft zu sammeln, um aufstehen zu können, doch da gab es keine Restbestände mehr.

Erschöpft ließ ich mich zurücksinken und starrte auf die Zimmerdecke. Würde das je ein Ende nehmen? Wie lange noch? Wie lange konnte ich das aushalten? Zum allerersten Mal formte sich ein Gedanke, den ich bislang stets verdrängt hatte, sowie sich auch nur die ersten Anzeichen davon zeigten. Der Gedanke, ob das alles nicht vollkommen sinnlos war. Ob es nicht besser wäre, einen Schlussstrich zu ziehen. Erst gestern hatte mich Antonia an die alte Redewendung erinnert: »Lieber ein

Ende mit Schrecken als Schrecken ohne Ende.« Ja, zweifellos befand ich mich in der »Schrecken ohne Ende«-Schleife wie Bill Murray in »Und täglich grüßt das Murmeltier« – nur in viel, viel schlimmer. So wie er konnte ich dem Schicksal nicht entrinnen, das mir Tag für Tag dieselben Ängste brachte. Bloß dass ich die Zeit nicht entspannt dazu nutzen konnte, mich zu verändern, zu entwickeln, mir neue Fähigkeiten zu erwerben, ein besserer Mensch zu werden. Dafür drückte mich die Bedrohung, die über mir schwebte, zu sehr zu Boden. Der Spaziergang mit Philipp kam mir wieder in den Sinn. Wie hatte er das formuliert? *In der anderen Richtung kraxelt man auf kaum sichtbaren Trampelpfaden direkt am Abgrund herum.* Irgendetwas in der Art.

Direkt am Abgrund. Schlagartig erschien es mir verführerisch, genau das zu tun: am Abgrund entlangzukraxeln. Ein Schritt zu viel und alles wäre vorbei. Keine Angst mehr, keine Bedrohung. Statt dessen Ruhe und Frieden, Unendlichkeit. Alle Sorgen verschwunden, mein Dasein ausgelöscht, als hätte es mich nie gegeben. Silke – nur noch eine Erinnerung, ein Mensch, der einmal gelebt hatte und an den sich bereits nach kurzer Zeit niemand mehr erinnern würde.

Stopp!, unterbrach ich mit einem lauten inneren Aufschrei die Abwärtsspirale. Allein das zu denken, kam mir schon wie Verrat vor. Verrat an meinen Eltern, die alles getan hatten, um mir ein wundervolles Fundament für mein Leben zu bauen. Verrat an Senta und Samuel, die immer für mich dagewesen waren – vor allem Samuel, der sich sogar wegen mir zusammenschlagen lassen musste. Verrat an den Menschen hier, die mich in ihre Gemeinschaft aufgenommen und mir völlig unerwartet ein neues Zuhause beschert hatten. Verrat an mir selbst, weil ich noch so viel vorhatte, weil es Unerledigtes gab, Träume, die auf ihre Erfüllung warteten. Und vor allem Verrat an Philipp, der mir in kurzer Zeit sein Herz geschenkt hatte. Der mir mit seiner Liebe permanent heilenden Balsam auf die Seele strich, der für mich kämpfte und den ich so unbedingt genauer kennenlernen wollte – mit seiner geballten Sanftheit, seiner Klugheit, seiner Ritterlichkeit und all den Facetten, die sich bis jetzt noch gar nicht offenbart hatten.

Mit einem Ruck richtete ich mich ein zweites Mal auf und sprang, ohne mir Raum zum Zögern und Zaudern zu geben, mit einer abrupten Bewegung aus dem Bett.

Ich hatte mir gerade, frisch geduscht und angezogen, eine Tasse Kaffee aus dem Vollautomaten gezogen und war im Begriff, mich auf die Veranda zu setzen, um die verbliebenen Geister von der Helligkeit des Tages vertreiben zu lassen, als das Handy klingelte. Rasch eilte ich weiter, stellte das köstlich duftende, heiße Getränk auf dem Terrassentisch ab und griff in die Hosentasche, um den Anruf anzunehmen. Da genau ein Mensch diese Nummer kannte, bot es keine Überraschung, dass Philipps Name auf dem Display erschien.

»Guten Morgen, meine Schöne«, schmetterte er mir fröhlich entgegen.

»Guten Morgen«, kam es deutlich angespannter von mir zurück.

Philipp brauchte keine Sekunde, um zu merken, dass mit mir etwas ganz und gar nicht stimmte. »Was ist los?«, erkundigte er sich besorgt.

»Ich weiß es nicht«, stammelte ich und legte eine Pause ein, die mir Philipp, ohne sie zu unterbrechen, zugestand. »Es ist nur ... Ich weiß nicht ... Ich habe so ein Gefühl ... Eines, das ich nicht erklären kann. Ein Gefühl von Bedrohung. Als käme etwas Fürchterliches auf mich zu. Das klingt verrückt, schon klar. Aber trotzdem fühlt es sich so real an. Als hätte sich irgendetwas verändert. Als sei eine ferne Gefahr plötzlich ganz nah an mich herangerückt. Und ich hatte letzte Nacht Albträume. Schlimmer als je zuvor.«

»Mein armer Liebling«, murmelte er betroffen. »Das tut mir so leid. Denkst du, es sind die Träume, die dir so zusetzen? Oder hat sich etwas in deiner Umgebung sichtlich verändert? Fühlst du dich beobachtet?«

Ich zögerte und lauschte in mich hinein. »Nein, so ist das nicht. Und ich weiß nicht, ob die Träume diese Unruhe in mir auslösen. Oder ob die plötzliche innere Unruhe zu den Träumen führt. Das ist alles so subtil. Surreal. Nur ein Gefühl, das ich nicht greifen kann. Wie gesagt: Ein Gefühl von Bedrohung. Eines, das der Verstand nicht nachvollziehen kann, weil es völlig irrational ist.« Ich nahm Anlauf und sprach schließlich das aus, was schon die ganze Zeit durch mich hindurch gewabert war und nun die Form eines präzisen Gedankens annahm. »So, als ob jemand meine Spur wiederaufgenommen hätte.«

Philipp schwieg. Lange. Und als er endlich zu sprechen begann, klang seine Stimme belegt vor lauter Sorge. »Ich halte das immer noch für nahezu unmöglich, aber eben nur nahezu. Ein minimales Restrisiko bleibt. Mein Kumpel hat sich gestern Abend bei mir gemeldet. Er hat wie abgesprochen am Montag den Auftrag ausgeführt und wurde danach beinahe rund um die Uhr von einem kniffligen Fall beansprucht, der ihm lediglich kurze Schlafpausen ermöglicht hat. Deswegen konnte er mich erst jetzt in Ruhe anrufen.«

»Seit Montag«, wiederholte ich, als ob mir das beim Denken helfen könnte. In mir ratterten die Gedanken. Lag es daran, dass ich diese Unruhe in mir spürte? Weil irgendein Teil in mir fühlte, dass Konstantins Aufmerksamkeit erneut aktiv um mich kreiste. Möglicherweise hatte er in den vergangenen Monaten ein Stück weit losgelassen, weil er keine Hinweise auf meinen Verbleib finden konnte. Und nun leckte er wieder Blut. Ja, das wäre durchaus möglich. Ich hielt mich nicht für sonderlich esoterisch veranlagt, aber wer konnte sich schon sicher sein, ob man die Gedanken anderer Menschen spüren konnte oder nicht? Schließlich gab es oft genug Situationen, in denen man zum Telefon griff, jemanden anrief und zu hören bekam: »Wie merkwürdig, dass du anrufst, ich habe gerade eben an dich gedacht!«

»Bist du noch da?«, vernahm ich plötzlich Philipps Stimme an meinem Ohr.

»Ja, entschuldige bitte, ich bin noch da. Ich war nur in Gedanken versunken.«

»Natürlich, das verstehe ich doch. Sag einfach, wenn du bereit bist für weitere Neuigkeiten.«

»Weitere Neuigkeiten?« Ich hörte selbst das Entsetzen in meinem Tonfall. Es sprach für sich, dass ich das Wort »Neuigkeiten« sofort mit schlechten Nachrichten verband.

»Ja«, murmelte Philipp. »Ich vermisse dich.«

Unwillkürlich legte sich ein Schmunzeln auf meine Lippen. »Das läuft unter Neuigkeiten? Ist ja nicht das erste Mal, dass du mir das sagst.«

»Nein, ist es nicht.« Etwas in Philipps Stimme ließ mich aufhorchen. »Aber nicht nur ich vermisse dich. Alle hier vermissen dich.«

In meinem Kopf überschlugen sich die Gedanken. Augenblicklich wurde mir klar, was er mir sagen wollte, auch wenn er es so verklausuliert ausdrückte, damit möglichst niemand sonst die Botschaft dahinter verstehen konnte. Vielleicht litten wir inzwischen beide unter Verfolgungswahn, doch mal ehrlich: Wer wusste schon in der heutigen Welt, was ... wer ... wann ... wie ... warum in all dem Gewimmel des internationalen Handyfunks mithören konnte. Ich inhalierte einen tiefen Zug der kühlen Morgenluft. Konstantin hatte mich also vermisst gemeldet.

Philipp, der mir Zeit gegeben hatte, die Nachricht zu verdauen, schob hinterher: »Alle vermissen dich bereits seit Monaten.«

Okay, folglich hatte mein Leider-immer-noch-Mann wohl schnell reagiert. Im Grunde genommen gab es für ihn ja auch gar keine andere Möglichkeit, um seine Hände in Unschuld zu waschen. Hätte mich Lucy, meine Chefin, vermisst gemeldet, wäre es in einem mehr als zweifelhaften Licht erschienen, wenn Konstantin mein Verschwinden nicht zuvor angezeigt hätte.

»Und dein bester Freund vermisst dich neben mir besonders. Er hat gestern von dir gesprochen und von all dem erzählt, was geschehen ist, bevor du deine Reise gestartet hast.«

Dieses Mal jagten die Gedanken noch viel rasanter durch meinen Kopf. Wollte Philipp damit andeuten, dass Samuel gestern zur Polizei gegangen war, um Anzeige zu erstatten? Kurz blieb mir die Luft weg und ich versuchte, so gut mir das angesichts meiner Panik möglich war, mein Denkvermögen zurückzuerobern. Konnte das wirklich sein? Ich bemühte mich, in Samuels Haut zu schlüpfen. Was würde ich an seiner Stelle tun? Er hatte aus Rücksicht auf mein Wohlergehen von einer Meldung des Übergriffs abgesehen, obwohl er übel zugerichtet worden war und garantiert wollte, dass das Vergehen geahndet wurde. Nun wusste er mich in Sicherheit und hatte erfahren, dass ich wohlauf war. Würde ich in dieser Situation nicht ebenfalls die Chance nutzen, endlich für Gerechtigkeit zu sorgen?

»Du meinst damit, er hat ganz offiziell seine Geschichte erzählt?«, hakte ich nach, um mir Gewissheit zu verschaffen.

»Genau das.«

»Hm, das ist eine interessante Entwicklung«. In meinem Gehirn holperte und polterte es. Wenn er ohnehin eine Anzeige erstattet hatte, wäre das dann nicht das perfekte Timing, um Philipps kompletten Plan umzusetzen? Mein Herz geriet völlig aus dem Takt bei der Frage, was das alles nach sich ziehen würde. Aber andererseits: Waren dadurch nicht sowieso Dinge in Gang gekommen, die sich nicht mehr stoppen ließen?

»Was schlägst du jetzt vor?«, fragte ich so neutral wie möglich und erschrak selbst wegen meines angeschlagenen Tonfalls.

»Hey, meine Liebe, keine Sorge, wir schaffen das! Wenn du einverstanden bist, würde ich unsere Ideen umsetzen. Die Entwicklungen haben eine Dynamik genommen, die sich nicht mehr aufhalten lässt.«

Damit sprach er aus, was ich eben schon gedacht hatte. *Nicht mehr aufhalten*, wummerte es durch meinen Schädel. Ich konnte nichts mehr aufhalten, fühlte mich, als wäre ich in einen wilden Strudel geraten, der mich unerbittlich in die Tiefe zog. Es gab kein Entrinnen. Ich konnte nur hoffen, dass von irgendeiner Seite unerwartete Rettung nahte.

»Mir ist bewusst, dass du mit all dem recht hast. Trotzdem fühle ich mich gerade überfordert. Die Ereignisse überschlagen sich und ich brauche wenigstens eine klitzekleine Verschnaufpause. Lass mich ein paar Tage durchatmen und darüber schlafen. Danach bin ich vielleicht bereit, mich diesem letzten Schritt zu stellen.«

»Okay, dann warte ich dein endgültiges ›Go‹ ab. Und möglicherweise hilft dir der Gedanke, dass wir das Ganze persönlich durchgehen können – vor allem im Hinblick auf die noch offenen wichtigen Fragen.«

Seine Stimme wurde auf einmal so weich wie eine Federdecke, die einen an einem kühlen Abend wärmte. Ich hätte mich an diesen Klang verlieren können. Aufgewühlt schloss ich die Augen, nahm einen tiefen Atemzug und versuchte, sämtliche Sinneswahrnehmungen darauf auszurichten. »Dieses Wochenende muss ich arbeiten. Wir haben gerade komplizierte Untersuchungen laufen. Auch die nächste Woche wird arbeitsreich, aber am Freitagnachmittag werde ich mich auf den Weg zu dir machen. Dann können wir uns in aller Ruhe abstimmen. Was sagst du dazu?«

Ich hielt die Augenlider weiterhin geschlossen und genoss nun neben dem Klang seiner Stimme das Lächeln, das um meine Mundwinkel spielte. »Das klingt ganz wunderbar«, flüsterte ich.

Miese Nachrichten

Viel war bis zum kommenden Freitag nicht mit mir anzufangen. Ja, natürlich ging ich meiner Arbeit nach, die mich intellektuell glücklicherweise nicht wirklich forderte. Trotzdem machte ich sie gern, weil sie mich ablenkte, meiner Vorfreude auf Philipp Freiraum ließ und es mir immer wieder eine erfüllende Zufriedenheit schenkte, wenn die Räume, um die ich mich kümmerte, am Ende in einem frischen Glanz erstrahlten. Doch davon abgesehen fühlte ich mich rastlos, nervös und geplagt von einer nicht greifbaren inneren Unruhe. Am Mittwoch kam dann noch das seltsame Gefühl dazu, beobachtet zu werden. Wiederkehrend rieselten mir Schauer über den Rücken, als würden sich eiskalte Blicke in meinen Körper bohren. Aber jedes Mal, wenn ich mich umdrehte, war da ... nichts!

Als ich am Freitagnachmittag endlich das Geräusch eines vorfahrenden Autos hörte, beschleunigte sich mein Puls ins Unermessliche. Ich raste zum Küchenfenster, von dem aus ich eine eingeschränkte Sicht auf die Zuwegung zur Finca hatte. Ich musste bloß kurz mit langgestrecktem Hals warten, da tauchte Philipps Gestalt auch schon zwischen den Oleanderbüschen auf. Ich zögerte keine Sekunde, rannte in die Diele und riss die Tür auf.

Mit einem atemberaubenden Strahlen trat er ein. Als wäre es nichts, löste sein Anblick die eisernen

Klammern um mein Herz, die mir seit Tagen das Leben schwermachten. Er zog die Haustür hinter sich zu und breitete die Arme aus. Der stillen Aufforderung folgte ich liebend gern und schmiegte mich an seine warme Brust, die mir all die Sicherheit versprach, nach der ich mich so sehr sehnte. Ich konnte das Spiel seiner Muskeln spüren, als er die Arme um mich schloss und mit einem genießerischen Atemzug meine Anwesenheit in sich aufnahm. Dass ihm dieser Augenblick genauso viel bedeutete wie mir, daran konnte es nicht den geringsten Zweifel geben.

»Es ist so schön, dass du da bist«, flüsterte ich mit belegter Stimme.

»Ja, das kann ich nur zurückgeben«, erwiderte er ebenso leise und zog mich noch ein wenig fester an sich.

Minutenlang verharrten wir so. Die Versuchung, den Kopf zu heben und in einem tiefen Kuss mit ihm zu versinken, wurde immer mächtiger. Die ungestillte Sehnsucht nach ihm und das Gespräch mit Teresa, das meine Bedenken ein Stück weit erschüttert hatte, führten dazu, dass es mich noch mehr Kraft kostete als sonst, diesem Impuls nicht nachzugeben. Als ich es fast nicht mehr aushalten konnte, zu widerstehen, drückte ich mich von ihm weg und schob ihn ins Wohnzimmer.

»Magst du etwas trinken?«

»Ja, ein Kaffee und ein Glas Wasser wären nett.«

»Kommt sofort.«

Als ich mit einem kleinen Tablett aus der Küche zurückkehrte, hatte sich Philipp bereits in einen der

Sessel gesetzt und sah mir erwartungsvoll entgegen. »Ich gehe jetzt bewusst auf Abstand, Liebes, damit ich dir in aller Ruhe von den Neuigkeiten erzählen kann.« Ein schelmisches Zwinkern verlieh seinen Augen einen atemberaubenden Charme. »Sonst lenkst du mich zu sehr davon ab.«

Ich lächelte ihn verlegen an und nahm gegenüber von ihm Platz. »Gut«, seufzte ich. »Also her mit den Neuigkeiten, auch wenn ich zugeben muss, dass mir das Ganze gerade eine Heidenangst einjagt.«

Philipp nickte verständnisvoll. »Ja, das kann ich mir vorstellen. Es ist ein großer Einschnitt, wenn das Leben monatelang in etwas ruhigere Fahrwasser geraten ist und sich dann plötzlich die Turbulenzen überschlagen. Bist du trotzdem bereit?«

»Ja, das bin ich.«

Ein mitfühlender Blick traf mich. »Und sag mir, wenn es zu viel wird, okay?«

Ich bestätigte stumm mit einem Kopfnicken und betrachtete ihn erwartungsvoll.

»Am besten fange ich bei dem Berlin-Trip an. Ich habe mich mit Theo, meinem Kumpel, direkt bei mir im Hotelzimmer getroffen, um jedes Risiko auszuschließen, dass wir irgendwo zusammen gesehen werden. Er war sofort einverstanden, die Nachrichten an deine Freunde zu verschicken, und versprach, einen Weg zu finden, der eine Nachverfolgung nahezu unmöglich machen würde. Außerdem habe ich ihm bereits einen Datenstick dagelassen mit dem Hinweis, dass sich darauf brisantes

Beweismaterial befinden würde, und ihm die Zusicherung abgenommen, es erst anzuschauen, wenn ich es ihm ausdrücklich erlaube. Für mich ist er einer der vertrauenswürdigsten Menschen, die mir je begegnet sind, weswegen ich keinerlei Zweifel an seiner Integrität habe.«

Er warf mir einen prüfenden Blick zu, als wolle er herausfinden, ob ich mit dieser Vorgehensweise einverstanden bin. Anstelle einer Antwort nickte ich ihm beruhigend zu.

»Tja, und dann kam als Nächstes die Information von ihm, dass dich Konstantin vermisst gemeldet hat, und zwar anscheinend bereits am Tag nach deinem Untertauchen. Er gab an, wegen seines Aufenthalts auf dem Kongress nicht genau sagen zu können, wann du verschwunden wärst. Er behauptete, dass er vorzeitig zurückgekehrt sei, nachdem du auf keinen Anruf mehr reagiertest. Das klang alles außerordentlich glaubwürdig und hat keinerlei Ermittlungen in seine Richtung nach sich gezogen. Dein Freund Samuel hatte den Überfall tatsächlich nicht gemeldet. Erst letzten Freitag, nach dem Eingang deiner Nachricht, ging er zur Polizei. Dort hat er zu Protokoll gegeben, von einer früheren Anzeige abgesehen zu haben, weil er um dein Leben fürchten musste. Als Beweis legte er die Nachricht von dir vor. Er hatte – wie vermutet – eine umfassende Krankenakte dabei und darüber hinaus Fotos, die seine Polizeifreunde seinerzeit gemacht hatten, um eine spätere Aussage untermauern zu können.«

»Und was ist jetzt mit Konstantin?«, fragte ich aufgeregt. »Wie läuft so etwas? Wird gegen ihn ermittelt? Sitzt er in Untersuchungshaft?«

Philipps Miene verzog sich schmerzerfüllt und er kniff die Lippen zu einer schmalen Linie zusammen. Noch bevor er antwortete, wurde mir klar, dass das nichts Gutes verhieß. »Verdammt, Silke, an dieser Stelle kommen wirklich miese Neuigkeiten. Wie wir ja schon vermutet haben, verfügt er über einen exzellenten Ruf innerhalb und außerhalb des Bundeskriminalamts. Mit seiner Bilanz in der Verbrechensaufklärung ist er fast so etwas wie Mr. Unantastbar. Soweit mein Freund das recherchieren konnte, ohne zu viel Staub aufzuwirbeln, hat er alle Vorwürfe als haltlos bezeichnet. Er behauptet, Samuel handle aus Eifersucht oder sei von seinen Gegnern dazu angestiftet worden. Außerdem verbreitet er, dass Samuel selbst oder eben seine Feinde mit deinem Verschwinden zu tun haben könnten. Er hat um Urlaub gebeten, um privat ein paar Spuren nach deinem Verbleib nachzugehen.«

»Was?« Die Kinnlade fiel mir nach unten und ich riss erschrocken die Augen auf. »Das kann ja wohl nicht wahr sein!«

»Doch. Leider ist es das. Wenn du mich fragst, bleibt dir angesichts dieser Geschehnisse nichts anderes mehr übrig, als ebenfalls Anzeige zu erstatten. Das untermauert Samuels Glaubwürdigkeit und dürfte es deinem Mann deutlich erschweren, bei seiner Geschichte zu bleiben.«

Nach wie vor schockiert starrte ich Philipp an und verstand kaum, was er sagte. Auf einmal begann ich unkontrolliert zu zittern. Wenn sich schon die ganzen letzten Monate wie ein riesengroßer Albtraum angefühlt hatten, dann wuchs das jetzt gerade zu einem ... ich weiß nicht was ... heran. Was um alles in der Welt sollte die Steigerung von Albtraum sein? In meinen Gedanken kam mir kein einziges reales Wort in den Sinn, das auszudrücken vermochte, was ich empfand. Der Albtraum eines Albtraums. Ich schüttelte verwirrt mit dem Kopf, kniff mich in die Arme, zwickte die Beine und wachte doch nicht auf.

Philipp sprang aus dem Sessel auf und kniete sich vor mich hin. Warm und sanft legten sich seine Hände auf meine Oberschenkel. »Es tut mir wirklich, wirklich leid, dass ich keine besseren Nachrichten habe für dich, mein Engel. Trotzdem werden wir das alles zusammen durchstehen.«

Er sah mich eindringlich an und die ungebrochene Zuversicht in seinem Blick ließ wieder einen Funken Hoffnung in mir auferstehen. Dann setzte er sich neben mich und zog mich behutsam in seine Arme. Sofort strömte ein Gefühl von Sicherheit durch meinen Körper, das mir half, den eben erlebten Schrecken zu verdauen. Stumm und regungslos hielt ich mich an ihm fest. Minutenlang. Eine gefühlte Ewigkeit.

Ich hätte nicht sagen können, wie viel Zeit wirklich vergangen war, bis mich Philipp sanft von sich weg schob.

»Was hältst du davon, wenn ich dich ein wenig zur Ruhe kommen lasse, kurz meine Sachen zu meinem Vater bringe und wir uns im Anschluss etwas Schönes bei dir kochen? Wenn du nichts da hast, stibitze ich mir bei Doro und Hajo einige Zutaten aus dem Kühlschrank. Ich kann ja morgen wieder auffüllen. Na, was meinst du dazu?«

Ich saß immer noch wie betäubt auf dem Sofa und bekam nicht mehr zuwege als ein schwaches Nicken.

»Ich bin gleich zurück, versprochen. Und dann vertreiben wir gemeinsam die Schatten, die über uns liegen.« Er drückte sich vom Boden hoch, legte für einen Moment beide Hände an meine Wangen und verschwand aus dem Zimmer. Als ich das Klacken der Haustür hörte, fühlte ich mich plötzlich einsamer als je zuvor.

Wie in eine Trance versunken verharrte ich regungslos an meinem Platz. Irgendwann gab ich mir einen Ruck, um mich aus diesem Zustand zu befreien, der mir nichts außer Handlungsunfähigkeit suggerierte. Als könne mich das trösten, griff ich nach dem Smartphone, das auf dem Sofatisch lag, entsperrte es und starrte auf Philipps Namen, der als einziger auf dem Display erschien.

Ich bin nicht allein, betete ich mir vor. *Er und ich, wir bekommen das hin.*

Wie ein Mantra wiederholte ich diese Worte. *Wir bekommen das hin.* Immer und immer wieder.

Allmählich spürte ich, wie die Lebensenergie zurückkehrte und wie die Lähmung einer kämpferischen

Einstellung wich. *Konstantin wird mir mein Leben nicht zerstören. Auf keinen Fall!*

Die Türglocke entriss mich den Gedanken und ließ mich kurz zusammenzucken. Irritiert sammelte ich mich. Hatte ich tatsächlich so lange hier gesessen und vor mich hin gestarrt, dass Philipp bereits zurückgekehrt war? Ernsthaft?

Gefühlt waren gerade mal fünf Minuten verstrichen, aber wie wollte ich das auch einschätzen können in meinem lädierten Zustand? Mit frischem Schwung sprang ich auf, klappte das Handy zu und schob es in die Innentasche meiner Sweatjacke. Eilig lief ich zur Haustür und öffnete sie – bereit, mich erneut in eine innige Umarmung fallen zu lassen.

»Hallo, meine Süße«, war das Erste, was ich wahrnahm. Offensichtlich waren meine Ohren schneller mit dem Verarbeiten der eingehenden Sinneseindrücke als der Rest von mir. Mein Herz stoppte für ein paar Schläge, nur um danach mit voller Wucht loszudonnern.

Das war nicht die Stimme, die ich erwartet hatte.

Und auch keine andere, die ich gern gehört hätte.

Nein!

Stattdessen sah ich mich der realen Erfüllung all meiner Albträume gegenüber. Vor mir stand Konstantin und grinste mich hämisch an.

Tiefe Abgründe

Atemlos starrte ich den Mann an, den ich am liebsten nie wieder gesehen hätte. Die Zeit schien stillzustehen. Stumm aktivierte ich sämtliche Kräfte in mir, um aus diesem Traum aufzuwachen.

Ich schloss die Augen und öffnete sie.

Keine Veränderung.

Ich bewegte die Finger- und Zehenspitzen, so wie ich es immer tat, wenn ich einem Traum entrinnen und mich zum Aufwachen zwingen wollte.

Keine Veränderung.

Ich schüttelte den ganzen Körper.

Keine Veränderung.

So sehr ich es mir auch wünschen mochte, das hier war kein Traum, sondern die grausame, furchteinflößende, unveränderliche Realität.

Nachdem diese Erkenntnis zu mir durchgesickert war, jagten die Gedanken in wildem Durcheinander durch meinen Kopf. Was sollte ich tun?

Schreien? Die Tür zuschlagen und über die Terrasse flüchten? Deeskalieren? Konstantin ein Märchen erzählen, das er schlucken konnte, um mein Verschwinden zu erklären? Um eine Versöhnung betteln? Mich entschuldigen?

Bevor ich überhaupt eine Chance erhielt, Ordnung im Chaos zu schaffen, reduzierte er die Zahl der Handlungsmöglichkeiten.

»Wie schön, dich wiederzusehen, meine Süße«, flötete er mit falschem Unterton. »Denk gar nicht erst daran, zu schreien! Es würde dein sicheres Ende bedeuten.« Mit einer fließenden Bewegung zog er während des Sprechens ein Jagdmesser mit einer beeindruckenden Klinge aus der Jackentasche.

Schockiert starrte ich auf die Waffe in seiner Hand. Das Knäuel im Kopf wurde immer größer und bekam Gesellschaft von einer alles verschlingenden Panik. Wenn ich jetzt schreien würde, brächte ich nicht nur mich in Gefahr, sondern ebenso Camila, die zweifellos nach mir schauen würde. Auch möglicherweise auftauchende Nachbarn wären ihres Lebens nicht mehr sicher. Deswegen verharrte ich starr an der Haustür.

Plötzlich überfiel mich ein neuer Schreckensgedanke. *Gott, wenn Philipp hier auftaucht! Dann ist er der Erste, der Konstantin zum Opfer fällt.* Das musste ich auf jeden Fall verhindern – koste es, was es wolle.

»Ich schreie nicht«, wisperte ich kraftlos. »Und ich komme mit dir. Wohin du willst.«

»Das hört man doch gern«, gab er süffisant zurück. »Ich habe schon einen ziemlich genauen Plan davon, wohin du mich begleiten darfst. Wenn mir Madame bitte folgen würden.« Er deutete eine galante Verbeugung an, die Übelkeit in mir aufwallen ließ.

Anstelle einer Antwort nickte ich bloß und zog die Haustür hinter mir zu. Den Schlüssel würde ich ohnehin nicht mehr brauchen. Das war das Einzige, worüber ich gerade Gewissheit besaß.

Er griff nach meinem Arm und umklammerte ihn eisern. Das Messer lag immer noch in seiner anderen Hand und blitzte bedrohlich im Licht der allmählich untergehenden Sonne.

Auf dem Parkplatz stand ein unbekannter Wagen, den er ansteuerte und dessen Beifahrertür er aufhielt. »Wenn Madame sich bitte setzen würden«, behielt er den sarkastischen Tonfall bei.

Ich schwieg weiterhin und betete innerlich, dass Philipp nicht ausgerechnet jetzt hier aufschlagen möge. Seine einzige Überlebenschance bestand darin, mich zu verpassen. *Was für eine Ironie!*

Konstantin schwang sich auf den Fahrersitz, das Messer zwischen den Beinen abgelegt, und startete den Motor. Als er rückwärts aus der Einfahrt gerollt war und den Wagen zur Landseite ausgerichtet hatte, atmete ich das erste Mal seit seinem Auftauchen auf. Philipp war sicher! Zumindest für den Moment. Solange ich keine Ahnung hatte, wie es dem Monster neben mir gelungen war, mich aufzuspüren, konnte ich darauf keinen Eid leisten.

»Wohin fährst du?«, brachte ich mit leiser, brüchiger Stimme hervor.

»Hey, Süße, lass dich doch überraschen! Ich finde, es ist an der Zeit, dass wir uns ausgiebig unterhalten. Wo kann man das besser tun als bei einem romantischen Spaziergang in schöner Umgebung? Ich bin bereits ein paar Tage hier. Ich weiß genau, was ich meiner lieben Ehefrau an einzigartigen Erlebnissen bieten kann.«

Ich schwieg, während es in meinem Gehirn drunter und drüber ging. Was konnte ich tun? War eine Flucht überhaupt möglich und wenn ja wie? Und was hatte er vor? Wollte er mich zurück nach Deutschland verschleppen und dort irgendwo einsperren? Oder würde er mich töten? Beide Vorstellungen brachten mich zum Erzittern. Unwillkürlich jagten Schauer über meine Haut. In meinem Inneren schien trotz der wärmenden Sweatjacke alles zu erfrieren.

Konstantin steuerte das Fahrzeug sicher durch das bergige Gelände. Eindeutig war er darauf bedacht, nicht aufzufallen. Wobei »aufzufallen« angesichts des Mangels an anwesenden Menschen ohnehin kein realistisches Szenario darstellte. Seltsam entkoppelt von mir und meinem Körper beobachtete ich die Streckenführung. Es dauerte, bis die Erkenntnis in mir durchsickerte, dass ich hier schon einmal gewesen war. Er fuhr genau dieselbe Strecke wie Philipp vor einigen Wochen, als wir den Spaziergang zum Faro des Cap Gros unternommen hatten. Gut möglich, dass Konstantin diese Ecke ebenfalls als Ziel auserkoren hatte. Philipp und mir waren auf dieser Wanderung kaum Gleichgesinnte begegnet. Wenn es hier irgendwo Einsamkeit gab, dann dort.

Die Vermutungen wurden zur Gewissheit, als er den Wagen in derselben Haltebucht stoppte und den Motor ausstellte.

»Raus mit dir!«, befahl er und ich gehorchte widerstandslos. Was hätte ich auch sonst tun sollen? Die Sonne stand bereits tief und das Einsetzen der

Dämmerung würde nicht mehr lange auf sich warten lassen. Die Wahrscheinlichkeit, um diese Zeit auf Wanderer zu treffen, ging gegen null. Und selbst wenn sich jemand hierher verirrte, was hätte ich dann schon an Möglichkeiten? Wenn ich auf mich aufmerksam machte, würde Konstantin nicht davor zurückschrecken, sein Messer zu benutzen. Daran bestand kein Zweifel.

Er gab mir einen Schubs und zwang mich, zu dem einsamen Wanderweg zu laufen. Als ich die Weggabelung erreicht hatte, an der sich der Pfad nach rechts und links teilte, wollte ich der Strecke über das Hochplateau folgen, die ich auch mit Philipp genommen hatte. Doch Konstantin bremste mich barsch: »Stopp, in die andere Richtung!«

Erstaunt blieb ich stehen und sah mich fassungslos zu ihm um. »Aber da geht es zu den Klippen. Der Weg ist gefährlich. Und jetzt in der einbrechenden Dunkelheit erst recht.«

»Glaub mir, Süße, ich weiß, was ich tue«, spottete er.

Ich musterte ihn weiterhin ungläubig, bis er mir von hinten einen Stoß gab. »Weiter! Sonst hast du schneller ein Messer im Rücken, als du bis drei zählen kannst.«

Erneut jagten Schauer über meinen Körper. Kurz fragte ich mich, ob ich nicht einfach aufgeben sollte. Sofern er mich töten wollte, konnte er es genauso gut gleich zu Ende bringen. Doch dieser Gedanke wurde unversehens von einem unbändigen Überlebenswillen niedergerungen. Ja, durchaus möglich, dass das hier mein Ende bedeutete. Allerdings war das Spiel noch nicht vorbei. Und solange es lief, bestand Hoffnung. Nicht viel, aber immerhin ein klitzekleines bisschen und das durfte ich nicht achtlos verschenken.

Philipp erschien vor meinem inneren Auge – mitsamt all den Träumen und Zukunftsvisionen, die sich um seine Person rankten. Wenn ich jetzt aufgab, beerdigte ich sie. Das stellte keine Option dar. Niemals! Ich würde kämpfen bis zum Schluss.

Wie aus dem Nichts tauchte unser Leitspruch in mir auf: *Am Ende wird alles gut! Und wenn es noch nicht gut ist, ist es noch nicht das Ende.*

Die Wahrscheinlichkeit, dass alles gut werden würde, war winzig. Und dennoch gab es sie. Also trottete ich unbeholfen und mit wackligen Knien über den Weg, den Konstantin für uns auserkoren hatte.

»Was hast du eigentlich vor?«, fragte ich ihn, um wenigstens eine Ahnung davon zu bekommen, was mich erwartete.

»Das sagte ich doch bereits: mich mit dir unterhalten.«

»Und weswegen sind wir dann hier unterwegs? Unterhalten können wir uns genauso an jedem anderen Ort.«

»Ach, weißt du, meine Süße, ich habe schon auch noch weitere Pläne. Aber erst möchte ich mich einfach nur mit dir unterhalten.«

»Und worüber?«

»Über uns natürlich. Über dein feiges Verschwinden und deinen Verrat.«

»Welchen Verrat?«, schnaubte ich. Das war ja nun wirklich eine verquere Sicht auf die Ereignisse.

Prompt spürte ich eine Faust im Rücken, die mir einen schmerzhaften Stoß ins Zwerchfell verpasste. Kurz flimmerte es vor den Augen und ich hatte Mühe durchzuatmen, doch zum Glück fing ich mich rasch wieder.

Ich beschloss, das Thema zu wechseln. »Wie hast du mich gefunden?«

»Ha, das war die leichteste Übung.«

»Erzähl mir davon!« Wenn ich ihn am Sprechen hielt und ihm die Chance gab, von seinen großen Taten und Erfolgen zu berichten, stimmte ihn das vielleicht milde. Zumindest hoffte ich das ...

»Ach, das ist kaum der Rede wert«, höhnte er. »Wenn ich keinen ernstzunehmenden Gegner habe, macht die Polizeiarbeit keinen Spaß.«

»Wie meinst du das?«

»Süße, wie kann man bloß so naiv sein? Denkst du, ein paar Verschlüsselungen und Weiterleitungen sind eine Herausforderung für meine Kontakte? Ich bin bestens vernetzt, auch ins Hacker-Milieu. Da sind Cracks, die können alles knacken. Im Vergleich dazu waren die Maßnahmen von eurem albernen IT-Fuzzi in Berlin ein Witz. Außerdem konnte ich genug Leute in meinem Umfeld davon überzeugen, dass dieser lächerliche Kindergartentyp aus Eifersucht eine Schmutzkampagne gegen mich anzetteln wollte.«

»Das heißt, du hast mich über die E-Mails gefunden? Die an Senta und Samuel?«

»Selbstverständlich. Wie gesagt: leichteste Übung.«

»Aber wie bist du von der Quelle der E-Mails zu meinem Aufenthaltsort auf Mallorca gekommen?«, hielt ich das Gespräch am Laufen, während ich über ein zunehmend anspruchsvolles Gelände stolperte.

»Ich sag's noch mal, Süße: gute, alte Polizeiarbeit – wenn auch nicht nur auf die offizielle Weise. Ich habe mir den Typ genau angeschaut, sein Mobilfunk-Bewegungsprofil ausgewertet und nach Auffälligkeiten gesucht. Da gab es einen Zwei-Stunden-Slot im Hotel, der mir komisch vorkam. Klar, das hätte irgendein Sex-Abenteuer sein können. Allerdings erschien mir das unwahrscheinlich, weil es eine einmalige Sache war. Deswegen habe ich einen Hacker-Kumpel auf das Buchungssystem des Hotels angesetzt. Und was soll ich dir sagen ... Da ist doch glatt ein alter Bekannter vom LKA in Stuttgart aufgetaucht.«

Er unterbrach sich und griff völlig überraschend nach meinen Armen. Grob zerrte er an mir und drehte mich zu sich herum. Das Messer schien wieder in seiner Jackentasche verschwunden zu sein, stellte ich erleichtert fest. Wahrscheinlich fühlte er sich in dieser abgelegenen Umgebung sicher und verzichtete deshalb auf eine Bewaffnung. Körperlich war er mir ohnehin weit überlegen. Das hatte ich ja bereits zur Genüge gelernt.

Sein Gesicht schob sich direkt vor meines. Der hasserfüllte Ausdruck in seiner Mimik ließ mich unwillkürlich erzittern. Mit schreckgeweiteten Augen starrte ich ihn an.

»So, und jetzt möchte ich gern von dir wissen, was du von dem Kerl willst. Wagst du es etwa, mich zu betrügen, du Schlampe?«

Bewegungsunfähig vor Angst fixierte ich ihn. »Von welchem Kerl redest du?«, wisperte ich. Mir war klar, dass ihn dieses Manöver weiter gegen mich aufbringen würde, aber ich musste herausfinden, ob er von Philipp wusste und was er genau in Erfahrung gebracht hatte.

Bitte, bitte, lieber Gott, schickte ich ein Stoßgebet zum Himmel, *lass Philipp in Sicherheit sein!*

»Möchtest du mich zum Narren halten?«, zischte er. »Noch so eine Aktion und du fängst dir eine ein.«

»Nein«, flüsterte ich. »Ich schwöre dir, dass ich dich nie betrogen habe.« Trotz der Panik sah ich ihm fest in die Augen und legte alles an Nachdruck, was ich in der furchteinflößenden Situation zu bieten hatte, in diesen Blick. Insgeheim dankte ich mir selbst, dass ich diese Aussage mit reinem Gewissen treffen konnte. Zumindest was die körperliche Ebene anging.

Er kniff die Augenbrauen zusammen, musterte mich gefährlich und nickte. »Okay.«

Er trat einen Schritt zurück, betrachtete mich aber weiterhin voller Wut. »Jedenfalls war es naheliegend, dass der IT-Fuzzi seine Informationen von irgendwoher bekommen haben muss. Da bot dieser Spusi-Depp aus Stuttgart eine realistische Spur. Ich habe ein bisschen recherchiert und festgestellt, dass er Familie auf Mallorca hat. Und dass er in letzter Zeit häufiger dorthin geflogen ist als sonst. Da brauchte es keine detektivische

Meisterleistung, um eine Verbindung zu dir zu vermuten – zumal du ja schon immer nach Spanien wolltest. Also bin ich hierhergekommen und habe die Umgebung sondiert. Am Mittwoch habe ich dich schließlich zufällig entdeckt.«

Ein hämisches Grinsen, das mich innerlich erzittern ließ, wanderte über sein Gesicht. »Aber ich musste, bevor wir unser Wiedersehen feiern, erst noch in Erfahrung bringen, wie du zu dem Volltrottel stehst. Es war eine Kleinigkeit, herauszufinden, dass er für Freitag einen Flug gebucht hatte.« Seine Blicke bohrten sich wie spitze Eiszapfen in meine Augen. »Dein Glück, dass er nicht bei dir übernachtet. Ich habe ihn mit dem Mietwagen zu seiner Familie verschwinden sehen. Dort hat er dann das Gepäck ausgeladen. Nur deswegen glaube ich dir, dass du nichts mit dem Burschen hast. Andernfalls hättest du längst ein paar blaue Flecken mehr.«

Er schnaubte verächtlich. »Aber weißt du was? Etwas schwerer hättest du es mir schon machen können, dich zu finden. Das Ganze war geradezu eine Beleidigung für meine Fähigkeiten.«

Ich starrte ihn stumm an – ohne jede Idee, was ich als Nächstes unternehmen könnte, und fassungslos, dass er unseren ausgeklügelten Plan aus heiterem Himmel in seine Einzelteile pulverisierte, bevor wir ihn überhaupt umgesetzt hatten. Wahrscheinlich konnten Philipp und ich uns trotz des Nachdenkens über seine möglichen Reaktionen nicht tief genug in die kriminelle Energie seines kaputten Hirns hineinversetzen.

Konstantin stieß mich von sich und befahl: »Weitergehen!«

Eine Weile liefen wir schweigend, was auch dem zunehmend unwegsamer werdenden Gelände geschuldet war. Den Pfad konnte man kaum noch als solchen bezeichnen. Nur kleine Steintürmchen, die in dem schummrigen Licht schwer zu erkennen waren, wiesen den Weg. Zudem wurde es stetig steiler, während wir immer dichter an die fast senkrecht abfallende Steilküste gerieten. In der Ferne wanderte ein Lichtkegel durch das Grau. Darunter konnte ich den Umriss eines Gebäudes ausmachen. Das war dann wohl der Leuchtturm, den ich mit Philipp von der anderen Seite aus erwandert hatte. Trotz des hellen Scheins des Signals wurde er bereits nahezu von der Dämmerung verschluckt. Bis dahin würden wir heute jedenfalls nicht mehr kommen. Was hatte Konstantin bloß vor? Ich konnte mir keinen Reim auf diese Aktion machen.

Meinen ganzen Mut zusammenraffend drehte ich mich ein weiteres Mal zu ihm um. »Konstantin, das ist doch Irrsinn! Was hast du vor? Wir stürzen ab, wenn wir weitergehen. In spätestens einer halben Stunde sehen wir die Hand vor Augen nicht mehr.«

Er warf mir einen mitleidigen Blick zu und schüttelte den Kopf. »Ach, Silke, Schätzchen, warum so pessimistisch? Nur noch ein paar Meter, dann sind wir da. Und keine Sorge, wir stürzen nicht ab.« Er legte eine Pause ein, während ein diabolisches Grinsen auf seiner Miene erschien. »Wir nicht. Nur du.«

»Bitte?« Panisch drehte ich mich zu ihm um und schrie mit unkontrollierbarer Stimme: »Wir sind hier, weil du mich umbringen möchtest? Wieso?«

»Süße, das sollte dir doch klar sein. Ein Konstantin Schlecker lässt sich nicht hintergehen. Und schon gar nicht von so einer dahergelaufenen, unbedeutenden Kindergartentante.«

»Konstantin, bitte, komm wieder zu dir. Willst du jetzt auch noch einen Mörder aus dir machen?«

Er schüttelte den Kopf. »Ts, ts, ts. Wie kann man bloß so dumm sein? Natürlich werde ich keinen Mörder aus mir machen. Du wirst einfach einen kleinen Unfall haben. Leider hast du auf einer spontanen Wanderung den Rückweg unterschätzt, bist von der Dunkelheit überrascht worden und von einer Klippe gestürzt. Vielleicht wird deine Leiche gefunden, vielleicht bleibt sie auf irgendeinem Felsvorsprung liegen oder wird von der Flut herausgetragen. Wer weiß das schon? Nur eines ist sicher, mein Schätzchen, heute ist dein Todestag.«

»Nein!«, schrie ich entsetzt auf.

»Süße, wir sind fast am Ziel.« Er deutete auf ein unter uns liegendes Felsplateau, an dessen Ende ein Abgrund lauerte, der sich unsichtbar in Richtung des schäumenden Wassers verlor.

»Nein!«, entfuhr es mir ein weiteres Mal in verzweifelter Panik. Wild jagten die Gedanken durch meinen Kopf. Was konnte ich jetzt noch tun? Den Fluchtweg versperrte Konstantin. Und selbst wenn es mir gelingen sollte, an ihm vorbeizukommen, welche Chance hätte ich schon gegen ihn? Seiner Schnelligkeit, Größe und Kraft hatte ich nichts entgegenzusetzen. Ganz davon abgesehen, dass er bewaffnet war.

Also war es das. Mein Leben endete hier und heute. Ausgelöscht von einem Irren, den ich fatalerweise einmal geliebt hatte ...

Plötzlich schien sich die Zeit zu dehnen und ich wurde innerlich vollkommen ruhig. Meine Wahrnehmungen wurden so klar wie noch nie zuvor.

Die letzten Sekunden. Oder waren es Minuten?

Ich sog die Luft ein und genoss es, lebendig zu sein. Zu atmen, den Herzschlag zu spüren, zu fühlen. So viel zu fühlen.

Liebe. In erster Linie Liebe für Philipp.

Und gleichzeitig ein tiefes Bedauern, diesem Gefühl nicht nachgegeben zu haben. Teresas Worte kamen mir wieder in den Sinn und ihre Warnung, nicht zu lange zögern. Ach, wie sehr hatte sie recht gehabt! Philipp und ich hätten eine gemeinsame Zeit verleben können. Nur kurz, aber doch lange genug, um mit einer glücklichen Erinnerung mehr das Leben hinter mir zu lassen.

Wehmut schob sich wie eine dunkle Wolke vor die starken Empfindungen. Bloß für einen Augenblick, dann überwog das Glück, geliebt zu haben und das Gedenken an diesen Kuss mit ins Jenseits zu nehmen.

Ich konzentrierte mich auf die körperlichen Sinneseindrücke. Ein letztes Mal.

Die feuchte Kühle der einbrechenden Nacht auf den Wangen spüren.

Die Luftbewegungen wahrnehmen, die meine Haut mit einem leisen Hauch umspielten.

Noch einmal die Geräusche des Windes hören, das Rauschen des Meeres, das Donnern der Wellen, die sich an den Felsen brachen, die Schreie der Seevögel.

Und ein entferntes Dröhnen. Ein Dröhnen, das näherkam. Das ich in keinem anderen Moment realisiert hätte. Ein Dröhnen, das lauter wurde.

Ich schrak aus dem Zeitloch auf und kehrte mit dem Bewusstsein zur weiteren Umgebung zurück. Was hatte das zu bedeuten?

Auch Konstantin bemerkte die Veränderung und stand lauschend da. »Was ist das?«, murmelte er mehr zu sich selbst als zu mir.

»Ein Hubschrauber«, entfuhr es mir aufgeregt. Woher tauchte der denn plötzlich auf? Und würde er uns sehen? Noch während ich mir diese Frage stellte, wurde das Geräusch so durchdringend, dass es alles andere übertönte. Wie aus dem Nichts schwebte der Heli von unten über die Felskante, bis wir in den Strahl eines gigantischen Scheinwerfers gerieten.

Konstantin hielt einen Moment in der Bewegung inne, dann stieß er mich weiter in Richtung seines erklärten Ziels. Anscheinend konnte ihn jetzt nicht einmal mehr die Tatsache aufhalten, bei einem Verbrechen beobachtet zu werden. Ich kam ins Straucheln, fing mich jedoch wieder. Der grelle Scheinwerferkegel blendete mich, sodass ich die Augen schützend mit einer Hand abschirmte. Verdammt! Nur noch zwei, drei Meter und ich stünde am Rande des Abgrunds. Und zwar im allerwörtlichsten Sinne. Ein neuerlicher Schauer rieselte über meinen Rücken, während das Blut mit einem gewaltigen Puls durch den Körper raste. Ich musste alles geben, um mich nicht von der Schwärze einer Ohnmacht umnebeln zu lassen. Was nun? Wie sollte ich mich aus dieser verzweifelten Lage retten?

Mitten in die paralysierte Lähmung hinein drang ein Schrei zu mir durch. Wahrscheinlich konnte ich ihn nicht einmal hören – dazu war das ohrenbetäubende Getöse der Rotoren viel zu laut. Eher spürte ich ihn, als sei er nur für mein Unterbewusstsein wahrnehmbar. Ich drehte mich um und sah ein paar Meter über mir in Philipps angestrahltes Gesicht. Das Entsetzen, das sich darin spiegelte, bekam durch die grellen Scheinwerfer eine geradezu furchteinflößende Note. Auch Konstantin, der sich inzwischen unmittelbar neben mir befand, fuhr herum und starrte verwirrt auf den unerwarteten Neuankömmling.

Heute bin ich nicht mehr in der Lage zu sagen, welche aus dem Nichts kommende Eingebung mich dazu brachte, diesen Moment seiner Unachtsamkeit für mich zu nutzen. Selbst wenn ich nie wirklich an himmlischen Beistand geglaubt habe, fühlt es sich im Nachhinein doch so an, als hätte ich ihn in dieser Sekunde bekommen ...

Ohne groß nachzudenken, stieß ich Konstantin meinen Ellenbogen mit der letzten verbliebenen Kraft in den Magen und spurtete los – so gut, wie man auf diesem Untergrund spurten konnte. Als ich Philipp erreichte, der fassungslos hinter mich starrte, ließ ich mich hemmungslos in seine Arme fallen.

Erst mit einer kurzen Verzögerung wurde mir bewusst, dass das keine schlaue Aktion darstellte. In dieser Umklammerung wurden wir beide zur ungeschützten Zielscheibe für Konstantins Angriffe. Als mich diese Erkenntnis durchzuckte, riss ich mich von Philipp los und fuhr in einer panischen Bewegung herum.

Ungläubig wanderten meine Blicke über das Felsplateau. Die Ereignisse überschlugen sich zu schnell, als dass meine innerliche Informationsverarbeitung noch hätte folgen können. Deswegen dauerte es, bis mein Gehirn in der Lage war, die Eindrücke der Sehnerven zu verarbeiten. Ich schloss die Augen und öffnete sie erneut. Doch das änderte nichts.

Konstantin war nicht mehr da.

Die große Ungewissheit

»Wie?«, stammelte ich und starrte orientierungslos auf das Felsplateau. »Wo ist er?«

Philipp umschlang mich von hinten mit den Armen und hielt mich so fest umklammert, als ob ich ihm gleich wieder entrissen werden könne. »Alles gut, Liebes«, flüsterte er dicht an meinem Ohr.

Ein Mitglied der Hubschrauberbesatzung saß mit den Füßen auf den Kufen und sah angespannt in unsere Richtung. Philipp zeigte ihm am ausgestreckten Arm Daumen hoch. Der andere erwiderte die Geste. Dann drehte der Helikopter ab und vergrößerte den Abstand zu den Felswänden. Erst danach bewegte er sich langsam abwärts. Der Scheinwerferkegel verschwand unterhalb der Kante und wir standen im Dunkeln.

»Wo ist er?«, wiederholte ich die eben schon gestellte Frage, auf die ich mir absolut keinen Reim machen konnte.

»Alles gut«, raunte Philipp erneut. »Er ist gefallen.«

»Er ist gefallen? Wie gefallen?« Ich verstand kein Wort. Die Ereignisse der letzten Stunde hatten mich heillos überfordert und das abrupte Ende konnte ich nicht einordnen.

Philipp wiegte mich sanft hin und her. Die Wärme seines Körpers übertrug sich auf meinen und schien sämtliche Fasern der Seele zu durchdringen. Ich spürte dem immer noch wild hetzenden Puls nach, zwang mich zur Ruhe und begann wieder, bewusst in den Bauch zu atmen.

»Bitte sag mir, was passiert ist. Wo ist Konstantin?«

»Er ist über die Kante gefallen. Dein Ellenbogencheck hat ihn unerwartet erwischt. Er ist aus dem Gleichgewicht geraten und nach hinten getaumelt. Dabei ist er über einen Stein gestolpert und schließlich in den Abgrund gestürzt.«

»Ist er tot?«, fragte ich völlig überlastet von dieser neuerlichen Wendung.

»Das weiß ich nicht«, murmelte er. »Vermutlich. Darf ich dich loslassen? Dann schaue ich über die Kante.«

»Nein!«, rief ich entsetzt aus. »Am Ende stürzt du auch ab. Oder er hängt da noch und zieht dich mit in den Abgrund. Bitte bleib hier.«

»Sch ...«, zischte er beruhigend. »Alles gut, mein Liebling. Ich bleibe bei dir.«

»Was tun wir denn jetzt?«, versuchte ich, Ordnung in das um mich herum tobende Chaos zu bringen, nachdem wir ein paar Minuten schweigend in die plötzliche Leere gestarrt hatten.

Doch bevor Philipp antworten konnte, erklangen wie aus dem Nichts Stimmen, die sich uns rasch näherten. Kurz danach erschienen Lichtkegel – deutlich kleinere als die des Hubschraubers, aber dennoch eindeutig wahrnehmbar.

»Oh nein«, entfuhr es mir erschrocken. »Wer kommt da?«

»Ganz ruhig, Liebes«, besänftigte er mich. »Ich habe Paul alarmiert. Bestimmt hat er Hilfe geholt oder ist selbst hierher unterwegs.«

»Paul?« Mein Gehirn arbeitete immer noch nicht richtig. Ich hatte Mühe, irgendwelche Zusammenhänge herzustellen. »Wieso Paul? Und woher wusstest du überhaupt, dass ich hier bin?«

Philipp drehte mich zu sich und schaukelte mich ein weiteres Mal in seinen Armen hin und her. »Das ist gerade ein bisschen viel für dich. Schaffst du es, mit mir den Weg zurückzugehen? Dann erzähle ich dir alles, wenn du mit einer Tasse Tee auf irgendeinem Sofa liegst. Du zitterst wie Espenlaub. Oder soll ich dich ins Krankenhaus bringen?«

Stimmt, ich zitterte, auch wenn mir das bislang gar nicht aufgefallen war. »Nein, nicht ins Krankenhaus. Mir fehlt nichts. Allenfalls habe ich einen leichten Schock.«

»Okay, ich vermute, am Parkplatz wartet ein Sani. Wenn der grünes Licht gibt, bringe ich dich, wohin du willst.«

Inzwischen hatten uns die Lichtscheine beinahe erreicht. Kurz vor dem Aufeinandertreffen senkten sich die Kegel zu Boden, sodass die beiden Menschen dahinter sichtbar wurden.

»Benjamin, Paul!«, rief ich erleichtert aus. »Ich war noch nie so froh, euch zu sehen.«

Unter anderen Umständen hätten die zwei wahrscheinlich mit einem Scherz reagiert, doch jetzt sahen sie mich nur ernst und betroffen an.

»Bist du in Ordnung, Silke?«, fragte Benjamin als Erster.

»Ja, alles gut so weit. Mir fehlt nichts.«

»Gott sei Dank«, stieß Paul hörbar durchatmend aus und musterte mich besorgt. »Bist du in der Lage zurückzulaufen? Andernfalls tragen wir dich abwechselnd. Zu zweit nebeneinander funktioniert hier nicht. Dazu ist es zu eng und zu steil.«

»Ich kann laufen«, gab ich bestimmter zurück, als ich mich fühlte. Meine Knie wackelten und ich musste sämtliche Kraftreserven aufwenden, um mich zu stabilisieren.

»Ich nehme dich ganz fest an die Hand«, entschied Philipp, »und wenn es nicht mehr geht, sagst du Bescheid.«

Ich nickte stumm und unsere kleine Karawane setzte sich vorsichtig in Bewegung.

Für den Hinweg hatte ich mit der Bedrohung im Rücken sicher nicht länger als eine Dreiviertelstunde gebraucht, doch jetzt in der Dunkelheit und mit der Entkräftung, die ich von Sekunde zu Sekunde heftiger spürte, brauchten wir eine gefühlte Ewigkeit. Als wir wieder leichter begehbaren Grund unter den Füßen hatten, stützten mich die drei Männer abwechselnd und trugen mich mehr, als dass ich eigenständig lief.

Am Parkplatz wartete tatsächlich ein Sanitäter, der mir nach einem kurzen Check die Erlaubnis gab, nach Hause zu gehen. Unterdessen beratschlagten meine

Retter die weitere Vorgehensweise. Ich hörte nur mit einem Ohr zu, weil schlagartig eine Welle der Erschöpfung über mir zusammenschlug. Erst als Philipp sich zu mir in den offenstehenden Krankenwagen beugte, auf dessen Kante ich saß, kehrte ich mit der Aufmerksamkeit zu ihm zurück.

»Liebes, wir halten es für das Beste, wenn du heute bei Jule und Paul übernachtest. Falls Konstantin noch leben sollte – was wir nicht wissen können –, findet er dich dort nicht. Bist du damit einverstanden?«

Ich sah Philipp mit glasigem Blick an und versuchte, seinen Worten zu folgen, was mir kaum gelang. Bestimmt war sein Vorschlag wohlüberlegt. Und wieso sollte ich mir Gedanken machen, wenn er das bereits für mich tat? In den vergangenen Monaten hatte ich so viel aufbieten müssen, um die Kontrolle über mein Dasein zu behalten, dass ich erleichtert war, sie einfach einmal abgeben zu dürfen. Deswegen nickte ich bloß und ließ mich von ihm willenlos zum Auto führen.

Kurze Zeit später saß ich bei Jule und Paul auf dem Sofa – mit einer Tasse Tee in der Hand und eingemummelt in eine warme Decke. Ich zitterte immer noch, aber längst nicht mehr so schlimm. Nur mein Kopf hatte weiterhin Mühe, die Ereignisse der letzten Stunden zu verarbeiten. Und dann gab es da diese nagende Ungewissheit, was aus Konstantin geworden war. Umso entlastender fühlte es sich an, mich an einem Ort zu befinden, an dem er mich garantiert nicht finden würde. Zumindest nicht heute Nacht.

Jule warf mir einen besorgten, mitfühlenden Blick zu. »Wie fühlst du dich, Silke? Geht's wieder ein bisschen besser?«

Ich nickte und nahm einen weiteren Schluck des heißen Gebräus. »Ja, alles okay. Ich komme bloß mit dem Sortieren nicht hinterher. In den letzten Stunden sind so viele Dinge geschehen, die ich noch gar nicht begreifen kann.«

Sie betrachtete mich nachdenklich und sah danach ihren Lebensgefährten an. »Ja, das kann ich mir vorstellen. Als Philipp Paul angerufen hat, haben wir auch nur Bahnhof verstanden. Dass dich irgendein Geheimnis quält, war ja offensichtlich, doch wir hatten keine Ahnung welches. Und als dann Philipp auf einmal behauptete, dass du in Gefahr wärst und dich wahrscheinlich dein Mann verschleppt hätte, sind wir aus allen Wolken gefallen.«

Ich drehte mich zu Philipp um, an dessen Seite ich schon die ganze Zeit lehnte. Sofort vermisste ich die wohlige Behaglichkeit, für die seine Nähe sorgte. »Wieso wusstest du überhaupt, wo ich bin? Es hat dich bestimmt stutzig gemacht, dass ich plötzlich nicht mehr zuhause war, aber ich hätte ja überall sein können.«

Philipp streichelte behutsam über meine Wange. »Da ist dir etwas Wichtiges entgangen, Liebes. Ich kann deinen Standort auf meinem Handy sehen und ...«

Ich schlug mir aufgebracht gegen die Stirn und rief: »Meine Güte, das habe ich in der Panik komplett vergessen, zumal es ein absoluter Zufall war, dass ich das Smartphone überhaupt bei mir trug.«

Philipp intensivierte sein Streicheln und betrachtete mich mit einem Blick, der mir durch und durch ging. »Das ist ja kein Wunder, dass du das vergessen hast, bei all dem, was du mitmachen musstest«, raunte er mit mitgenommener Stimme. »Und was für ein riesiges Glück, dass du es dabei hattest! Sonst hätte ich dich niemals gefunden.«

Ein Schauder erfasste mich. »Gott, ich mag mir das gar nicht vorstellen. Ich habe das Handy einfach gedankenverloren in die Jackentasche gesteckt, als es an der Tür klingelte, und danach nicht mehr daran gedacht. Die ganze Zeit über habe ich bloß überlegt, wie ich Konstantin entkommen könnte, aber mir fiel absolut nichts ein. Ich hoffte nur, ihn irgendwie bei Laune halten zu können. Allerdings wäre mir das ohnehin nicht gelungen. Er hatte von Anfang an den Plan, mich in den Abgrund zu stoßen und es wie einen Unfall aussehen zu lassen.«

»Das ist nicht dein Ernst!«, rief Philipp schockiert aus, während sein Gesicht eine gräuliche Farbe annahm und sich die Augen entsetzt weiteten.

»Doch. Er hat es angekündigt.« Ich ließ ihm ein bisschen Luft, um die Information zu verdauen, und fragte schließlich: »Wie ist es bei dir weitergegangen? Du hast meinen Standort gesehen und dann?«

Philipp schüttelte immer noch mit eingefallener Miene den Kopf. Nach einer Weile riss er sich zusammen und fuhr mit seinem Bericht fort. »Ich habe Paul angerufen, weil er perfekt Spanisch spricht und weil ich ihm vertraue. Ich bat ihn, bei der Polizei anzurufen und Hilfe zu organisieren.«

»Das hast du mir ganz schön schwergemacht, Kumpel«, schnaubte Jules Partner. »Mit den bruchstückhaften Informationen, die ich hatte, habe ich es kaum geschafft, die Polizisten davon zu überzeugen, dass es sich um einen Notfall handelt. Ich konnte fast keine Frage beantworten und der Beamte war bereits kurz davor, den Hörer aufzulegen. Ich musste alles aufbieten, um ernstgenommen zu werden. Zum Glück ist es mir am Ende doch noch gelungen, glaubhaft zu machen, dass eine massive Bedrohung vorliegt und ein schnelles Eingreifen unerlässlich ist.«

Philipp warf ihm einen dankbaren Blick zu. »Danke, mein Freund, dafür hast du echt was gut bei mir.«

»Vergiss es«, erwiderte der. »Ich bin heilfroh, dass wir nicht zu spät kamen.«

Für einen Moment schwiegen wir. Ich hatte das Gefühl, dass jede und jeder von uns Bilder im Kopf hatte, wie das Ganze hätte ausgehen können. In einer Aufwallung von Erleichterung drückte ich mich erneut gegen Philipp und genoss es mit sämtlichen Sinnen, seine Nähe zu spüren. Und nicht nur die, sondern genauso all das, was in seiner Seele lag und was mir Liebe, Glück und Zuversicht schenkte.

Erst nach einer längeren Pause meldete sich Jule wieder zu Wort. »Magst du uns deine Geschichte erzählen oder ist das ein schlechter Zeitpunkt?«, fragte sie leise.

Ich lauschte einen Augenblick in mich hinein und entgegnete: »Nein, ich glaube sogar, dass jetzt der perfekte Zeitpunkt ist, um noch einmal alles Revue passieren zu lassen.« Stockend startete ich und erzählte dann zunehmend flüssiger.

Minutenlang herrschte Stille. Philipp kannte meine Biografie ja bereits, doch für Jule und Paul waren sämtliche Details neu. Ihre Mienen waren von Satz zu Satz schockierter geworden, bis schließlich Tränen über das Gesicht meiner Freundin liefen.

Es dauerte gefühlte Ewigkeiten, bis sie sich aus ihrer Erstarrung löste. »Meine Güte, Silke, das ist ja schrecklich. Ich hatte keine Ahnung, dass du in einer derart aussichtslosen Lage steckst. Umso mehr danke ich dir, dass du dich mit mir angefreundet hast. Es muss dir verdammt schwergefallen sein, überhaupt noch zu jemandem Vertrauen aufzubauen.«

Ich schluckte schwer. »Ja, das ist richtig. Deswegen habe ich euch alle nur ein bisschen an mich herangelassen. Ich hoffe, du verstehst, dass das nichts mit euch zu tun hatte. Ich war und bin Teresa und dir dankbar, dass ihr euch trotz meiner abweisenden Art mit mir abgegeben habt. Das hat mir wirklich viel bedeutet.«

»Und wie geht es jetzt weiter?«, platzte sie heraus.

Ich zuckte mit den Achseln. »Ich habe nicht die leiseste Ahnung. Für den Moment bin ich einfach froh, dass ich noch lebe. Was dann kommt, wird man sehen.« Ich kämpfte gegen einen Kloß im Hals und den nächsten Tränenschwall an, der unbedingt in die Augen drängen wollte. »Wenn Konstantin tot ist, bin ich frei. Wenn er überlebt hat oder nie gefunden wird, muss ich von hier verschwinden und den Kontakt zu euch abbrechen.«

Es zerriss mir das Herz, das auszusprechen, aber es entsprach der Wahrheit, und zwar der einzigen, die es in diesem Fall gab. Da wartete kein Plan B, keine zweitbeste Möglichkeit. Es existierte bloß ein alternativloser Weg. Konstantin wusste von Philipp. Wenn ich mich in seiner Nähe aufhielte, würde er nicht nur mich schnappen, sondern ich brächte damit auch den Mann in Gefahr, der mir mehr bedeutete als alles andere.

»Lasst uns den morgigen Tag abwarten!«, erklang Pauls beruhigende Stimme. »Die Polizei hat meine Telefonnummer und Adresse. Wenn es Neuigkeiten gibt, wird sie sich bei mir melden. Dann sehen wir weiter.«

»Du hast recht«, gab ich nach einer kleinen Bedenkzeit zurück. »Ehrlich gesagt bin ich vollkommen erschöpft. Darf ich wirklich bei euch übernachten?«

Kurz stockte ich, weil mir plötzlich aufging, dass an diesem Setting hier etwas nicht stimmte. So langsam schien mein Gehirn auch wieder Dinge wahrzunehmen, die über mein eigenes Drama hinausgingen.

Ein gutes Zeichen!, sprach ich mir selbst Zuversicht zu.

»Wo ist eigentlich Antonia?«, fragte ich laut. »Ihr habt sie doch hoffentlich nicht wegen mir ausquartiert?«

»Nein, nein, keine Sorge«, antwortete Jule beruhigend. »Sie ist heute mit Teresa unterwegs und wollte anschließend bei ihr übernachten. Außerdem haben wir ohnehin zwei Gästezimmer. Und selbstverständlich darfst du bei uns schlafen.«

Beinahe schon empört schob sie hinterher: »Du denkst ja wohl nicht ernsthaft, wir würden dich unter diesen Umständen wieder hinaus in die Nacht schicken?«

»Natürlich nicht«, erwiderte ich dankbar und startete zaghaft das Anliegen, das mir gerade am wichtigsten von allen war. »Da gibt es noch etwas. Könnte Philipp vielleicht bei mir bleiben?«

Ich ließ den Blick schüchtern in Philipps Richtung schweifen. »Wenn dir das nichts ausmacht. Ich hätte dich wirklich gern bei mir.«

»Was glaubst du denn, Liebes?«

Seine Stimme klang rau und bewegt. »Niemand könnte mich heute aus deiner Nähe vertreiben. Und ich bin sicher, die zwei hier würden das auch gar nicht erst versuchen. Ohne dein Angebot hätte ich die Nacht auf diesem wenig bequemen Sofa verbracht.«

Jule lachte und damit kehrte erstmals an diesem Abend ein Hauch von Unbeschwertheit in den Raum zurück. »Selbstverständlich nicht. Ich bin doch nicht lebensmüde.«

»Danke, dass du bei mir bist«, wisperte ich eine halbe Stunde später, als ich bereits fest in eine Decke gekuschelt im Bett lag. Ich hatte mich seitlich in Philipps Richtung gedreht, der sich in derselben Stellung auf seiner Bettseite ausgestreckt hatte. Im Zwielicht des Mondes, der einen milchigen Schimmer ins Zimmer schickte, konnte ich seine Gesichtszüge nicht im Detail erkennen, dennoch spürte ich seinen Blick auf mir ruhen.

Seine Hand reckte sich mir entgegen und streichelte behutsam über die Stirn und die obenliegende Wange. »Hey, kein Grund zu danken. Ich bin einfach nur froh, dass ich jetzt bei dir sein darf.«

»Ich bin genauso froh darüber«, wisperte ich befangen.

Obwohl wir in Schweigen verfielen, war mir bewusst, dass seine komplette Aufmerksamkeit von meiner Anwesenheit gefangen genommen wurde. Das löste zugleich ein wundervolles und irgendwie auch beängstigendes Gefühl aus – angesichts der großen Ungewissheit, die mich umtrieb.

Ich biss angestrengt auf der Unterlippe herum und grübelte über die Folgen des heutigen Tages nach. »Weißt du, dass ich mich ganz fürchterlich schäme?«

»Du schämst dich?«, wiederholte er erstaunt. »Wofür um alles in der Welt?«

»Für meine Gedanken. Ich wünsche mir, dass Konstantin tot ist, damit ich mein Leben zurückbekomme und mich wieder frei fühlen kann. Damit ich eine Zukunft habe. Und damit meine Träume eine Chance bekommen, in Erfüllung zu gehen. Gleichzeitig finde ich das schrecklich egoistisch. Ich meine: Wie kann man sich bloß wünschen, dass ein Mensch tot ist? Wie schlecht muss man sein, um solche Gefühle zu entwickeln? Immerhin habe ich ihn mal geliebt oder zumindest das, was ich dafür hielt.« Ich stockte und dachte nach, wie ich das formulieren sollte, was mir durch den Kopf ging.

»Trotz der Dinge, die er mir angetan hat, ist und bleibt er ein Mensch. Ein Mensch, der es genauso verdient hat, zu leben, wie alle anderen auch. Ich glaube nicht, dass er von Grund auf böse ist. Bei ihm ist etwas außer Kontrolle geraten, etwas Krankes, Gestörtes. Aber er ist mehr als nur dieser eine Teil. Verstehst du, was ich meine? Wenn er wirklich tot ist, wird es ewig auf mir lasten, dass ich daran schuld bin. Und wenn er lebt, geht meine Flucht weiter. Beides keine verlockenden Perspektiven.« Das Thema, dass das die Trennung von Philipp bedeuten würde, wollte ich an dieser Stelle gar nicht erst aussprechen.

Seine Bewegungen an meiner Gesichtshaut wurden noch eine Spur zärtlicher und sanfter. »Ich kann nachvollziehen, dass du das so siehst und dass du dir Vorwürfe machst – wegen der Dinge, die geschehen sind, und wegen deiner Gefühle. Es ehrt dich, dass du das nicht so locker wegsteckst. Vielleicht hilft es dir, wenn ich dir sage, dass sein Absturz eindeutig ein Unfall war. Der Stoß von dir war nicht stark genug, um ihn über die

Klippe zu befördern. Er hätte ihn allenfalls zu Fall gebracht und dir einen kleinen Vorsprung verschafft. Aber dann wäre er hinter dir hergespurtet und hätte uns beide attackiert.«

»Wir hätten kaum eine Chance gehabt«, flüsterte ich. »Er war mit einem Jagdmesser bewaffnet.«

»Er hatte ein Messer?«, stieß er schockiert aus. »Den Teil der Geschichte kannte ich noch gar nicht.«

»Ja, er hat mich bereits an der Haustür mit dem Messer bedroht.«

»Das bedeutet, dass wir beide mit dem Leben bezahlt hätten«, murmelte er tonlos. »Ein Grund mehr, dir keine Vorwürfe zu machen. Und wie gesagt: Dein Stoß an sich war harmlos. Er ist durch eine Verkettung unglücklicher Umstände abgestürzt.« Er gab ein kurzes Schnauben von sich. »Wobei mir das Wörtchen ›unglücklich‹ in dem Zusammenhang nur schwer über die Lippen geht. Jedenfalls ist er komplett aus dem Gleichgewicht geraten und beim Versuch, sich wieder zu fangen, ein paar Schritte rückwärts getaumelt. Dort lag ein größerer Stein, der ihm die Beine weggezogen hat, sodass er rücklings über die Kante gefallen ist.«

Ich zögerte, wusste nicht so recht, wie ich die nächste drängende Frage stellen sollte. Solange sie still in mir rumorte, fühlte sie sich weniger real und bedrohlich an als im ausgesprochenen Zustand. Dennoch konnte ich ihre stete Wiederholung in meinen Gedanken nicht länger ignorieren. »Denkst du, ich werde angeklagt?«

Philipp schüttelte entschieden mit dem Kopf. Zumindest kam es mir so vor, weil das Bett in Schwingung geriet. »Nein, das halte ich für unwahrscheinlich. Die Hubschrauber-Besatzung hat den Vorfall beobachtet. Und die Männer wussten, dass du dich in einer gefährlichen Situation befindest. Sollten sie Konstantin aufspüren, werden sie das Messer entdecken. Das wird reichen, um zu beweisen, dass er dir nichts Gutes wollte.«

»Hm«, machte ich, einigermaßen beruhigt und trotzdem noch voller Zweifel.

»Und was das zweite Thema angeht ... Vielleicht schenkt es dir Entlastung, dass ich genau dieselben Gedanken habe wie du. Ich meine, was dir dieser Mann angetan hat – und nicht nur dir, sondern auch Samuel – ist unverzeihlich. Selbst wenn ich prinzipiell niemandem den Tod wünsche, ist es in diesem Fall anders. Er würde dir, mir und weiteren Menschen die Zukunft zur Hölle machen. Natürlich hat jeder das Recht auf Leben, aber er hat sich seines eigenhändig verbaut. Weder dich noch mich noch sonst irgendwen trifft dafür irgendeine Schuld.«

Philipp legte eine Pause ein und ich konnte geradezu spüren, wie viel ihm durch den Kopf ging. Nach einer Weile nahm er einen tiefen Atemzug. »Glaubst du, du kannst jetzt eine Runde schlafen? Dann schauen wir, was der morgige Tag bringt.«

»Ich werde es versuchen«, wisperte ich und griff nach seiner Hand, die nach wie vor meine Wange streichelte, um sie fest mit meiner zu umklammern.

»Gut«, flüsterte er. »Und fühl dich frei, mich zu wecken, wenn dich etwas quält. Meine Arme sind jederzeit bereit, dir Halt zu geben.«

Ich lauschte kurz in mich hinein und fragte zögerlich: »Dürfte ich in deinem Arm einschlafen?«

»Immer«, gab er in einem Tonfall zurück, der so voller Emotionen steckte, dass mein Herz aufgeregt losstolperte. »Wenn du willst, bis ans Ende unseres Lebens.«

Innere Zerrissenheit

Wider Erwarten schlief ich unverzüglich ein, nachdem ich auf Philipps Bettseite gekrabbelt war und mich an ihn geschmiegt hatte. Als Erstes nahm ich beim Aufwachen die große, schützende Hand wahr, die über meiner linken Körperseite lag und die sich so angenehm an meinen Bauch schmiegte. Dann spürte ich den ungewohnten und doch so vertrauten Körper hinter mir, dessen Nähe mir ein Gefühl von Geborgenheit vermittelte, wie ich es noch nie erfahren hatte. Oder zumindest seit langem nicht mehr. Seit meine Eltern nicht mehr bei mir waren. Kurz schoss ein wehmütiges Ziehen durch mein Herz. Aber schon im nächsten Augenblick ließ ich mich wieder vereinnahmen von dem Wohlbehagen, das Philipps Anwesenheit in mir auslöste.

Ich wagte kaum, mich zu rühren, um diesen kostbaren Moment nicht zu zerstören. Doch anscheinend reichte die Tatsache, dass ich vorsichtig seine Hand berührte, bereits aus, um ihn zum Erwachen zu bringen. Seine Atmung veränderte sich und nach einigen rekelnden Bewegungen erklang seine Stimme dicht an meinem Ohr. »Na, Liebes, wie geht es dir?«

»Gut«, murmelte ich befangen. »Ich habe wunderbar geschlafen. Mein Unterbewusstsein hat zwar ein paar verrückte Träume produziert von Klippen und Hubschraubern, aber nichts extrem Furchteinflößendes. Und wie geht es dir?«

»Ebenfalls gut. Ich war ja auch am schönsten Ort der Welt. Bei dir.«

Ich seufzte wohlig und ließ mich in den Zauber seiner Umarmung fallen. Allerdings nur kurz, bis mir allzu bewusst wurde, dass keiner von uns beiden ahnen konnte, welche Neuigkeiten dieser Tag für uns bereithalten würde. Deswegen löste ich mich aus seinen Armen und schwang die Beine über die Bettkante.

Im Sitzen drehte ich mich nachdenklich zu ihm um. »Ich danke dir, Philipp. Ich danke dir wirklich sehr. Es hat mir unglaublich geholfen, dass du heute Nacht bei mir geblieben ist. Aber die ganze Geschichte ist noch nicht vorbei. Ich will mich gar nicht erst an das Gefühl gewöhnen, dich bei mir zu haben, weil ich es nicht verkraften könnte, das wieder zu verlieren. Verstehst du?«

»Ich verstehe.« Sein Blick versank tief in meinem. Wie schon so oft fühlte ich mich gebannt und in ein anderes Leben versetzt.

Ich durfte diesen Emotionen nicht nachgeben, auf keinen Fall! Deswegen sprang ich auf und verschwand im Bad, machte mich frisch und schlüpfte in meine Kleidung. Als ich fertig war, verließ ich den Raum durch die Tür, die direkt in den Flur führte und hüpfte eilig die Treppe nach unten.

»Guten Morgen, Silke«, begrüßte mich Paul, der am Herd stand und Omelett zubereitete. »Hast du schlafen können?«

»Ja, erstaunlich gut, danke.«

»Dann bist du ja bereit für ein opulentes Frühstück«, erwiderte er mit einem Grinsen. »Kommt Philipp auch?«

»Ich denke schon.« Mein Gewissen rumorte ein wenig, dass ich ihn so abrupt alleingelassen hatte, aber andererseits war ich mir sicher, dass er verstand, wie kompliziert sich das alles gerade für mich anfühlte. »Wo ist Jule?«

»Sie holt ein paar Tomaten aus dem Garten. Bestimmt ist sie gleich zurück.«

Wie aufs Stichwort trat die Gesuchte durch die Verandatür, entdeckte mich und schenkte mir ein mitfühlendes Lächeln. »Hey, Silke, wie geht es dir?«

»Ganz gut, würde ich sagen.«

Sie musterte mich intensiv. »Wahrscheinlich beunruhigt dich, dass du nicht weißt, was aus deinem ... deinem ..., na ja, aus diesem Typ geworden ist.«

»Du kannst ihn ruhig meinen Mann nennen. Rein rechtlich ist er das noch, auch wenn es sich nicht so anfühlt.«

»Hm, kommt mir komisch vor, ihn so zu nennen.« Sie wandte sich an Paul. »Liebling, magst du bei der Polizei anrufen und dich nach Neuigkeiten erkundigen?«

Er sah auf die Uhr. »Ja, das mache ich. Allerdings finde ich, dass es dafür zu früh ist. So schnell wird es nichts Neues geben. Lass uns ein bisschen warten! Nach dem Frühstück unternehme ich einen Versuch.«

»Wahrscheinlich hast du recht«, seufzte Jule. »Aber die Ungewissheit ist echt schwer zu ertragen. Sogar für mich. Wie muss es da erst dir gehen, Silke?«

Ich nickte zustimmend. »Ja, das ist kaum auszuhalten.« Wie wild die unterschiedlichsten Empfindungen in mir tobten, mochte ich ihr lieber nicht offenbaren. Ich schwankte weiterhin zwischen der Hoffnung, dass ich ihn für immer los war, und dem schlechten Gewissen, so etwas auch nur zu denken.

»Guten Morgen«, erklang es von der Treppe und mein Kopf fuhr herum.

Philipp stand dort und ließ die Blicke durch die Runde kreisen, bis sie an mir hängenblieben. Ich erkannte Liebe und Verständnis darin, aber auch einen Funken Enttäuschung, dass ich ihn so unvermittelt alleingelassen hatte. Entschuldigend lächelte ich ihn an. Das Blitzen in seinen Augen intensivierte sich und er nickte nachsichtig.

Wir unterhielten uns immer noch am Frühstückstisch, als es an der Haustür klingelte.

»Ich gehe«, verkündete Paul entschieden.

Nur einen Sekundenbruchteil später sprang auch Philipp auf und sagte knapp und konzentriert: »Ich komme mit.«

Die Spannung, die in der Luft hing, ließ sich mit Händen greifen. Unwillkürlich begann ich wieder zu zittern. Was, wenn er doch noch lebte? Und was, wenn er mich gefunden hatte?

Eine laute Spanisch sprechende Stimme hallte durch den Flur und ich entspannte mich ein wenig. Das war definitiv nicht Konstantin.

Kurz darauf trat ein Mann in Uniform durch die Tür. Allein schon seine aufrechte, beinahe militärische Haltung war respekteinflößend. Er mochte um die fünfzig sein. Die graumelierten, kurzgeschnittenen Haare bildeten einen markanten Bürstenschnitt und darunter thronten aufmerksame, kluge Augen, die Jule und mich ins Visier nahmen.

»Wer von Ihnen ist Silke Schlecker?«, erkundigte er sich in einwandfreiem Deutsch, jedoch mit deutlich hörbarem Akzent.

»Das bin ich«, flüsterte ich und merkte, wie mir das Blut in die Wangen schoss. Was um Himmels willen erwartete mich jetzt? Welche Nachrichten hatte er für mich? Und würde er mich mitnehmen? Ich sah mich schon in einem mallorquinischen Gefängnis sitzen und auf eine Haftstrafe warten.

»Ich habe Neuigkeiten für Sie. Darf ich mich setzen?«

»Selbstverständlich«, schaltete sich Jule ein, die längst gemerkt hatte, wie es gerade um mich stand. Sie griff nach meiner Hand und drückte sie. Diese kleine Geste versorgte mich mit einer frischen Portion Mut.

»Wir haben Ihren Mann gefunden, Frau Schlecker«, wandte sich der Beamte erneut an mich, nachdem er sich zu uns an den Tisch gesellt hatte.

Ich nickte nur und sah ihn erwartungsvoll an. Zu einem klaren Gedanken, geschweige denn zu einer Antwort fühlte ich mich nicht in der Lage.

Statt meiner fragte Philipp leise: »Und?«, während sich mein Puls in atemberaubende Höhen aufschwang.

Der Polizist warf einen kurzen Blick auf ihn und schwenkte gleich wieder zu mir zurück. »Ich weiß nicht, ob das eher eine gute oder eine schlechte Nachricht für Sie ist, Frau Schlecker. Wir haben Ihren Mann tot aufgefunden.«

»Tot?«, flüsterte ich tonlos.

»Ja. Er lag auf einem Felsvorsprung oberhalb des Meeres. So wie es aussieht, war er sofort tot. Genickbruch.«

Ein weiteres Mal nickte ich – unfähig, etwas zu sagen oder auch nur etwas zu empfinden. Mein Inneres kam mir leer vor, wie abgestorben. Ein Bild, das mir angesichts der Ereignisse merkwürdig stimmig vorkam.

Der Polizeibeamte räusperte sich. »Ich muss Sie noch etwas fragen, Frau Schlecker, sofern Sie dazu in der Lage sind.«

»Hm«, raunte ich.

»Er trug ein Jagdmesser in der Jackentasche. Hat er Sie damit bedroht?«

»Ja«, wisperte ich leise und kämpfte gegen die Erinnerungen an, die sich plötzlich wieder mit brachialer Gewalt in den Vordergrund drängten. »Er hat mich mit dem Messer bedroht und gezwungen, mitzukommen. Er sagte, das sei mein Todestag.« Unwillkürlich lief ein unkontrollierbares Zittern durch meinen Körper. »Er wollte mich über die Klippen stürzen und es nach einem Unfall aussehen lassen.«

»Verstehe«, erwiderte der Mann mit undurchdringlicher Miene. Dann ließ er seine Augen über die anderen in der Runde wandern. »Können Sie dafür sorgen, dass Frau Schlecker im Laufe des Tages zur Policia Nacional nach Palma kommt? Wir benötigen eine offizielle Aussage, um die Formalitäten mit den deutschen Behörden zu erledigen. Ich habe hier die Visitenkarte von Comisario Fernandez.«

Er hielt sie über den Tisch und sah fragend in die Gesichter meiner Freunde. Philipp reagierte als Erster und griff nach der Karte. »Danke. Ich werde Frau Schlecker nach Palma begleiten. Um welche Uhrzeit sollen wir dort sein?«

»Irgendwann heute Nachmittag. Comisario Fernandez ist bereits informiert.« Der Uniformierte erhob sich, nickte noch einmal in die Runde und verschwand so plötzlich, wie er gekommen war.

*

Benommen blinzelte ich gegen das grelle Sonnenlicht an und kramte mechanisch in der Handtasche, bis ich die verspiegelte Sonnenbrille gefunden hatte. Eilig setzte ich sie auf die Nase. Danach schlang ich die Haare zusammen und kämpfte darum, sie so gut wie möglich unter der Baseballkappe, die ich ebenfalls aus den Tiefen der Tasche geborgen hatte, zu verstecken.

Philipp beobachtete mein Treiben verwundert. »Silke, was um Himmels willen tust du da?«

Ich ließ die Hand mit der Kappe irritiert sinken, starrte erst auf die Kopfbedeckung und anschließend auf Philipp. Und dann geriet plötzlich die Welt aus den Fugen. Ohne Vorwarnung schossen mir Tränen in die Augen und der ganze Körper erbebte. Wellen aus unbezähmbaren Schluchzern brachen aus mir hervor – unkontrollierbar, wie eine archaische Naturgewalt. Ich verlor komplett die Fassung, vergaß, wo ich mich befand und dass ich alles andere als allein war. Wir standen direkt vor dem Gebäude der Policia Nacional in Palma, wo wir die letzten zwei Stunden mit dem Comisario verbracht hatten. An uns wanderten Passanten vorbei, die mich neugierig musterten, doch das war mir egal. Alles war mir egal.

Philipp sah mich erschrocken an und zog mich in seine Arme. Wie schon so oft gab er sein Bestes, um mich zu beruhigen und mir mit seiner Zuneigung die Sicherheit zu vermitteln, die ich dringend brauchte. »Tut mir so leid, Liebes, das war unsensibel von mir. Ich wollte dir nicht das Gefühl geben, dass du etwas Falsches tust.«

Ich schüttelte mit dem Kopf und tat mein Möglichstes, um ihm zuliebe meine Fassung zurückzuerobern. Er war der letzte Mensch, der sich bei mir für irgendetwas entschuldigen sollte.

»Nein, nein«, schniefte ich. »Darum geht es nicht. Mir ist nur gerade erst bewusst geworden, dass ich mich nicht länger verstecken muss. Dass ich zukünftig keine Baseballkappe und keine verspiegelte Sonnenbrille mehr brauche. Und dabei ist mir aufgefallen, wie tief diese Verhaltensweisen in mir drinstecken. Eigentlich müsste ich doch spätestens bei der Identifizierung von Konstantins Leiche begriffen haben, dass er mir nichts mehr anhaben kann.«

Ein gruseliges Schaudern durchzuckte mich. So schlimm es auch sein mochte, was mir dieser Mann angetan hatte – es war dennoch ein schrecklicher Moment gewesen, plötzlich seinen leblosen Körper auf einer sterilen Edelstahlliege ruhen zu sehen. Ich gab alles, um die grauenvollen Bilder abzuschütteln, und lieber die begonnenen Gedanken weiterzuführen. »Ich frage mich, ob ich mich jemals von alledem lösen kann und ob ich mich je wieder so unbeschwert fühlen werde wie früher.«

Er strich sanft über meine Haare, die nun offen über die Schultern fielen. »Lass dir Zeit, mein Schatz. Das geht nicht von heute auf morgen. Irgendwann werden die Schatten der Vergangenheit kürzer und ich werde dir helfen, sie hinter dich zu bringen. Einverstanden?«

»Einverstanden«, flüsterte ich, schnäuzte mich und warf ihm einen befangenen Blick zu. »Danke. Danke für alles.«

»Was jetzt?«, fragte er mich, als wir im Auto saßen. »Möchtest du nach Hause, magst du zur Ruhe kommen oder würdest du dich gern ablenken?«

Hm, gute Frage. Die widersprüchlichsten Empfindungen kämpften in mir. In den letzten vierundzwanzig Stunden war mehr geschehen als sonst in Jahren. Das schrie geradezu nach Ruhe. Andererseits wallte eine schon lange nicht mehr empfundene Unternehmungslust in mir auf. Ein Hunger nach Normalität. Nach dem, was andere immer hatten und was mir in den vergangenen Monaten abhandengekommen war. Eine Sehnsucht nach Freiheit, nach dem Gefühl, jung zu sein, nach Lebensfreude. Und außerdem der drängende Wunsch, die scheußlichen Bilder in meinem Kopf loszuwerden oder zumindest für eine Weile zu verdrängen. Ich spürte in mich hinein und merkte, wie diese Seite die Oberhand gewann.

»Ich glaube, ich würde am liebsten etwas ganz Verrücktes machen. Ich würde gern in Palma essen gehen.«

Philipp lächelte mich liebevoll an. »In Palma essen zu gehen, ist etwas Verrücktes?«

»Tja, für normale Menschen sicher nicht«, ich malte Anführungszeichen in die Luft, »für mich allerdings schon. Weil das monatelang nicht möglich war – wenn ich mal von Jules Geburtstag in Javiers Hotel absehe oder von gelegentlichen Treffen bei Ricardo. Und weil ich gerade erst die schrecklichsten Stunden meines Lebens hinter mich gebracht habe. Da ist es ja wohl ziemlich schräg, essen gehen zu wollen.«

»Was ist schon schräg?«, erwiderte er nachdenklich. »Egal, was du tust, es wird immer für irgendjemanden schräg sein. Wichtig ist doch bloß eines: dass es sich für dich richtig anfühlt. Und ich für meinen Teil kann mir Schlimmeres vorstellen, als mit meiner großen Liebe essen zu gehen. Also, mein Herz, was auch immer du willst, ich bin dabei.«

»Du bist echt süß«, raunte ich. »Und das, obwohl ich es dir so schwermache.«

»Du machst es mir nicht schwer. Ich habe es dir bereits gesagt und ich wiederhole es gern: Ich bin hier und warte auf dich. Und ich bin einfach nur glücklich damit, zu wissen, dass es dir gutgeht und du außer Gefahr bist. Ich kann dir gar nicht sagen, wie dankbar ich dafür bin.«

»Ich auch«, murmelte ich leise und ließ den Blick sinken. Gerade tobten mehr Gefühle durch mich hindurch, als ich auszuhalten in der Lage war.

Ein Hauch von Normalität

Wenige Minuten später traten wir aus einer Tiefgarage zurück ans Sonnenlicht. Der Anblick, der mich dabei unerwartet traf, verschlug mir die Sprache. Majestätisch erhob sich die Kathedrale vor uns. Sie allein wäre schon überwältigend gewesen, aber in Kombination mit dem spiegelnden Wasserpark und dem blauen Himmel, wurde das Szenario atemberaubend – im wahrsten Sinne des Wortes. Ich hielt die Luft an.

Philipp betrachtete mich amüsiert von der Seite. »Mir scheint, dir gefällt, was du siehst.«

»Und ob. Wow!«

»Warst du noch nie hier?«

»Nein, ich bin damals direkt vom Flughafen aus mit dem Bus Richtung Norden gefahren. Ich wollte in die schwach besiedelten Gebiete. Wegen der zahlreichen Deutschen hier hätte ich mich nicht getraut, Palma zu besichtigen.«

»Dann wird es höchste Zeit, dass wir das nachholen. Ich stelle mich gern als Fremdenführer zur Verfügung. Mein Vater war hier schon oft mit mir unterwegs. Deswegen kenne ich mich ganz gut in Palma aus. Aber ich nehme mal an, das wird dir heute zu viel.«

»Ja. Heute möchte ich einfach nur in einem netten Restaurant am Wasser sitzen und genießen, dass ich am Leben bin.«

»Madame, Ihr Wunsch ist mir Befehl.«

Ohne es zu wollen, zuckte ich zusammen. »Bitte tu das nicht!«

Erschrocken sah er mich an. »Was denn?«

»So mit mir reden ... Mit Madame, Mylady oder Ähnlichem. Das hat *er* immer getan, wenn er besonders charmant sein wollte.«

»Verstehe. Gibt es sonst noch etwas, was ich lieber nicht tun sollte?« Mitfühlend ruhten seine Blicke auf meinem Gesicht.

»Ja. Mich ›Süße‹ nennen. Das war sein Kosename für mich. Bestimmt gibt es weitere Dinge, die mich an ihn erinnern. Ist es in Ordnung, wenn ich dir sage, wenn mich etwas irritiert?«

»Selbstverständlich ist das in Ordnung. Wie darf ich dich denn nennen?«

»Silke«, lachte ich und blinzelte ihn herausfordernd an. »Nein, Spaß beiseite, ich mag Kosenamen. Eben nur nicht alle. Vielleicht fällt dir ja im Laufe der Zeit einer ein, der zu mir passt.«

»Ich wüsste da schon was«, flüsterte er.

»Ja?« Interessiert fixierte ich ihn. »Und das wäre?«

Er stellte sich direkt vor mich und legte behutsam seine Hände auf meine Schultern. Eindringlich und voller Liebe betrachtete er mich. »Mein Engel. Genau das bist du für mich: der Engel, der in mein Leben getreten ist und es mit hellem Licht gefüllt hat. Der Engel, der mich hoffen lässt, dass tatsächlich alles gut wird.«

»Weil es noch nicht das Ende ist«, murmelte ich mit bebender Stimme. Seine Worte schlichen sich geradewegs in mein Innerstes, rissen mächtige Vorhängeschlösser von den Toren meines Herzens und betankten die Seele mit frischer Lebensenergie.

»So ist es, mein Engel. Weil es noch nicht das Ende ist, sondern ein neuer Anfang.«

Unsere Augen krallten sich aneinander fest, tauchten ein in der Welt des anderen und gaben sich ein unlösbares Versprechen. Ich atmete tief durch. Ja, es war alles gut.

Eine halbe Stunde später saßen wir auf der herrlichen Terrasse eines Fischrestaurants direkt am Hafen von Palma und schauten über die unzähligen Boote, die hier träge vor sich hin dümpelten und eine idyllische Atmosphäre schufen. Das Essen hatten wir bestellt, der Wein war serviert und es gab nichts weiter zu tun, als die Szenerie zu genießen. Ein wohliger Seufzer entfuhr mir, während ich die Blicke schweifen ließ. In dieser Sekunde konnte ich es zulassen, mich nicht gejagt zu fühlen und die über Monate antrainierten Reflexe abzustellen. Allerdings brauchte ich dazu die Unterstützung des Verstandes, der mir bewusst vorbeten musste, dass ich mich in Sicherheit befand.

Philipp musterte mich nachdenklich. »Ich weiß, das ist alles noch sehr frisch. Hast du dir dennoch schon erste Gedanken gemacht, wie es jetzt weitergehen soll?«

Ich nickte zögerlich. »Klar ist alles frisch. Trotzdem ist es ja nicht so, dass ich nicht die ganze Zeit ein ›Was-wäre-wenn‹ im Kopf gehabt hätte. Ich liebe diese Insel hier und möchte bestimmt immer wieder hierher zurückkehren, aber meine Heimat ist und bleibt Deutschland, auch wenn ich genau genommen keine Heimat mehr besitze. Also zumindest kein Zuhause. Du weißt schon, was ich meine ...«

»Wo hast du bislang gelebt? Ich nehme an, in Wiesbaden?«

»Nicht direkt, sondern im Umfeld von Wiesbaden. Wir wohnten in seinem Haus in einem Dorf mit weitläufigen Grundstücken und viel Abstand zur Nachbarschaft. Ideal für einen wie ihn.«

Philipp kniff die Lippen zusammen, zog die Augenbrauen nach oben und legte beruhigend seine Hand auf meine. »Ja. Ich mag mir das gar nicht vorstellen.« Vorsichtig hakte er nach: »Was wird aus alledem?«

Ich zuckte mit den Achseln. »Er hat keine Verwandtschaft. Von daher wird es jetzt wohl mir gehören.«

»Hast du Pläne?«, flüsterte er, als ob er selbst nicht wüsste, ob er diese Frage bereits stellen darf.

Ich gab mir einen Ruck, hob den Kopf und sah ihn direkt an. »Ja, vorhin auf dem Kommissariat, als ich die ganze Geschichte erzählt habe, kam mir plötzlich eine Idee. Die werde ich umsetzen. Ohne Wenn und Aber. Es war knapp für mich und es hätte mich beinahe das Leben gekostet. Doch ich hatte Glück.« Ich räusperte mich, weil meine Stimme zu versagen drohte. »Und ich hatte dich. Andere haben dieses Glück nicht. Oder sie bleiben zu lange. So lange, bis sie den Glauben an sich und den Glauben an ihre Rechte verloren haben. Bei manchen spitzt sich die Lage langsamer zu als bei mir, subtiler. Und je länger man mit einem gewalttätigen Mann zusammen ist, desto schwerer schafft man den Absprung. Also hätte es mich alles in allem noch wesentlich schlimmer treffen können.«

Ich stockte und legte meine freie Hand ebenfalls auf seine. »Mir ist bewusst, dass er Geld hat, viel Geld. Alles von seinem Erbonkel. Vom Wert des Anwesens mal ganz zu schweigen. Nichts davon will ich haben, keinen einzigen Cent. Ich werde das Haus verkaufen und alles spenden. Ich weiß bis jetzt nicht, an wen genau. Aber definitiv an Organisationen, die Frauen in Not helfen. Frauen, die Gewalt erfahren oder erfahren haben und dringend Unterstützung benötigen, um sich zu befreien und ein neues Leben zu beginnen. Möglicherweise hole ich mir Beratung durch einen Anwalt. Auf jeden Fall soll alles für diesen Zweck eingesetzt werden. Dann hat sein Treiben – okay, vielleicht sollte ich wieder anfangen, seinen Namen auszusprechen –, Konstantins Treiben, wenigstens etwas Sinnvolles bewirkt. Und damit spendet das auch mir ein bisschen Trost.«

Philipp musterte mich nachdenklich und nickte zögerlich. »Das klingt nach einer glänzenden Idee. Ich frage mich nur, was ist mit dir? Vermutlich bräuchtest du ebenfalls Hilfe ...«

»Bestimmt. Wenn ich in Deutschland bin, suche ich mir eine Therapeutin, um die Geschehnisse aufzuarbeiten.« Ich tätschelte beruhigend seine Hand. »Keine Bange, ich achte schon auf mich. Schließlich möchte ich gern so normal wie möglich weiterleben. Auch wenn das sicher eine Weile dauern wird.«

Wir schwiegen beide und hingen unseren Gedanken nach. Erst nach einer längeren Unterbrechung intensivierte Philipp seinen Griff auf sanfte Weise und betrachtete unsere miteinander verbundenen Hände.

»Und sonst?«, fragte er. »Wo willst du wohnen? Willst du in die Wiesbadener Gegend zurückkehren?« Seine Stimme klang ängstlich und seine Gesichtszüge verspannten sich.

Ich schüttelte mit dem Kopf. »Nein. Obwohl mir meine Freunde bestimmt fehlen werden. Aber ich brauche einen richtigen Neuanfang, ohne an jeder Ecke an vergangene Erlebnisse erinnert zu werden.« Ich ließ den Blick über die Wasseroberfläche wandern und schaute einen Moment den schaukelnden Booten zu. Dann fixierte ich den Mann, der mir gegenübersaß und voller Anspannung auf eine Antwort wartete. »Ich habe gehört, dass es rund um Tübingen wirklich schön sein soll ...«

Philipps Augen begannen zu leuchten und es sah aus, als glitzerten Tränen darin. »Du willst in meine Gegend kommen?«

Ich lächelte ihn schüchtern an. »Hm, dort werden doch bestimmt auch Erzieherinnen gebraucht ...«

»Ganz sicher«, gab er mit einem atemberaubenden Strahlen zurück.

Minutenlang freute er sich andächtig vor sich hin und betrachtete mich versonnen. Dann schlich sich erneut ein zögerlicher Zug auf sein Gesicht. »Ich«, stammelte er, »ich, also ich ... könnte ... dir ...« Abrupt brach er ab und fuhr sich nervös durch die Haare.

Ich legte beide Hände auf seine und sah ihm intensiv in die Augen. »Hey, Philipp, sag einfach, was du sagen willst. Ich bin nicht sauer, selbst wenn es das Falsche sein sollte. Lass uns offen miteinander umgehen. Wenn mir etwas zu weit geht oder wenn mich etwas schmerzt, werde ich es ehrlich ansprechen, okay?«

»Okay«, gab er mit einem entschlossenen Nicken zurück. »Ich wohne ja im Gegensatz zu meiner Schwester nicht direkt in Tübingen, sondern ein Stück davon entfernt im Schönbuch im früheren Haus unserer Eltern. Es liegt ganz idyllisch im Grünen in einer netten, behaglichen Nachbarschaft. Wie so viele Sechzigerjahre-Bauten ist es wie ein Zweifamilienhaus konzipiert. Das Treppenhaus ist nicht in den Wohnbereich integriert und es gibt mehr oder weniger zwei Wohnungstüren. Aktuell bewohne ich lediglich die untere Etage. Der erste Stock steht leer. Wenn du magst, also nur wenn du wirklich magst, könntest du dich dort einrichten. Ich würde auch eine richtige Tür mit Schloss einbauen. Dann bist du komplett für dich. Und bitte, das ist bloß ein Angebot. Du bist herzlich eingeladen, es anzunehmen und genauso es abzulehnen.« Er musterte mich besorgt und schob noch einmal hinterher: »Nur eine Idee, mehr nicht.«

»Das ist eine wundervolle Idee«, flüsterte ich. »Lass mich einfach in Ruhe darüber nachdenken, okay?«

»Selbstverständlich.«

Erst als die Sonne längst untergegangen war, machten wir uns auf den Weg zurück zum Parkplatz.

»Hast du dir eigentlich schon überlegt, wie lange du noch hierbleiben möchtest?«, fragte Philipp, nachdem wir die riesige Stadt hinter uns gelassen hatten und wieder in ruhigerem Verkehr unterwegs waren.

»Du hast ja gehört, dass mich Comisario Fernandez gebeten hat, für eine weitere Woche zu bleiben, bis die Formalitäten geklärt sind. Folglich würde ich vermutlich nächstes Wochenende nach Deutschland fliegen – zunächst einmal nach Frankfurt, um mir einen Überblick über das zu verschaffen, was an Organisatorischem auf mich wartet und um mich mit den Behörden abzustimmen. Ich bin mir sicher, dass mir Senta oder Samuel dabei helfen können. Und dann sehen wir weiter ...«

»Okay, verstehe. Sag mir bitte immer, wenn du meine Unterstützung brauchst oder wenn ich Kontakte für dich aktivieren soll, die dir Hilfestellung geben können.«

»Natürlich, das mache ich.« Ich betrachtete ihn versonnen von der Seite. Was für ein Geschenk, dass mir das Schicksal diesen Mann geschickt hatte! Ich wusste, dass es jetzt nicht der Moment war, um von der Zukunft zu träumen. Und doch ... So ganz im Verborgenen ...

»Auf jeden Fall bin ich erleichtert, dass das Untersuchungsergebnis der hiesigen Polizei so klar ausgefallen ist und dir keinerlei Schuld an den Ereignissen gegeben wird. Comisario Fernandez wird das entsprechend nach Deutschland weiterleiten. Er sprach ja eindeutig von einem Unfall.«

»Ja, darüber bin ich unendlich froh. Allein die Vorstellung, dass Konstantin mir das Leben auch noch nach seinem Tod schwermachen könnte, lässt mich schon frösteln.«

Philipp legte seine Hand auf meinen Schenkel und wir fuhren stumm, in unsere Gedanken versunken, durch die Nacht. Die Luft roch nach Kräutern, Blüten und Meer. Allmählich verstummte das weiße Rauschen im Kopf und machte Platz für ein Gefühl der überwältigenden Erleichterung. Ich hatte es geschafft. Mein Leben gehörte wieder mir, und ich wusste, mit wem ich es verbringen wollte. Irgendwann in naher Zukunft.

In sehr naher Zukunft!

Eine wundervolle Überraschung

Vor Camilas Finca stellte er den Motor ab. »Und nun?«, fragte er.

»Philipp«, begann ich, brach abrupt ab und kaute eine Weile auf meiner Unterlippe herum. Dann straffte ich mich, um das zu sagen, was mir auf dem Herzen lag. »Du weißt, wie unendlich dankbar ich dir bin. Für alles, was du in den letzten Wochen für mich getan hast. Und genauso für das Angebot, das du mir heute unterbreitet hast.«

Er zog die Augenbrauen nach oben und studierte besorgt meine Züge. »Silke, was wird das hier? Irgendwie klingt das auf erschreckende Weise nach Abschied.«

»Ja, schon. Also nein. Selbstverständlich nicht wirklich. Es ist nur so, dass ich gerade ein riesiges Bedürfnis danach habe, allein zu sein. Und ich möchte nicht, dass du verletzt bist, wenn ich dich jetzt nicht hereinbitte.«

Ein erleichtertes Lachen kam vom Sitz neben mir. »Silke, mein Engel, das ist doch überhaupt kein Problem. Natürlich bin ich gern in deiner Nähe, aber es ist immer und jederzeit vollkommen in Ordnung, wenn du deinen Rückzug brauchst. Nimm dir alle Zeit der Welt, um erst einmal zu verarbeiten, was dir widerfahren ist. Wenn du Lust hast, morgen Mittag zu meinem Vater, Doro und mir zu kommen, freue ich mich. Wenn du deine Ruhe willst, ist das ebenfalls okay. Schau nach dir und deiner Erholung! Im Moment gibt es nichts Wichtigeres.«

»Danke«, flüsterte ich, beugte mich zu ihm herüber und drückte einen absolut jugendfreien Kuss auf seinen Mund. »Dann vielleicht bis morgen?«, fragte ich mit einem letzten prüfenden Blick.

»Dann vielleicht bis morgen«, kam es völlig entspannt zurück.

Während ich den Weg vom Parkplatz zum Eingang entlanglief, merkte ich erst, wie erschöpft ich war. Es fühlte sich an, als würde sich die Anspannung der vergangenen Monate nicht langsam, sondern auf einen Schlag entladen und mich dadurch beinahe zu Boden zwingen. Trotzdem versuchte ich, zu ergründen, was diese kurze Strecke in der Dunkelheit in mir auslöste. Ich spürte nach wie vor ein leichtes Kribbeln, eine gewisse Unruhe, doch dieses überwältigende Gefühl der Bedrohung war verschwunden. Die Schatten, die nach mir zu greifen schienen, das Empfinden von Enge, von Eingesperrt-Sein und die bis über alle Grenzen hinaus gespannten Sinne, die selbst die kleinste Wahrnehmung belauerten, waren nicht mehr da. Vieles von der monatelangen Schwere hatte sich aufgelöst. Dennoch fühlte es sich noch lange nicht nach unbeschwerter Leichtigkeit an.

Vielleicht braucht das Zeit, überlegte ich und beschloss, dankbar zu sein für das Maß an Befreiung, das sich bis jetzt eingestellt hatte.

Erst, als ich an der Haustür stand, fiel mir ein, dass ich gar keinen Schlüssel bei mir trug. *Krass*, schoss es mir durch den Kopf, *inzwischen ist es gerade mal etwas mehr als vierundzwanzig Stunden her, dass ich dachte, niemals hierher zurückkehren zu dürfen. Nun bin ich wieder da und alles ist ausgestanden.*

Eine riesige Welle der Erleichterung brach über mir zusammen und ich musste sämtliche Energien aktivieren, um nicht sofort in ein hemmungsloses Schluchzen auszubrechen. *Nein!*, befahl ich mir. *Ich möchte nur noch in meine Wohnung. Wenn ich jetzt losheule, muss ich Camila Rede und Antwort stehen. Das werde ich bestimmt tun, aber nicht mehr heute.*

Ich aktivierte die letzten Kraftreserven und lächelte die alte Dame so entspannt wie möglich an, nachdem sie die Tür geöffnet hatte. Ihre prüfenden Blicke ignorierte ich, auch wenn mir das ein schlechtes Gewissen bescherte. Ich lieh mir den Schlüssel, sperrte bei mir auf und brachte ihn gleich wieder zurück. Um mich nicht komplett mies zu fühlen, versprach ich ihr, am nächsten Tag bei ihr vorbeizukommen. Dabei deutete ich bereits an, dass es Neuigkeiten gäbe.

Als ich die Eingangstür hinter mir geschlossen hatte, blieb ich für einen Moment regungslos stehen und sah mich um. Endlich allein! Endlich Zeit, alles sacken zu lassen und in mir aufzuräumen, Vergangenheit, Gegenwart und Zukunft zu sortieren und an den richtigen Platz zu bringen. Ja, das würde die größte Herausforderung werden, der Vergangenheit keine Macht mehr über mein Leben zu geben. Ich war mir sicher, dass ich auf diesem Weg manches im Alleingang bewerkstelligen konnte. Durch die pädagogische Ausbildung war mir einiges im Hinblick auf die Funktionsweise der menschlichen Psyche vertraut. Vieles würde ich durch ein bewusstes Arbeiten an mir selbst lösen können. Und da, wo ich nicht weiterkam, würde ich mir Hilfe holen – so, wie ich es Philipp versprochen hatte.

Philipp.

Sein Name schoss mir wie ein wärmender Sonnenstrahl direkt ins Herz. Und noch einmal: Philipp. All das, was mich in den letzten Wochen zum Hadern gebracht hatte, was unmöglich erschienen war – wie ein Traum, der sich niemals erfüllen würde –, durfte jetzt real werden.

Ich bin frei, jubelte es in meiner Seele.

Ich bin frei, ich bin frei, ich bin frei!

Überwältigt von diesen Gedanken und den damit verbundenen Gefühlen, die wilde, ausgelassene Tänze in mir vollführten, schleppte ich mich zum Sofa und ließ mich darauf plumpsen. All das, was ich während des Tages mühsam zurückgehalten hatte, stürzte nun sintflutartig nach draußen. Mein Körper gebärdete sich wie ein entfesseltes Element. Ich schluchzte, schrie, weinte, lachte, bis sich so viel Energie in mir gesammelt hatte, dass ich es im Sitzen nicht mehr aushalten konnte. Ich sprang auf und brachte das, was im Inneren in mir tobte, nach außen. Mit schlenkernden Armen und den verrücktesten Verrenkungen tanzte ich durch das Wohnzimmer. Ich könnte nicht sagen, wie lange es dauerte, bis ich erschöpft zurück aufs Sofa sank. Es fühlte sich an wie eine Ewigkeit. Verschwitzt und weiterhin lachend versuchte ich, den Atem in ruhigere Bahnen zu lenken.

Eine Weile starrte ich stumm vor mich hin, dann tauchte plötzlich ein Impuls in mir auf. Ein Impuls, der sich mit solcher Macht in mein Bewusstsein drängte, dass ich ihm nicht länger widerstehen konnte. Ich warf einen Blick auf die Armbanduhr. Elf Uhr. Nicht gerade früh. Andererseits hatten wir Samstag und ich kannte seine Gewohnheiten. Immer noch. Wobei das die Sache nicht einfacher machte. Bestimmt war er mit seinen Kumpels unterwegs. Egal. Ein Versuch kostete schließlich nichts.

Ohne weitere Zeit mit sinnlosem Grübeln zu vergeuden, griff ich nach dem Smartphone und tippte mit dramatisch schnell klopfendem Herzen die Zahlenfolge ein, die ich auswendig herbeten konnte und die ich als kostbaren Schatz im Gedächtnis bewahrt hatte.

»Hallo«, erklang es unwirsch nach ein paar Signaltönen. Klar, ich wäre genauso wenig erfreut, wenn mich eine unbekannte Nummer mitten in der Nacht anrufen würde. Mein Puls beschleunigte sich noch mehr. Meine Güte, warum hatte ich die Aktion nicht erst in Ruhe durchdacht? Mir einen Text zurechtgelegt, mich emotional vorbereitet. Trotz all der Aufregung erzeugte der Klang seiner Stimme ein wohliges Gefühl – ein Gefühl von Heimat, von Erinnerungen und Gemeinsamkeiten.

»Hallo«, hörte ich ein weiteres Mal, diesmal eher verwundert, als habe sich eine leise Ahnung eingestellt. »Wer ist da?«

»Samuel«, wisperte ich, überwältigt von der Tatsache, dass ich nach Monaten endlich wieder mit meinem langjährigen besten Freund sprechen konnte.

»Silke«, kam es fassungslos zurück. »Silke, bist du das wirklich?«

»Ja«, presste ich angestrengt hervor, weil mir die überbordenden Emotionen fast keine Luft zum Reden ließen.

»Silke, Gott, ich glaube es nicht. Geht es dir gut?«

»Ja, es geht mir gut. Sehr gut. Was ist mit dir? Hast du dich regeneriert?« Die letzten Worte konnte ich kaum noch aussprechen, weil mir die Stimme vor lauter Sorge brach.

»Ja, es ist alles wieder vollkommen in Ordnung. Ich habe nichts Bleibendes davongetragen.«

Ein Schluchzen stürzte aus mir heraus. »Ich habe mir solche Vorwürfe gemacht. Es tut mir unendlich leid. Das, was dir geschehen ist, ist meine Schuld. Die Angst um deinen Zustand hat mich fast verrückt werden lassen. Bitte vergib mir, dass ich nicht mehr ins Krankenhaus gekommen bin. Ich konnte nicht. Es wäre viel zu gefährlich gewesen. Jede Minute zählte, um so schnell und weit wie möglich von Konstantin wegzukommen. Du hast auf ganzer Linie recht gehabt, Samuel, und ich werde mir nie verzeihen, nicht auf dich gehört zu haben.«

»Stopp, Silke, beruhige dich! Zum einen ist es nicht deine Schuld. Zum anderen bist du nicht die Erste und gewiss nicht die Letzte, die die Liebe blind macht. Aber das ist gerade absolut nebensächlich. Bist du in

Sicherheit? Und wieso kannst du mich plötzlich anrufen? Ist das nicht viel zu riskant? Ich kann deine Nummer sehen und bestimmt kann man nachverfolgen, aus welcher Ecke der Welt dieses Gespräch kommt.«

»Er ist tot, Samuel. Er ist tot.«

Während ich das aussprach, konnte ich das erste Mal in aller Konsequenz fühlen, dass das eine unveränderliche Tatsache darstellte. Dass ich nicht nur meine Liebe leben durfte, sondern mich auch vollkommen frei auf den Rückweg nach Deutschland begeben konnte. Das, was bislang bloß der Verstand begriffen hatte, kam in jeder Zelle meines Körpers an und bescherte mir ein atemberaubendes, erleichtertes Aufschluchzen. Es fühlte sich an, als würde etwas aus mir hervorbrechen, das verschwand und sich in ein Nichts auflöste.

»Wirklich?«, flüsterte er. »Konstantin ist tot? Sicher?«

»Ganz sicher. Die Polizei hat seine Leiche gefunden und ich habe sie bereits identifiziert.«

In stockenden Worten erzählte ich ihm die Geschichte von Anfang bis Ende, berichtete von der Flucht, der Zeit auf Mallorca, den neu gewonnenen Freunden, von Philipp (mit einiger Überwindung, weil ich Samuel nicht verletzen wollte) und von dem grauenvollen Schlussakt am gestrigen Abend.

Als ich geendet hatte, kehrte ein langes Schweigen ein. Irgendwann ging Samuel dazu über, wiederkehrend »Unglaublich!« zu murmeln.

Ich ließ ihm ein bisschen Luft, um das Gehörte zu verdauen, und stellte dann die Frage, die mir seit

Monaten auf der Seele brannte: »Glaubst du, wir können wieder Freunde werden?«

»Ach, Silke«, seufzte er. »Wir waren doch nie etwas anderes, auch wenn ich mich zwischendurch wie der letzte Idiot aufgeführt habe. Das ist das, was *mir* leidtut. Ich war übergriffig und viel zu grob zu dir. Du weißt, dass das sonst nicht meine Art ist. Ich war einfach zu verzweifelt, um noch klar denken zu können. Dass dieser Typ Gift für dich ist, habe ich gleich gemerkt. Und mitanzusehen, wie du dich in dein Unglück begibst, konnte ich kaum ertragen. Tja, und dann habe ich alles falsch gemacht. Statt in Ruhe mit dir zu reden, dir meine Bedenken zu schildern und meine Beobachtungen mit dir zu teilen, habe ich dich bedrängt und überfordert. Du hast keine Ahnung, wie oft ich mir vorgeworfen habe, dass das alles womöglich nie geschehen wäre, wenn ich besonnener agiert hätte. Ich fand mich irgendwann selbst zum Fürchten, kam da aber nicht mehr heraus.«

»Hm, Samuel, da waren wir wohl beide keine ›Super-Schlaus‹.«

Er lachte unbekümmert auf und dieses Geräusch schickte einen Schwall Wärme in meine Magengrube.

»Erzähl mir von deinem Philipp!«, forderte er mich auf. »Ich hoffe, ich muss mir diesmal keine Sorgen um dich machen.«

»Nein, garantiert nicht. Ihr werdet euch mögen. Was soll ich dir sagen, außer dass er toll ist, dass ich ihn liebe und dass ich ihm unglaublich viel zu verdanken habe. Am besten lernst du ihn selbst kennen.«

Ich legte eine kleine Pause ein, in der ich überlegte, wie ich das formulieren sollte, was mich beschäftigte. »Ich hoffe inständig, dass das für dich in Ordnung ist«, schob ich mit einem Flüstern hinterher.

Ein weiteres Mal erntete ich ein Lachen von Samuel. »Das ist sehr in Ordnung.« Ich konnte ein Schmunzeln in seiner Stimme hören und es kam mir vor, als würde er den Kopf drehen. »Ich sitze hier gerade nicht allein. Neben mir ist jemand, den du zumindest flüchtig kennengelernt hast.«

»Jemand, den ich flüchtig kenne?«, fragte ich verwirrt nach. »Also, so geheimnisvoll wie du tust, ist es sicher keiner deiner Freunde. Eher eine Frau. Lucy wird es vermutlich nicht sein.«

Er amüsierte sich hörbar über den Scherz. »Nein, Lucy ist zwar nett, wäre aber nicht die Erfüllung meiner Träume, was das perfekte Samstagabend-Programm angeht.«

»Eine Mutter aus dem Kindergarten?«, riet ich weiter.

»Kalt, eiskalt«, neckte er mich, während mir langsam die Ideen ausgingen.

»Hey, mach es nicht so spannend! Ich wüsste wirklich nicht, welche gemeinsamen Bekannten wir sonst noch haben.«

»Ich gebe dir einen Tipp. Sie heißt Maria.« Inzwischen grinste er eindeutig. Wahrscheinlich saß er neben dieser Frau und die beiden hatten mächtig Spaß mit meiner Begriffsstutzigkeit.

»Maria ... Maria ... Maria«, murmelte ich nachdenklich. »Tut mir leid, ich kenne keine Maria, zumindest nicht in unserer Altersklasse.«

»Okay, ich helfe dir ein bisschen. Du hast sie bislang nicht gesehen, nur gehört.«

»Nur gehört?« Allmählich dämmerte mir etwas. Maria. Stimmt, irgendwo hatte ich den Namen gehört. Wie aus dem Nichts fiel es mir ein. »Damals hat mich eine Maria angerufen, als du ins Krankenhaus gekommen warst. Ist das ... Sprichst du von ihr?«

»Bingo«, rief er zustimmend aus.

»Nein, ehrlich?«

»Ganz ehrlich. Und damit hast du den ultimativen Grund, nie wieder ein schlechtes Gewissen wegen der Sache mit Konstantin haben zu müssen. Wäre das alles nicht geschehen, wäre mir niemals die Liebe meines Lebens begegnet. Deswegen bin ich kein bisschen sauer, sondern einfach nur unglaublich dankbar.«

»Das ist ja ein Ding!«, stammelte ich überrascht und überwältigt von den Launen des Schicksals.

Silke 2.0

Am nächsten Morgen wachte ich mit einem Lächeln im Gesicht auf. Zwar lag eine mehr als durchwachsene Nacht hinter mir, die mir eine Vielzahl wirrer Träume (aber immerhin keinen Albtraum) beschert hatte, doch dafür hatte ich meinen besten Freund wieder – gesund, munter und obendrein glücklich verliebt. Ich rekelte mich wohlig in den Laken. Konnte das Leben noch schöner sein? Schlagartig tauchte diese Frage im Kopf auf und genauso schlagartig schrie es in mir »Ja!«.

Sofort wanderten die Gedanken weiter zu Philipp und spülten die Erinnerungen an das Aufwachen am Vortag in den Vordergrund. Ihn als Erstes zu sehen, seine Nähe zu spüren, seinen Körper zu erkunden, im Lächeln seiner Augen zu versinken, seine sanften Berührungen auf der Haut zu fühlen – das alles wäre schöner. Erheblich schöner, unbegreiflich schön.

Ich seufzte und beschloss in dieser Sekunde, so viel Zeit wie möglich mit ihm zu verbringen, bevor er in wenigen Stunden nach Deutschland zurückkehren würde. Ich warf einen Blick auf die Uhr. Verdammt, schon zehn! Das ergab nicht gerade einen großen Puffer. Schwungvoll sprang ich aus dem Bett, eilte ins Bad, duschte mich im Rekordtempo, zog mich an und rannte ohne ein Frühstück aus dem Haus.

Vor dem Auto stoppte ich. Den Schlüssel hielt ich bereits in der Hand und war im Begriff aufzuschließen, als mir schlagartig klar wurde, dass ich es nicht benötigen würde, um zu Doros und Hajos Finca zu gelangen.

Ich konnte laufen.

Ich durfte laufen.

Ich wollte laufen!

Es gab keine Bedrohung weit und breit. Ich musste mich nicht im Wagen verstecken, allzeit fluchtbereit und in Habachtstellung. So intensiv wie schon lange nicht mehr ließ ich die Blicke durch die Umgebung wandern. Gott, wieso hatte ich all diese Pracht um mich herum noch gar nicht so richtig wahrgenommen? Die Oleanderbüsche auf Camilas Grundstück standen jetzt – im letzten Mai-Drittel – in wundervoller Blüte. Doch nicht nur hier, auch in der ganzen Gegend wuchsen sie wild oder zierten die Gärten. Dasselbe galt für die Bougainvilleas, die in prächtigem Pink oder Lila die steinernen Fassaden verschönerten. Ich war umringt von Schönheit, von der Kraft des Lebens, von Freiheit und von atemberaubender Fülle. So intensiv wie selten zuvor sog ich die Luft ein, verzaubert vom Meer der Gerüche.

So sehr ich eben noch in Eile gewesen war, um rasch zu Philipp zu kommen, so achtsam begab ich mich nun auf den Weg. Das Auto ließ ich buchstäblich links liegen und trieb mit allen Sinnen durch die Landschaft, die ich bislang nur vom Wagen aus gesehen hatte. Und das machte merkwürdige Dinge mit mir.

Ich wurde eins mit dem, was ich sah, fühlte mich verbunden mit der Erde, mit dem Leben.

Ich wurde eins mit mir und ich wurde eins.

Mir ist klar, wie seltsam das klingen muss, doch genau so empfand ich es. Als würden sich Splitter meiner Seele und meines Herzens zusammenfügen. Wie ein Puzzle, das lange in seine Einzelteile zerlegt gewesen war, und nun wieder als Ganzes in voller Pracht erstrahlte. Bis ich bei Doro und Hajo ankam, war ich eine andere geworden. Eine neue Silke, die die alte in sich wiederbelebt, erweckt und vervollkommnet hatte. Silke 2.0.

Ein ungestümes Lachen brach aus mir heraus, das der Verwandlung die Krone aufsetzte.

»Hey!«, rief Philipp begeistert aus, als er die Tür öffnete. In diesem einen vollkommen belanglosen Wort lagen so viel Liebe und Zuwendung, dass ich gegen einen heftigen Kloß im Hals anschlucken musste.

»Genauso hey«, gab ich zurück. »Ich wollte dich unbedingt sehen, bevor du wieder nach Deutschland verschwindest.«

Er runzelte die Stirn. »Du denkst doch nicht etwa, ich wäre sang- und klanglos von hier verschwunden.«

»Nein, das nicht, aber du hast es ja mir überlassen, den Takt vorzugeben. Und hier bin ich.«

Das Stirnrunzeln wich einem frechen Grinsen. »Dann komm rein, du Taktgeberin. Dein Tempo gefällt mir jedenfalls. Es beschert uns ein wenig Zeit füreinander.«

Ich lächelte, weil mir mit all den Schmetterlingen, die durch meinen Bauch turnten, keine schlaue oder lustige oder charmante oder sonst irgendeine Erwiderung einfallen wollte.

»Silke!«, schallte mir ein lauter Ausruf entgegen, als ich den Wohnbereich betrat.

Doro stürzte aufgeregt auf mich zu. »Mädchen, du machst ja Sachen.«

Sie schnappte mich, riss mich an ihre Brust und drückte mich so fest, dass ich kaum noch Luft bekam. »Philipp hat uns alles erzählt. Schrecklich, was du mitmachen musstest.«

»Doro, du erdrückst mich.«

»Meine Liebe, lass sie doch erst mal ankommen«, erklang Hajos Stimme mit amüsiertem Unterton. »Du überforderst sie ja.«

»Papperlapapp«, reagierte sie auf die Rüge. »Es tut dem Mädchen gut, nach allem, was sie durchgemacht hat, ein bisschen Trost zu finden. Nicht wahr, Liebes?«

»Auf jeden Fall, Doro«, beschwichtigte ich sie.

Sie griff nach meiner Hand und zog mich zum Sofa, wo sie mich mit sanftem Druck nach unten bugsierte. Es dauerte nur den Bruchteil einer Sekunde, da saß bereits Philipp neben mir und legte seinen Arm um mich. Ich rutschte noch ein Stück näher zu ihm und lehnte mich gegen ihn.

»Wie geht es dir, Herzchen?«, fragte sie, nachdem sie im Sessel gegenüber Platz genommen hatte.

»Es geht mir wunderbar«, erwiderte ich. Inzwischen meinte ich das auch genau so, wie ich es sagte. Es ging mir wirklich bestens. Die Verwirrung, das Durcheinander, die Unsicherheit, die Fragezeichen hatte ich während des kurzen Spaziergangs hinter mir gelassen.

Doro betrachtete mich eindringlich, als ob sie erst prüfen müsste, ob sie meinen Worten Glauben schenken kann. Offensichtlich zufrieden mit dem Ergebnis erkundigte sie sich: »Und was hast du jetzt vor?«

»Ich werde nächste Woche noch die letzten Dinge mit dem Kommissariat klären und parallel dazu packen. Wenn alles läuft, wie ich es mir vorstelle, kann ich kommenden Sonntag nach Deutschland fliegen. Wahrscheinlich brauche ich ein paar Tage, um die wichtigsten Angelegenheiten in Wiesbaden zu regeln. Danach würde ich gern nach Tübingen kommen und Philipp besuchen.« Ich warf ihm einen aufmerksamen Blick zu, um seine Reaktion zu erkunden. Prompt erhielt ich eine Belohnung. Sein Gesicht leuchtete und schien dabei mich, mein Inneres und die Umgebung zu erhellen. Und das, obwohl ich gerade nur den ersten Teil meiner Pläne ausgeplaudert hatte, den zweiten wollte ich mir für den Moment aufsparen, in dem wir allein waren.

»Du möchtest zurück nach Deutschland?«, stammelte Doro entsetzt. »Das heißt, du wirst uns verlassen? Was sollen wir denn hier bloß ohne dich anfangen? Du wirst mir entsetzlich fehlen.«

Betroffen sah sie Hajo an. »Jetzt sag du doch auch mal was.«

»Ich soll was sagen?«, lachte Philipps Vater. »Das kann ich gern machen, mein Liebling, aber ich bezweifle, dass es dir gefallen wird.« Herausfordernd blinzelte er ihr zu, während Doro nur eine wegwerfende Handbewegung machte und »Ach!« murrte.

»Tja, Doro, wenn du tatsächlich willst, dass ich sage, was ich denke, dann wäre es das hier: Du hättest dir die möglichen Konsequenzen überlegen können, bevor du Amor spielst. Wenn du Silke schon unbedingt mit meinem Sohn verkuppeln musstest – womit du deinem Treiben wirklich die Krone aufgesetzt hast –, sollte dir zumindest klar gewesen sein, dass sie das zurück nach Deutschland führen könnte.«

Er grinste sie schelmisch an. Auch Philipps Mundwinkel zuckten sichtlich nach oben. Um die alte Dame nicht noch mehr aufzubringen, bemühte ich mich redlich, meine Erheiterung zu verbergen, doch es wollte mir einfach nicht gelingen. Schließlich brach ein derart überschwängliches Lachen aus mir heraus, das die anderen drei in einen Strudel der Ausgelassenheit und Lebensfreude mitriss.

Nach einem frühen Mittagessen blieb Philipp und mir eine letzte Stunde, bis er sich auf den Weg zum Flughafen machen musste. Wir nutzten die Zeit, um eine Runde durch die Umgebung zu spazieren. Genüsslich schlenderten wir mit verschränkten Händen an den vereinzelten Gebäuden vorbei und näherten uns dabei langsam dem Meer. Ich genoss es, Philipps Nähe zu spüren, und ließ mich in die Geborgenheit fallen, die mir der feste und gleichzeitig sanfte Druck seiner Hand vermittelte. Plötzlich wusste ich genau, wo ich mit ihm hin wollte. Unterhalb von Ricardos Restaurant gab es eine, über einen steilen Pfad erreichbare betonierte

Plattform, die von riesigen Felsbrocken gesäumt wurde, auf denen man sitzen und auf die Wellen schauen konnte. Zielstrebig lotste ich Philipp dorthin und sank mit einem genüsslichen Stöhnen auf einen der steinernen Riesen.

»Ist es nicht herrlich hier?«, seufzte ich.

»Doch das ist es«, erwiderte er nachdenklich. »Vor allem, weil wir zusammen sind und weil es nichts mehr gibt, was wir fürchten müssen.«

»Hm«, brummte ich bloß, weil ich viel zu viel auf einmal fühlte.

Philipp griff nach meiner Hand und nahm sie zärtlich in seine. Gedankenverloren betrachtete er das Spiel unserer Hände. »Du sagtest vorhin, du möchtest mich in Tübingen besuchen«, murmelte er und ließ die Frage, die darin mitschwang, unausgesprochen.

»Das sagte ich«, gab ich zurück und verkniff mir ein Grinsen. Allerdings nur für einen winzigen Moment. Dieser Mann hatte es nicht verdient, dass ich ihn unnötig auf die Folter spannte. »Das habe ich so formuliert, weil ich vor Doro und Hajo nichts ausplaudern wollte, was nicht mit dir abgestimmt ist. Ich würde dein Angebot sehr gern annehmen, in deinem Haus zu wohnen. ›Besuchen‹ ist folglich nicht so ganz das richtige Wort. Wenn ich darf, würde ich bei dir bleiben.«

Philipps Kopf schoss in meine Richtung. Aus weit aufgerissenen Augen betrachtete er mich. »Wenn du darfst?«, rief er aus. »Wenn du darfst? Ist das dein Ernst?

Wie könntest du jemals nicht dürfen? Du machst mich gerade unglaublich glücklich.«

Seine Blicke liebkosten mein Gesicht. Jedes Fleckchen Haut begann zu glühen und die verbliebenen Schatten in mir verwandelten sich in strahlendweißes Licht. Seine rechte Hand wanderte an meine Wange und strich mir zärtlich eine Strähne des windzerzausten Haares hinter das Ohr. Im Zeitlupentempo näherte er sich, bis seine Lippen nur noch eine Winzigkeit von meinem Mund entfernt waren. Dort stockte er und vertiefte seinen Blick in meine Augen. Er erkannte mein stummes Ja. Gemeinsam überbrückten wir das letzte Stück.

Das letzte Stück, dachte ich. *Das letzte Stück und dann kann uns nichts mehr trennen. Nie mehr.*

Als sich unsere Lippen fanden, war es anders als beim ersten Mal. Auch diesmal spürte ich den Hauch der Unendlichkeit genauso wie die tiefe Anbindung ans Jetzt, an diesen wahrhaftigen Moment der Unvergänglichkeit. Doch in diesem Augenblick blieb er frei von Schwere, frei vom Vermissen einer Zukunft. Das hier bedeutete ein Ende, weil alles gut war, und zugleich einen Anfang – das Ende eines trostlosen Lebensabschnitts und den Anfang eines zauberhaften neuen. Meine Sinne versammelten sich in diesem Kuss – rochen, sahen, schmeckten, hörten, fühlten und genossen. Wir konnten nicht aufhören, uns zu küssen, und als wir es doch taten, gab es kein Ich und Du mehr, sondern nur noch ein Wir.

Zurück auf deutschem Boden

Meine letzte Woche auf Mallorca verflog in rasantem Tempo. Ich klärte die verbliebenen Details mit dem dortigen Kommissariat, nahm Kontakt zu den Behörden in Wiesbaden auf und vereinbarte Termine, packte und verabschiedete mich reihum von all den Menschen, die mir unglaublich ans Herz gewachsen waren. Noch nie war es mir so schwer und zugleich so leicht gefallen, zu gehen.

Was die mallorquinischen Freundinnen und Freunde anging, tröstete ich mich damit, dass ich schon in vierzehn Tagen wieder hier sein würde. Philipp und ich wollten am Wochenende vor der Hochzeit anreisen, um die beiden älteren Herrschaften bei den Vorbereitungen zu unterstützen. Doro war ohnehin besorgt, ob wir nun überhaupt noch als Organisationsteam funktionieren konnten, wenn ich mich nicht mehr hier aufhielt. Ich hatte alles aufbieten müssen, um ihr zu versichern, dass ich über Teams-Meetings und Ähnliches meinen »Job« genauso gut verrichten konnte. Am Ende hatte sie die Planänderung jedenfalls geschluckt.

Einen wesentlichen Anteil daran dürfte die Tatsache gehabt haben, dass ihr reihum alle – Hajo, Jule und Paul, Teresa und Benjamin, Ricardo und sogar Camila – auf die Schulter geklopft hatten wegen ihres erneut sensationellen »Liebesriechers«. Seitdem ließ sie sich kaum bremsen und erzählte überall herum, dass sie mittlerweile vier Pärchen allein durch ihren Instinkt zusammengebracht hätte.

Und dann war es so weit. Am frühen Sonntagmorgen machte ich mich zusammen mit Camila auf den Weg zum Flughafen. Die alte Dame wollte es sich nicht nehmen lassen, mich zu begleiten. Dafür erklärte sie sich sogar bereit, noch einmal eigenhändig mit dem kleinen Auto zu fahren, das nun wieder ihr gehörte.

Vor den Sicherheitsschaltern drückte sie mich mit Tränen in den Augen an sich, umklammerte mich wie eine Ertrinkende und murmelte auf Spanisch: »Ich werde dich so vermissen.«

»Du wirst mir auch fehlen«, gab ich zurück. »Aber wir sehen uns ja bald wieder. Außerdem werde ich dich so oft wie möglich besuchen kommen. Versprochen!«

Sie tätschelte ein letztes Mal meine Wangen, dann drehte ich mich um und verschwand winkend an den Schaltern der Sicherheitskontrolle.

Nur gute drei Stunden später landete das Flugzeug in Frankfurt. Den Moment des Aufsetzens werde ich nie vergessen. Tränen strömten in meine Augen, während sich eine tiefe Demut in mir ausbreitete. Das, was ich so lange für unerreichbar gehalten hatte, trat nun ein: Ich befand mich auf deutschem Boden, hatte die Heimat zurück und musste mich vor nichts und niemandem mehr verstecken. Ich war frei! Ein neuer Schub dieses Gefühls durchdrang sämtliche Poren und ließ kaum zu beherrschende Glücksströme durch den Körper jagen.

Das Warten auf mein Gepäck nahm ich wie in Trance wahr. Währenddessen stahl sich zunehmend Aufregung in den Gefühlscocktail. Schließlich stand mir gleich ein noch viel größerer Moment bevor.

Mit suchenden Blicken betrat ich den Wartebereich und schrie laut auf, als ich Senta und Samuel entdeckte. Die zwei rannten mir entgegen und schmissen sich ebenfalls kreischend in meine Arme (zumindest Senta kreischte, Samuel wäre das vermutlich zu unmännlich erschienen). In einer innigen Dreierumarmung hüpften wir auf und ab und drehten uns dabei im Kreis. Einzelne Fluggäste maßen uns mit ungehaltener Miene und andere schüttelten amüsiert den Kopf.

Dann fiel mein Blick plötzlich auf einen Mann, der meinen Puls zum Jagen brachte und dafür sorgte, dass ich ungläubig den Mund aufriss.

»Philipp!«, rief ich fassungslos aus, löste mich von den Freunden und stürzte von unbändigen Glücksgefühlen erfüllt auf ihn zu.

Er öffnete die Arme, lachte und ließ es mit stoischer Ruhe über sich ergehen, dass ich ihn beinahe umwarf. Ich schmiegte mich an ihn und konnte mein Glück kaum fassen.

»Was machst du hier?«, stieß ich wenig intelligent aus.

»Was für eine Frage!«, kam es entsprechend zurück. »Freust du dich denn?«

»Was für eine Frage!«, erwiderte ich lachend und drückte mich von ihm weg, um ihn ansehen zu können.

Wie eine zärtliche Berührung glitten seine Augen über mein Gesicht. »Ich war mir nicht sicher, ob du das nicht übergriffig finden würdest. Schließlich wusste ich ja, dass dich deine Freunde abholen.«

»Quatsch!«, antwortete ich strahlend. »Ich bin überglücklich, dass du hier bist. Das ist die beste Überraschung ever. Komm, ich stelle sie dir vor.«

Übersprudelnd vor Glück zog ich ihn hinter mir her. Senta und Samuel hatten die Szene sichtlich amüsiert beobachtet und richteten nun neugierige Blicke auf Philipp. Vor allem Samuel musterte ihn ausgiebig.

»Hey, ihr zwei. Das hier ist mein Retter in der Not und die Liebe meines Lebens. Das ist Philipp.« Ich strahlte ihn an und sah, wie schwer ihn diese Worte schlucken ließen. »Und das sind meine allerbesten Freunde, Senta und Samuel.«

Philipp wandte sich zunächst an Senta, streckte die Hand aus und lächelte sie an. »Ich freue mich ungemein, dich kennenzulernen, Senta. Schön, endlich ein Bild zu Silkes Erzählungen zu haben. Und ich bin dir unendlich dankbar dafür, dass du ihr damals so sehr aus der Patsche geholfen und dadurch ihre Flucht ermöglicht hast.«

Ich studierte Sentas Miene genau. Schließlich kannte ich sie schon fast mein Leben lang. Doch ich entdeckte nur Wohlwollen und Freude darauf. Da gab es keinen Hauch von Misstrauen oder Besorgnis. Sie mochte ihn. Daran hatte ich keinen Zweifel.

Meine Nervosität stieg. Die erste Begegnung zwischen Konstantin und Samuel hatte ich noch allzu lebendig in Erinnerung. Wie würde es nun zwischen diesen beiden Männern laufen?

Philipp streckte auch ihm seine Hand entgegen und betrachtete ihn offen. »Ich bin sehr froh, dich kennenzulernen, Samuel. Noch vor kurzem hätte ich nicht gedacht, dass wir uns einmal persönlich sehen können. Von Silke weiß ich, was du aushalten musstest und welche Opfer du für sie gebracht hast. Du hast meinen ganzen Respekt dafür. Wann immer ich etwas für dich tun kann, sag Bescheid. Wir zwei stehen tief in deiner Schuld.«

Samuel musterte sein Gegenüber ausgiebig, ließ die Blicke über sein Gesicht wandern und studierte jedes Detail seiner Mimik. Dann schwang sich ein Lächeln auf seine Lippen und er klopfte Philipp auf die Schulter. »Danke, Mann. Schön, dich kennenzulernen. Wie es scheint, hat es unsere Silke diesmal gut getroffen. Freut mich sehr!«

Ich atmete erleichtert aus. Weit und breit nichts zu sehen von einem lächerlichen Hahnenkampf, wie er zwischen Konstantin und Samuel getobt hatte!

Den Rest des Tages verbrachten wir alle gemeinsam bei Senta, die mich während der ganzen Woche bei sich und ihrer Familie beherbergen würde. Ich war überglücklich, Lukas, Finn und Mona wiederzusehen. Die beiden Kleinen waren kaum wiederzuerkennen. Wehmütig bemerkte ich, wie stark sie sich verändert hatten und was mehrere Monate im Leben eines Kindes ausmachten. Sie waren gewachsen, reifer geworden und hatten zunächst Mühe, in das vertraute Verhältnis zurückzufinden, das wir früher gehabt hatten. Allerdings legte sich die anfängliche Befangenheit schnell.

Am Abend machte sich Philipp auf den Heimweg. Er musste nach Tübingen zurückkehren, weil am Montagmorgen die Arbeit rief. Seine restlichen Urlaubstage brauchte er für das große Fest auf Mallorca. Mit einem langen Kuss verabschiedeten wir uns. Es brach mir fast das Herz, ihn allein losziehen zu lassen, doch wir trösteten uns gegenseitig damit, dass ich am Ende der Woche mit dem Zug nachkommen würde. Einen Teil meiner Sachen hatte er bereits ins Auto verladen, sodass ich mit leichtem Gepäck reisen konnte.

Leichtes Gepäck, dachte ich. Mir kam nicht nur der Song von Silbermond in den Sinn, sondern auch die symbolische Bedeutung dieser Redensart. *Ja, ich reise ab sofort mit leichtem Gepäck – in jeder Hinsicht.*

Die Behörden-Formalitäten bargen keine bösen Überraschungen und waren schneller erledigt als gedacht. Und den letzten Gang durch das Haus, das nie ein Zuhause geworden war, absolvierte ich mit Sentas großartiger Unterstützung. Sie blieb die ganze Zeit an meiner Seite, während ich die wenigen Sachen zusammensammelte, die mir wichtig waren und die ich mitnehmen wollte. Ständig rannen mir eisige Schauer über den Rücken, als ich an die Szenen dachte, die sich hier abgespielt hatten. Sie kamen mir vor wie aus einem anderen Leben und waren dennoch bildlich überaus präsent. Ich ließ Senta an den Erinnerungen teilhaben. Das verschaffte mir das Gefühl, sie dadurch leichter hinter mir lassen zu können. Meine zurückgewonnene beste Freundin schwieg schockiert während der Berichte, nahm mich regelmäßig in den Arm und kämpfte selbst mit den Tränen. Doch als wir am Ende das Haus verließen, gehörte dieser Lebensabschnitt der Vergangenheit an. Um alles Weitere würde sich eine Immobilienfirma kümmern, sowie die Erbschaftssache offiziell beurkundet war.

Am Freitagnachmittag stand ich tief durchatmend mit Senta und Samuel an der Seite auf dem Bahnsteig. Schon wieder ein Abschied und gleichzeitig der Auftakt zu einem echten Neubeginn.

Nur noch eine gute Stunde, dann würde ich Philipp am Stuttgarter Hauptbahnhof gegenüberstehen. Sämtliche Versuche, ihn davon abzuhalten, extra in die Innenstadt zu kommen, waren gescheitert. Er wollte nichts von der Idee wissen, dass ich den Zug nach Tübingen nehmen könnte, und erklärte, dass es für ihn ohnehin auf dem Heimweg läge. Natürlich hatte ich darauf bestanden, das selbst zu googeln, und dabei festgestellt, dass man diese Aussage tatsächlich so stehen lassen konnte. Mein Herz schlug schneller bei der Aussicht, ihn bald wiederzusehen und erstmals in seinem Zuhause mit ihm zusammenzusein.

Doch jetzt galt meine Aufmerksamkeit erst einmal meinen beiden Begleitern.

»Süße«, stieß Senta mit einem extradicken »Ü« aus und zog mich in die Arme. Komischerweise machte mir diese Anrede aus ihrem Mund nichts aus – vielleicht, weil ich sie ewig kannte oder weil sie ihr eine ganz andere Bedeutung verlieh.

Ich drückte die Freundin fest an mich. »Hey du! Nicht leicht, schon wieder ›Tschüss‹ zu sagen, nachdem wir uns gerade erst gefunden haben. Aber du kommst mich besuchen, ja? Sowie ich mich eingelebt habe und alles etwas vertrauter ist.«

»Natürlich, was glaubst du denn?«, gab sie empört zurück. »Ich muss mich doch davon überzeugen, dass es dir bei deinem Philipp gutgeht.«

»Ich denke, da brauchen wir uns keine Sorgen zu machen«, schaltete sich Samuel ein. »Der Mann ist schwer in Ordnung!«

Ich entwand mich Sentas Klammergriff und wandte mich meinem Freund zu. »Danke, dass du das sagst. Das bedeutet mir viel. Und dir von Herzen weiterhin alles Liebe mit deiner Maria. Ihr seid ein tolles Paar!« Selbstverständlich hatte ich die kurze gemeinsame Zeit dazu genutzt, sie kennenzulernen.

Auch er bekam eine innige Umarmung, dann kletterte ich in den Zug, winkte ein letztes Mal und begab mich auf die Suche nach meinem Platz. Als ich ihn gefunden hatte, ließ ich mich darauf plumpsen, sah aus dem Fenster und betrachtete den blauen Himmel, auf dem einzelne Wolkenfelder wie eine Karawane dahinglitten. »Neues Leben, ich komme!«, murmelte ich.

Am Ende wird alles gut …

Mein Herz schlug in einem rasenden Stakkato, als ich in Stuttgart aus dem Zug stieg. Ich umklammerte den Koffer und ließ die Blicke den Bahnsteig hinauf und hinunter schwenken, doch ich brauchte nicht lange zu suchen. Philipp eilte bereits mit großen Schritten auf mich zu – mit einem gewaltigen Leuchten im Gesicht.

»Mein Engel«, flüsterte er, während er mich behutsam in seine Arme zog.

Ich umschloss ihn und verharrte vollkommen regungslos. Hier stand ich nun also und war endlich dort angekommen, wonach ich mich so viele Wochen hoffnungslos verzehrt hatte. In welcher Stadt ich mich befand, spielte keine Rolle. Die Zufahrt in den Stuttgarter Bahnhof hatte mich nicht gerade umgehauen. Gut, wahrscheinlich lag es in der Natur der Sache, dass die Bahnhofsgegend nicht unbedingt die attraktivste Ecke einer Stadt abgab. Doch all das scherte mich nicht im Geringsten. Mit Philipp wäre ich auch an den hässlichsten Ort der Welt gezogen, solange er bei mir war. In seinen Armen zu sein, zählte – alles andere blieb ohne Belang.

Ich drückte mich an ihn, genoss seinen Körpergeruch, ließ mich von seiner Wärme fluten und spürte seinen Berührungen am Rücken nach.

»So schön, dass du endlich bei mir bist«, raunte er an meinem Ohr. »Ich konnte es schon die ganze Woche kaum erwarten. Meine Kollegen haben sich irgendwann bloß noch über mich lustig gemacht.«

»Du hast deinen Kollegen von mir erzählt?«

»Selbstverständlich. Außerdem musste ich ja irgendeine Begründung für mein durchgeknalltes Verhalten liefern.« Er schob mich ein Stück von sich weg und zwinkerte mir frech zu. »Wollen wir los?«

»Ja. Ich bin ziemlich aufgeregt, dein Zuhause kennenzulernen.«

»Unser Zuhause«, korrigierte er und legte rasch nach: »Wenn du willst.« Statt einer Antwort lächelte ich versonnen vor mich hin.

Die Autofahrt zog sich im dichten Feierabendverkehr ganz schön in die Länge, doch das störte mich nicht. Philipp saß neben mir, alles andere war mir egal. Außerdem fand ich es spannend, die ersten Eindrücke der fremden Umgebung in mich aufzunehmen. Als wir einer engen zweispurigen Straße folgten, die in geschwungenen Kurven bergauf führte und faszinierende Blicke auf die darunter liegende Stadt gewährte, erklärte er mir, wir befänden uns auf der Weinsteige, einer der bedeutenden Ausfallstraßen der hügeligen Landeshauptstadt. Beeindruckt ließ ich meine Augen über das reizvolle Panorama wandern.

Je weiter wir uns vom Zentrum entfernten, desto kleiner wurden die verstreut angesiedelten Ortschaften. Wir passierten den Flughafen und ich bestaunte die langgestreckten Felder, die das Landschaftsbild der

Umgebung prägten. Auf den nächsten Kilometern wurde es dann zunehmend waldiger. Außerdem entdeckte ich immer mehr verwunschene Obstwiesen, die dem Landstrich einen eigenen Charakter verliehen.

Philipp verließ die Bundesstraße und durchquerte ein größeres Waldgebiet. Als ich schon dachte, dass hier unmöglich eine Ansiedlung sein könne, erschien rechter Hand eine Abzweigung, die nach kurzer Zeit zu einem puppigen Dorf führte. Interessiert sah ich mich um.

»Wir sind gleich da«, verkündete er und schenkte mir ein nervöses Lächeln.

Ich versuchte, mich in ihn hineinzufühlen. Ja, bestimmt war nicht nur ich aufgeregt, sondern er genauso – vielleicht sogar noch mehr. Wir hatten uns Knall auf Fall ineinander verliebt oder besser gesagt sofort in einem Rutsch richtig lieben gelernt – und das unter schwierigsten Umständen. Nun warf ich mein ganzes bisheriges Leben über den Haufen, fing an einem fremden Ort neu an. Logisch, dass das in ihm Zweifel auslösen musste, ob ich mich hier zurechtfinden würde. Komischerweise spürte ich selbst nicht die leiseste Verunsicherung. Ich war bloß freudig erregt und gleichzeitig vollkommen sicher in meiner Entscheidung.

Er kurvte durch einige Straßen der Ortschaft, bis er in eine ruhige Wohnstraße, deren Häuser von Wiesen umgeben waren, einbog. Nach ein paar Metern stoppte er und ich sah mich um. Sofort machte mein Herz einen ungestümen Satz. Aufgewühlt sprang ich aus dem Auto und starrte auf das Haus, vor dem er gehalten hatte.

Verwirrt kam er mir nach und folgte meinem starren Blick, der sich auf die Hausfassade und den Garten richtete. »Ist es das?«, fragte ich atemlos.

»Ja«, erwiderte er verunsichert. »Gefällt es dir nicht?«

Ich schüttelte mit dem Kopf, ohne darüber nachzudenken, dass das eine höchst zweideutige Wirkung auf ihn haben musste. Ohne auf Philipp zu warten, drückte ich die Pforte des Gartentörchens hinunter und betrat das Grundstück. Dass ich mir gerade nicht unbedingt eine Höflichkeitsmedaille verdiente – bedeutungslos! Ich umrundete das Haus, sah mir alles an, drehte mich im Kreis und konnte gar nicht mehr mit dem Kopfschütteln aufhören.

»Liebes, was ist denn bloß los?«, klang seine Stimme wie durch Watte an meine Ohren.

»Das gibt es einfach nicht«, murmelte ich.

Ich stand in einem verwunschenen Garten voller alter Bäume mit herabhängenden Ästen, umgeben von Wiesenblumen, die von ein paar gepflasterten Arealen durchbrochen wurden. Dort entdeckte ich die verschiedensten Inseln des Wohlbefindens: eine kleine Sitzecke, einen Hängestuhl zum Lesen und eine Hollywood-Schaukel, auf der ich uns bereits sitzen sah. Brombeer- und Himbeergehölze fingen meinen Blick ein, genauso wie die Gemüsebeete, in denen Tomaten, Gurken und Paprika gesetzt waren. Das Häuschen selbst war im typischen Sechzigerjahre-Stil gehalten – mit zwei vollausgebauten Etagen und einem Walmdach. Die gemütlichen Fensterchen, die dem Inneren garantiert einen behaglichen Charme verliehen, wurden umrahmt von dunkelgrauen Fensterläden, die sich attraktiv vom weißen Putz abhoben.

Okay, da hätten wir ihn doch: den einzigen Fehler im System. Allerdings konnte mich nicht einmal das von meiner Fassungslosigkeit abhalten.

»Liebes?«, drang erneut Philipps Stimme zu mir durch.

»Ich habe es gesehen«, murmelte ich und wackelte weiter mit dem Kopf wie ein Wackeldackel, »nur mit bordeauxroten Fensterläden.«

Philipp stellte sich nun direkt vor mich und hob besorgt mein Kinn an. »Ist alles in Ordnung mit dir. Du wirkst irgendwie ... verwirrt.«

Ich schüttelte mich, um ihn endlich von seinen Fragezeichen zu erlösen. »Ich habe es gesehen«, wiederholte ich, »dieses Haus und den Garten. Ich habe davon geträumt, unzählige Male. Ich war hier mit einem blonden Mann mit blauen Augen und zwei Kindern. Es ist genau so wie in meinem Traum. Bis auf die Fensterläden, die waren bordeauxrot. So etwas kann doch gar nicht möglich sein ...«

Er zuckte mit den Achseln, betrachtete mich erleichtert, weil es für mein Verhalten einen sinnvollen, wenn auch unkonventionellen Grund gab, und meinte: »Ach, es gibt so vieles, was man sich in dieser verrückten Welt nicht rational erklären kann.«

»Es ist wunderschön hier«, murmelte ich andächtig.

Mit einem Lächeln stellte er sich neben mich und fixierte ebenfalls das Gebäude. »Weißt du was? Ich finde, du hast recht. Mit bordeauxroten Fensterläden sähe es hier erheblich schöner aus. Ich rufe gleich nächste Woche den Maler an.«

Als die Haustür aufschwang, konnte ich es kaum noch erwarten, das Innere zu erkunden. Philipp ließ mir den Vortritt und ich schaute mich neugierig um. Vom Innenleben »meines« Hauses hatte ich mir nur wenig Bilder gemacht, in meinen Vorstellungen war es der Garten gewesen, der eine Vielzahl von Fantasien auslöste. Deswegen erwartete ich hier keine weiteren Déjà-vus.

»Möchtest du erst dein Reich besichtigen oder wollen wir mit meiner Wohnung beginnen?«, erkundigte sich Philipp. Erneut konnte ich seine Nervosität mit Händen greifen.

»Ach, lass uns doch einfach oben anfangen und unten aufhören.«

»Gut, dann, äh ja, machen wir das so«, stammelte er und räusperte sich.

Er geleitete mich eine lange Treppe hinauf und öffnete die unverriegelte Tür zur ersten Etage. »Ähm, also, wir können hier ein richtiges Schloss einbauen. Ich habe bewusst noch keine Möbel nach oben gebracht, damit du dir alles so einrichten kannst, wie du magst. Die drei Zimmer sind ungefähr gleichgroß. Such dir aus, wo du wohnen und wo du schlafen willst! Fürs Erste habe ich ein Klappbett organisiert. Ich hoffe, es ist bequem genug. Wenn du möchtest, fahren wir morgen ins Möbelhaus und rüsten auf.«

So langsam, aber sicher platzte ich beinahe vor Mitgefühl. Ich hätte ihn am liebsten schon von seiner Nervosität befreit, doch noch traute ich mich nicht, ihm die große Überraschung zu präsentieren. Als kleine Entschädigung drehte ich mich zu ihm um und schlang die Arme um seinen Hals. »Es ist wunderschön hier und ich bin überglücklich, bei dir zu sein. Könntest du bitte aufhören, dir Sorgen zu machen. Alles ist gut!«

Ich drückte ihm einen schnellen Kuss auf die Lippen und machte mich auf, um die Räume zu erkunden. Nach einer ausgiebigen Runde kehrte ich zurück und verkündete: »Ich würde gern deine Wohnung sehen.«

»Natürlich.« Meine kurze Ansprache hatte anscheinend nicht wirklich dazu beigetragen, ihn zu beruhigen, denn er wirkte weiterhin nervös und fahrig.

Wir liefen die Treppe nach unten, wo er mit einem weiteren Räuspern die Tür ins Erdgeschoss öffnete. »Das hier wäre dann mein Reich.«

»Darf ich mich überall umsehen?«

»Bitte. Fühl dich hier zuhause!«

Ich startete die Erkundungstour im Wohnzimmer. Hier gab es die einzige bodentiefe Fensterfront des Hauses, vor der eine Veranda lag mit Stufen, die in den Garten führten. Ein Traum! Die Küche war zur Hälfte offen gestaltet. Eine gemütliche Theke gestattete Blicke ins Innere und verbarg doch allzu tiefe Einblicke, wenn man am Kochen oder Werkeln war. Davor thronte ein prächtiger Tisch aus dunklem Holz, vor dem langgestreckte Holzbänke standen. Einige Balken ließen erahnen, dass dieser großzügige Raum irgendwann aus zwei kleineren entstanden war.

»Das ist urgemütlich hier«, murmelte ich und sah Philipp anerkennend an.

Ich besichtigte das Bad, die Toilette und fand mich schließlich in einem geschmackvollen Schlafzimmer wieder, dessen Fensterfront ebenfalls in Richtung des idyllischen Gartens wies. Für einen Moment wollten erneut Tränen meine Augen erobern, doch ich unterdrückte sie vehement. Das alles hier war so unfassbar schön, dass ich es kaum verkraften konnte.

Nach einem Augenblick des Innehaltens kehrte ich zu Philipp zurück. Ich schmiegte mich an ihn und murmelte: »Danke, dass ich hier sein darf!«

»Danke, dass du bei mir bist«, flüsterte er mit krächzender Stimme. »Mir ist das gerade noch ein bisschen unheimlich. Es kommt mir vor, als wäre es nur ein Traum, aus dem ich bestimmt gleich aufwache.«

»Du wachst garantiert nicht auf. Soll ich dich zwicken, um es dir zu beweisen?«

»Nein, zwicken ist doof. Alternativ könntest du mich küssen, sofern du das magst.«

»Ich mag«, verkündete ich und folgte der Aufforderung, bis mir buchstäblich Hören und Sehen verging. Ich befand mich in einem Tunnel und nahm nichts anderes mehr wahr als diesen Kuss.

Erst nach einer gefühlten Ewigkeit lösten wir uns voneinander. Philipp, dessen Wangen genauso rot glänzten, wie sich meine anfühlten, räusperte sich und fragte: »Möchtest du vielleicht eine Kleinigkeit essen?«

»Gern.«

Es fühlte sich merkwürdig an, mit Philipp an einem Tisch zu sitzen, solange noch so viele Dinge ungesagt waren. Die Befangenheit zwischen uns ließ sich mit Händen greifen. Er fasste mich mit Glacé-Handschuhen an und ich tat mich schwer damit, den nächsten Schritt zu tun, so sehr ich ihn auch herbeisehnte. Nach dem Drama mit Konstantin war und blieb es eine große Sache für mich, mich wieder auf einen Mann einzulassen, selbst wenn ich Philipp zu hundert Prozent vertraute. Wir plauderten, sahen uns an, hielten Händchen, streichelten uns, doch insgeheim sehnte ich mich nach mehr und fragte mich, wie ich es schaffen sollte, über meinen Schatten zu springen.

Nach dem Essen räumten wir den Tisch ab. Als wir in der Küche standen, bot er an: »Falls du dir bereits überlegt haben solltest, wie du die Zimmer aufteilen möchtest, kann ich dir gern dein Bett aufbauen.«

Ich atmete tief durch. Das hier war die Chance und nun würde ich springen. Schließlich wusste ich genau, was ich wollte. »Ja, ich habe mir Gedanken gemacht.«

»Und?«

»Ich finde, die oberen Räume sind viel zu schön, um sie jetzt mit irgendwelchen Möbeln zuzustellen.«

Er hob die Augenbrauen fragend an und erwiderte: »Ich fürchte, ich verstehe nicht ganz.«

»Das da oben sind perfekte Kinderzimmer und als solche sollten wir sie reservieren.«

»Kinderzimmer?« Philipps Reaktion wirkte so perplex, dass ich beinahe laut losgelacht hätte.

»Soll ich dir zeigen, wo ich gern schlafen würde?«

»Das wäre eine Idee.«

Er studierte weiterhin meine Miene, als gäbe ich ihm Rätsel auf. Deswegen griff ich nach seiner Hand und zog ihn hinter mir her. In seinem Schlafzimmer blieb ich stehen. »Hier würde ich gern meine Nächte verbringen. Ob auf der rechten oder linken Seite des Bettes ist mir egal. Wäre das okay für dich?«

Er schnappte hörbar nach Luft und sah mich an, als hätte ich gerade verkündet, dass er einen Millionengewinn eingefahren hatte. Nur dass das mit uns vermutlich besser war als jeder Millionengewinn.

»Ob das okay für mich wäre?«, fragte er japsend. »Das ist mehr, als ich je zu hoffen gewagt hätte! Du willst bei mir schlafen? Wirklich?«

»Ganz wirklich.«

Ab diesem Moment gab es nichts mehr, was uns bremsen konnte. Ich küsste Philipp, wie ich nie zuvor einen Mann geküsst hatte. Und er küsste mich, wie ich noch nie geküsst worden war. Meine Sinne verschwammen in einem Strudel aus Zärtlichkeit, Wohlgefühl, Sinnlichkeit und Begehren. Ich verlor mich komplett an seine Nähe und seine Berührungen. Immer wieder bremste er ab und prüfte mit vor Leidenschaft verhangenen Blicken, ob er den nächsten Schritt gehen durfte, doch ich zog ihn ein ums andere Mal mit in die Welt unserer Zweisamkeit, aus der ich niemals wieder auftauchen wollte. Wenn ich je geahnt hätte, dass sich Liebe so anfühlen konnte, wäre ich nicht in Versuchung geraten, in meinem Leben falsch abzubiegen. Aber das spielte nun keine Rolle mehr. Nichts spielte noch eine Rolle. Nichts außer Philipp und mir.

»Wie fühlst du dich?«, flüsterte er, als wir später erschöpft, glücklich und erfüllt von unserer Nähe eng ineinander verschlungen dem gemeinsamen Herzschlag lauschten.

»Wunderbar«, wisperte ich. »Wie auf Wolken.«

»Wolke sieben?«

»Mindestens. Ich glaube eher, dass es dafür keine passende Bezeichnung gibt.«

»Ich weiß, was du meinst. Dann ist jetzt alles gut?«

»Ja. Am Ende ist alles gut. Und wenn alles gut ist, ist es nicht das Ende, sondern ein neuer Anfang. So hätte Oscar Wilde das formulieren sollen, findest du nicht?«

»Doch, mein Engel. Auf jeden Fall ist das hier erst der Anfang – unser Anfang!«

Wir küssten uns, wieder und wieder, denn es gab nichts mehr, was darüber hinaus hätte gesagt werden müssen. In unserer Welt regierte nur noch eine Sprache: die Sprache der Liebe.

♡ Happy End ♡

Noch ein kleiner Hinweis ...

Möchtet Ihr, liebe Leserinnen und Leser, zu den Ersten gehören, die erfahren, wie es bei Doro und Hajo weitergeht? Dann abonniert doch einfach meine regelmäßig erscheinende Bücherpost, die ich Euch gern direkt in Euer E-Mail-Postfach schicke. Zur Anmeldung geht es hier:

https://www.sinnfee.de/newsletteranmeldung.html

Als kleines Schmankerl präsentierte ich Euch hier bereits das nächste Cover. In Farbe sieht es natürlich noch viel schöner aus ...

Sehnsucht nach dem Happy End

Ich gebe es zu: Ich liebe es, den »Abspann« zu einem Roman zu schreiben. Oft kommt mir bereits nach den ersten fünfzig Seiten eine Idee in den Sinn, was ich Euch, liebe Leserinnen und Leser, darin mitteilen möchte. So war es auch diesmal. Dann habe ich geschrieben und geschrieben und das führte dazu, dass der Schlusstext ein ums andere Mal nicht mehr zur Geschichte passte und deswegen wiederholt Abwandlungen erfuhr. Allein diese permanent veränderten Texte könnten vermutlich ein Buch füllen. Gut, das ist vielleicht ein wenig übertrieben.

Aber Fakt ist, dass Silkes Geschichte nach meiner ursprünglichen Planung der letzte Teil der »Doro spielt Amor«-Reihe werden sollte, weil ich davon ausging, dass die Rahmenhandlung dann erzählt wäre. Doch im Lauf der Zeit kam zunächst das unbestimmte Gefühl in mir auf, dass ich nicht dauerhaft auf die glückversprechende Portion Doro in meinem Leben verzichten will. Und dann merkte ich: »Uff, diese Geschichte wird länger und immer länger und es ist kein Ende in Sicht«.

Irgendwo um Seite 250 herum fing ich an nachzurechnen, wie viele zusätzliche Buchseiten ich wohl für Silke und Philipp benötigen würde. Ich landete bei einer groben Schätzung von 120. Obendrein wollte ich auch noch mit Doro und Hajo Hochzeit feiern. Ein gewaltiges Störgefühl schlich sich ein.

»Das wird alles hoffnungslos überladen«, dachte ich laut vor mich hin. »Außerdem lenkt die Hochzeit der Senioren zu sehr von Silkes und Philipps Happy End ab.«

Ich kratzte mich unzählige Stunden gedanklich am Kopf. Und dann – mieses Timing, ganz mieses Timing! – kurz vor dem Einschlafen (Folge: eine nahezu schlaflose Nacht) kam mir ein Einfall, den ich sofort liebte: Ein vierter Band muss her und darin wird Doros und Hajos Hochzeit so ziemlich am Anfang stehen.

»Hm, aber wie mache ich das bloß?«, überlegte ich. »Da ich meine Geschichten aus der Ich-Perspektive schreibe, muss die Protagonistin ja bei sämtlichen Feierlichkeiten – auch beim Standesamt – dabei sein, wenn ich die Leserschaft dorthin mitnehmen möchte.«

Mit Silke als Hauptfigur wäre das ein Leichtes gewesen, doch wie sollte ich das jetzt angesichts einer standesamtlichen Trauung im kleinen Kreis lösen? Ich grübelte munter vor mich hin. Als Trauzeugen standen glasklar Alice und Philipp auf der Agenda. Nur dumm, dass ich die zwei bereits von Doro verkuppeln ließ ...

»Wessen Anwesenheit könnte noch sinnvoll sein?«, fragte ich mich. Und dann kam mir plötzlich eine ganz wunderbare Nebenfigur in den Sinn, die hervorragend zu Doros Offensiven passen würde. Lasst Euch überraschen! Mehr dazu folgt bald.

Darüber hinaus gibt es schon einen groben Plan für die Zukunft. Doro wird ja in drei Jahren (fiktiv natürlich) neunzig und Hajo achtzig. Und ich dachte, anlässlich des gemeinsamen 170. Geburtstages könnten sie ein rauschendes Fest feiern.

Jetzt die Frage an Euch: Wie würde Doro ein rauschendes Fest krönen? Na? Okay, ich sehe, Ihr wisst die Antwort: indem sie wieder einmal einer angeschlagenen Frau zu ihrem Glück verhilft. Außerdem wäre ich für meinen Teil extrem neugierig, was bis dahin aus Jule und Paul, Teresa und Benjamin, Silke und Philipp und dem bereits einsatzbereiten vierten Paar geworden ist. Für mein Leben gern würde ich sie auf der Tastatur und am Bildschirm wiedertreffen. Es spricht also einiges dafür, die Reihe mit einer zeitlichen Verzögerung auf mindestens fünf Bände anwachsen zu lassen. Was meint Ihr dazu? Schreibt mir gern, ich freue mich!

Zusätzlich ist ein weiteres Projekt in der Pipeline. Und das ist (hoffentlich) eine echte Überraschung für Euch: Die Nachfrage nach einem zweiten Teil von »Hitzewallungen im Kühlschrank« ist ungebrochen und da jetzt endlich, endlich ein paar Ideen durch meinen Kopf wabern, werde ich es angehen. Ich habe nur noch nicht endgültig entschieden, ob ich erst wieder zu Doro reisen werde oder Laura eine Fortsetzung gönne. Momentan hat Laura die Nase vorn.

So, nun aber zu schwereren Themen: Eventuell hat es Euch gewundert, dass ich dieses Mal ein besonders ernstes Thema aufgegriffen habe. Ich hoffe sehr, dass ich mich ihm mit dem nötigen Respekt genähert habe. Ich bin alles andere als leichtfertig an diese Geschichte herangegangen und habe sorgfältig recherchiert.

Warum binde ich das Thema »Gewalt gegen Frauen« überhaupt in einen Liebesroman ein? Weil ich es wichtig finde, dafür zu sensibilisieren – jede einzelne Frau und jeden einzelnen Mann!

2023 habe ich eine aktuelle Studie von Plan International gelesen, die mich unfassbar schockiert und dazu veranlasst hat, näher in derlei Probleme einzutauchen. Befragt wurden darin knapp 1.000 nach repräsentativen Kriterien ausgewählte Männer im Alter zwischen 18 und 35 Jahren – also eine durchaus relevante Stichprobe. Zum Thema Gewaltbereitschaft gegenüber Frauen ergaben sich folgende Zahlen:

Mehr als ein Drittel der befragten Männer (34 Prozent) gab an, dass sie gegenüber Frauen schon mal handgreiflich werden, um ihnen Respekt einzuflößen.

Jeder dritte Mann (33 Prozent) bezeichnete es als akzeptabel, wenn ihm bei einem Streit mit der Partnerin gelegentlich die Hand ausrutscht.

Das Bundesamt für Familie und zivilgesellschaftliche Aufgaben hält fest, dass jede 3. Frau in Deutschland von sexueller und/oder körperlicher Gewalt betroffen ist und dass 25% der Frauen diese in ihrer Partnerschaft erfahren. 2 von 3 Frauen erleben sexuelle Belästigung.

Ich weiß nicht, wie es Euch geht, aber mich schockieren diese Zahlen – vor allem in unserem Jahrhundert/Jahrtausend, in dem Vieles nicht mehr tabuisiert, sondern offen benannt wird.

Wer sich schon länger mit meinen Büchern beschäftigt, hat vielleicht bemerkt, dass es mir das Herzensanliegen schlechthin ist, Frauen Inspirationen mitzugeben, wie sie sich mit ihrer Handlungsmacht verbinden, wie sie sich stärken und ins Reich ihrer individuellen Möglichkeiten begeben können. Stolz, selbstsicher und sich ihrer Fähigkeiten, Talente und Rechte bewusst seiend. Aus diesem Grund habe ich auch vor einiger Zeit einen Ratgeber speziell für Frauen geschrieben.

Jede von uns hat ihre persönlichen Wege, um Einfluss zu nehmen – damit sich irgendwann etwas ändert, im Großen und im Kleinen. Mein Weg sind Worte, verpackt in meistens heitere Geschichten, aber dennoch mit einer versteckten Botschaft, die der eine oder die andere entdeckt oder eben auch nicht. Falls nicht, dann ist es im schlimmsten Fall bloß eine Geschichte ...

Weil ich trotz all der Dinge, die auf unserem Planeten schieflaufen, ein zutiefst optimistischer Mensch bin, habe ich mit Silke eine Protagonistin erschaffen, die Mittel und Wege findet, ihrer Hölle zu entrinnen. Mir ist sehr wohl bewusst, dass das nicht allen gelingt. Wie generell im Leben existiert auch hier eine ungeheure Bandbreite. Ich habe Erfahrungsberichte von Frauen gelesen, die es vollbracht haben, nicht nur ihrem toxischen Umfeld zu entkommen, sondern sich mit dem Abstand, den es braucht, noch einmal auf eine neue Liebe einzulassen. Diesen Frauen gilt meine besondere Bewunderung, und ich danke ihnen dafür, dass sie anderen Frauen Mut machen und mir die Inspiration für diese Geschichte geschenkt haben. Und genauso bin ich dankbar für all die Männer, die wertschätzend, respektvoll, achtsam und liebevoll mit ihren Partnerinnen und mit Frauen im Allgemeinen umgehen. Ein Glück, dass Ihr in der Mehrheit seid!

Jetzt ist tatsächlich etwas eingetreten, was nicht allzu oft vorkommt. Mir fehlen weitere Worte. Deswegen höre ich an dieser Stelle auf und danke Euch von ganzem Herzen für Eure Aufmerksamkeit, für Euer Mitfühlen, für jedes Körnchen Nachdenklichkeit und für Euren seelischen Beistand für die, die ihn dringend brauchen.

Printed in Poland
by Amazon Fulfillment
Poland Sp. z o.o., Wrocław

35086312R00217